Lilian Loke

Gold in den Straßen

Roman

Hoffmann und Campe

Das Beckett-Zitat stammt aus
Samuel Beckett: *Endspiel* (Suhrkamp Taschenbuch 171)

1. Auflage 2015

www.hoca.de
Satz: Dörlemann Satz, Lemförde
Gesetzt aus der Albertina MT
Druck und Bindung: GGP Media GmbH, Pößneck
Printed in Germany
ISBN 978-3-455-40522-4

HOFFMANN
UND CAMPE

Ein Unternehmen der
GANSKE VERLAGSGRUPPE

Hamm
Ich werde dir nichts mehr zu essen geben.

Clov
Dann werden wir sterben.

Hamm
Ich werde dir gerade so viel geben, daß du nicht sterben kannst.
Du wirst die ganze Zeit Hunger haben.

Samuel Beckett, *Endspiel*

Dig, dig for silver in the name of keeping the order
Silver is nothing more than the displacement of water

Owen Pallett, *On a Path*

1

Kuppeln

Als er den Kopf über Wasser bringt, versucht Meyer zu schreien, aber sein Atem reicht nicht. Baumkronen, kahl und dunkel gegen den Himmel, bevor sich das Wasser wieder über ihm schließt, kalt seinen Mund ausfüllt. Im Weiher des Stadtwalds, so also. Licht bricht durch die Oberfläche, mit jeder Bewegung wird der Widerstand seiner Kleider bleierner, ein Schmerz in der Brust, als berste etwas, bis sein Kragen Meyer plötzlich den Hals abschnürt, etwas packt ihn von hinten, zerrt ihn hoch. Auf einmal spürt er fest den Grund unter sich, eine Hand auf dem Rücken, eine Hand an der Schulter, ihm fährt Luft in die Lungen, und ein Husten zwingt ihn vornüber, auf dem Wasser erkennt er die Spiegelung des Himmels, der Baumkronen, seines eigenen Gesichts; ungläubig blickt er an sich herunter. Das Wasser reicht ihm kaum bis zur Brust.

Hey, alles in Ordnung mit Ihnen? Dicht neben ihm im Wasser steht ein Mann, sein Blick mehr verwirrt als besorgt, die neongrüne Sportjacke klebt ihm nass am Oberkörper, – Mein Gott, was machen Sie denn? Sie sind ja gar nicht mehr hochgekommen.

Kreislauf … wohl der Kreislauf, – Meyer wischt sich über die Augen. Er zittert am ganzen Körper, je mehr er versucht, es zu unterdrücken, desto mehr zittert er. Er dachte, er ertrinke. In dieser Pfütze von Weiher.

Los, kommen Sie, raus aus dem Wasser. Der Mann fasst ihn um die Schultern, zieht ihn von der steilen, gemauerten Uferkante am Stauwehr fort und hilft ihm die Böschung hinauf, zurück bis zum Waldweg, dann setzt er sich neben ihn auf den Boden, kippt grimmig das Wasser aus den Schuhen, – Ehrlich, wie haben Sie denn das geschafft?

Heute früh fuhr Meyer extra raus zum Laufen in den Stadtwald, wollte sich ordnen vor dem Termin mit Brink. Während er seine Runden lief, spielte er wieder und wieder die penibel geplante Besichtigungsroute für die Villa durch, neun Zimmer, drei Bäder, Einliegerwohnung für Personal, ein Parkgrundstück mit prächtigem, altem Baumbestand. Als er vor ein paar Wochen das Haus in Kronberg für Brink akquiriert hatte, war Meyer sich sicher, das werde das perfekte Matching, dieser Abschluss bringe ihn der Büroleitung bei Falber ganz nahe. Nur, falls er sich irrt, hat er demnächst eine Karteileiche mit deutlich zu hoher Marktwerteinschätzung im Portfolio, die er Falber und der Eigentümerin sehr schlecht wird erklären können. Noch gestern war Meyer überzeugt, Brink werde das Haus lieben, heute früh war er es nicht mehr. Heute früh wachte er auf, in Panik, eine Stunde quälte er sich durch die neblige Luft, begleitet vom Knirschen des Waldwegs unter den Schuhen. Gerade als er das Stauwehr am Weiher erreichte, hallte tief über dem Stadtwald das schrille Dröhnen eines Flugzeugs, Meyer sah auf, die Maschine so nah, dass er das Emblem der Lufthansa erkannte, das Blinken des Hecklichts. Er knickte um, verlor das Gleichgewicht, bekam nichts zu fassen außer den Ästen eines dürren Strauchs, dessen Wurzeln unter seinen Händen aus der Erde rissen, als er den vom Regen aufgeweichten Wegrand hinabschlitterte, bis über die steile Uferkante am Wehr.

Ob er einen Arzt brauche. Meyers Knöchel fühlt sich taub an, aber er kann auftreten. Nein, kein Arzt, er sei okay. Danke. Vielen Dank für die Hilfe. Scham macht ihm die Kehle eng, er friert erbärmlich, sein weißer Trainingsanzug ist verdreckt, Seeschlick, tote Blätter, Erde, aber Meyer zwingt sich zu einem Lächeln, – Gehen Sie ruhig, mein Auto steht gleich hinten auf dem Parkplatz, – doch der Mann winkt ab. Er bringe ihn, sein Wagen stehe auch da.

Passen Sie nächstes Mal auf mit ihrer Kreislaufgeschichte. Der Mann beugt sich zu Meyer in die offene Fahrertür, klopft zum Abschied auf das Autodach. Ob er sicher sei, dass er fahren könne. Meyer nickt. Ganz sicher. Seine Stimme bricht, er räuspert sich energisch, keine Minute länger erträgt er den mitleidigen Blick des Mannes, der Blick treibt ihm ein Brennen über das ganze Gesicht. Demonstrativ lässt er den Motor an, keine Sorge, es gehe ihm gut. Als er endlich alleine ist, dreht Meyer die Heizung bis zum Anschlag auf, stützt sich einen Moment auf dem Lenkrad ab, vergräbt den Kopf in den Armen. Er zittert immer noch, fühlt seinen Puls in den Schläfen, die Feuchtigkeit seiner Hose auf dem Ledersitz, aber kann sich nicht rühren. Erst als sein Telefon auf der Ablage vibriert, an den Termin mit Brink erinnert, reißt Meyer ein Handtuch aus der Sporttasche, wischt den Sitz ab, legt es sich unter. Zurück in seiner Wohnung, stopft er vor Wut die Sportkleidung und Laufschuhe in den Müll, fuck *Adidas Supernova Glide*

Boost, fuck *Continental*-Außensohle, optimale Griffigkeit bei Nässe, Meyer hätte mit seinem Arsch zu Hause bleiben sollen, sein Hals, sein Kopf, jeder Muskel schmerzt, er fühlt sich fiebrig, überhaupt nicht in der Lage, gleich diesen Termin wahrzunehmen, aber er muss sich zusammenreißen, duscht, zieht sich um, in nicht mal einer Stunde muss er in Kronberg sein, um das Haus für die Besichtigung vorzubereiten, und, wie Falber ihn gestern bereits gewarnt hat, Brink kam bisher immer zu früh.

Meyer wirft seine Aktenmappe auf den Rücksitz, schlägt die Wagentür zu, überprüft noch mal sein Outfit für Brink in der Spiegelung der Autoscheibe, der neue tiefblaue Einreiher, weißes Hemd, silbergraue Krawatte, passendes Einstecktuch. Auf der Kappe seines Schuhs entdeckt er einen kleinen Fleck, wischt ihn mit etwas Spucke weg. Bevor er in den Wagen steigt, breitet er zur Sicherheit ein frisches Handtuch auf dem Sitz aus. Er bildet sich ein, das Leder sei immer noch sandig und klamm, die ganze Kabine rieche nach dem Moder des Weihers.

Als Meyer die Kronberger Villa betritt, strömt ihm der schwache Duft von Möbelpolitur entgegen, die Putzleute waren gestern da, Meyer öffnet die Fenster, legt die Sicherungen um, kontrolliert alle Räume, verbringt fast zwanzig Minuten damit, in den düsteren Ecken Licht zu machen, aber dann liegt alles in warmem Glanz. Zum Schluss platziert er das bestellte Blumenarrangement auf dem Tisch in der Eingangshalle, bevor er sich kurz auf den Absatz der Treppe setzt, spürt, wie ihm die Handflächen feucht werden. Ihn packt immer noch das Lampenfieber bei jeder großen Besichtigung, ein Gefühl, als sirre jede Faser seines Körpers, Angst, aber noch mehr die Lust auf Performance, sich ganz hineinzulegen in den Verkauf. Meyer steht auf, atmet durch. Heute verkuppelt er den alten Brink. Anfang sechzig, Unternehmer, Chemieindustrie, zu viel Aftershave und keine Spur von Grau im Haar, nur ein verdächtiger Violettstich im Braun. Hat gerade die Scheidung hinter sich, das alte Haus an die Exfrau abgetreten, will jetzt was nach ganz eigenem Geschmack, – Groß, ehrwürdig, mit Seele! Vernunftehen und Vernunftimmobilien seien was für Arme, hat er geschäkert. Eigentlich ist Brink Falbers Kunde, aber die vier Häuser, die Falber bislang für ihn ausgesucht hat, waren Brink noch nicht *einmalig, außergewöhnlich* genug, die fand er *regelrecht tot*.

Herr Falber hat noch nicht verstanden, was ich eigentlich suche!, lamentierte Brink vor einigen Wochen, stand mit Falber im Empfangsbereich des Maklerbüros, machte Meyer zum Publikum, als er zurückkam von einem Außentermin, fasste ihn sanft, aber bestimmt am Oberarm, hielt ihn auf. Meyer ist es mittlerweile gewohnt, von Leuten ungefragt angefasst zu werden, nimmt es hin wie ein unanständiges, aber schmeichelhaftes Kompliment, – Ihr Chef ist ein guter Mann, deklarierte Brink, Herr Falber wurde mir ja wärmstens empfohlen, aber ich bitte Sie, Herr …? Meyer stellte sich vor, Brink drückte ihm schmerzhaft die Hand, – Herr Meyer, tun Sie mir den Gefallen, helfen Sie Ihrem Chef, ich fürchte, Herr Falber hat kein Gespür für mich … Dann warf Brink einen Blick auf seine massive Armbanduhr, – So, ich muss! Herr Falber, wir sprechen – und Sie, junger Mann, Sie bringen mir ein bisschen Bewegung in die Sache, nicht?

Falber nahm die Spitze gelassen, Meyer könne sich ruhig umhören, sagte er, als Brink aus der Tür war. Wenn Meyer für den Kerl tatsächlich was finde, mache er drei Kreuze.

Drei Wochen später, auf einer von Frau Scherings Benefizgalas in der Alten Oper, stieß Meyer auf die Villa in Kronberg, allerdings war die alles andere als ein Wohnjuwel. Seinen Rat brauche sie, deklarierte seine Tischnachbarin, als er wie beiläufig fallenließ, er sei im Immobiliengeschäft. Sandra Götz, Chefeinkäuferin für *Peek & Cloppenburg*, überblond, überhungert, nicht mehr taufrisch, aber scheckheftgepflegt, wollte das Haus ihres Vaters verkaufen, – Gott hab ihn selig, aber das Haus ist ein Albtraum, klagte die Götz, einen absurd eklektizistischen Geschmack habe ihr Vater gehabt, Tudor-Style-Leuchter, altdeutsche Essgruppe, ein Gussofen aus dem späten 19ten, dunkle Holzvertäfelungen en masse und diese Tapisserien nach Louis Schlag-mich-tot, die ihr Vater gesammelt habe. Nicht zu sprechen von den Badezimmern, handgemalte Lindwürmer auf roten Kacheln, französische Spezialanfertigung. Die Götz seufzte angestrengt. Zerrenoviert habe ihr Vater die elegante Villa, die Marktwerteinschätzung sei erschütternd, dabei beste Lage, sanierte historische Bausubstanz.

Wer denn bewertet habe, wenn er fragen dürfe?

Geiger & Saller.

Meyer nickte ernst, schwieg, bis sich im Gesicht der Götz Verunsicherung breitmachte. Ein Franchiser wie *Geiger & Saller* habe doch kein Gefühl für spezielle Objekte. Sie habe hoffentlich noch keinen Auftrag erteilt. Die Götz verneinte erleichtert. Meyer bot eine unverbindliche Zweiteinschätzung an.

Geiger & Saller hatte nicht falsch bewertet, die Villa stank zehn Meter gegen den Wind nach Problemimmobilie, extrem hochwertig, stilmäßig an jeder Mode vorbei, aber Meyer überbot *Geiger & Saller.* Das war Brinks Haus. Ein Unikat, schrieb Meyer ins Exposé und zog den Kaufpreis rauf bis auf Brinks Budget. Einer wie Brink kaufte niemals unter Budget, der Preis musste wehtun.

Als das Angebot stand, rief Meyer sofort Brink an. Unangenehm agil bestellte der ihn vor der Besprechung zum Tennis, – Ja, das Exposé wolle er unbedingt sehen. Heute gehe nicht, aber morgen. Da sei er zwar sonst immer beim Tennis, aber – hören Sie, spielen Sie? Dann spielen wir doch eine Partie! Also hatte Meyer den letzten Sonntag statt auf der Couch auf dem Platz verbracht. Erst nach der Partie, die Meyer Brink gewinnen ließ, durfte er ihm das Exposé vorlegen. Zusammen saßen sie im Restaurant des Tennisclubs über frischem Limetteneistee mit Minze, Brink in grotesk kurzen Hosen, die erst im Sitzen ihre volle Schamlosigkeit offenbarten. Beim Blick auf die sich kringelnden, drahtigen Haare auf schlaffer, bleicher Beinhaut wand sich etwas in Meyer vor Ekel, doch er erläuterte weiter sachlich das Exposé. Als er fertig war, kratzte sich Brink nachdenklich am Kinn, – So, das also, glauben Sie, könnte mir gefallen, Herr Meyer? Brink ließ nicht durchblicken, wie sehr ihm die Villa zusagte, aber begründete gönnerhaft, Meyer habe sich beim Tennis so anständig geschlagen – zwar verloren, aber feine Partie! –, und da er ordentliche Gegner schätze, wolle er dem Häuschen auch eine Chance geben.

Brink ist eine gute Viertelstunde zu früh, braust in polierter S-Klasse die steile Landstraße herauf, aber Meyer empfängt ihn bereits vor dem geöffneten Eingangstor zum Haus, als Brink in die Einfahrt einbiegt, dann mit laufendem Motor hält, das Fahrerfenster herunterlässt.

Oha, schon da und spielen Portier, Herr Meyer?

Fahren Sie vor, die Auffahrt ist lang, ich bin dann gleich bei Ihnen, erwidert Meyer, aber Brink winkt großzügig ab.

Unsinn, ich nehm Sie mit, springen Sie rein!

Ein guter Start. Meyer steigt in den Wagen, Brink gibt demonstrativ Gas, der Benz zieht an, geschmeidig, kraftvoll. Meyer lehnt sich leicht zurück, kurz plänkelt er mit Brink über die schöne Aussicht, die es bereits auf dem Weg hierher gibt, dann parkt Brink auf dem Kiesplatz vor der Villa, und sie steigen aus. Einen Augenblick steht Brink vor dem Haus, die Arme in die Seiten gestützt, betrachtet prüfend die mit üppigem Sandsteindekor geschmückte Fassade. Meyer unterbricht nicht, wartet ab, bis Brink sich räuspert und nickt, ja, auf so einem Foto komme manches nicht zur Geltung. Dann öffnet Meyer die hohe, schwere Eingangstür, lässt Brink den Vortritt. Sie schreiten lautlos auf dichtem, weichem Perser, der Schein des Tudorleuchters bringt die Holzvertäfelung des Vestibüls zum Schimmern. Brink sagt nichts, sieht sich nur um, wieder die Arme in die Seiten gestützt, lässt den Blick wandern von der massiven Holzwangentreppe, die in die oberen Stockwerke führt, hinüber zu der doppelflügeligen Tür zum Kaminzimmer mit goldgelbem Buntglaseinsatz. Keine Rührigkeit in Brink mehr, ganz ruhig wird Brink, von Raum zu Raum wird er ruhiger. Meyer führt ihn durch das Haus wie durch ein Museum, weist auf Details hin, die aufwendige Ornamentik des gusseisernen Ofens, Löwen- und Schlangenmotive auf den Ofenplatten, gegossen um 1890, legt Bedächtigkeit und sanfte Ehrfurcht in die Stimme, vermeidet jede Art der Anpreisung. Beschreibt stattdessen, erläutert: Tafelparkett, Stuck in allen Erdgeschossräumen, Leisten und Zierornamente mit Ranken und Blattwerk, Jagdszenen in den

Reliefen, ein Bogenschütze in antikisierendem Gewand, Rebhühner, Jagdhunde, ein Hirsch, ein Hase; im Obergeschoss Kassettendecken aus verschiedenen Hölzern, Zeder, Eibe, Zirbelkiefer, in den Bädern handgearbeitete Kacheln, Nordfrankreich, Lindwurmmotiv, Brink nickt, aha, oh, ja. Zuletzt treten sie hinaus auf die Terrasse mit Blick über das große Grundstück, Meyer deutet: Eichen, Sommerlinden, Blutbuchen, einige davon über zweihundert Jahre alt.

Brink steckt sich ein Zigarillo an, bietet Meyer auch eines an, reicht ihm Feuer. Sie rauchen still, während Brink seinen Blick über die Gartenanlage schweifen lässt. Meyer registriert Brinks betont aufrechte Haltung, das Kinn gereckt, die dichten Brauen leicht angehoben, fast wehmütig, die Lippen minimal geschürzt. Brink stellt sich vermutlich vor, wie es wäre: er hier und alles seins. Meyer stört nicht, raucht, tut, als ob er die Aussicht genieße. Dann wendet sich Brink ihm plötzlich zu, die wulstigen Lippen kräuseln sich, sind auf einmal ganz nervöse Bewegung. Meyer erwidert Brinks Blick unaufgeregt, beinahe liebevoll, – Herr Brink?

Ja dann, Herr Meyer, jetzt mal Tacheles, Sie haben ja lang genug hinter dem Berg gehalten – der Preis?

Meyer nennt den Kaufpreis, schwingt um auf einen geschäftlichen Ton.

Oh, nicht gerade ein Schnäppchen, erwidert Brink.

Im Budget, sagt Meyer.

Ja, im Budget, gibt Brink zu, macht eine Pause, zieht an seinem Zigarillo. Ob das Interieur auch zum Verkauf stehe, will er wissen. Meyer lächelt. Er sei sich ganz sicher, Frau Götz werde Herrn Brink bei Interesse durchaus entgegenkommen. Da das Haus ihrem Vater gehört habe, habe das Mobiliar zwar einen emotionalen Wert, aber bestimmt sehe sie es gern in den Händen eines Liebhabers weiterhin verbunden mit dem Anwesen.

Brink bläst Rauch in die frische Morgenluft, dann stützt er sich mit beiden Händen auf die steinerne Balustrade, senkt nachdenklich den Kopf, sein Doppelkinn quillt ein Stück über den gestärkten Kragen seines Hemdes. Wissen Sie, Herr Meyer, eigentlich ist mir das Haus etwas zu groß.

Ein Schwall Hitze fährt Meyer durch den Körper, *zu groß*. Brink, du Arschloch, *groß* war die Vorgabe, aber Meyer verzieht keine Miene. Der Kaufpreis. Brink testet. Der testet bloß, – Ein unvernünftiges Haus, fügt Brink hinzu, dann sieht er Meyer wieder an, fast provokant: Sagen Sie, was war das Unvernünftigste, was Sie zuletzt getan haben?

Meyer sucht Brinks Gesicht ab nach einer humorigen Regung, aber findet nur Ungeduld. Der meint die Frage ernst, Brink geht es nicht ums Handeln, der hadert. Komm, alter Mann, *Vernunft*, Schwachsinn, du wolltest es doch noch mal krachenlassen, so kurz vor Schluss, *Best Ager, Master Consumer, Generation Gold*, Herrgott, wer will schon vernünftig ins Grab? Brink ist reif wie Fallobst, der braucht was, das ihn bestärkt, aber reizt – bloß keine Anpreisung. Meyer wägt einen Moment seine Antwort ab, bevor er spricht, – Das Unvernünftigste, was ich zuletzt getan habe, Herr Brink, war vermutlich, dieses Objekt für Sie zu akquirieren.

Wie er denn das verstehen solle? Brink klingt erstaunt und leicht verstimmt. Meyer neigt den Kopf mit einem Anflug von Bedauern, streicht über den rauen Handlauf der Balustrade, – Wenige begreifen die Philosophie eines solchen Hauses. Der vernünftige Makler hätte entweder verzichtet oder – Meyer verzieht abfällig den Mund, – Entkernung angeraten, radikale Modernisierung: bulthaup-Küche, puristische Badausstattung, Granit, Glas, Rainshower-Dusche, Standardbäder wie in jedem besseren Ketten-Hotel. Abschließend *Home Staging* mit dem üblichen Mailänder Möbelmesse-Mist aus der vorletzten Saison. Gesichtslos, massentauglich. Einfach verkäuflich. Meyer wendet sich dem Haus zu, legt den Kopf in den Nacken, Brink folgt seinem Blick hinauf zu den mit grünen Gusseisenrahmen verzierten Gauben, – Charakterobjekte verlangen vom Makler immer mehr Arbeit. Das Haus *ist* ein unvernünftiges Haus. Meiner Meinung nach macht das seinen Wert aus. Deshalb habe ich es akquiriert.

Brink mustert Meyer einen Augenblick lang schweigend, beginnt auf und ab zu laufen über die große Terrasse; bleibt schließlich stehen, halb von Meyer abgewandt, die Sonne lässt sein Haar leuchten, verrät ein paar lichte Stellen. Dann macht Brink wieder kehrt, sehr schneidig, zieht an seinem Zigarillo, sieht Meyer fest in die Augen.

Also, Herr Meyer, – Brink hebt zwei Finger, zwischen den Knöcheln das Zigarillo geklemmt, tippt Meyer auf die Brust, dass ein Stück Asche abbricht und zwischen ihnen zu Boden rieselt, – Bei Ihnen hat mich mein Gefühl nicht getäuscht – eigentlich bin ich keiner für Schnellschüsse, aber Bedenkzeit ist schließlich auch Lebenszeit – wenn es sich noch verhandeln lässt mit dem Interieur, sage ich: Sie haben Ihren Käufer.

Brink streckt ihm die Hand entgegen, Meyer nimmt sie, rasch, erwidert Brinks kräftigen Händedruck, genießt den fein brennenden Schmerz.

2

Leitung Frankfurt

Falber kommt ihm schon im Flur entgegen, sieht ihn erwartungsvoll an, Meyer spürt, wie ihm der Schweiß ausbricht, sein Körper fühlt sich an wie wattiert, er weiß nicht, ob das Fieber ist oder bloß die Euphorie. Als er nickt, – Treffer, versenkt, Brink will das Haus! – packt Falber ihn an den Schultern, herzlich, grob, flucht durch gebleckte, perlweiße Kronen: Thomas, verdammter Goldjunge! Besteht jetzt auf ein Glas Scotch, nicht mal halb eins durch, aber ein Glas müsse jetzt sein, Meyer solle sich gefälligst setzen und erzählen! Falber schiebt Meyer in sein Büro, öffnet das Teakholzkabinett, holt die Flasche achtzehnjährigen *Rosebank* heraus und füllt zwei Gläser, stellt eines vor Meyer auf den Tisch, die Flüssigkeit schwappt, schliert in malzigen Tränen entlang der Glasinnenseite zurück nach unten.

Die Möbel will Brink auch, sagt Meyer und nimmt Platz – mindestens die altdeutsche Essgruppe, die Chesterfield-Couch und den Neobarock-Sekretär. Und die Tapisserie *Schäferin mit Hirtenjunge* – Meyer breitet die Hände aus, dann legt er sich eine emphatisch auf die Brust: Mitten ins Herz. Die – Zitat –: *muss* er haben.

Ob es was zu feiern gebe?

Auf einmal steht Gläsker im Türrahmen, die Arme locker vor der Brust verschränkt, offensichtlich bemüht um Beiläufigkeit. Lockerheit steht Gläsker nicht, Gläsker ist Typ *Seriös*, da ist er König, Anzüge in Schwarz, Blau, Anthrazit, keine Experimente bei Krawatten und Socken, die Haare gescheitelt, grau meliert, im Nacken scharf geschnitten; jede Lockerheit wirkt bei Gläsker, als ob gleich der ganze Mensch aus den Fugen gerate. Meyer sieht ihn nur an, einen Hauch mitleidig. Neuerdings zeigt Gläsker gewaltiges Interesse an allem, was Meyer so tut. Seit Beatriz das Kind gekriegt hat, macht Falber nämlich Ernst, hat sich vor einem halben Jahr die klassizistische Stadtvilla drüben in Wiesbaden gekauft, zwölf Zimmer, drei Stockwerke, vierhundert Quadratmeter Wohnfläche, Treppenhalle mit acht Metern Deckenhöhe – Wiesbaden, wir kapern Wiesbaden!, hat Falber schon vor fünf Jahren verkündet, sich nach und nach dort breitgemacht, erfolgreich gewildert im fremden Revier und vor drei Monaten endlich das zweite Büro in der Wiesbadener Villa eröffnet: Wohnen und Arbeiten unter einem Dach. Seit Beatriz das Kind gekriegt hat, wird Falber nämlich auch ein bisschen sentimental, Zeit für die Familie, bla, bla, bla, ungeplantes, spätes Vaterglück mit achtundvierzig. Auch da macht Falber Ernst, nächsten Monat Hochzeit mit Beatriz, achtundzwanzig, Flugbegleiterin bei der Lufthansa, brasilianische Wurzeln gepantscht mit Offenbacher Genen. Gleichzeitig kocht Falbers Entrepreneursblut hoch – endlich Wiesbaden, zweites Quartier, Falber an vorderster Front, Ziel: Eroberung Wiesbadens, keine Gefangenen! Für das Büro am Opernplatz braucht er deshalb bald einen, der die Geschäfte in Frankfurt führt, hier nach dem Rechten sieht, während Falber sein Wiesbaden kapert. Gläsker hätte gute Chancen. Aber Meyer weiß, er hat sie auch. Jetzt noch ein Stück mehr.

Und ob es was zu feiern gebe!

Falber klärt Gläsker auf, Hartmut Brink wolle das Gründerzeithaus in Kronberg, und für einen Moment füllt der Kaufpreis der Villa angenehm den Raum aus. Dann drückt Falber Gläsker auch ein Glas Scotch in die Hand, Gläsker gratuliert Meyer breit lächelnd zum Verkaufserfolg, aber Gläskers Blick zieht nicht mit, Gläskers Blick wünscht ihm die Pest an den Hals. Meyer nimmt einen Schluck, hält den Blickkontakt über den Glasrand hinweg, bis Gläsker wegsieht, erst zu Boden, dann zu Falber, der begonnen hat, die Chose mit Brink von Anfang an zu erzählen. Gläskers Mundwinkel haben Mühe, ihre gefällige Position zu halten. Ein guter Verkäufer hat sein Gesicht immer unter Kontrolle. Gläsker verschwendet die Möglichkeiten seines Gesichts, gesegnet mit einer stimmigen, vertrauenerweckenden Mittvierzigervisage, immer tadellos rasiert, an den richtigen Stellen verschlissen: zwei markante Linien von den Nasenflügeln hinab zu den Mundwinkeln, eine energische Zornesfalte zwischen den Brauen und, obwohl Meyer ihn selten lachen sieht, feine Lachfältchen um die Augen. Aber was Gläsker zum wirklich brillanten Verkäufer fehlt, ist schlicht Gefühl. Der brillante Verkäufer fühlt beim Verkauf, gibt sich hin beim Verkauf. Gläsker makelt kaum je ein Objekt für den Eigenbedarf, Gläsker hält sich für den großen Strategen, Renditeobjekte sind sein Spezialgebiet, Gläsker weissagt die Zukunft in Tabellen und Kurven, *Zeit ist Geld, aber Timing alles*, präsentiert klare, kalte Chancen bei Neubauprojekten in Sachsenhausen, exklusiven Apartmenthäusern im Westend und Finanzdistrikt, dabei steckt nur im Eigenbedarf echtes Gefühl, Sehnsucht des Kunden. Das Anlageobjekt dagegen ist hauptsächlich angefüllt mit der Faulheit des Kunden: Bitte wenig Aufwand, viel Ertrag. Kein Wunder zieht Gläsker immer die Fresse einer vernachlässigten Ehefrau. Gläsker ist zu verbissen, führt jeden Tag Krieg, als sei der Kunde der Feind. Dabei ist das Verkaufsgeschäft ein dankbares Geschäft, de facto ist man nur Überbringer bester Nachrichten: *Schauen Sie, schrecklich einfach verhält sich die Sache – das alles könnte Ihnen gehören.*

Als Meyer bei Falber anfing, nahm Gläsker ihn nicht ernst, Meyer war sechsundzwanzig, Gläsker sagte gleich *du*, checkte ihn ab. Wo er vorher war? Bei *Immobilien Klenze*? In Sachen Portfolio ja eher Gemischtwarenhändler, Premiumsparte sei etwas mehr als Gewerbeschein 34c und Türen aufsperren. Meyer ließ sich nichts anmerken, aber der Satz fühlte sich an wie ein Schlag in den Magen. Mittlerweile nimmt Gläsker ihn ernst, macht sich sogar bei Fresinger über ihn Luft, *Hält sich für High Potential, der Speichellecker!*, nur, Fresinger kann nichts für sich behalten, Fresinger ist wie ein nasser Schwamm, man muss bloß sanft drücken, damit sich ein Schwall ergießt. Gläsker verkraftet nicht, dass Meyer vor knapp fünf Jahren hier einfach aufgekreuzt ist und ihm mittlerweile den Rang abläuft, ausgerechnet jetzt, Büroleitung Frankfurt, aus jeder Pore trieft Gläsker, wie sehr er das will, aber Meyer ist sicher, Gläsker riecht, um wie viel mehr noch Meyer es will. Dass Gläsker ihn hasst, ist ein Kompliment, einer mit zwölf Jahren Erfahrungsvorsprung, immer vollen Auftragsbüchern, Falbers Topmann, zumindest, was die Zahlen angeht. Die Besten erkennt man am Neid der anderen, Neid ist wie eine Kompassnadel, aber goldene Regel: Ist einer stärker, reib dich nicht auf, schließ dich ihm an.

Als Meyer noch für Klenze arbeitete, erschien in *Bestlage* ein Artikel über Falber mit schwarzweißem Hochglanzfoto: Falber in feinem Zwirn am Schreibtisch, das gewellte Haar elegant gescheitelt, die Hände in bewegter Geste, der Blick seriös an der Kamera vorbei in den Raum, als sei er mitten im Gespräch, die Details auf dem Bild gekonnt in Szene gesetzt: der Glanz von Falbers filigraner Armbanduhr, die halb unter der Manschette hervorlugte, ein offener Montblanc neben einem beschriebenen Bogen Papier, die Füllerkappe wie zufällig auf dem schimmernden Holz des Schreibtischs, Falbers helle Augen wach, die Pupillen eng, die Iris strahlend vom Kamerablitz. Bildunterschrift: *Leben wie Gott in Frankfurt – Reinhard Falber, Spezialist für exklusive Immobilien in Frankfurt a. M. und Umgebung.* Neben dem Artikel dezent platziert drei Kurzexposés zu Objekten in Bockenheim, Königstein und Bad Homburg, Preis auf Anfrage.

He, Harald!, rief Klenze seinem Geschäftspartner zu und wedelte mit dem Heft: Unser Reinhard gibt wieder den Lokalmatador! Hör dir das an! Dann zitierte Klenze spöttisch: *Ein Erfolgsgeheimnis? Kein Geheimnis, nur eine klare Direktive: Der Anspruch des Kunden ist unser Maßstab, denn Kompromisse schaffen keine Zufriedenheit. Der Unterschied zwischen dem durchschnittlichen Makler und dem exquisiten* – exquisiten, Harald! – *ist ein intuitives und doch hochgradig geschultes Gespür dafür, welcher Kunde und welche Immobilie zusammengehören.* Ha! Pass auf, jetzt kommt der Abschuss: *Dabei muss der Makler stets absolut zuverlässig und ehrlich sein, denn das Fundament jedes Immobiliengeschäfts im Hochpreissegment ist Vertrauen.* Blasierter Sack, blaffte Klenze und warf die Zeitschrift auf seinen Schreibtisch zurück, – Damals auf der Fachhochschule war Falber bloß der Reinhard aus Unterliederbach, jetzt spielt er sich auf wie der Von und Zu.

Nach Feierabend auf dem Heimweg kaufte sich Meyer die aktuelle Ausgabe der *Bestlage*, recherchierte im Netz, was über *Falber Immobilien* herauszukriegen war: Falber, Dipl.-Wirtschaftsingenieur, Firmengründung 1990, Opernplatz, feinste Adresse, ein überschaubares Maklerbüro, Walter Gläsker, Dipl.-Betriebswirt, Paul Fresinger, Dipl.-Jur., Jochen Merck, Dipl.-Ing. Architektur, Bausachverständiger, Georg Lohmann, Dipl.-Kaufmann, und zwei Assistentinnen, eine junge und eine alte. Eine Woche wägte Meyer ab. Dann rief er bei *Falber Immobilien* an. Zweimal wimmelte ihn die alte Assistentin ab, Herr Falber sei in einer Besprechung, Herr Falber sei auf einem Außentermin. Beim dritten Versuch ein paar Tage später hatte Meyer mehr Glück und erwischte ihre junge Kollegin am Telefon, die ihn nach kurzem Geplänkel anstandslos zu Falber durchstellte.

Falber blieb freundlich, aber distanziert, als Meyer erklärte, dass er für ihn arbeiten wolle. Eigentlich habe er gerade keinen Bedarf, erklärte Falber. Eventuell zukünftig? Falber ging nicht darauf ein. Warum Meyer zu *Falber Immobilien* wolle? Meyer erläuterte unverblümt: Es müsse was dran sein am Neid seines Chefs. Als Meyer Klenzes Namen nannte, schwieg Falber einen Moment lang. Dann sagte er: Nicht gerade loyal, was Meyer da mache.

Meyer sagte nichts, fürchtete, er habe sich zu weit aus dem Fenster gelehnt.

Aber es sei interessant, was alte Bekannte so von einem

halten, fuhr Falber fort, wollte wissen, wie lange Meyer schon für Klenze arbeite. Meyer erläuterte knapp seinen Werdegang, Lehre zum Bankkaufmann, anschließend drei Jahre im Privatkundengeschäft, dann vier Jahre bei Klenze, nebenbei Fortbildung zum Immobilienfachwirt, danach Diplom-Immobilienwirt, begrub das Kleinlaute, das sich um seine Stimmbänder legen wollte, unter einem sachlichen, ruhigen Ton. Wenn du Angst hast, zwing dich zur Langsamkeit, denk an Honig, an Sirup, an Treibsand.

Später gab Falber zu: In Wahrheit hattest du mich schon, als du von Neugier durch Neid gequatscht hast. Ich war so geschmeichelt, zum Kotzen war das.

Gläsker leert seinen Scotch, als Falber Meyer energisch auf die Schulter klopft, – *Spirit,* Thomas, du hast *spirit*! – dann auf die Uhr sieht und seine Aktentasche packt. Er müsse jetzt rüber nach Wiesbaden, Lunch mit dem Fuzzi vom Bauamt, danach eine Erstbesichtigung, Architektenvilla, Komponistenviertel, er bleibe dann gleich drüben – falls was sei, anrufen.

Meyer nickt, – Grüße an Beatriz.

Richt ich aus! Dann ist Falber aus der Tür.

Einen Augenblick sieht Gläsker Meyer nur an, mit unverhohlener Verachtung. Da will was raus aus Gläsker, sein schmaler Mund öffnet sich höhnisch, und der Spalt gibt Sicht auf die Zähne frei, aber Gläsker zögert zu lang.

Hast du eigentlich schon mal Feijoada gegessen?, fragt Meyer und greift nach dem Scotch, senkt den Blick für eine Sekunde, schraubt bedächtig den Deckel ab; dann sieht er wieder auf, in Gläskers irritiertes Gesicht.

Fe-was?

Feijoada. Musst du probieren. Meyer schenkt sich nach, nimmt einen Schluck, dann befeuchtet er sich die Lippen und lächelt. Feijoada ist *das* brasilianische Nationalgericht, ein Bohneneintopf mit Fleisch, in Butter geröstetem Maniokmehl, Orangenscheiben und Pfeffersoße. Als Nadja und ich letztes Wochenende bei Falber waren, hat Beatriz richtig groß aufgefahren – kein Wunder, dass Falber langsam ansetzt – jedenfalls: Feijoada – eins a. Ich frag Beatriz mal nach dem Rezept. Für deine Frau.

Meyer leert sein Glas, stellt es zurück auf den Tisch, dann nickt er Gläsker zu, bevor er die Küche verlässt, – Sorry, muss los. Noch einen Termin.

Speichellecker, bitte. Meyer hat sich die Feijoada runtergezwungen, trotz seines empfindlichen Magens. Gläsker bringt Meyer nicht um die Büroleitung, nicht dieser Theoretiker ohne Herzblut, dieser ausgetrocknete, kalte Reißbrettverkäufer. Der war nie mit den Händen im Dreck, höchstens im Dreck, den der Beruf mit sich bringt, kleine, unsaubere Mittel, aber was ist das schon. Gläsker hatte nie den Dreck anderer Leute an den Fingern, echten Dreck, Straßendreck, vielleicht geht ihm deshalb die Leidenschaft ab, Dreck bildet den Willen, das Herz. In der Schusterei vom Vater putzte Meyer als Junge den Dreck von den Schuhen der Kunden, für jedes Paar fünfzig Pfennig vom Vater, in der Stunde schaffte Meyer fünf bis sechs Paar, machte drei Mark pro Stunde. Wenn es gut lief. Im Winter lief es schlechter, der Matsch, die Salzränder, die unzähligen Stiefel, die geputzt und poliert werden mussten, bis dir die Muskeln in den Armen brannten, und immer der Ekel, wenn die Hand tief in den Schuh hineinfuhr für besseren Halt, ihn erwärmte und saurer Schweißgeruch aufstieg; dann hattest du das Gefühl, der Dreck verdaue deine Hand. Die einzige Genugtuung war, wenn Meyer sich selbst besiegte, schneller war als am Tag zuvor, aber hatte er zu schludrig gearbeitet, nahm ihm der Vater die Schuhe nicht ab, ließ jede noch so kleine Unsauberkeit nacharbeiten. Hielt Meyer ein wirklich gutes Paar Schuhe in den Händen, wusste er, heute verliert er gegen sich, bei den teuren Schuhen verlangte der Vater das volle Pflegeprogramm, das Entfernen der Schnürsenkel, Abbürsten von Schmutz, dann farbige Creme, um Abriebe und ausgeblichene Stellen zu kaschieren, meistens schwarze, die dir richtig die Hände versaute, bei brauner immer Angst vor Rändern im Leder. Anschließend Politur mit der Bürste, dann Auftrag von Wachs, wieder das monotone Rauschen der Bürste, zum Schluss mit Wasser auf Hochglanz, Zeige-, Mittel- und Ringfinger fest mit dem Tuch umwickelt, endlose kleine, kreisende Bewegungen, bis die Fingerknöchel wehtaten. Während er putzte, ihm der Nacken steif wurde vom Beugen über den Schuh, unter ihm die harte Sitzfläche des Schemels, stellte er sich die Besitzer der Pumps, Mokassins, Loafers, Businessschuhe vor, modische Modelle, ängstlich konform oder hässlich bieder, bloß Gebrauchsgut oder Visitenkarte, konnte bald an Qualität, Farbe, Form ablesen, wem sie vermutlich gehörten, ob Anwohnern aus dem Viertel oder Büroleuten, Bankleuten aus den umliegenden Hochhäusern, ob mittlere oder höhere Angestellte. Nach dem Putzen wusch er sich wie besessen die Hände, um die Gerüche loszuwerden, Fett, Creme, Schweiß, Leder, wie er rieb, die Seife aufschäumte, die Nägel schrubbte, um sie sauber zu kriegen, und es doch nie ganz schaffte, die Hände minutenlang unter fließendes Wasser hielt, bis ihm fast jedes

Mal der Vater unterbrach, ob er spinne, das koste Geld. Wenn Meyer sich anschließend die rissige Haut mit Vaseline einschmierte, dachte er jedes Mal, später putze er bloß noch seine eigenen Schuhe, und alle würden nur richtig gute sein, aber dafür brauchte er mehr als fünfzig Pfennig pro Paar, drei Mark die Stunde vom knauserigen Vater, die bezahlt wurden statt des Taschengelds.

Als Meyer hinaus auf den Opernplatz tritt, schlägt er die Mainzer Landstraße Richtung Schusterei ein. Er muss zum Vater, seit Wochen vertröstet ihn Meyer. Er solle doch endlich mal in der Mittagspause vorbeikommen, um den neuen Anprobestuhl anzuschauen! Der Stuhl war Kai Wiesmanns Idee. Vom eigenen Gesellen lässt sich der Vater jeden Scheiß einreden, der Vater, der sonst bei allem geizt. Hat auf Kais Rat hin letztes Jahr das ganze Ladeninventar ausgetauscht, neuntausend Euro für Neues, das aussieht wie alt: Verkaufstheke, Regale und Vitrine mit rotbraun gebeiztem Holzfurnier, lindgrüner Wandanstrich, ein Ladenschild aus Messing, das Kai selbst graviert hat, *Schuhmacherei Meyer, Meisterbetrieb*. Kai will mit dem Vater das Geschäft umkrempeln, sich auf Maßanfertigung, Anpassung und Reparatur hochwertiger Schuhe spezialisieren. Der Nostalgiedreck zieht tatsächlich schon die C-Prominenz an, letztens einen Ersatzbänkler von der Eintracht, einen Fernsehfritzen vom Börsenparkett. *Hey, Thomas, hast du dem nicht eine Wohnung vermittelt? Ja, Kai, kann sein.*

Kleines Jungtalent, der Wiesmann, das Gesellenstück ausgezeichnet von der Frankfurter Handwerkstiftung, Kammer-, Landes- und Bundessieger der Schuhmacher im praktischen Leistungswettbewerb, gerade vierundzwanzig, aber bald schon den Meister in der Tasche. *Deutschlands bester Jungschus-*

ter 2009. Kai schaffte es sogar in ein paar Lokalblätter. Wenn es nach dem Vater geht, soll Kai in ein paar Jahren das Geschäft übernehmen. Bitte, nur zu. Hat der Vater endlich einen gefunden, der die Klitsche will, auf die er so viel gibt. Nur wegen der Lage ist der Laden noch nicht abgeschmiert, trotz aller *Mister Minits* Frankfurts, Standortvorteil Seitenstraße der Mainzer Land zwischen Frankfurter Büro Center und Trianon. Allein die Lage sichert die Kundschaft, ein konstanter Strom an Angestellten, die ihre Schuhe zum Flicken bringen – jeder Stümper von Schuster hätte sich so halten können.

Von hinten aus der Werkstatt tönt das Brummen und Kreischen der Ausputzmaschine, als Meyer die Schuhmacherei betritt. Kai kommt hinter dem Tresen hervor, empfängt ihn mit einem kräftigen Rückenklopfer, seine breitschultrige Statur wirkt noch derber in dem grobkarierten Hemd. Dieser Provinzler aus Mittelhessen glaubt ernsthaft, Meyer könne ihn leiden, nur weil Meyer nett zu ihm ist. Zu Kai Wiesmann ist Meyer standardnett, nicht überschwänglich, und wie er findet, nicht mal besonders glaubhaft, aber bei Kai reicht es schon aus, dass Meyer sich manchmal, wenn er den Vater nach Feierabend in der Schuhmacherei besucht, von Wiesmann auf ein Bier zu dritt im *Bock* überreden lässt, wobei Wiesmann das Reden übernimmt, abwechselnd mit Meyer und dem Vater, während Meyer und der Vater sich mangels Themen meist mehr oder minder anschweigen.

Prima, dass Meyer komme! Kai nimmt ihn beiseite, wirft einen kurzen Blick Richtung Werkstatt. Er habe eine Frage. Ob Meyer etwas zum Cordovanleder beisteuern wolle für den Geburtstag vom Vater, Gerhard habe doch schon seit Ewigkeiten vor, ein Paar Maßschuhe zu machen.

Wie? Für sich selbst? Meyer mustert Kai kritisch. Er hört das zum ersten Mal. Kai schüttelt den Kopf. Nein, als Aussteller fürs Schaufenster, das wollen sie noch mal umgestalten!

Kai unterbricht sich, als der Vater plötzlich im Durchgang zum Ladenraum steht, Meyer mit kurzem, scharfem Blick mustert, dass Meyer unwillkürlich über das Revers seines Sakkos streicht, den Knopf prüft, den Fall seiner Krawatte, bevor der Vater ihn ruppig umarmt. Hast du's endlich geschafft! Dann schiebt der Vater ihn an den Schultern in die Werkstatt, – Komm, der Anprobestuhl steht noch hinten.

Der Stuhl wirkt wie ein Fremdkörper in der Werkstatt zwischen den alten Maschinen, Meyer betrachtet stumm den cognacfarbenen Lederbezug, das gebeizte Holz, die leichte Erhöhung mit dem Bänkchen fürs Maßnehmen. Das Ding sieht zu teuer aus. Meyer will das nicht denken, aber es ist das Einzige, was er denken kann, *zu scheiß teuer*. Der Vater klopft enthusiastisch auf die Sitzfläche. Probier. Meyer nimmt Platz, auch wenn er nicht will. Gut, sagt er, lehnt sich testweise zurück. Wirklich. Schön. Wie viel hat der gekostet?

Den hat ein Freund von Kai gemacht, der ist Schreiner, erklärt der Vater nur, dann nimmt er sich ein paar frisch besohlte Schuhe vom Regal, legt einen nach dem anderen in die Schuhpresse, klopft die Sohlen mit dem Hammer fest. Wie geht es sonst?, fragt Meyer, als der Vater nichts weiter sagt. Gut. Viel Arbeit. Wie immer. Selbst? Meyer steigt wieder vom Stuhl herunter, er fühlt sich exponiert auf diesem Stuhl. Als komme gleich der Arzt. Oder ein Stromschlag. Er habe heute Morgen eine großartige Besichtigung gehabt, entgegnet Meyer, eine Villa in Kronberg, der Termin sei ein voller Erfolg gewesen, der Interessent wolle kaufen. Perfektes Timing, was die offene Stelle als Büroleitung angehe.

Der Vater wirft die Ausputzmaschine an, beginnt, die frisch geklebten Absätze zu fräsen, zu bimsen, dann das Paar zu polieren. Die Büroleitung werde jetzt definitiv im Oktober eingeführt, fügt Meyer hinzu, als der Vater nicht reagiert. Gut, gut, sagt der Vater. Das Kreischen der Fräse macht Meyer irre, der Gestank von warmem Gummi, der Rücken vom Vater. Dass der Vater sich nicht mal zu Meyer umdrehen kann, während er spricht. Hörst du mich?

Sicher. Oktober. Der Vater stellt das fertige Paar zurück ins Regal, nimmt sich das nächste, – Machst du für mich die Schnürsenkel raus? Meyer blickt auf das ausgetretene Paar Schuhe, die der Vater ihm hinhält. Eine Sekunde verspürt er den Drang, sie ihm aus den Händen zu schlagen. Eigentlich müsse er gleich weiter. Der Vater runzelt die Stirn. Aber er sei doch gerade erst gekommen. Schließlich nimmt Meyer die Schuhe, entfernt langsam die Schnürsenkel, während der Vater vom letzten Innungstreffen erzählt, gegen die Maschine anschreit. Meyer sieht durchs Fenster hinaus in den Hinterhof, auf die Rückwand der Garagen, atmet aus, schluckt, ein Gefühl, als schnitte ihm etwas in die Kehle wie ein Draht. Wie oft er als Junge diese Rückwand angestarrt hat.

Als er sich verabschiedet, folgt Kai ihm zur Tür, senkt verschwörerisch die Stimme, – Also, machst du mit beim Cordovanleder? Meyer nickt nur. Er weiß sowieso nie, was er dem Vater schenken soll. Was nichts mit dem Laden zu tun hat, interessiert den Vater ja nicht.

3

Vermählung

Meyer knöpft den obersten Hemdknopf zu, stellt den Kragen auf, legt die Krawatte um, sattes Kupfer zum marineblauen Einreiher, dazu ein weißes Hemd, die neuen Manschettenknöpfe, Rotgold, achteckig, Bulgari. Bei Böhmer muss es ein bisschen mehr sein, in der Kanzlei Böhmer behandeln einen selbst die Empfangsdamen wie Dreck, sieht man nicht nach was aus. Das Outfit ist ein Geschenk von Nadja, alles außer den Schuhen, rahmengenähte, schwarze Oxfords aus butterweichem Boxcalf. Von Herrenschuhen hat Nadja leider keine Ahnung, kann einen Oxford nicht von einem Derby unterscheiden, aber sie steht drauf, Meyer auszustaffieren, hat gleich geurteilt: Aschblond, graue Augen, heller Teint, also Blautöne, gedämpftes Lindgrün, Hyazinth, Rosé, kräftige, warme Akzente, Kirschrot, Aubergine, Petrol.

Meyer geht in die Küche, macht sich Kaffee; kein Frühstück, Meyer bekommt nie was runter vor Notarterminen. Heute Punkt neun, Parteien Brink und Götz, da hat Meyer schon gestern Abend nichts mehr runtergebracht. Bis zum Flüstern der Füllfederhalter auf dem Papier des Kaufvertrags will Meyer die Leere im Körper, braucht das heiße Schneiden im Bauch, in Konsequenz schlägt ihm der Schaumwein nach Abschluss jedes Mal auf den Magen, aber das nimmt er in Kauf. Kaffee, schwarz, zwei Zucker, mehr geht jetzt nicht, Meyer rührt um, wirft den Löffel in die Spüle, macht auf dem Küchentresen Platz, schiebt Münzgeld beiseite, einen randvollen Aschenbecher, eine angebrochene Flasche Autopolitur, einen Vorratspack Rasierklingen, noch in der Drogerietüte, setzt sich und blättert schnell die Zeitung durch, bevor er losfährt, zehn Minuten Annoncenteil, Wirtschaftsteil, Sportteil, der Rest landet auf dem Stapel neben dem Mülleimer. Nadja ist konstant erschüttert über den Zustand von Meyers Wohnung. Beste Lage Sachsenhausen, Schlaf-, Wohn-, Ankleidezimmer, Fußbodenheizung, Massivholzparkett, Bad in dunklem Granit, aber nur das Ankleidezimmer ist in passablem Zustand, Hemden, Anzüge nach Farbe und Anlass aufgereiht, Gürtel und Krawatten gerollt in Schubladen, ansonsten räumt Meyer eher sporadisch auf, was einmal liegt, bleibt meistens eine Weile liegen. Im Schlafzimmer ein Haufen Klamotten für den nächsten Gang zur Reinigung, neben der Couch auf dem Boden alte Hefte von *Bestlage*, *Bellevue*, von *GQ*, *Youngtimer*, *MotorKlassik*, Nadja hat ihm einen Magazinsammler aus geöltem Sandelholz geschenkt, aber Meyer benutzt ihn nicht, nur die Putzfrau räumt jetzt einmal die Woche die Hefte ein, damit sie Platz zum Staubsaugen hat. Ausstatten ist Nadjas Job, Hotels, Konferenzzentren, Kanzleien, die Topetagen von Bank- und Firmenzentralen. Wenn sie bei ihm ist, vermessen ihre Augen unermüdlich die Räume, sie konnte nicht glauben, dass er hier schon drei Jahre wohnt: kein einziges Bild an der Wand, die Küchenausstattung rudimentär, vier Teller, vier

Tassen, vier Wassergläser, vier für Wein, im Schlafzimmer kein Lampenschirm. Vergessen. Wie kann man denn so was vergessen, Thomas? Vor dem Umzug nach Sachsenhausen hatte er einfach alles Alte entsorgt, kaufte das Neue in einem Abwasch, mit Vertrauen in den schwedischen Möbelmacher: fürs Wohnzimmer Kollektion *Stockholm*, fürs Schlafzimmer Serie *Malm*, nicht das Billigste, aber vor allem: nichts für die Ewigkeit. Manchmal stellt Meyer sich vor, es sich leisten zu können, nur noch in Hotels zu wohnen, immer in Bewegung, eine Nacht in einem verranzten ohne Komfort, die nächste im Grandhotel, Präsidentensuite, *Westin Grand, Villa Kennedy, Hessischer Hof*, Hotelzimmer bedeuten Möglichkeiten, wie die Wohnungen, die Häuser, die er makelt, unbestimmt, blank, bereit, gefüllt zu werden. Er will die Möglichkeit von Möglichkeiten. Scheiß auf den einen Lampenschirm, aber die sündhaft teure Deckenleuchte von Danese Milano aus organisch geformtem Aluminium, die Nadja dann anschleppte, hat Meyer natürlich aufgehängt, auch wenn sie dem Rest der Einrichtung spottet.

An Nadja ist alles edel, clean, designed – das Platinhaar, die schwarzen Yamamotokleider, ihr makellos gezogener Lippenstift. Als er sie zum ersten Mal traf, konnte er ihr kaum zuhören. Für *Heckler Bau* hatte Nadja die Schauwohnung eines Westender Apartmentneubaus eingerichtet, die Wohnungsausstattung individuell wählbar von Bodenbelag bis Badarmatur. Der Vertrieb lief über Falber, Meyer begleitete ihn in die Schauwohnung, aber er bekam nicht viel von Nadjas Einweisung mit, während sie Holz-, Travertin-, Marmorsorten, Küchen- und Sanitärausstattung erklärte, ihre eleganten, langen Finger über die Materialien gleiten ließ. Wenn du Nadja in einen verranzten, alten Sessel setzt, wird er Vintage, geh mit Nadja auf einen Absacker ins *Moseleck*, und die Hartzer-Klitsche wird fucking Avantgarde. Aufs *Moseleck* könnte Meyer verzichten, aber drei Gläser Barolo, und Nadja will mit Meyer nachts durchs Bahnhofsviertel, will mit Meyer den billigen Film, will gepackt werden im schattigen Parkhauszwielicht, hinter Hecken im Grüneburgpark, will Lift, dunkle Gasse, Autorückbank. Schließlich ist der Lift aber dann doch zu prekär, die Gasse zu unheimlich, Meyers 94er Jaguar XJ-S nicht geräumig genug, und sie enden jedes Mal im Doppelbett. Da kommt die höhere Tochter durch, die Nadja nie ganz loswird, das Schering-Blut. Die Scherings tun gern groß wie die Metzlers, mischen in den Gremien der Schirn und des Städel mit, haben sich ihren Platz in der Namensreihe der Museumsförderer gesichert, *Karl-Theodor Schering und Carola Muth-Schering* gemeißelt in die Steinwand des repräsentativen Städel'schen Treppenaufgangs zwischen all den anderen mehr oder minder prominenten Gönnern, Gabriele Quandt-Langenscheidt, Jürgen Schneider, allerdings etwas unglücklich platziert, rechts neben dem Zugang zu den Toiletten. Die eigene Stiftung der Scherings fördert soziale Projekte, Fokus *Kinder*, arm, krank, lernschwach, geistig und/oder körperlich behindert, aber unterm Strich sind die Scherings gegen die Metzlers ein kleiner Fisch. Liest Meyer in der Zeitung was über das Bankhaus Schering, überkommt ihn trotzdem ein warmer Schauer. Bisher duldet Nadjas Familie Meyer allerdings bestenfalls, Nadjas Neuer, Makler, aha. Nur Nadjas Mutter taut langsam auf: Thomas, lassen Sie das *Frau Schering*, das macht mich alt, sagen Sie *Carola*.

Meyer leert seine Tasse, packt seine Sachen zusammen, die

Alarmanlage gibt einen kurzen, hohen Ton von sich, als er sie anstellt und die Wohnung verlässt. Nadja hätte gern einen Schlüssel zu seinem Apartment. Gesagt hat sie das nicht, aber wenn sie über Nacht bleibt und morgens nach ihm das Haus verlässt, nimmt sie immer den Zweitschlüssel aus der Kommodenschublade, sperrt hinter sich ab, gibt ihn erst nach Wochen zurück. Ein paarmal hat sie Meyer nach Feierabend überrascht, öffnete wie selbstverständlich von innen die Tür, als er gerade aufsperren wollte; Meyer bekam jedes Mal fast einen Herzinfarkt, – Wie hast du den Alarm abgestellt? – Der Code liegt doch in der Schublade – aber Meyer hat beschlossen, Nadja kriegt ihren Schlüssel. Nächstes Mal wird er sagen: Behalt ihn. Das schadet nicht nach einem Jahr. Er weiß, was sie will, und liefert, alles andere ist nicht zielführend bei einer, die eigentlich eine Hausnummer zu groß für ihn ist. Nadja will Gentleman und eine Prise Gosse, was fürs Gemüt, was für den Pulsschlag. Dass sie sich jetzt ein Tattoo hat stechen lassen, da, wo nur er es sehen kann, ein schmales Tribal auf der Leiste, fand er furchtbar, aber irgendwie gut. Nadjas Ausbrüche berühren etwas in ihm, beim ersten Date auf der Terrasse vom *Plankmann's* standen sie so dicht, dass sich ihre Schatten unter der Abendsonne übereinanderlegten, doppelköpfig, vielgliedrig, deformiert, später strandeten sie betrunken in einem Hotelzimmer vom *Jumeirah*, Nadja löschte das Licht, sie habe ein Monster, das bestehe nur aus Augen, starre sie an bei allem, was sie tue. Als er sagte, so eines habe er auch, aber seines sehe im Dunklen, stellte sie das Licht wieder an, küsste ihn, zog ihn aus.

Als Nadja zum ersten Mal bei ihm zu Hause war, musterte sie skeptisch seine Konsole neben dem Fernseher, ein uraltes

Ding, aber damals als Teenager für ihn unbezahlbar, er hat sie erst vor ein paar Jahren gekauft, spontan auf der Zeil secondhand, als er sie in einer Auslage sah, *Gran Turismo, Metal Gear Solid, Silent Hill, Resident Evil,* Graphik und Soundeffekte beschissen, aber ihn bringt das runter vom Tag, entspannt ihn, hässliche, grobe, verpixelte Rennstrecken, Geisterstädte, Dämonen, Mutanten, Zombies auf seinem glasklaren 48-Zoll-Plasmascreen. Irgendwann hielt er Nadja den Controller hin. Versuch mal. Nein. Sie könne das nicht, habe das noch nie gemacht. Warum? Das gab es bei ihr zu Hause nicht, ihr Bruder wollte so ein Ding, aber die Eltern haben es verboten. Mittlerweile hat Meyer nachgerüstet, für Nadja – und sich – die neueste Konsole, Nadjas Spiel ist erstaunlich ehrgeizig, gewalttätig, *Headshot*.

Der Stadtirre ist wieder auf dem Opernplatz und füttert die Tauben, als Meyer aus dem U-Bahn-Geschoss an die Oberfläche tritt. Ein paar der Vögel flattern auf, Meyer hält angewidert den Atem an, während der Mann ihm einen feindseligen Blick zuwirft, dann noch eine Handvoll Körner streut. Neun Millionen Euro für die Fassadensanierung der Alten Oper, und der Kerl füttert tagaus, tagein die Kotschleudern – aber damit kommt man keinem, der statt Schuhen Streifen aus Zeitungspapier an den Füßen trägt; der spuckt dich an. Geld will er nie, füttert nur stumm die Vögel und geht wieder. Manchmal sieht Meyer ihn mittags in der Freßgass vor dem McDonald's den Spatzen Pommes zuwerfen. Fresinger nennt ihn den Vogelmann, immer laut genug, dass der es hört; Meyer macht lieber einen Bogen um den Kerl.

Unten am Lift trifft Meyer auf Gläsker, sie grüßen sich, aber Meyer nimmt die Treppen, zwei Stufen auf einmal, ist noch vor Gläsker im Dritten und hält ihm die Tür zum Büro auf, nicht ohne Genugtuung. Doch Gläsker lässt sich heute früh nicht aus der Ruhe bringen, wirkt ekelhaft gut gelaunt im Morgenmeeting: Mit dem Ostend-Projekt liege er vor dem Zeitplan, fünfundsiebzig Prozent der Wohneinheiten seien bereits verkauft. Gläskers Ostend-Projekt, Masse statt Klasse, achtundneunzig Wohnungen auf sechs Etagen, sechsundvierzig Zwei-, vierzig Drei- und elf Vier-Zimmer-Apartments, ein mickriges Penthouse, das *Eastside Quartier* ist kein Prestige-, aber ein Brot-und-Butter-Objekt. Meyer beobachtet nicht Gläsker, sondern Falber, während Gläsker spricht; Falbers Miene zeigt nicht im Mindesten Verblüffung, nur Zufriedenheit, Anerkennung, hervorragend, sagt er, dann versenkt er den Amarettino im dichten Milchschaum seines Cappuccinos, und Meyer wird ein wenig übel. Seinen eigenen, den ihm die Sekretärin ungefragt hingestellt hat, rührt er nicht an. Stattdessen sieht er auf die Uhr, 8.13, 8.18, 8.24, während Fresinger, Merck und Lohmann rapportieren: zwei Akquisen in Bockenheim, eine Erstbesichtigung in Bad Vilbel, ein Abschluss in Oberursel. Seinen Bericht hält Meyer kurz, Akquise im Westend, Notartermin Brink–Götz um neun, er müsse jetzt also, dann beendet Falber das Meeting. Meyer verlässt den Konferenzraum als Erster, kontrolliert auf der Toilette den Sitz seines Krawattenknotens, des Revers, der Manschettenknöpfe, seiner Haare, gestern frisch vom Friseur, klassisch kurz, gescheitelt; kontrolliert seine Schuhe, wäscht sich die Hände, Guten Morgen, Herr Böhmer, Frau Götz, Herr Brink, Meyer lächelt sich probeweise im Spiegel zu, nicht zu viel, die Lippen geschlossen, nur ein leichtes Heben der Mundwinkel.

Heute ist die Brünette am Empfang, Meyer begrüßt sie mit Namen, sie nimmt es zur Kenntnis mit einem höflichen Nicken, Herr Meyer, mehr ist bei der Brünetten nicht drin, eine schöne, charmeresistente, überhebliche Fotze. Meyer riecht ihr Parfum, während sie vorangeht, ihn durch den langen Flur zu Böhmers Büro führt, ein Duft wie teure Seife, puderig, weiß; betrachtet ihr kunstvoll geknotetes Haar, den schlanken, langen Hals, die wippenden Perlenohrringe, den eleganten Schnitt ihres Kostüms. Ihre schmalen Absätze klackern hart über den Muschelkalkboden, aber bei jedem Schritt blitzen Preisetiketten an der Unterseite ihrer Schuhe auf. Die Häme, die bei diesem Anblick in Meyer aufsteigt, löst die Anspannung, er betritt Böhmers Geschäftszimmer, ein weitläufiger, lichtdurchfluteter Raum mit schwarzem Art-déco-Interieur, spürt weichen Teppich unter sich, während er auf Böhmer zugeht und die Aussicht durch die bodentiefen Fenster genießt, den Anflug von Schwindel, vierzehn Stockwerke über der Stadt.

Am 12. April 2012 sind vor mir, Wolfgang Böhmer, Notar in Frankfurt am Main, an der Geschäftsstelle in 60325 Frankfurt am Main, Bockenheimer Landstraße 51/XIV, gleichzeitig anwesend Frau Sandra Götz, Chefeinkäuferin, geboren am 3. Mai 1971, wohnhaft in 60487 Frankfurt am Main, Katharinenallee 25, im gesetzlichen Güterstand verheiratet, und zweitens, Herr Dr. Hartmut Brink, Unternehmer, geboren am 10. August 1949, wohnhaft in 61476 Kronberg, Lilienthalstraße 34, im gesetzlichen Güterstand geschieden.

Böhmer verliest jeden Paragraphen des Vertragstextes wie einen Psalm, mit tiefer, sonorer Stimme, Meyer lehnt sich zurück, hört das Rauschen von Stoff, als die Götz die Beine übereinanderschlägt, hört Brinks angestrengtes Atmen, in das sich ein leises Pfeifen mischt, Meyer sieht hinüber zu den blanken Bankentürmen, betrachtet den Himmel, die Wolken, die sich in ihren Fenstern spiegeln, spürt das Brennen im Magen, spürt die geschwungene Lehne des Art-déco-Stuhls, deren Ecken gegen seine Schulterblätter drücken. Fast eine Dreiviertelstunde liest Böhmer. Als der ihn betreffende Absatz kommt, hält Meyer den Blick gesenkt, konzentriert sich auf die glänzenden Chrombeschläge des Schreibtisches, *die Vermittlungsprovision wird vereinbart mit 5,95 Prozent des Kaufpreises inklusiv gesetzlicher Mehrwertsteuer*, gibt sich entspannt, fast gleichgültig, *mit der Beurkundung des Kaufvertrags ist die Maklerprovision verdient und fällig*, aber diese Formulierung versetzt Meyer nach all den Jahren immer noch einen kleinen Stich, Wehmut über den verkündeten Endpunkt des Verkaufs, Freude über seinen feierlichen Abschluss – in keinem anderen Beruf hörst du so oft *face to face*: Was du erhältst, ist verdient. Ein Teil in Meyer ist jedes Mal wirklich gerührt. Natürlich hat er auch überschlagen, die Courtage, seinen Schnitt, aber eine Zahl allein ist kein Erfolg – Gläskers achtundneunzig Wohnungen, fünfundsiebzig Prozent, Ostend, das ist nichts gegen den Blick der Götz, den sie Meyer beim Unterzeichnen der Verträge zuwirft, warm und einen Hauch verschwörerisch, Brinks forsche Signatur, ausladend und unleserlich, sein selbstzufriedenes Schnauben, als er den Füller verschließt, die Brünette, die Meyer ein Glas Veuve Clicquot serviert, servieren muss, das ist Erfolg, die kindische Freude auf Brinks grobschlächtigem Gesicht, die so plötzlich aufblüht, dass Meyer lachen muss, die Erleichterung der Götz, eine Röte auf den Wangen wie nach körperlicher Anstrengung. Der Markt für Gebrauchtimmobilien ist ein fragiler, emotional getriebener Markt, deshalb ist er Meyers Favorit, Leid auf der einen, Lust auf der anderen Seite, der Abschluss mildert, befriedigt, und du bist die Brücke, verbindest zwei entgegengesetzte Gefühle. Rechnerisch wird nur der Kuchen aufgeteilt, die Position der Messerschneide tariert, bevor sie sanft durch die Schichten gleitet, aber die Kunst ist, deinen Gästen das Gefühl zu geben, jeder von ihnen habe das größere Stück auf dem Teller, weil es in Wirklichkeit nicht um den Preis geht, sondern um ein Verhältnis, Glück ist ein Verhältnis – warst du ein guter Gastgeber, sind die beiden Kuchenteile zusammen stets größer als der Kuchen, und dafür werden deine Gäste dich lieben. Meyer spürt eine Wärme im Gesicht nach nur drei Schlucken, das Brennen im Magen wird stärker, wird ein heißes Ziehen in den Eingeweiden, Meyer schmeckt Salz zwischen der alkoholischen Säure im Mund, nimmt noch einen Schluck, trinkt sein Glas ganz aus, bevor er geht. Wert ist keine Zahl. Wert ist ein Gefühl.

4

Eintausend

Koll wollte ihn draußen treffen, aber Meyer ist zu früh, die Bank hat noch offen, Meyer betritt die Filiale durch die gläserne Drehtür. Hinter ihrer neobarocken Sandsteinfassade sieht die Stammhausfiliale aus wie alle Filialen, nur die Decken sind etwas höher, im Foyer Granitboden mit schwarzen Intarsien, ansonsten der übliche Nadelvliesteppich im Beraterbereich, Schreibtische mit Buchenfurnier, Leuchtstofflampen, Lamellenvorhänge, aber Meyer erinnert sich, wie stolz er mal war, hier arbeiten zu dürfen, gleich nach der Ausbildung, Bester seiner Abschlussklasse. Mittlerweile kennt er kaum noch ein Gesicht hier. Hinten im Beraterbereich entdeckt er Sauter, aber als sich ihre Blicke treffen, erkennt Sauter ihn nicht oder tut wieder so, als ob er ihn nicht erkennt. Meyer mustert ihn unverhohlen, heute trägt er eine knallige, konzernblaue Krawatte, die ihn noch blasser macht, als er ohnehin schon ist, in seiner Miene verzieht sich etwas irritiert, dann wendet er sich dem Monitor zu. Ist vor einem halben Jahr stellvertretender Filialleiter geworden, sagte Koll, seitdem rieche man Sauters Rasierwasser auf jeder Etage, wenn der seine übermotivierten Kontrollgänge mache. Ansage von ganz oben: Streichkonzert bei den Stellen, selbst im Stammhaus, da wolle Sauter gleich mal brillieren, der glaube, Koll merke nicht, wenn Sauter hinter ihm stehe, ihm zuhöre, während Koll mit den Kunden telefoniere, aber den Burschen wittere man Gott sei Dank zehn Meter gegen den Wind.

Meyer stellt sich am Schalter an; das Geld, das er holen will, will er nicht von einer Maschine ausgespuckt haben. Nach jedem großen Abschluss hebt er Bargeld ab, immer am Schalter, immer eintausend. Eine schöne Summe, die Zahl im Bild harmonisch und klar: 1000. Gesprochen simpel im Klang, aber stark: eintausend. Einziger Wermutstropfen: die eintausend kommen in zwei Fünfhundertern. Meyer trauert dem Tausendmarkschein nach, seiner Unmissverständlichkeit wie ein Schlag ins Gesicht. Einen Tausender hat Meyer noch, aus Sentimentalität ersteigert auf eBay für achtzig Euro. Auf der Scheinrückseite unter der Abbildung des Grimm'schen Wörterbuchs der Auszug zum Begriff *Freiheit*, dagegen wirkt der Fünfhunderteuroschein lasch, trotz schillerndem Violett entwickelt der erst volle Strahlkraft im Bündel, eingefasst in eine Banderole der Bank. Die Frau am Schalter steckt die Scheine in ein Kuvert, schiebt es Meyer zu, er sucht ihr Gesicht nach einer Regung ab, bekommt aber nur ein leeres Lächeln, das verschwindet, als er die Frau zu lang ansieht. Er hat die Arbeit am Schalter immer gemocht, besonders die Ein- und Auszahlungen, den vertrauensvollen Moment, wenn das Geld über den Tresen ging, der metallische Geruch an den Händen haften blieb, beneidete die Kollegen in der Kaiserstraßenfiliale, dorthin brachten die Prostituierten in der Früh ihr Bares, ins Stammhaus nur zwei Ecken weiter verirrten sie sich nie.

Frische Hunderter oder schmierige, knittrige Fünfer, Papiergeld ist das einzige Ding, das kein bisschen Magie verliert, wenn es aussieht wie Scheiße. Koll belächelt Meyers Faible für Banknoten, für Koll ist Papiergeld bloß Show, damit die Leute was zum Sehen und Anfassen haben. So wenig, wie die Hostie zum Leib Christi wird, liegt im Papiergeld Magie, oder bist du da Katholik, Thomas? Für Koll ist Giralgeld das magische Geld, der Heilige Geist, Giralgeld führt zur Unbefleckten Empfängnis, dem Kredit, der Giralgeldschöpfung.

Ein vertrautes Schaben kündigt Koll an, das energische Tasten seines Blindenstocks über Granit, noch bevor Meyer ihn durchs Foyer gehen sieht; seine schmale, drahtige Gestalt wie immer sorgfältig gekleidet, grauer Einreiher, weißes Hemd, das braune Haar streng zurückgekämmt. Koll achtet pedantisch auf sein Äußeres, die Anzüge sitzen, Hemden, Hosen faltenfrei, Farbpalette Schwarz, Weiß, Grau, Blau, alles andere trotz Farbmessgerät zu riskant, aber bloß, weil er blind sei, solle keiner meinen, er könne sich nicht anziehen. Als Meyer im Stammhaus anfing, sagten die Kollegen hinter Kolls Rücken: Quotenkrüppel, eine Prise Behindertenheim im Dax-Konzern sei gut fürs Image. Aber keiner von denen konnte reden wie Koll, jedes Wort so präzise formen, sanft legen, firm setzen, euphorisch springen lassen in warmem Bariton. Für die anderen ist Koll die Vorhut am Telefon, besorgt ihnen Face-to-Face-Termine, baggert die Kunden in die Filiale, bringt außerdem standardisierte Finanzprodukte an die Leute, Abteilung *Deutsche Credit Direktservice*: Customer Care, Produktinformation, Geschäftsabschlüsse via Telefonbanking. Am Anfang trieb Meyer sich bei jeder Gelegenheit in der Nähe von Kolls Schreibtisch herum, tat, als ob er in Unterlagen vertieft sei, zwischen Kopierer, Ablage, Yuccapalme, bloß, um ein paar Fetzen von Kolls Gesprächen aufzuschnappen. Koll aß meistens allein in der Kantine. Irgendwann setzte sich Meyer zu ihm an den Tisch. Setzte sich regelmäßig zu ihm an den Tisch. Warum Meyer rumhänge mit diesem Freak –! Meyer ging darauf nicht ein. Freundschaften rechtfertigt man nicht. Von Koll hat er gelernt, Koll hat sich die Mühe gemacht, ihm etwas zu zeigen, etwas Wertvolles unter einem Haufen Dreck, das vergisst er ihm nicht.

Willst du hier noch als Filialleiter enden? Komm, mehr Phantasie, Thomas. Was kannst du?

Ich weiß nicht …

Natürlich weißt du das.

Rechnen?

Was noch?

Keine Ahnung –

Was noch!

Verkaufen?

Verkaufen. Also: Was willst du verkaufen?

Als ein Obdachloser am Bahnhof Meyer um Geld anschnorrte, kam ihm: Ein Dach über dem Kopf. Häuser. Er kündigte bei der Bank, fing bei Klenze an, drei Jahre kaum einen Tag Urlaub, alles ging für Fortbildung drauf, aber das war fürs Papier. Verkaufen heißt die Welt verschlingen und mit jedem Wort wieder ausspucken, Thomas, aber nur die besten Schlinger taugen zu Spuckern, so gut, dass die Leute das Zeug noch vom Boden auflecken. Also: All you can eat.

Vor Koll war für Meyer Verkauf ein direktes, ungefiltertes Spiel, Satz, Sieg oder Niederlage, instinktiv, wendig, wenig durchdacht, das Reden ein Automatismus wie Atmung, Puls, ein Verkaufsstil mit Streuverlust, gute Abschlusszahl durch hohe Kontaktfrequenz, die alte Vertriebsregel: Während die Klugen noch die Strategie diskutieren, haben die Dummen schon die Burg gestürmt. Eines der effizientesten, aber anspruchslosesten Hilfsmittel dabei: Aussehen. Meyer hat so wenig Respekt vor diesem Werkzeug, dass er noch weniger Respekt vor Leuten hat, die es nicht beherrschen. Ein Anzug, der sitzt, ein Haarschnitt, Körperhaltung, genug Selbstkontrolle, nicht so viel zu fressen, bis du jegliche originäre Kontur einbüßt – wenn du nicht mal das hinkriegst, wie sieht dann erst dein Inneres aus? War die Natur nicht ausgesprochen grausam, gibt es für beschissenes Aussehen keine Entschuldigung. Zu Meyer war die Natur nicht grausam, also nutzt er die Ressourcen. Mit seinem Gesicht kommt er überall durch, ein freundliches Gesicht, aber nicht freundlich genug, dass es ins Beliebige kippt, kein Sonnyboy-Scheiß, auch wenn er das kann, vor allem früher bei der Bank ausgeschöpft hat, im Beratungsgespräch mit Frauen ab vierzig oder Senioren. Mund- und Nasenpartie ausreichend markant, aber nichts grob, nichts drängt sich in den Vordergrund. Gute Zähne, kein Lächeln, bei dem der Rest des Gesichts plötzlich hässlich verrutscht, sondern offen, einladend, *a million dollar,* wenn er überzeugen will, Augen, hell genug, dass sie als stechend durchgehen mit entsprechendem Blick. Ansonsten schlank, durchschnittlich sportlich, Meyer hilft nach mit Laufen für die Ausdauer und etwas Pumpen für die Form, aber nicht zu viel, sonst sieht es asozial aus. Bei der Größe hätte es etwas mehr sein dürfen, nicht ganz eins achtzig, aber die paar fehlenden Zentimeter haben für aufrechte Haltung gesorgt.

Aussehen ist kein Talent, schon gar kein Garant beim Verkauf, aber es erleichtert die Arbeit enorm.

Kolls Fach ist dagegen zwangsläufig das Innere, Unsichtbare, das Minenfeld bei Akquise und Beratung per Telefon. In der Telefonakquise bringen es nur wenige zu Meisterschaft, selbst bei gestandenen Verkäufern ist sie verhasst, verlangt Kalkül, Disziplin, Feingefühl und Umgang mit täglicher Ablehnung, beim Erhitzen von Kaltem, beim Warmhalten von Warmem bist du körperlos bis auf die Stimme, das mächtige Werkzeug des Sehens und Gesehenwerdens fehlt. Vor Koll beherrschte Meyer Rhythmus beim Verkauf, aber wenig Melodie. Wenn du Angst hast, Thomas, denk an Honig, Sirup, Treibsand, du transportierst nicht nur Stimme, sondern Stimmung, man hört deine Mimik, dein Inneres, auch wenn der Kunde dich nicht sieht, sieht er dich: Angst macht hässlich. Verkauf ist David gegen Goliath, Verkaufsgeschick gegen rohe Kaufkraft. Nicht *was*, sondern *wie* du es sagst, entscheidet. Das Was muss nicht wahr sein, nur glaubhaft. Kunst. Der brillante Verkäufer weiß, aber sagt nicht alles, verursacht Hunger, betet nicht einfach die Speisekarte runter. Im Gespräch gehörst du dem Kunden, also sei nicht mit dir, sondern mit dem Kunden beschäftigt. Ohne Koll, Meyer ist sich sicher, wäre er nicht da, wo er jetzt ist. Du musst von einem lernen, der jeden Tag in den vertrieblichen Schmerz geht. Der schwerste Verkauf ist, wenn er gelingt, der schönste Verkauf.

Meyer folgt Koll nach draußen, mit etwas Abstand, Überraschungen von hinten kann Koll nicht leiden, doch er hört Meyer, dreht sich zu ihm um; nach zehn Jahren ist Meyer immer noch erstaunt, wie sehr er sich ertappt fühlt, wenn Koll ihn hört und beim Namen nennt, behauptet, er erkenne Meyer am Gang.

Du hast geraten, Volker.

Und du bist früh dran.

Ich war noch am Schalter.

Koll lächelt. Das heißt, dein Notartermin lief glatt.

Sie nehmen ein Taxi zum Städel Museum. Früher hagelte es Spott von den Kollegen, als sich rumsprach, Meyer gehe mit Koll ins Museum, auch wenn eigentlich keiner begriff, wie das funktionieren sollte: *Museum*. He, Meyer, das Damenklo ist eine Tür weiter! Aber Meyer hat sie reden lassen, er fühlt sich bis heute geschmeichelt, wenn Koll von ihm wissen will, welches Bild ihm gefällt, welches nicht. Und im Museum ist er notwendig für Koll. Das ist notwendig für Meyer.

Was willst du hören?

Meyer zählt Koll ein paar Gemälde aus dem Saal auf. Koll will Khnopffs *Jagdaufseher*, eines seiner Lieblingsbilder. Einen Augenblick spiegelt sich das Licht weiß auf der Farboberfläche, als Meyer näher tritt. Er hat das Bild Koll schon ein Dutzend Mal beschrieben, aber jedes Mal hat er das Gefühl, es weise ihn ab. Der Jagdaufseher steht allein auf einer Wiese, das Gewehr über der Schulter, den Hut tief in der Stirn, in der Ferne vereinzelt Bauernhäuser, Felder, ein schmaler Streifen Himmel, das Bild hat eine Enge in sich, die Landschaft durchschnitten von Hecken, Zäunen, das graue Licht lässt keine Tageszeit vermuten, keine Temperatur, obwohl Meyer sich vorstellt, dass es schwül ist, ein Nachmittag im Hochsommer, an dem du von deinem eigenen Schweiß plötzlich zu frieren beginnst. Der Blick des Aufsehers ist auf etwas außerhalb der Bildfläche gerichtet, aber seine Lider sind schwer, kein Glanz auf der Pupille, kein Augenweiß, seine Haltung steif, seine Kontur zu scharf umrissen, als sei er nicht Teil der Landschaft; nur seine Schuhe versinken im Gras, aber er wirft keinen Schatten. Meyer spricht fast zehn Minuten, Koll unterbricht ihn nicht. Als er sich ihm wieder zuwendet, hält Koll den Kopf gesenkt, verharrt regungslos in seiner Position. Seine Wangen glänzen im gedämpften Saallicht. Koll weint, tonlos, macht sich nicht die Mühe, die Tränen wegzuwischen, die ihm unter dem Rand der getönten Brille hervorrinnen. Manchmal passiert das. Nur im Museum, aber jedes Mal trifft es Meyer doch unvorbereitet. Koll will nicht angesprochen werden, wenn das passiert; will, dass man es übersieht. Meyer geht langsam hinüber in ein Seitenkabinett, setzt fest einen Schritt vor den anderen, damit Koll ihn orten kann. Wenn etwas in Koll bricht, ist es immer nur ein feiner Sprung, aber jeder dieser Haarrisse erschreckt Meyer. Koll ist kein starker Mensch. Stur, stolz, klug, aber nicht stark, zwingt sich nur jeden Morgen vor die Tür wie aus Trotz, kann hitzköpfig, fordernd sein, dann wieder feindselig in sich gekehrt, ein wunder, entzündeter Mensch, angefüllt mit Wut, die auf die meisten wie Stärke wirkt. Als er Meyer von seinem Unfall erzählte, beim Bier nach Feierabend, war das ein Tausch von Leid, ein harter Handel, Leid gegen Leid.

Du willst wissen, wie es passiert ist? Ich erzähle das sonst nicht. In der Bank habe ich das noch keinem erzählt. Erzähl mir eine schlimme Geschichte von dir, dann erzähl ich dir meine.

Ich habe keine, die schlimm genug ist.

Koll legte ihm eine Hand auf den Arm.

Das entscheidest nicht du, sondern ich.

Als Meyer anfing zu sprechen, schmeckte er bei jedem Wort wieder das Chlor, sah das türkisfarbene, funkelnde Wasser im Schwimmbecken, das Schild am Beckenrand, *Schwimmer – Nichtschwimmer,* spürte die Kälte des Wassers auf der nackten Haut, das Brennen im Rachen, das Würgen, den Geschmack von Magensäure, Tränen, als er halbverdautes Butterbrot und Chlorwasser erbrach und sein Vater ihn grob an den Schultern fasste, ihn anherrschte, warum er nicht tue, was er sage, *wie ein Frosch*, die Stimme des Vaters zwischen dem betäubenden Lärm anderer Stimmen, das von den Kacheln widerhallte, das Lachen und Kreischen anderer Kinder, das Schlagen und Klatschen von Körpern auf Wasser, kapierst du das nicht? Warum kapierst du das nicht? Hör auf zu heulen! Der Bademeister ging dazwischen, als der Vater Meyer ohrfeigte.

Ich kann bis heute nicht schwimmen. Das habe ich noch nie jemandem erzählt. Ich kann nicht mal über eine der Mainbrücken gehen, ohne dass ich den Stoß im Rücken spüre. Das ist lächerlich. Ein erwachsener Mann, der nicht schwimmen kann. Der Angst hat auf Brücken, vor Schiffen.

Angst ist nicht lächerlich. Angst ist Angst.

Sag es keinem.

Wem denn auch?

Sag es keinem.

Ich sage es keinem.

Eine Weile saßen beide stumm vor ihrem Bier, bis Koll sagte: Das Letzte, an das er sich erinnere, sei eine Hitze auf dem ganzen Gesicht gewesen, wie Hochsommersonne.

Koll erzählte abgeklärt, als berühre ihn nichts davon, aber sein Mund bekam einen unversöhnlichen Zug, die Lippen formten sich fast unanständig, wölbten sich schmollend, bevor sie sich öffneten, das Weiß der Zähne blitzen ließen, den Kummer ausspuckten und sich grimmig wieder schlossen. Stochastisch, sagte er, habe die Chance bei eins zu drei gelegen, auf dem falschen Platz zu sitzen, aber er habe ja nicht auf die Rückbank gewollt, das sei ihm zu eng gewesen. Der Unfall passierte nach einem Skiwochenende in der Rhön mit zwei Studienkollegen vom Wirtschaftsinstitut. Und mit Silvia, um die sich Koll schon eine Weile bemüht hatte und das Wochenende für die Gelegenheit hielt. Silvia! Koll seufzte den Namen mit süßer Wehmut: eine, die vorgegeben hatte, schwer zu haben zu sein, aber sich dann doch hergab nach vier Bechern Glühwein. Als er verkatert am Sonntagmorgen das Gepäck wieder im Auto verstaute, habe er das Wochenende für sehr gelungen gehalten, der Einzige, der sich darüber Sorgen machte, dass sich der Gurt des Beifahrersitzes am Morgen der Abreise plötzlich nicht mehr ausziehen ließ, war der Bekannte, der das Auto von seinem Vater geliehen hatte. Was die Reparatur wohl koste? Was passiere, falls die Polizei sie kontrolliere? Das koste sicher auch. Am Morgen hatte es wieder zu schneien begonnen, ein feinflockiger, wirbelnder Schnee, der Bekannte fuhr langsam, aber an einer vereisten Stelle am Hang der Wasserkuppe kam der Wagen ins Rutschen, der Bekannte bremste zu scharf, verriss das Steuer, der Wagen schlitterte in die Böschung, prallte schließlich gegen einen Baum. Beim Aufprall barst die Windschutzscheibe. Koll wurde nach vorn geschleudert in das splitternde Glas.

Als Koll im Krankenhaus aufwachte, hörte er die Erklärungen der Ärzte mit schierer Ungläubigkeit. Das linke Auge war durch den Unfall so schwer verletzt worden, dass es sofort hatte entfernt werden müssen, das rechte war ihm geblieben, aber er sah nichts, die Splitter hatten Löcher in die Netzhaut gerissen, die sich abzulösen drohte. *Glück*, sagten die Ärzte. Wäre der Wagen schneller gefahren, hätte er den Unfall vielleicht nicht überlebt. Die anderen waren mit leichten Verletzungen davongekommen, ein verstauchter Finger, ein ausgeschlagener Zahn, ein paar gebrochene Rippen. Koll wägte ab, fand kein Glück daran. Nachts habe er wach gelegen, habe sich gefragt, ob er mit dem linken, dem verlorenen Auge jetzt nie mehr werde heulen können. Als er nachfragte, erklärte der Arzt, der Tränenkanal werde ausheilen. Vier Operationen ließ Koll über sich ergehen, schmerzhaft, langwierig, aber auch das rechte Auge erblindete. Er habe nicht gewusst, dass ein Augapfel schrumpfen könne. *Phthisis bulbi*: kaum auszusprechen.

Koll hatte Volkswirtschaft und Finanzmathematik studiert, nach dem Unfall brach er sein Studium ab, seine Eltern nahmen ihn wieder bei sich auf. Ein Jahr verließ er kaum das Haus, wollte keinen Besuch. Er habe sich vor den Leuten geschämt. Hielt auch ihr Mitleid nicht aus. Ihre Gesundheit. Erst nach der letzten gescheiterten Operation raffte er sich auf, lernte Brailleschrift, übte, sich draußen allein zurechtzufinden, prägte sich Wege ein, zählte Schritte, Bordsteinkanten an Straßenecken, vom Haus der Eltern bis in den Park. Alles sei beängstigend gewesen, selbst das Rascheln von Vögeln in den Büschen, reife Kastanien, die von den Bäumen fielen. Koll übte, an Gang und Stimme die Leute einzuschätzen, zwang sich in Cafés, belauschte Zärtlichkeit, Streit, Beinahschweigen unter dem Klackern von Tassen, dem Klicken von Kuchengabeln. Drei Jahre habe er das gemacht, in dieser Zeit immer wieder den gleichen Albtraum gehabt, manchmal habe er ihn noch heute: Er liegt mitten auf der Mainzer Landstraße, sieht über sich den wolkenlosen Himmel, die Autos überrollen ihn, brechen ihm jeden Knochen im Leib, schleudern ihn über den warmen, rauen Asphalt, aber er stirbt einfach nicht, und auf dem Bürgersteig sieht er die Leute stehen bleiben und ihn anstarren. Damals wachte er jedes Mal schweißnass auf, tastete nach dem Schalter der Nachttischlampe, hörte das vertraute Klicken, nur um im nächsten Moment wieder zu begreifen, dass er nichts mehr sehen konnte. Nach drei Jahren, in der Nacht auf seinen neunundzwanzigsten Geburtstag, hielt er es nicht mehr aus, nahm zwei volle Packungen Paracetamol mit einer halben Flasche Schnaps. Als er sich schließlich die Seele aus dem Leib kotzte, fand ihn sein Vater, rief den Notarzt. Nach der Nervenklinik habe er restlos genug davon gehabt, rund um die Uhr beaufsichtigt zu werden, er wollte weg von den Eltern. Wo ich mir nicht mal allein einen Apfel aufschneiden konnte, weil meine Mutter Angst um meine Finger hatte. Wo ich mich nicht mal in Ruhe umbringen konnte. Koll wollte Arbeit, eine eigene Wohnung. Zur Bank kam er schließlich durch seine Schwester, Meyer kennt sie flüchtig, sie arbeitet in der Konzernzentrale, im Financial Engineering, sie erzählte Koll von der Quote, der Ausbildung für Blinde in der Kundenbetreuung. Er hätte sich nicht träumen lassen, dass er mal den ganzen Tag am Telefon hänge, fondsgebundene Privatrenten, Investments in Schiffsbeteiligungen oder Kautschukernten schmackhaft mache, aber es zahle die Miete, gebe Struktur.

Meyer geht zurück in den Hauptsaal, als Koll seinen Namen ruft. Kolls Gesicht ist trocken, seine Stimme fest, gewaltsam hell. Als er sich erhebt, rutscht sein Schal von der Bank, Meyer liest ihn vom Boden auf, legt ihn Koll um die Schultern. Wohin möchtest du?

Du bist dran mit Aussuchen.

Du darfst noch mal.

Nach dem Museum will Koll wie immer ins *Gallo*, das Essen dort ist mittelmäßig, der Service pampig, aber Koll kennt jede Stufe, jeden Tisch, jeden Kellner, jedes Gericht auf der Speisekarte, auch wenn er immer das Gleiche bestellt, Paella, einfach zu essen. Für Koll trennt der Koch die Muscheln und Krustentiere aus den Schalen, bevor serviert wird. Koll fühlt sich sicher im *Gallo*, also geht Meyer mit ihm immer ins *Gallo*. Als der Kellner serviert hat, erzählt Meyer von Gläskers Ostend-Projekt, will Kolls Ratschlag, merkt, wie er nicht aufhören kann zu spekulieren, Pro und Kontra Leitung Frankfurt – Punkt eins: Gläsker war vor ihm da, heißt Vorsprung, acht Jahre zu fünf. Punkt zwei: Gläsker liefert, konstant, scheiß eindrucksvoll. Meyer atmet angestrengt aus. Punkt drei: Gläskers Alter, Mitte vierzig, an sich ein Pro. Punkt vier: Gläskers Familie, zwei Kinder, das macht ihn prinzipiell unflexibler, zur Schulferienzeit nimmt er immer Urlaub, zwei Wochen, manchmal sogar drei – Meyer erlaubt sich nie mehr als maximal eine Woche am Stück –, Gläskers Familie also an sich ein Kontra, aber jetzt wo Falber auch – allerdings sagte Fresinger, bei Gläsker hänge wohl der Haussegen schief, angeblich telefoniere er seiner Frau hinterher, in jeder freien Minute. Meyer lehnt sich zurück, das Korbgeflecht des Stuhls gibt ein leises Murren von sich. Trotzdem sitzt Gläsker meistens abends bis halb zehn im Büro, kein Straucheln, kein Einbruch, nichts! Vielleicht ist an dem Gerücht nichts dran –

Koll kaut ungerührt. Du verschwendest deine Energie, Thomas. Einfach besser sein.

Was soll ich denn noch besser machen? Ich tue, was ich kann.

Bist du sicher?

Ja. Alles, was möglich ist.

Koll leert sein Glas, schiebt es in die Mitte des Tisches, Meyer schenkt nach, wischt mit der Serviette einen Tropfen Wein vom Rand.

Dann schau dich nach neuen Möglichkeiten um.

Die Villa für Brink war ja wohl eine *neue Möglichkeit*. Das war ein scheiß Risiko.

Ich sage nicht: mehr Risiko. Ich sage nur: Chancen generieren. Kannst du doch. Und jetzt iss mal was.

Als Meyer sich nach dem Essen die Rechnung bringen lässt, geht Koll dazwischen. Nein, er zahle, er habe am Samstag im Lotto gewonnen.

Kolls Spiel. Meyer hat noch immer nicht verwunden, dass ein Mann wie Koll bei einer Chance von eins zu vierzehn Millionen wettet.

Wie viel?

Vier Richtige mit Zusatzzahl.

Volker, komm.

168 Euro und 32 Cent.

Meyer seufzt, zieht das Kuvert aus der Innentasche seines Jacketts. Ich zahle.

Wenn die Blindheit Glück gewesen sei, warum soll er nicht noch mal Glück haben, meint Koll. Er spielt völlig chaotisch, ohne System. Die einzig vernünftige Art, überhaupt Lotto zu spielen, sagt er. Koll analysiert keine gezogenen Tippreihen, keine Häufungen oder spielt gegen die Quote, Koll hat keine Zahlenkombination, die er jedes Mal tippt, aber er spielt, ohne Ausnahme, zweimal die Woche. Meyer hat überschlagen, wie viel Geld Koll monatlich dafür zum Fenster rauswirft. Hier gehe es nicht ums Geld, sagt Koll. Meyer weiß, versteht, aber missbilligt. Lotto ist der Glaube, einem stehe etwas zu von höherer Stelle, jeder Schein ist ein Ablasshandel, da bist *du* Katholik, Koll. Meyers Mutter spielte Lotto mit der gleichen Hingabe, heimlich, der Vater durfte nichts wissen. Als Kind tippte Meyer ein paarmal für sie. Einmal gewann er fünfzig Mark, und die Mutter holte mit ihm das Gewonnene ab. Aufs Sparbuch kam es nicht, sonst hätte der Vater vielleicht etwas gemerkt. Das Geld kam in die Spardose unter dem Bett, und wenn Meyer vor dem Einschlafen daran dachte, durchfloss ihn eine Hitze, durchsetzt mit Schuld.

Nein, ich zahle, wiederholt Koll. Auf deinen Fünfhunderter wollen die hier sowieso nie rausgeben.

5

Gleiten

Meyer zielt auf den Kopf, die Abendsonne blendet, spiegelt sich gleißend auf dem Asphalt, der Schuss hallt durch die Hochhausschlucht, aber Meyer verfehlt, lädt nach, feuert hektisch seine letzten sechs Schuss, dann rennt er, als der Infizierte nicht zu Boden geht. Einen Nahkampf übersteht Meyer nicht in seinem Zustand, er ist fast tot, kein einziges *Health Kit* mehr, er flüchtet in ein Gebäude, kauert sich hinter einen umgestürzten Getränkeautomaten, wartet, lauscht. Er hat das Ding abgehängt. Glaubt er. 5 Uhr 54. Er hat nicht schlafen können. Eine Vivinox wollte er nicht, nach dem Zeug ist er morgens noch fertiger, als wenn er gar nicht schläft. Meyer angelt nach der Schachtel Smacks auf dem Couchtisch, schüttet sich eine Handvoll in den Mund, greift wieder nach dem Controller, als er etwas hört. Da ist irgendwas im Schatten. Ein Geräusch wie der Balzruf von Fröschen. Im Fall einer Zombie- oder Virus-Apokalypse gibt es prinzipiell zwei Strategien, Verschanzen oder in Bewegung bleiben. Meyer will ein Fort in der Stadt, kurze Wege zu Verpflegung, Medizin, Werkzeug, Waffen. Die Sachsenhäuser Warte wäre gut, ein

Wehrturm aus dem vierzehnten Jahrhundert, massive Mauern und heute ein Gasthaus, heißt Vorratsgrundstock. Dort die wichtigsten Leute in Sicherheit bringen, die Mutter, den Vater, Nadja, Koll. Next Step: Taskforce bilden für eine starke Verteidigung, leider ist der neue Mann seiner Mutter der Einzige, den Meyer kennt, der mit einer Waffe umgehen kann, Schützenverein Adler Heusenstamm. Aber Gerlach zusammen mit dem Vater, die bringen sich um, bevor sie etwas anderes umbringt. Notfalls muss Meyer den Vater wegsperren, wenn er Ärger macht. Und auf Koll sollte Meyer auch aufpassen, Kolls loses Maul. Nadja war gegen das Fort in der Stadt, viele Einwohner heißt zu viele Infizierte. Sie schlug eine Kombi aus Verschanzen und Bewegung vor: mit dem Boot über Main und Rhein zum Meer, zu einer Insel. Sie hat einen Segelschein. Dass ein Boot keine Lösung für ihn ist, hat Meyer nicht gesagt, sie weiß nicht, dass er nicht schwimmen kann. Ihr das zu sagen, hat er bisher nicht über sich gebracht. Ich habe manchmal das Gefühl, ich ersticke, sagte sie, als sie zusammen im Hotel *Jumeirah* waren und sie feststellte, dass sich kein Fenster öffnen ließ. Fast hätte er es ihr da erzählt, aber dann hat er doch nicht.

Meyer fährt zusammen, streift die Kopfhörer ab, als Nadja plötzlich neben ihm steht, ihr Morgenmantel bläulich weiß im Schein des Monitors, – Nicht schießen. Ich bin's bloß. Sie setzt sich, mustert das Standbild des Fernsehers. Du verlierst.

Ich weiß.

Hast du überhaupt geschlafen?

Bis vier, dann ging nichts mehr.

Wegen dem Termin?

Nein. Einfach so. Ich habe geträumt, ich bin ein Baum und

Vögel nisten in mir. Absurder Scheiß. Dann bin ich aufgewacht.

Als Nadja sich an ihn lehnt, zieht er sie zu sich, vergräbt das Gesicht in ihrer Halsbeuge, noch warm vom Schlaf. Gestern Abend hat er sie gefragt, ob sie es über sich brächte, einen anderen zu töten, wäre er infiziert; für die eigene Sicherheit, bevor er mutiert. Sie überlegte lang. Nur, falls es sich nicht vermeiden ließe. Auch mich? Nein. Dich nicht. Sicher? Sie zögerte wieder. Nein, nicht sicher, vermutlich auch dich. Gut. Warum *gut*? Wer will schon todgeweiht zurückgelassen werden. Schließlich nickte Nadja bloß, nahm seine Hand.

Geh duschen, ich mache Kaffee. Nadja steht auf, küsst ihn auf den Scheitel. Als er sich nach dem Duschen rasiert, blüht Blut im weißen Schaum auf. Ein kleiner Schnitt am Hals. Kein *Health Kit*, schießt ihm durch den Kopf, er fühlt sich immer noch nicht wach, reißt Klopapier ab, presst es auf den Schnitt. Schluss jetzt, Apokalypse Prio B, er muss sich auf den Termin einstimmen, Ehepaar Enders, doppeltes Einkommen, keine Kinder. Sein Arbeitsfeld hat Jörg Enders ihm gleich beim ersten Termin auf die Nase gebunden, Schwerpunkte Arztstrafrecht, Korruptionsstrafrecht, Steuerstrafrecht, Revision im Strafprozess – falls Sie mal Rat suchen, Herr Meyer – wollen wir natürlich nicht hoffen! Enders, Mitte vierzig, untersetzt, rotblondes Haar, sein pausbäckiges Gesicht erinnert Meyer an ein Nagetier, aber Enders interessiert Meyer eigentlich nicht, Frau Enders interessiert ihn, einen halben Kopf größer und zehn Jahre jünger als ihr Mann, keine Schönheit, aber eine eindrucksvolle, gepflegte Erscheinung, forsches Kinn, wache Augen hinter randlosen, dünnen Brillengläsern, Bank- und Kapitalmarktrecht. Beim Hauskauf entscheidet die Frau, man muss sich auf die Frau konzentrieren; wenn die nicht will, ist die Sache gelaufen. Drei Nein hat er von ihr schon kassiert, Herr Meyer, zu banal, zu überladen, zu altbacken, Herr Meyer, Retorte, keine Singularität, machen Sie mich nicht schwach, soll das der Garten sein? Nicht, dass Enders weniger unleidig wäre, Enders hängt sich auf an den harten Fakten, Standort, Quadratmeter, Ausstattung, Preis. Aber heute muss der Abschluss klappen, alles andere wäre eine Blamage, jeder Stein der Architektenvilla in Parklage schreit nach Frau Enders.

Das Wetter ist auf Meyers Seite, der Himmel fast wolkenlos, Morgensonne scheint durch die Fenster der Eingangshalle, fällt in das verglaste Atrium, funkelt auf dem großen, flachen Zierwasserbecken aus hochglanzpoliertem, schwarzem Granit, als Meyer mit den Enders das Haus betritt. Das Atrium misst sechs mal vier Meter, erläutert er, stellt das Wasserspiel an, acht feine Fontänen beginnen zu sprudeln. Frau Enders nickt wohlwollend, aber Enders schießt quer: Das heißt vierundzwanzig Quadratmeter verschenkt.

Nicht verschenkt, Teil des repräsentativen Eingangsbereichs. Meyer verliert einen Augenblick die Festigkeit in seiner Stimme, als er die Vibration seines Telefons spürt, das dritte Mal in den letzten fünf Minuten. Unwillkürlich fasst er sich ans Jackett, lässt die Hand aber sofort wieder sinken.

Repräsentativ? Geschmackssache, erwidert Enders. Meyer bereut sofort das Wort. *Sotto voce* bei einem wie Enders. Das Vibrieren des Telefons bricht wieder ab. Meyer demonstriert die Lichtvariationen des Wasserbeckens, kühles Weiß, zarte Gold-, Rot- oder Blautöne, alles per Touchscreen steuerbar, ebenso wie die Türsprechanlage mit schlüsselloser Zugangskontrolle und Videoüberwachung des Hauses. Enders schnaubt, – Ich weiß jetzt schon, wer sich damit rumärgern darf. Aber Frau Enders nickt angetan. Meyer lässt den Enders den Vortritt, als er sie in den Wohnbereich führt, kontrolliert sein Telefon, stellt die Vibration aus. Drei Anrufe in Abwesenheit, Kai Wiesmanns Nummer. Das Geld für das Cordovanleder hat Meyer ihm längst überwiesen, was will der denn noch? Als Meyer das Telefon zurück in die Tasche gleiten lassen will, leuchtet das Display wieder auf, Wiesmann, Herrgott – Meyer steckt rasch das Handy ein, bevor Enders sich zu ihm umdreht, mit der Schuhspitze auf den Boden tippt: Was ist das für ein Marmor? Bianco Carrara, erwidert Meyer, darunter Fußbodenheizung wie im ganzen Haus. Dann geht Meyer hinüber in den Essbereich, entzündet den Ethanolkamin, entlockt Frau Enders damit noch ein Lächeln. Der Wohnraum gefällt ihr, bedächtig läuft sie ihn ab, macht schon Vorschläge für die Möbelplatzierung. Dann lotst Meyer die Enders über den Aufgang zur Galerie in den ersten Stock: Hauptschlafzimmer mit Dachterrasse, Ankleidezimmer, Masterbad mit Sauna und Blick auf den Zen-Garten, zwei weitere Schlafzimmer, im zweiten Stock Bibliothek mit deckenhohen Fenstern, alle Räume mit Türen aus chilenischem Apfelbaumholz. Zurück hinunter führt Meyer sie über einen weiteren Treppenlauf in die offene Küche, modernste Technik von Gaggenau, dann hinab in den Weinkeller, zum Abschluss hinaus zum Pool mit umlaufender Steinterrasse auf dem achthundert Quadratmeter großen Grundstück. Vom Pool hält Meyer unauffällig Sicherheitsabstand, verweist auf das direkte Zugangstor vom Grundstück in den Grüneburgpark, alarmgeschützt, videoüberwacht. Ideal für dich zum

Joggen, sagt Frau Enders zu ihrem Mann, aber Enders verschränkt nur die Arme vor der Brust, begutachtet die grauen Bodenplatten der Pooleinfassung: Und was ist das für ein Stein? Soglio-Quarzit aus Graubünden, antwortet Meyer. Frau Enders will das Haus, ganz klar, das Ding ist durch, Enders weiß das, auch wenn er mit Gewalt einen Makel sucht. Meyer schwenkt wieder um auf die Lage, alle Vorzüge der Großstadt, kombiniert mit der Ruhe des Villenviertels, der Golfclub nur fünf Autominuten von hier. Ich golfe nicht, erwidert Enders, Meyer lächelt, – Vielleicht fangen Sie ja demnächst damit an. Enders stößt ein kehliges, kurzes Lachen aus, ein Lachen wie Keuchhusten. Mal sehen. Dann fasst er Frau Enders sanft am Arm. Ich will mich mit meiner Frau besprechen. Meyer lässt die beiden allein, geht zurück in den Wohnraum, schließt die Terrassentür hinter sich, sieht wieder auf sein Telefon. Neun Anrufe in Abwesenheit. Alle Kai Wiesmann. Keine Nachricht auf der Mailbox. Meyer sieht hinaus zu den Enders, die begonnen haben, eine Runde um den Pool zu gehen, dann wählt er den Rückruf. Kai ist sofort dran.

Mach's kurz, Kai, ich bin mitten in einer Besichtigung –

Kai Wiesmann hat eine Art zu sprechen, die Meyer bereits nach dem ersten Satz auf den Zeiger geht, ein lässiges Hingerotze in breitem Dialekt, immer locker, immer gut drauf, aber als er Meyer antwortet, klingt er kopflos, seine Stimme überschlägt sich, Meyer versteht ihn kaum, nur *Bürgerhospital*, wo bist du?, fragt Kai, ohne Antwort abzuwarten, dann schluchzt er tatsächlich wie ein scheiß Kind, das Kind, das er noch ist – Meyer erschrickt über den Hall seiner eigenen Stimme im leeren Wohnraum, als er Wiesmann ins Wort fährt; vom Pool aus wirft Enders einen perplexen Blick herüber zum Haus. Ich bin mitten in einer Besichtigung, wiederholt Meyer gereizt und tritt von der Fensterfront zurück.

Ein Rauschen tönt in der Leitung, Kai stößt Luft aus, lang und angestrengt. Dein Vater ist vorhin –, fängt er an, stockt, als ihm die Stimme bricht, Meyer hört im Hintergrund etwas klappern, ein Geräusch wie Metall auf Metall. Was ist mit meinem Vater?, versetzt Meyer nervös. Herrgott, red!

Dein Vater hat sich seit Wochen ständig erschöpft gefühlt, trotzdem weitergearbeitet, zu viele Aufträge, wollte einfach nicht zum Arzt. Dann ist er vorhin an der Ausputzmaschine einfach zusammengeklappt, der Notarzt hat ihn in die Klinik gebracht, aber als ich am Krankenhaus angekommen bin, war dein Vater schon –

Meyer muss sich am Geländer der Treppe aufstützen, als Kai ihn an die Ärztin weiterreicht, durch die Terrassentür sieht Meyer hinaus zu den Enders, Frau Enders deutet hinüber zu den blühenden Zierkirschen, pulslose Herzrhythmusstörung, sagt die Ärztin, dann streicht Frau Enders mit der flachen Hand über die Nadeln des großen Bonsais, es tue ihr sehr leid, sagt die Ärztin, es tue ihr wirklich sehr leid, wann er da sein könne. Ob er im Krankenhaus auf ihn warten solle, fragt Kai, und als Meyer nicht antwortet, sagt Kai, er warte auf ihn im Krankenhaus.

Meyer steht immer noch mit dem Telefon in der Hand da, als die Enders zurück ins Haus kommen, Frau Enders lächelt, hat sich bei ihrem Mann eingehakt, – Die Villa gefällt uns sehr! Wir nehmen uns ein paar Tage Bedenkzeit, lenkt Enders ein. Der Garten ist perfekt, sagt Frau Enders. Meyer will etwas erwidern, aber sein Mund ist zu trocken. Alles in Ordnung? Frau Enders hebt verunsichert die Brauen. Meyer spürt, wie sein Mund mechanisch in Position zurückgleitet, wie er schluckt, lächelt, sein Gaumen sich wund und geschwollen anfühlt.

Natürlich, lassen Sie die Eindrücke ein paar Tage auf sich wirken. Ich freue mich, dass Ihnen das Haus zusagt.

6

Mit den Händen

Mit den Fingerspitzen befühlt Meyer das Rund seines linken Manschettenknopfs, die kühle, geriffelte Oberfläche, den festen Sitz auf dem gestärkten Stoff. Er hat den Eindruck, alle starren ihn an, feindselig, abschätzig, er kommt sich overdressed vor in dem schwarzen Anzug von Ralph Lauren neben den Freunden seines Vaters, Leute aus der Schuhmacherinnung, Leute vom Stammtisch in ihrem einzigen schwarzen Anzug für Taufen, Hochzeiten, Beerdigungen, ein Haufen Kostümierter. Lauter fremde Gesichter. Wer zur Beerdigung geladen werden soll. Als der Bestatter fragte, hatte Meyer keine Antwort. Familie? Angehörige? Der Bestatter sprach mit ihm wie mit einem Debilen. Nein, sagte Meyer. Ich weiß nicht. Ein Großcousin aus Mannheim. Eltern? Nein. Der Vater seines Vaters ist schon seit achtzehn Jahren tot, die Mutter seines Vaters sitzt nach zwei Schlaganfällen demenzkrank im Altersheim drüben in Niederrad, kann nicht laufen, nicht mehr allein essen, hängt am Katheter, weiß die meiste Zeit über nicht, wo sie genau ist oder wie sie heißt. Als er ihr gesagt hat, dass ihr Sohn gestorben sei, hat sie ihn bloß angesehen, dann plötzlich angefangen, nach der Schwester zu schreien, markerschütternd und hysterisch, eine Stunde lang konnte sie niemand beruhigen. Danach saß sie vor dem Fernseher und reagierte auf nichts mehr. Den Gang zur Beerdigung wollte er ihr nicht antun. Ehrlicher gesagt, wollte er sich das nicht antun.

Freunde? Ja. Aber Meyer wusste nicht, wer. Also doch Kai anrufen. Kai hat ihm Namen genannt, die Meyer noch nie gehört hat.

Ich habe gesagt: nur der engste Kreis, erwiderte Meyer.

Das ist nur der engste, sagte Kai leicht unterkühlt.

Du brauchst nicht zu kommen, hat Meyer zu seiner Mutter gesagt. Wenn er sie brauche, komme sie, sagte sie, aber klang erleichtert, als er verneinte.

Der Pfarrer begrüßt die Trauergäste, ein schmächtiger Mann, der Talar hängt an ihm herab wie an einem Stock, aber seine Stimme ist angenehm einlullend. Meyer lässt sich gegen die Lehne der Kirchenbank sinken, atmet aus, es kommt ihm vor, als atme er heute zum ersten Mal wieder richtig aus. Fünf Tage Ausfall. Falber hat ihm verboten, noch mal im Büro anzurufen. Bis Montag, sagte er und legte einfach auf.

Meyer betrachtet das Blumengesteck auf dem Sarg, weiße Nelken, Chrysanthemen, Tulpen, Callas, Zierzweige, Efeu, er hätte nicht sagen sollen: Machen Sie es nicht zu klein. Der Sarg wirkt überladen. Dass der Vater dadrin liegen soll. Im Krankenhaus sah er fast aus wie schlafend. Ob er sich noch einmal verabschieden wolle, hat der Bestatter gefragt, aber Meyer wollte den Vater nicht noch einmal sehen – fast wie schlafend – mehr wollte er nicht sehen. Jetzt kann er sich nicht vorstellen, dass der Vater in dieser Kiste da liegen soll.

Eines der Trauerbänder an den Blumen hat sich verdreht, einmal ganz um die eigene Achse, Meyer kann nicht aufhören, es anzusehen. Die Vorschläge des Bestatters für die Beschriftung waren ein Portfolio aus Phrasen, religiösem Pathos, *Der Herr hat genommen, In stiller Trauer,* Meyer gab dem Bestatter die Liste zurück, suchte ein Florband mit Kreuzmotiv ohne Spruch aus. Als er nach Hause fuhr, fühlte sich jede getroffene Entscheidung falsch an, er sich beschissen unzureichend. Ob Feuer- oder Erdbestattung. Der Vater hätte die einfachste Variante gewollt, Feuer, sechshundert Euro mit allem, aus Prinzip. Einer, der die Zahnpastatube aufschnitt, um den letzten Rest Creme mit der Zahnbürste rauszuholen, der Brot mit Butter ohne Wurst oder Brot mit Wurst ohne Butter aß, aus Prinzip. Sparsamkeit und Fleiß machen Häuser groß. Spare in der Zeit, dann hast du in der Not. Im Leben wird dir nichts geschenkt. So Sätze. Gestern hatte Meyer das Gefühl, er müsse weinen, morgens beim Zähneputzen, aber es kam wieder nichts. Herzmuskelentzündung, hat die Ärztin gesagt. Eine Grippe nicht auskuriert, stand mit Fieber in der Arbeit, der Idiot. Totgearbeitet mit neunundfünfzig. Aber was sonst. Sein krankhaftes Gejammer, wie hart verdient das Geld sei, das er heimbringe. Sechs Tage die Woche im Laden. *Urlaub,* das Wort spuckte er aus, als sei es was Unanständiges. Urlaub als Selbstständiger, ein Verlustgeschäft! Die paar Mal Urlaub, den die Familie zusammen verbrachte, auf diesem schäbigen Hunsrücker Campingplatz, war der Vater so unausstehlich, dass die Mutter aufhörte, darauf zu bestehen. Vor Ausflügen zwang er sie, ein Dutzend Brote zu schmieren, vermied penibel jeden Lokalbesuch. Nannte den Kioskbetreiber vom Platz einen Halsabschneider, laut genug, dass alle es hörten, du wolltest im Boden versinken vor Scham. Meyer hat sich für die Erdbestattung entschieden, den Sarg aus gebeizter Eiche genommen. Niemand soll sagen, er hätte gegeizt. Die Trauerfeier hat er etwas widerwillig im *Weißen Bock* ausrichten lassen. Der *Bock* ist richtig, hat Kai gemeint. Den *Bock* hat er gemocht. Und den kennen alle, da finden alle hin. Meyer hätte gern ein besseres Lokal gehabt, aber ihm war kein geeignetes eingefallen. Der *Bock* ist das einzige Lokal, in das der Vater überhaupt gegangen ist. Das Essen ist grob, die Auswahl eintönig, Schweinesolber, Presskopf, Fleischkäse, Haspel, Rinderzunge, Rippchen, Brat-, Rinds-, Blutwurst, Tatar, Schweinskopfsülze, Eier mit grüner Soße, Kochkäse, Spundekäs, Handkäs mit Musik, als Beilagen Kraut und Graubrot oder Kartoffeln. Rinderbrust ist das einzig Essbare im *Bock*, aber Meyer wird ohnehin nicht groß essen.

Der Pfarrer schlägt die Bibel auf: Es wird gesät verweslich und wird auferstehen unverweslich. Es wird gesät in Niedrigkeit und wird auferstehen in Herrlichkeit. Es wird gesät in Armseligkeit und wird auferstehen in Kraft.

Als Meyer mit seiner Trauerrede an der Reihe ist, er sich langsam erhebt, fühlt sich der Boden unter ihm an wie aus Schaumstoff. Vorne muss er sich am Sprechpult festhalten. Reden. Kann er doch. Er hat sich alles aufgeschrieben. Etwas zittrig greift er nach dem Blatt in seiner Jacketttasche, das Papier raschelt unangenehm laut, als er es entfaltet. Über die Toten spricht man nur gut. Meyer spricht nur gut, aber er muss ablesen. Jedes Mal, wenn Meyer aufsieht, sieht er in diese grobschlächtigen, stumpfen Gesichter.

Mein Vater sagte: Einen Menschen erkennt man an dem, was er will; und seinen Willen erkennt man an dem, was er tut. Tut er etwas nicht, will er es nicht genug. Sein Beruf war meinem Vater alles. Selbst sonntags ging er oft in die Werkstatt. Ich trage heute das Paar Maßschuhe, das er für mich zum Achtzehnten gemacht hat. Das war seine Sprache: etwas zu tun.

Meyer hört sich in einem Tonfall sprechen, der blechern klingt, wo er fest klingen sollte, leer statt innig, aber seine Stimme ist ruhig, kein Beben, kein Stocken, er denkt an Honig, Sirup, Treibsand, aber es fühlt sich an, als kämen Glasscherben aus seinem Mund. Er hält die Rede, weil er nicht wollte, dass es ein anderer tut, ein professioneller Trauerredner oder der Pfarrer. Indiskutabel. Rührseliges Gewäsch von einem, der den Vater nicht gekannt hat. Als Kai fragte, ob er ein paar Worte sagen dürfe, fand Meyer keinen Grund für ein Nein, umso mehr musste er selbst etwas sagen, wie hätte das ausgesehen: Der Geselle des Vaters spricht bei der Beerdigung, aber nicht der eigene Sohn.

Nadja nimmt seine Hand, als Meyer wieder Platz genommen hat, streicht mit dem Daumen über seinen Handrücken. Ihre Augen sind feucht und gerötet. Er wollte sie nicht dabeihaben, aber das war unsagbar. Sie bot sogar an, ihren Flug nach Zürich umzubuchen, die Arbeit könne warten, aber Meyer hat darauf bestanden, dass sie morgen fliegt. Seit fünf Tagen wohnt sie schon bei ihm, lässt ihm kaum einen Moment Ruhe, immer ist da eine Hand, ein Blick, die Frage, ob er noch was brauche, du musst was essen, du solltest schlafen, ich lass dir ein Bad ein, willst du noch eine Vivinox? Einen Tag länger erträgt er das nicht. Dass sie offenbar viel mehr Trauer spürt als er selbst. Als er ihr vom Tod des Vaters erzählte, brach sie in Tränen aus, obwohl sie ihn nur ein einziges Mal getroffen hat, bei einem Besuch im Laden, auf den sie bestand, – oder willst du nicht, dass wir uns kennenlernen? Der Vater war nicht mal freundlich zu ihr, kurz angebunden, fast ruppig, er habe gerade sehr viel zu tun.

Er habe ihr gar nicht gesagt, dass die Schuhe von seinem Vater seien, flüstert Nadja. Meyer betrachtet die schwarzen Oxfords an seinen Füßen, er hatte das Paar fast zehn Jahre nicht mehr an, die einzigen Maßschuhe, die er besitzt. Handgefertigte aus Maßkonfektion, Crockett & Jones, Alden, Vass, besitzt er Dutzende, aber kein zweites nach Maßleisten. Maßschuhe von einem anderen Schuster hätte der Vater ihm nie verziehen, aber vom Vater wollte Meyer kein zweites Paar, nicht mal das erste hat er gewollt, die Großzügigkeit, die der Vater plötzlich an den Tag legte, wirkte auf Meyer wie ein schlechter Witz. Der Vater schlug die teuersten Ledersorten vor, Boxcalf, Cordovan, such dir aus, was du willst! *Such dir aus, was du willst*. Der Mann, der die Mutter dazu anhielt, jedes Senfglas aufzuheben, bis im Schrank kein Platz mehr war; jedes noch so kleine Stück Seifenrest auf die neue Seife drückte; der Mann, der Meyer sich sein Taschengeld als Aushilfe in der Werkstatt verdienen ließ. Er hatte sich nicht davon abbringen lassen, Meyer die Schuhe zu machen, über vier Monate Arbeit, das Anfertigen der Maßleisten, die Anproben, der Feinschliff, letzte Korrekturen am Schuh. Meyer suchte das billigste Rindsleder aus, geriet mit dem Vater darüber fast in Streit. Heute früh, als er die Schuhe zum ersten Mal nach Jahren wieder anprobierte, wollte er sie gleich wieder ausziehen, ihr perfekter Sitz verursachte ihm einen Druck auf der Brust, aber er zwang sich, sie anzubehalten, putzte, cremte, polierte sie, obwohl sie in makellosem Zustand waren. Morgen wandern die Schuhe wieder zurück in den Schrank.

Als Kai nach vorn ans Sprechpult tritt, richtet Meyer sich unwillkürlich auf, spürt, wie sich seine Kiefermuskeln schmerzhaft verkrampfen. Er hätte einfach nein sagen sollen. Der Anzug ist Kai am Kreuz zu eng, die hellbraunen Locken trägt er heute mit Gewalt gescheitelt, das getrocknete Gel glänzt im Licht der Messingleuchter wie Plastik. Einen Moment lang steht er nur da, hält den Kopf gesenkt, die Hände auf dem Sprechpult gefaltet.

Die Reparatur ist das Retten von etwas Bewährtem, beginnt er, ohne aufzusehen. Seine Stimme klingt belegt, aber er spricht frei, kein Zettel, nichts.

Gerhard hat oft von dem Mann erzählt, der ein Paar schlichte Halbschuhe brachte und fragte, ob man die noch retten könne. Es seien keine guten Schuhe, aber er trage sie so gern. Neue Sohlen und Absätze, einundzwanzig Mark damals, und das Paar war fast wie neu. Unter den Händen zu spüren, was man geschafft habe, mache ihn glücklich, hat Gerhard gesagt.

Kai sieht auf, Meyer direkt in die Augen, sein getragener Ernst ist kaum auszuhalten. Lächerliche vier Jahre hat er den Vater gekannt.

Dein Vater, Thomas, war ein besonderer Mensch. Bescheiden, fleißig, humorvoll. Ein begabter Schuhmacher und nicht nur mein Meister – ein Freund.

Dann muss Kai unterbrechen, sich räuspern, fährt sich mit der Hand über die Krawatte, als gäbe es an dem Kunstfaserlappen etwas glatt zu streichen. Der fängt da vorn echt fast das Heulen an. Meyer erwidert Kais Blick mit leiser Verachtung, bevor er wegsieht, wieder das in sich verdrehte Trauerband anstarrt. Der Vater ist weich geworden bei Wiesmann. Weich im Schädel. Wiesmann mit seiner Welpen-Nummer. Seinem ungebremsten Enthusiasmus. Endlich einer, der die Schusterei übernehmen will, endlich.

Anfangs war Meyer froh, dass der Vater einen neuen Gesellen eingestellt hatte, nachdem er Jahre ganz allein gearbeitet hatte, Meyer schon lang aus dem Haus, die Mutter schon lang bei Gerlach. Der Vater wirkte gelöster, wacher, milder, fragte Meyer auf einmal sogar nach seiner Arbeit, immer noch nicht ganz ohne Argwohn, aber immerhin. Dass Meyer die Schusterei nicht hatte weiterführen wollen, hat der Vater nie ganz verwunden, aber dass er schließlich bei der Bank kündigte und zum Makeln wechselte, hat den Vater regelrecht verstört. Das sei doch kein Beruf, Makler. Jeder Affe mit Gewerbeschein könne Makler werden, eine Tür aufsperren und dafür Geld kassieren. Jede Verkäuferin bei Penny leiste mehr, räume wenigstens Regale ein, halte den Laden in Ordnung. Seit Wiesmann da war, sparte sich der Vater die Kommentare, die gesamte Aufmerksamkeit konzentrierte sich von nun an auf Kai. Damit gerechnet, dass dieser harmlose Junge dem Vater gleich mit fulminanten Geschäftsvisionen kommt, ihn tatsächlich dazu bringt, freiwillig Geld auszugeben, hatte Meyer natürlich nicht. Qualität statt Quantität, Authentizität, Nachhaltigkeit, Slow Living, danach sehnen sich die Leute. So was aus Kais Mund. Die Schuhmacherei brauche ein Facelift. Meyer bekam das kalte Kotzen, als er den Vater Kais Gewäsch so enthusiastisch nachplappern hörte, als hätte Kai das Rad neu erfunden.

Schuhmacherei Meyer & S. stand an der Ladenscheibe in schnörkellosen gelben Klebelettern, dreißig Jahre lang. Als der Großvater starb, ließ der Vater alles, wie es war, aus Hoffnung, Thomas würde das & S. wieder zur Wahrheit machen. Den Rest seines Lebens anderer Leute Schuhe zu flicken, den Straßendreck und den Geruch von Schuhfett an den Händen – Meyer wollte sich das nicht eine Sekunde lang vorstellen. Kurz vor dem Realschulabschluss fragte ihn der Klassenlehrer, ob er nicht weitermachen wolle, überwechseln, Fachabitur oder sogar Abitur. Er erzählte es dem Vater. Der saß am Abendbrottisch, aß Wurst mit Brot ohne Butter: Unsinn, das brauchst du nicht. Eine Lehre ist was Profundes, lass dir nichts einreden! Also ging Meyer zur Bank. Gegen die Bank sagte der Vater nichts, vor der Bank hatte der Vater Respekt, aber er verlangte Kost- und Wohngeld von ihm, als Meyer die Lehre anfing. Früher nahm der Vater ihn als Kind oft mit, wenn er nach Feierabend die Einnahmen auf die Bank brachte, die Schweigsamkeit des Vaters war eine andere in der Bank als im Laden; nicht griesgrämig, sondern ehrfürchtig. Für Meyer wurde Geld zu einem magischen Ding, das Horten, Schützen, Pflegen von Geld, als hätte es ein Eigenleben. Immer lag in der Bank ein Hauch von Angst in der Luft, bei jedem Besuch blühte der Gedanke an einen Überfall auf – Auf den Boden, Gesicht nach unten! Ein wohliger Schauer. Wenn die Mutter abends allein auf dem Sofa saß, der Vater schon schlief, sie Aktenzeichen XY schaute und nur das flackernde Licht des Fernsehers das Wohnzimmer erhellte, kroch Meyer jedes Mal aus seinem Bett, und die Mutter erlaubte ihm, na schön, einen Fall Aktenzeichen dürfe er sehen, Bank- und Juwelierüberfall, Mord und Totschlag wegen Geld und manchmal wegen Liebe, und jedes Mal ließ sie ihn doch bei sich, bis er neben ihr auf dem Sofa einschlief.

Meyer ist froh, dass sie heute nicht hier ist. Er hätte ihr zugetraut, dass sie kommen will, auch wenn sie mit dem Vater seit über zehn Jahren kein Wort mehr gewechselt hat. Manchmal hat sie Anflüge von falschem Anstand. Mit dem Weglaufen hatte die Mutter auch gewartet, bis Meyer alt genug war, bot sogar an: Komm mit mir mit, Robert hat nichts dagegen. Meyer war nicht mitgegangen. Mit sechzehn brauchte er keinen neuen Vater, schon gar nicht in Offenbach. Also ging sie ohne ihn, und er sah dabei zu, wie der Vater alle Sachen aus dem Haus warf, die die Mutter zurückgelassen hatte, in Müllsäcken aus dem Haus auf die offene Straße schmiss, Kleidung, Zeitschriften, Schallplatten, Modeschmuck. Meyer stand daneben, sprachlos. Aber er hat es lang vor dem Vater gewusst. Als die Mutter diesen Vorwerk-Staubsauger kaufte für achthundert Mark, den sich die Familie eigentlich nicht leisten konnte. Der Vater hat die Mutter zwei Stunden lang angeschrien, aber der Staubsauger blieb. Herr Gerlach von Vorwerk. Was macht ein Vorwerk-Vertreter bitte zweimal im Monat im Gallusviertel, wo sich kaum jemand einen Vorwerk leisten kann, was hockt der daheim bei der Mutter auf der Couch mit einer Tasse Kaffee wie der Konquistador im Eldorado, entspannt, selbstzufrieden, *alles easy*, sein Anzug, die goldene Uhr, die hellen Augen, das breite Lächeln im kantigen Gesicht, das entblößte Stück blond behaartes Bein, das zwischen Anzughose und Sockenbund zum Vorschein kam, während Gerlach auf der niedrigen, braunen Plüschcouch in seiner Kaffeetasse rührte und die Mutter ihm einen Teller Butterkekse hinstellte. Später bot Gerlach ihm draußen im Hof eine Zigarette an, kam ihm auf die Kumpeltour; fragte, wie es in der Schule laufe. Deine Mutter sagte, du hättest Köpfchen.

Meyer zuckte wortlos die Schultern, aber nahm die Zigarette. Irgendwann war die Mutter mittags überhaupt nicht mehr zu Hause, wenn er von der Schule kam, nur ein Zettel lag auf dem Küchentisch, und vorgekochtes Essen stand im Kühlschrank, zum Warmmachen in der Mikrowelle. Meyer hat nicht gefragt, sah nur zu, über ein halbes Jahr lang. Bis die Mutter ihn irgendwann ins Wohnzimmer rief, ihn bat, sich zu ihr zu setzen. Er sei ja jetzt schon groß, fing sie an. Er könne das doch verstehen. Am Abend sagte sie es dem Vater, hatte schon einen Koffer gepackt. Gerlach wartete unten mit dem Wagen, Meyer sah sein Auto vom Fenster aus, einen schwarzen Opel Calibra. Dass sie den Vater verließ, hat Meyer ihr nie vorgeworfen, eigentlich sah sie immer aus wie auf Abruf. Verbrachte ihre Vormittage mit Tele-Aerobic, verließ niemals das Haus ohne Make-up und eine Wolke Vanderbilt. Aber Meyer nahm ihr das Gerede von der Liebe nicht ab, als sie zu Gerlach zog; traut es ihr bis heute nicht zu, das große Gefühl. Die Mutter, die erst türmte, als sich bequem die Gelegenheit ergab, sich zuvor pragmatisch arrangierte wegen eines Missgeschicks mit neunzehn, eines Kindes mit einem Mann, für den sie sich dann über Jahre hinweg eine laue Wärme abrang, die anfangs kurz mal Hitze war, ja sagte, als der Vater fragte, und die Stelle als Dekorateurin im Kaufhaus aufgab. Von Gerlach ließ sie sich auch wieder heiraten, als die Scheidung durch war. Du kommst doch? Der Vater redete drei Monate lang nicht mit Meyer, weil er hingegangen war.

Das Sarggeleit zum Grab geschieht in Stille. Der Bestatter läuft voran, sechs Träger tragen den Sarg scheinbar mühelos, auf ihren Schultern wirkt er noch größer, noch massiger als auf der Bahre, frühe Abendsonne spiegelt sich auf dem lackierten Holz. Meyer folgt dem Sarg allein, vor ihm der Pfarrer, hinter sich hört Meyer Nadjas Absätze über den asphaltierten Weg klacken, hört Kais schweren Schritt. Als der Sarg an Seilen langsam ins Grab hinabgelassen wird und er dabei in leichte Schieflage gerät, kann sich Meyer plötzlich den Vater darin vorstellen, stellt sich ein Kippen des Kopfs zur Seite vor, ein Kippen der Schuhspitzen. Sieht die Kleidung, die er dem Bestatter für den Vater gegeben hat, ein weißes Baumwollhemd, eine dunkelblaue Hose aus Flanell. Der Vater hatte keinen einzigen Anzug im Schrank, nur ein schwarzes Jackett mit speckigem Kragen. Meyer hängte es zurück in den Schrank. Bei der Besprechung für die Beerdigung hatte ihm der Bestatter einen Talar für den Vater gezeigt, weiß und hinten offen, aber Meyer wollte den Vater nicht in diesem Totenhemd beerdigen, barfuß. Er suchte nach den braunen Derbys mit Lochmusterverzierung, die der Vater früher oft trug, Meyer fand sie im Schuhschrank, in erschreckend schlechtem Zustand, Sohlen und Absätze schmutzig und abgelaufen. Keines der Paare war in gutem Zustand, nur die Schuhe, die der Vater am Tag trug, als er starb, schwarze Budapester, ein Maßpaar, Meyer hatte es vorher noch nie gesehen. Schließlich nahm er wohl oder übel die. Überlegte, Kai nach den Schuhen zu fragen. Aber eigentlich wollte er nicht wissen, wer sie gemacht hat. Er wollte nicht wissen, ob Kai sie gemacht hat.

Es tue ihm so leid. Er könne es noch gar nicht fassen.

Dr. Voss drückt Meyer die Hand. Voss ist einer der wenigen Trauergäste, deren Name und Gesicht Meyer kennt, ein mit feinen Falten übersätes Gesicht, schmale Augen unter nahezu weißen Brauen, der Oberlippenbart akkurat gestutzt. Voss' Blick drückt Bedauern aus, aber sein Tonfall und Händedruck haben die gleiche Sachlichkeit wie die der Ärztin im Krankenhaus; den Chefchirurgen, Privatklinik Schaumainkai, kriegt Voss auch im Ruhestand nicht raus. Einen Tag bevor der Vater starb, hatte Voss noch Schuhe zur Reparatur gebracht, am nächsten, als Meyer im Laden nach Unterlagen suchte, stand Voss vor der Schuhmacherei, klopfte mit einer Vehemenz gegen das Türglas, dass Meyer ihn nicht ignorieren konnte. Meyer hat ihn nur aus Höflichkeit zur Beerdigung eingeladen. Vom Vater bekam Voss alles zum Freundschaftspreis, der Vater wollte sich gut mit ihm stellen, Voss gehört das Haus, in dem die Schuhmacherei seit über dreißig Jahren sitzt, er ist nicht mehr als der Vermieter, trotzdem kommt er Meyer jedes Mal familiär, er kenne Thomas ja schon als ganz kleinen Bub! Voss zählt zur Sorte bessere Mittelschicht, zu verklemmt, um zu protzen, belästigt einen stattdessen mit Understatement und privatem Glück, fährt Phaeton statt S-Klasse, schwärmt von seinen drei Töchtern, Viszeralchirurgie, Pädiatrie, Zahnmedizin, seinen fünf Enkeln, der älteste auf Schloss Bieberstein im Internat. Voss' Vorliebe für Lederslipper mit Gummibesohlung macht ihn allein schon verachtenswert, Meyer hat zu viele davon früher polieren müssen. Bevor die Trauergesellschaft zum *Weißen Bock* aufbricht, verabschiedet Voss sich, den engsten Kreis wolle er nicht stören, auch wenn Meyer versichert, er würde nicht. Meyer ist de facto der engste Kreis, der Großcousin aus Mannheim ist nicht gekommen. Voss stört ihn weniger als der Rest der Gesellschaft, zumindest ein bekanntes Gesicht. Aber Voss lässt sich nicht überreden.

Als Meyer nach dem Essen noch mit den mutmaßlich engsten Freunden des Vaters in einer der niedrigen, separierten

Stuben der Wirtschaft sitzt, fühlt er sich betrunken von dem einen Glas Apfelwein, das er hinuntergezwungen hat. Von vorn aus der Wirtschaft dringt der Trubel des regulären Freitagabendgeschäfts, ein tiefes, wogendes Summen aus Stimmen, das Klappern von Besteck auf Tellern, es ist stickig und feucht, der Dunst von Fleisch, Kraut und Wein hängt in der warmen Luft. Meyers Teller ging kaum angerührt zurück, unter den vorwurfsvollen Augen Nadjas. Nach dem Essen hat er sie heimgeschickt, auch wenn sie nur widerwillig aufgebrochen ist, aber ihr Flug geht um fünf Uhr dreißig morgen früh. Meyer betrachtet die Freunde des Vaters über seinen Glasrand hinweg, knapp ein Dutzend Männer zwischen fünfzig und sechzig, die meisten aus der Innung. Ihre Laune wird nach und nach ausgelassener, der sechste Steinkrug Apfelwein macht die Runde. Die Männer tauschen Anekdoten aus, als Gerhard dies, als Gerhard das. Meyer zwingt sich, zu nicken, zu lächeln, als kenne er sie alle, er kennt fast keine. Kai erzählt von einer Tänzerin aus der Elbestraße, die eine ganze Sporttasche voll mit Schuhen brachte, Lackstiefel, Overknees, Plateau-Heels, Pumps und Sandaletten mit Metallabsätzen, und wie der Vater, als die Frau fragte, ob der Auftrag *Overnight Express* möglich sei, sagte: In unserem Geschäft schnell und gut nur über Tag. Der Tisch bricht in schallendes Gelächter aus, dann stoßen die Männer auf den Vater an, einer legt Meyer schwer die Hand auf den Arm: Immer den Schalk im Nacken, dein Vater. Die fettige Verschwitztheit ihrer Lebendigkeit, die die niedrige Essstube füllt, schnürt Meyer plötzlich die Kehle zu, er muss sich die Krawatte lockern, ruft nach der Bedienung, um Wasser zu ordern, aber als der Kellner kommt, will Meyer doch Wodka Tonic. Der Kellner schüttelt den Kopf. Das haben wir nicht. Wie Meyer diesen Laden hasst. Cola mit Asbach oder Apfelkorn, bietet der Kellner an. Nein. Dann Korn, pur. Wir hätten auch Obstler – Williams, Kirsch, Mirabelle? Bringen Sie einfach einen Klaren, Herrgott. Als der Kellner serviert, leert Meyer das Glas in einem Zug, bevor er sich vom Tisch entschuldigt, fast unbeachtet, nur Kai sieht fragend auf, aber Meyer wendet sich ab, er muss an die Luft, muss von diesem Tisch weg.

Draußen stellt er sich abseits des beleuchteten Eingangs, zündet sich fahrig eine Zigarette an. Eine Gruppe schiebt sich laut grölend an ihm vorbei, drei junge Männer, vier Mädchen, aufdringliches Aftershave und Parfum schlägt Meyer entgegen. Eine der Frauen streift ihn achtlos mit ihrer Tasche am Arm, sein Feuerzeug fällt ihm aus der Hand, landet klackernd auf dem Gehsteig. Einen Augenblick steht Meyer bloß da wie gelähmt, bevor er es langsam vom Boden aufliest. Sein Gesicht fühlt sich heiß an, sein ganzer Körper bis in die Fingerspitzen, trotz der kalten Nachtluft. Der Abend ist eine einzige Demütigung. Meyer lehnt sich mit dem Rücken an die Hauswand, raucht zwei Zigaretten nacheinander, um nicht gleich zurück an den Tisch zu müssen. Auf der anderen Straßenseite stochert ein Pfandsammler mit einem Stock im Mülleimer herum, dann greift er mit der bloßen Hand tief hinein und zieht routiniert eine Dose heraus. Sie ist noch halb voll, ihr Inhalt landet mit lautem Plätschern im Rinnstein.

Alles in Ordnung bei dir?

Meyer zuckt zusammen, als Kai auf einmal neben ihm steht, viel zu dicht, ihn besorgt mustert. Kais Hand berührt kurz Meyers Schulter, er unterdrückt den Impuls zurückzuweichen, zwingt sich zu einem Lächeln, aber es fühlt sich an wie ein verkniffenes, müdes Fletschen. Er habe nur frische Luft gebraucht. Kai nickt, die Luft könne man schneiden dadrin. Immer stickig im *Bock*. Meyer erwidert nichts. Kais Gesicht ist gerötet von Wärme und Alkohol, seine braunen Augen haben einen lebhaften Glanz, auch wenn die Haut darunter grau und eingefallen ist. Er lehnt sich neben Meyer an die Hauswand, beginnt, mit geübten Fingern eine Zigarette zu drehen, streicht sich Tabakkrumen vom Hemd. Eine Weile raucht er schweigend, folgt Meyers Blick hinüber zu dem Pfandsammler, der noch zwei Flaschen aus dem Mülleimer holt, bevor er schließlich Richtung Flussufer geht.

Deine Rede war sehr bewegend, beginnt Kai, den Kopf leicht gesenkt, wieder mit diesem pathetisch ernsten Ausdruck. Was du gesagt hast über Gerhard, den Willen, die Schuhmacherei. Das war sehr schön. Sehr wahr. Die Trauerfeier ist wirklich gelungen. Alles daran entspricht Gerhard, zollt Respekt. Vorhin am Tisch haben das auch die anderen gesagt.

Meyer bedankt sich etwas tonlos. Nichts hat dem Vater weniger entsprochen als ein Sarg für 3290 Euro, nur dafür gut, in der Erde zu verrotten. Er spürt, wie Kais Blick auf ihm ruht, während er sich noch eine Zigarette anzündet, Rauch auf die Glut bläst, sie zum Leuchten bringt.

Wir müssen bald besprechen, wie es weitergeht mit der Schuhmacherei, sagt Kai nach einer Pause.

Wir. Meyer wendet den Kopf. Diese Unbedarftheit. Diese Selbstverständlichkeit in Kais Ton. Etwas reißt in Meyer, als Kai das sagt – *wir*. Als gäbe es hier eine gemeinsame Sache. Für nichts hat der Vater vorgesorgt, kein Testament, das eine

Geschäftsnachfolge regelt, weder beim Notar noch in den Unterlagen, keine fertigen Verträge, keine Vollmachten, nur beim Steuerberater lag ein Vertragsentwurf, *Schuhmacherei Meyer & Wiesmann GbR*, der im Todesfall ohnehin nicht gegriffen hätte. Der Betrieb geht auf Meyer über, Inventar, Mietvertrag der Gewerbefläche, alle Verbindlichkeiten des Betriebs – rechtlich ist Kai jetzt sein Angestellter. Meyer könne an Kai verkaufen, falls Kai die Mittel habe, oder ihn vorübergehend zum Geschäftsführer machen, schlug der Steuerberater am Telefon vor. Hier gibt es kein *Wir*.

Wer sagt, dass es überhaupt weitergeht?

Kai lächelt verunsichert, beugt sich zu Meyer, als könne er nicht glauben, was er eben gehört hat. Eine gelverklebte Locke fällt ihm in die Stirn, hektisch streicht er sie mit den Fingern zurück. Wie meinst du das? Der Laden läuft, falls es das ist, was dir Sorgen macht … Der Schuhmacherei ist es noch nie so gut gegangen. Henning Lohninger will jetzt ein Maßpaar. In Kais Gesicht schleicht sich ein Hauch von Stolz. Weißt du, dieser Schauspieler?

Spar dir das, ich kenne die Bücher. Sei einfach nur nicht so überzeugt, dass es weitergeht. Wenn ich wollte, könnte ich das Geschäft morgen dichtmachen.

Was redest du denn da? Kai sieht ihn fassungslos an. Der Laden war Gerhards Leben –

Ja. Seines. Meyer stößt sich von der Hauswand ab. Ich habe bereits einen Beruf. Keine Ahnung, was mein Vater dir versprochen hat. Oder was du ihm eingetrichtert hast. *Meyer & Wiesmann GbR*. Meyer schnaubt. Dass mein Vater ernsthaft in Erwägung gezogen hat, für dich zu haften!

Warum bist du auf einmal so? Ich habe doch nur –

Willst du die Schusterei kaufen?, unterbricht Meyer. Willst du doch, hm?

Kai antwortet nicht, mustert Meyer nur verstört.

Die Frage ist: Mit welchem Geld? Hast du Geld?

Wie kannst du mit so was anfangen? Heute?

Meyer hebt beide Hände.

Entschuldige, ich korrigiere: Du hast damit angefangen. Wenn du übers Geschäft reden willst, red Klartext: Hast du das Geld, um den Laden morgen zu kaufen?

Der Laden war sein Leben, wiederholt Kai hilflos.

Meyer verzieht abfällig den Mund.

Das heißt wohl: nein.

Kurz verschlägt es Kai die Sprache, seine Lippen öffnen sich, er holt Luft, aber bringt nichts heraus, dann verdunkeln sich seine Augen auf eine Art, die Meyer noch nie an ihm gesehen hat, geradezu hasserfüllt, Meyer atmet erwartungsvoll ein, komm, krieg dein Maul auf, zeig mir was, ein Brennen macht sich in der Brust breit unter diesem neuen Blick. Du bist doch ein Arschloch, presst Kai hervor, kaum mehr als ein Flüstern. Als Kai das sagt, tritt Meyer unwillkürlich einen Schritt auf ihn zu, Wiesmann ist einen Kopf größer als er, aber wenn er meint – doch zu seiner Enttäuschung weicht Kai zurück, erschrocken, fast abgestoßen, was sein Gesicht wieder lächerlich kindlich macht.

Mein Gott, dich interessiert einen Dreck, was Gerhard wichtig war. Ich weiß nicht, warum ich immer dachte, dir liegt was dran – was du vorhin gesagt hast, war alles –

Werd erwachsen. Was ich mache, hat ihn auch nie interessiert. Meyer wirft seine Zigarette in den Rinnstein. Jeder hat seine eigenen Interessen verfolgt, und mir kommt es so vor, als ob du auch was davon verstehst. Dann zieht er seine Geldbörse aus der Tasche, klappt sie auf, drückt Kai einen Fünfhunderter in die Hand, – Hier, für die Extrarunden, der Rest ist bezahlt – wendet sich ab und geht.

7

Begehung

Meyer werden die Handflächen schweißig, als er die u-förmig geschnittene Wohnanlage betritt, das lieblose Grünkarree im offenen Vorhof passiert. An manchen Stellen ist der Rasen fleckig, braun, fast kahl, am Rand zum asphaltierten Weg liegt eine leere Bierflasche. In der Hausordnung heißt das Ding *Gemeinschaftsgarten. Ballspiel im Gemeinschaftsgarten untersagt.* Im linken Wohnriegel öffnet sich eines der niedrigen Fenster, eine Frau um die sechzig schüttelt einen Lappen aus. Als sie Meyer entdeckt, hält sie inne, mustert ihn unverhohlen. Meyer will den Blick senken, aber ein Mann mit Basecap gesellt sich zu der Frau ans Fenster, Meyer kennt das Gesicht, die engstehenden Augen, das fliehende Kinn. Der Mann betrachtet Meyer stumm, kratzt sich am Ellbogen, zieht an seiner Zigarette, dann ascht er hinab in den Hof. René. René Zeller. Definitiv. An der Schule hat er mit Oregano gestrecktes Gras verkauft. Und ein Benzinfeuerzeug hat er Meyer mal geschenkt, einfach so, mit einem Mercedes-Stern drauf, als sie abends zusammen hinten an der Emser Brücke rumgehangen haben. Zeller wollte Pilot werden, Pilot oder Rapper, lieber

Pilot. Um die Welt jetten, Frachtgut, keine Leute, keine Touriflieger, sondern die richtig fetten Cargo-Maschinen. Mit Zeller hat Meyer früher manchmal Nächte durchgezockt, Zeller hatte immer die neueste Konsole, hatte noch sein Kinderbettzeug mit Automotiven, und in diesem beigen Polyacrylteppich klebte alles, Cola, Asche, Hundehaare, aber Zeller hatte die neueste Konsole und Spiele, die auf dem Index standen. Meyer hat Zeller sicher fast fünfzehn Jahre nicht mehr gesehen. Die ganzen Leute von damals, Renés Leute, die auch seine wurden. Bier, Wodka, Berentzen Apfelkorn abends unten am Mainufer. Als Meyer in die Bankausbildung ging, verloren sie langsam den Kontakt, Zeller fiel zweimal durch, musste die Schule wechseln. Obwohl Zeller und Meyer in der gleichen Siedlung wohnten, sahen sie sich kaum mehr. Auf der Berufsschule lernte Meyer neue Leute kennen. Hatte wenig Zeit. Irgendwann gar keine mehr. Es gab einfach nicht viel, worüber sie noch reden konnten. Bilanz, Bestandskonten, Erfolgskonten, boah, Tom, Brainfuck, chill mal.

Zellers Augen bleiben leer, er scheint Meyer nicht zu erkennen. Meyer überlegt, ob er etwas sagen soll, aber weiß nicht, was. Erzähl mir nicht, dass du noch hier wohnst – oder wieder. Nur zu Besuch bei deiner Mutter. Nach Pilot sieht es trotzdem nicht aus. Vielleicht ist es auch nicht René. Aber Meyer täuscht sich nie bei Gesichtern. Er wirft noch einen letzten Blick über die Schulter hinauf zu dem Fenster, während er die Tür zum Treppenhaus aufsperrt. Der Mann hat das Interesse an ihm verloren, sieht jetzt hinüber zur Straße, dann tritt er vom Fenster weg.

Oben in der Wohnung empfängt Meyer der vertraute Geruch von altem Teppich im Flur, im Wohnzimmer vertrautes graues Licht durch Häkelgardinen. Unschlüssig geht er ein paar Minuten lang die Räume ab, er weiß nicht, wo er anfangen soll auszumisten. Meyer setzt sich an den Küchentisch, an den Platz, an dem er früher gesessen hat, mit dem Rücken zur Küchenzeile und Sicht aus dem Fenster. Am Platz des Vaters ist das Wachstuch ringförmig ausgeblichen. Meyer hat den Mietvertrag gekündigt, in sechs Wochen muss die Wohnung geräumt sein. Er wird sie entrümpeln lassen müssen. Der Vater hat fast nichts an der Einrichtung verändert, selbst Meyers Zimmer hat er gelassen, wie es war, Bett, Schrank, Schreibtisch, ein paar Regale an der Wand, alles leer, aber an Ort und Stelle. Wertloses Zeug.

Schließlich geht Meyer hinüber ins Wohnzimmer, beginnt mit der Schrankwand. Räumt einen Kegelpokal von 1979 heraus, ein Branchenbuch von 92, eine Drehpendeluhr mit Riss im Glassturz, fünf Römer mit geschliffenen Weinranken auf dem Kelch, nach einer Weile ist Meyers Hose voller Staub, hellgraue Schlieren, kaum abzuklopfen. In einer Schublade liegt eine Handvoll Fotos, lose in einem braunen Umschlag, Bilder von den Großeltern, Bilder vom Vater, eines am Mainufer, der Vater Mitte zwanzig, schlank, braungebrannt, den Oberkörper frei, ein Foto vom Vater in Arbeitsschürze im Hinterhof der Werkstatt. Ein paar Bilder von Meyer als Kind. Mit neun oder zehn vor dem Tresen im Laden, eine Revolverlochzange in der Hand, offensichtlich grundlos, aber mit Stolz. Ein Konfirmationsfoto auf den Stufen der Kirche, der Blick gelangweilt, der Anzug sitzt schlecht. Meyer steckt die Bilder zurück in den Umschlag. Vielleicht hat den Rest die Mutter mitgenommen. Oder er ist verloren gegangen. In einem Unterschrank findet Meyer ein Sammelalbum mit dunkelblauem Kunststoffeinband, die mickrige Münzsammlung seines Vaters, nicht mal die Hälfte des Albums ist voll. Nach kurzem Zögern legt er es zu den Sachen, die er vor der Entrümplung retten will. Bisher liegt dort nur der Umschlag mit den Fotos.

Als sein Telefon in die Stille der Wohnung tönt, fährt Meyer zusammen, ärgert sich über seine eigene Schreckhaftigkeit, während er seine Taschen nach dem Handy absucht. Nadja. Zweimal hat sie heute schon aus Zürich angerufen, nur um zu fragen, ob er okay sei. Er will kein drittes Mal versichern müssen, dass er okay sei, will das Handy lautlos stellen, aber es ist nicht Nadja, die anruft, sondern Koll. Meyer atmet tief durch, bevor er rangeht.

In Kolls Stimme schwingt Euphorie, Meyer kann sein Lächeln hören, breit, erwartungsvoll: Die neue Ausstellung in der Schirn sei angelaufen – ob Meyer spontan Lust habe hinzugehen.

Meyer betrachtet die offenen Schränke und schließt eine Tür mit der Schuhspitze. Es tue ihm leid, aber er könne heute nicht. Das Scharnier gibt ein knarrendes Geräusch von sich. Er müsse sich um eine Entrümpelung kümmern.

Koll lacht ungläubig. Seit wann denn in Meyers Preissegment entrümpelt werde. Die Einrichtung eines Pleitiers?

Nein, die Wohnung meines Vaters.

Meyer fällt es schwer, zu sprechen, während er knapp die letzten Tage umreißt, den Schwächeanfall des Vaters, die Sätze der Ärztin, die Beerdigung gestern. Seine Stimme widert ihn an, dünn, kraftlos, jedes Wort unstet, als drohe es gleich in sich zusammenzustürzen. Er schämt sich, Koll diese Stimme zuzumuten, weicht auf Fakten aus. Sechs Wochen, bis die Wohnung geräumt sein muss, einen Monat außerordentliche Kündigungsfrist für die Ladenfläche der Schusterei. Wenigstens seien die Bilanzen in Ordnung. Er hatte schon Angst.

Falls er helfen könne. Wie Koll diesen Ton zustande bringt, tröstend, aber mitleidlos. Einen Augenblick schnürt Kolls Ton Meyer die Kehle zu. Er hebt das Sammelalbum vom Boden auf, setzt sich, beginnt zu blättern. Ob Koll eine Münzsammlung wolle. Münzen aus Argentinien, Russland, Japan, Mexiko, Venezuela. Koll zögert, also nimmt Meyer ihm die Antwort ab. Schon gut, er wisse, Koll mache sich nichts aus Bargeld. Vielleicht könne Meyer sie zu einem Händler bringen, schlägt Koll vor, aber Meyer wiegelt ab, Münzen vom Flohmarkt, nichts wert. Ein paarmal sei er dabei gewesen, als der Vater Münzen kaufte – *wenn* er welche kaufte. Meistens feilschte er so lang, bis es lächerlich wurde, ging ohne Kauf nach Hause.

Meyer klappt das Album zu, spürt, wie ihm plötzlich die Tränen kommen, und sein Ton macht einen wütenden Satz nach vorn – einmal habe er dem Vater welche gekauft, besser gesagt: es versucht. Sosehr der Vater sie auch wollte, gekauft hat er sie trotzdem nicht. Also ging Meyer zurück an den Stand, kaufte sie einfach. Fünfundvierzig Euro. Der Vater weigerte sich, sie anzunehmen, zwang ihn, sie zurückzubringen. Der Händler hat sich tatsächlich erbarmt. Meyer lacht hart und humorlos. Vor einem Fremden hat der Vater ihn zur Sau gemacht wie ein dummes Kind – mit zweiundzwanzig Jahren. Meyer wirft das Album neben sich auf den Boden. Scheiß auf die Münzen. Soll der Entrümpler sie haben. Pass auf, wir können nächste Woche zur Sonderausstellung, ich muss nur meine Termine sortieren, ich war fünf Tage nicht im Büro, aber wir gehen nächste Woche. Koll protestiert, aber Meyer unterbricht barsch: Nein – wenn Koll in die Schirn wolle, gehe er mit ihm, – dann korrigiert er seinen Ton – nächste Woche, sagt er leiser, spätestens übernächste, danach ins *Gallo*, Paella, Wein, pampiger Service, wie immer – Meyer versucht zu lächeln, merkt, wie er kaum noch ein Wort herausbringt, die Tränen fließen so unkontrolliert, dass sie ihm warm den Hals hinablaufen, er schon feucht und kalt den Rand seines Hemdkragens spürt. Ein Ekel packt ihn, er wischt sich mit der Handfläche über den Hals, wischt mit dem Ärmel nach. Er müsse jetzt Schluss machen, er rufe an, sobald er wisse, in Ordnung? Bis dann.

Meyer steckt das Telefon wieder ein, lehnt sich weit auf der Couch zurück, lässt den Blick über die Decke wandern, blinzelt ein paarmal, wartet, bis sich eine dumpfe Müdigkeit einstellt. Er weiß nicht, wie lang er so sitzt, die Pendellampe aus Milchglas über dem Couchtisch anstarrt, den Fliegenkot an der Unterseite des Schirms. Dann legt er den Kopf in den Nacken, sieht zu dem Bild hinauf, das über dem Sofa hängt. Die Mutter hat das Bild nicht ausstehen können, der Vater bestand auf den Ehrenplatz über der Couch. Ein Bild, das der Großvater gemalt hat, Ölkreide auf grobem Papier, ein Stillleben mit Birnen und einem Steinkrug, sehr dunkel und nicht besonders gut. Meyer berührt den Rahmen mit den Fingerspitzen, fährt über das rostbraune Holz, und das Bild gerät leicht ins Schwingen. Dann ertönt plötzlich ein Kratzen, ein helles schleifendes Geräusch, Meyer zuckt zusammen, als etwas seitlich an seinem Kopf die Tapete herunterrutscht, mit leisem Rascheln hinter die Couch fällt. Meyer steht auf, wirft einen Blick zwischen Wand und Sofa, aber kann nichts erkennen. Als er das Sofa beiseiterückt, kommt ein schmales, blaues Heft zum Vorschein. Meyer braucht keine Sekunde, um zu sehen, was es ist. Eine diffuse Angst überkommt ihn, als er das Sparbuch aufhebt. Der Einband ist abgegriffen und speckig, die Kanten so abgeschlagen, dass schon vergilbte Fasern durchscheinen. Meyer schlägt die erste Seite auf, *Herrn Gerhard Albrecht Meyer.* Beginnt, zögerlich zu blättern, überfliegt die Einträge: Gutschrift 1100, Gutschrift 1350, Bar 1860, Zins 1980, 1981, 1982. Blättert bis ans Ende der Einträge, der letzte Zugang kaum zwei Monate her. Als Meyers Blick hinüber in die Guthabenspalte fällt, bleibt ihm für einen Moment die Luft weg. Er hat den Eindruck, die Zahl, die er liest, starre ihn an, starre zurück, eine hässliche, große, krumme Zahl, Meyer wird bei dem Anblick übel, er muss sich setzen, sein ganzer Körper fühlt sich auf einmal taub an. Dass der Vater nicht dran erstickt ist: 391 947 Euro. Dran erstickt ist, als die Mutter ging. Meyer blättert zurück zum Jahr 96. Juli. 378 712 Mark, als die Mutter ging. Meyer lässt das Sparbuch sinken. Bei der Scheidung muss sie doch. Meyer sucht nach einer Abbuchung, einem großen Betrag. Im November 98 findet er ihn. Die einzige Abbuchung, die er überhaupt findet. Über 160 000 Mark. Die Abfindung. Und kein Wort. Kein. Diese. Der Alte saß die ganze Zeit über auf der Kohle, lass dich nicht mehr verarschen – zu viel verlangt, dass sie ihm das gesagt hätte? Nachdem der Vater jahrelang allen vorgemacht hat, es sei für nichts Geld da, Meyer bei jedem Wunsch, den er äußerte, das Gefühl gegeben hat, er sei undankbarer Dreck? Sechs verdammte Tage die Woche arbeite ich mich kaputt für euch, soll ich's mir aus den Rippen schneiden? Hab ich verdient, wie du mit mir redest? Ein neues Fahrrad mit mehr als drei Gängen, nicht drin, neue Turnschuhe, mit denen man mal nicht der letzte Idiot auf dem Schulhof gewesen wäre, nicht drin, Abschlussfahrt an den Gardasee – Thomas, bist du bei Trost? Hab ich 'nen Geldscheißer? Haben die anderen Eltern alle 'nen Geldscheißer? Komm, du wirst sicher nicht der Einzige sein, der nicht mitfahren kann. Warum fahrt ihr nicht in die Rhön?

Es ist Geld da. Nur das hätte er von seiner Mutter hören wollen. Er hat immer auf ihrer Seite gespielt, und sie haut ab, streicht 160 000 Mark ein, kriegt den Mund nicht auf. Hat er sie je verpfiffen, als sie heimlich Lotto spielte? Heimlich Geld für Pralinen aus der Haushaltskasse abzwackte, die teuren, losen in Cellophan von der Konditorei, und sie in eine Schachtel vom Discounter umfüllte? Oder als Gerlach –?

Meyer greift zum Telefon, wählt ihre Nummer, aber legt sofort wieder auf. Er will ihre Rechtfertigung nicht hören. Sie wird eine haben. Falscher Anstand. Meyer kann ihren winselnden Ton fast hören. Sie habe den Vater nicht schlechtreden wollen. So was wird sie sagen. Was hätte es gebracht, es ihm zu sagen, es hätte doch nichts besser gemacht. Klar, der Vater hätte trotzdem jeden Supermarktprospekt wie ein Getriebener nach Angeboten durchsucht, hätte weiter das Kerngehäuse vom Apfel mitgefressen und an seiner absurden Wandkalendersammlung festgehalten, gebunkert wie ein Kleinod. Im Turnus von sechs beziehungsweise elf Jahren stimme Datum und Wochentag wieder überein! Der Vater erklärte ihm die Rechnung, als sei sie die Entdeckung seines Lebens, auch wenn die Schaltjahre alles verhunzten. Aber wenigstens Kost- und Wohngeld hätte Meyer ohne das Gefühl bezahlt, er sei dem Vater was schuldig, – *Was du da zahlst, Thomas, ist ja nichts im Vergleich zur richtigen Welt* – ohne dieses scheiß Gefühl, er zahle nicht genug, es sei kein Geld da. Meyer wirft das Sparbuch auf den Couchtisch. Meinen Arsch drauf, dass noch mehr da ist.

Meyer geht zur Schrankwand, zieht nacheinander die Lexikonbände heraus, schüttelt sie mit den Seiten nach unten, gepresste Blumen fallen aus *A–EICH*, eine Ansichtskarte aus *SIE–Z*, dann reißt er die Schubladen aus der Schrankwand, leert sie auf dem Teppich aus, Stifte, Nähzeug, Glasuntersetzer aus Kork fallen heraus, ein dicker, fast abgebrannter Kerzenstumpen, ein angelaufener Zuckerlöffel, eine Schere, ein Stadtplan, ein altes Telefonkabel, Büroklammern, Nähnadeln, Stecknadeln, Sicherheitsnadeln, dazwischen Dreck, undefinierbarer, krümeliger Dreck. Meyer wirft die Schubladen neben die Bücher auf den Boden, geht zur Couch, nimmt die Sitzpolster herunter, sucht in den Ritzen zwischen den Lehnen, zieht die Bezüge der Sofakissen ab, greift nach der Schere, schneidet das weiße Innenfutter auf, in der Küche kontrolliert er jeden Topf, jede Tupperdose, durchwühlt Teebüchsen, eine Tüte Zucker mit der bloßen Hand. In der Thermoskanne findet er Schmuck von den Großeltern, lose hineingeworfen, drei goldene Ketten mit Anhänger, ineinander verheddert, eine Uhr aus Edelstahl mit brüchigem Lederarmband. Im Schlafzimmer zieht er die Bettlaken ab, kippt beide Matratzen vom Lattenrost, untersucht sie auf Öffnungen, in der Kommode, eingewickelt in einem Bezug, findet er noch mehr Schmuck, eine Schatulle, darin ein Medaillon mit Gravur, zwei Eheringe, *4. Mai 1952, Ruth & Heinrich*, eine Krawattennadel, eine Brosche mit Bernstein in Form einer Biene.

Im Badezimmer räumt er den Spiegelschrank aus, wirft alles ins Waschbecken, Rasierschaum im Sparpack, ein Stapel Handseifen, Verbandszeug, Heftpflaster, Fettsalbe, Wundsalbe, Jod, ein Tubendreher aus Plastik. Dann steigt er auf den Badewannenrand und kontrolliert das Lüftungsgitter, verklebter Staub, Spinnweben, kurz wird ihm schwarz vor Augen, er steigt rasch wieder herab, verharrt einen Moment lang, die Hände auf den Knien aufgestützt. Wo noch? Ein fassungsloses Lachen packt ihn, als er den Spülkasten der Toilette öffnet. Ein Gefrierbeutel klebt an der Unterseite des Deckels, sauber mit einem Plastikclip verschlossen. Meyer holt ein Bündel Scheine heraus, gerollte Fünfhunderter, umwickelt mit einem Gummiband. Dann klappt er den Klodeckel zu, setzt sich, befeuchtet den Daumen, fängt an zu zählen, seine Stimme hallt von den Kacheln wider, während er wütend die Zahlen skandiert, fünf, zehn, eins-fünf, zweitausend, zwei-fünf, dreitausend, drei-fünf, viertausend, vierfünf, fünftausend, fünf-fünf, sechstausend, sechs-fünf. Siebentausend. Im Klokasten. Wie ein scheiß Junkie.

Als die Mutter zurückruft, lässt Meyer es klingeln, beim zweiten Versuch weist er den Anruf ab; geht hinaus in den Flur, wirft das Bargeld in seine Aktenmappe, holt das Sparbuch, den Schmuck, die Fotos. Die Wohnung sieht aus wie nach einem Einbruch, aber es ist ihm egal. Im Hof sitzen zwei Teenagermädchen auf der Lehne einer der Bänke und starren ihn an, als er durch den Vorhof zurück zum Auto läuft. He, Schatzi, hast du 'ne Zigarette?, ruft eine, und die andere bricht in Gekicher aus. Boah, lass den! Aber die eine lässt nicht, Schatzi, komm, bitte, 'ne Kippe! Meyer bleibt stehen, dreht sich um, dann geht er auf die beiden zu, die Kichernde springt erschrocken von der Bank, die andere bleibt sitzen, streift ihre Kapuze ab, reckt das Kinn. Das Mädchen hat ein ordinäres Gesicht, breit, volllippig, die Nase kurz und fleischig, aber Meyer gefällt ihre Mimik, hart, angriffslustig, wach. Er hält ihr wortlos seine geöffnete Schachtel Zigaretten hin, nach kurzem Zögern nimmt sie sich eine, und ihre dick mit Kajal umränderten Augen mustern ihn frech. Du bist korrekt, Mann, siehst gar nicht so aus. Wie heißt du? Thomas. Na dann schönen Tag, Thomas. Haste dir verdient. Ach was? Ja, korrekte Leute kriegen 'nen guten Tag von mir. Verstehe. Meyer schnaubt. Heißt bei ihr wohl: Nicht aufs Maul. Plötzlich erträgt er ihren Anblick nicht mehr, den handbreiten dunklen Ansatz über gelbstichigem Blond, die schmutzige Jacke aus weißem Ballonstoff, das Blau ihrer Iris so blass, dass es fast ins Graue kippt. Er steckt die Zigaretten wieder ein, wendet sich ab. Muss sich zwingen, vom Gas zu gehen, als er durchs Viertel zurück in Richtung Innenstadt fährt, vorbei an Gebrauchtwagenhändlern, Kebabbuden, Sonnenstudio, Spielothek, die Ampel an der Galluswarte nimmt er tieforange, rauscht mit über siebzig unter den Gleisbrücken durch, dieses Drecksviertel, mein Gott, Vadder, Hauptsache, billig, wer zieht hier freiwillig her, das Gallus ist wie Unkraut in der Bordsteinspalte, eingekesselt von Messegelände und Brachland des Güterbahnhofs, den Hauptbahnhofgleisen, der Spießeranlage vom Kleingärtnerverein, *Zutritt nur für Mitglieder* – Gallus, von *Galgen*, nicht von *St. Gallus* –, erst als die Bankentürme am Ende der Mainzer Landstraße in Sichtweite kommen, wird Meyer langsamer, je näher er der Schuhmacherei kommt, den Platz der Republik, das City-Hochhaus, den Westend Tower passiert. Am Frankfurter Büro Center bricht hinter ihm ein schwarzer Cayenne in Hupen aus, überholt mit aufheulendem Motor, als Meyer plötzlich unter die fünfzig fällt, sich nicht entscheiden kann, ob er abbiegen will oder nicht, aber dann setzt er den Blinker, wechselt die Spur. In der Tauberstraße parkt er vor dem Laden halb auf dem Gehsteig, bleibt einen Moment lang mit laufendem Motor stehen. Im Schaufenster brennt selbst heute Licht. Bis vor einem Jahr gab es überhaupt kein Schaufenster, nur die Glasfront, die kaum Sicht ins Halbdunkel des Ladens zuließ. Jetzt sind auf der mit lindgrünem Stoff ausgekleideten Auslage ein geöffneter Schuhputzkoffer aus Leder mit Bürsten, Cremes und Ölen arrangiert, Schuhspanner aus Zedernholz, Aussteller, Maßkonfektionsschuhe und Schaustücke selbstgefertigter Paare, schwarze Oxfords, zwei mit Lochmuster verzierte Full Brogues in Braun, ein Paar Wildlederläufer, ein Paar auffällige schwarzweiße Spectators. Meyer stellt den Motor aus. Er weiß nicht, was er hier will. Alle Geschäftsunterlagen hat er bereits zu sich in die Wohnung geholt. Aber er will die Schuhmacherei noch mal sehen. Er hat plötzlich das Bedürfnis, sie noch mal zu sehen.

Als Meyer die Ladentür aufsperrt, gibt die Türglocke über ihm ein helles Klingeln von sich. Meyer schließt hinter sich ab, umfasst das Glöckchen mit den Fingern, bringt es zum Schweigen. Die alte elektronische wurde von Kai Wiesmann abgeschafft, war offensichtlich nicht nostalgisch genug. Es riecht nach Bohnerwachs, Meyer stellt das Licht an, geht ein paar Schritte über den honigfarbenen Holzboden, betrachtet seine diffuse Spiegelung darin. Der Boden ist das einzig noch wirklich Alte im Laden. Am Ende des Raums dominiert jetzt der neue Verkaufstresen im Kolonialstil, dahinter ein massives Regal mit Pflegeutensilien, Cremes, Sprays, Poliertüchern, Bürsten, Rosshaar, Ziegenhaar, Yakhaar. Neben der Theke steht ein Messingdrehständer mit Schnürsenkeln und Einlagesohlen, links neben dem Zugang zur Werkstatt der neue Stuhl zum Maßnehmen, leicht erhöht auf einem Podest, gepolstert mit ockerfarbenem Leder. Nur hinten in der Werkstatt hat sich kaum etwas verändert, auf der zerfurchten Werkbank liegen Hämmer, Zangen, Messer, Raspel zwischen Halbfertiggearbeitetem und Verschnitt. Die Regalreihen über der Werkbank sind fast leer, aber ein paar Schuhe stehen noch aufgereiht, daran rote Papierschildchen mit Abholnummer, Datum, Preis. Graue Wildlederpumps mit Pfennigabsatz, 6,80, schwarze Herrenschuhe mit gerader Spitze, Absatz und Besohlung, 25,60. Obwohl geschlossen war, hat Kai die letzte Woche über weitergearbeitet, so viel als möglich abgearbeitet. Seine Stimme hatte einen fast flehenden Klang, als er Meyer fragte, ob er dürfe. Er sei ruhelos, er brauche etwas zu tun. Meyer betrachtet die Nähmaschine, eine Adler, hellgrau und klobig, die Schuhweitmaschine, ihre Leistenaufsätze aus glänzendem Metall, die Sohlenpresse, die Ausschärf- und Beschneidemaschine, die Trichterfräse, ihren langen Arm mit Raspelaufsatz, dicht mit Metallspitzen besetzt. Die Enge, die Unordnung des kleinen Raums, der graue Schmutz, der an allem haftet, der Geruch, schwer, tranig, eine Mischung aus Leder, Schuhfett, Schmieröl, aus der Schärfe von Farbe und Kleber und dem säuerlichen Muff getragener Schuhe verursachen Meyer einen Druck auf der Brust. Im Vorbeigehen streift Meyer mit der Schulter ein paar der Leisten, die von der Decke hängen, sie klacken leise, als sie gegeneinanderschwingen. Durch das Fenster zum Hof erkennt er die Sitzbank an der Rückwand der Garagen, auf der der Vater an warmen Tagen seine Pausen machte; ihr Eisen rot lackiert, an den Lehnen schon abgesplittert und rostig. Als ein Nachbar durch den Hof zu den Mülltonnen läuft und Meyer am Fenster entdeckt, tritt er instinktiv von der Scheibe zurück, stößt mit der Kniekehle schmerzhaft gegen den Drehschemel vor der Werkbank, der mit lautem Poltern umstürzt. Fluchend stellt Meyer ihn wieder auf, setzt sich, fährt mit den Händen über die warm pochende Stelle am Bein. Draußen im Hof schlägt der Deckel der Mülltonne zu, dann eine Tür. Als der Schmerz nachlässt, stützt Meyer sich mit den Ellenbogen auf die Werkbank, legt den Kopf in die Hände, eine Schwere packt ihn, als wäre er mit Kleidung unter Wasser, kurz glaubt er, nie wieder aufstehen zu können. Er lässt sich langsam nach vorne sinken, bettet den Kopf auf einen Arm, auch wenn er seinen Ärmel auf der Werkbank schmutzig machen wird. Riecht das Holz der Arbeitsplatte, riecht Gummi, den metallischen Geruch des Werkzeugs neben ihm auf dem Tisch. Früher saß er oft so, wenn der Vater nicht hinsah. Mit den Fingern streicht er über das kalte Eisen einer der Zangen, den glatten Griff eines Hammers, nimmt ihn, wiegt ihn in der Hand, dann legt er ihn vorsichtig zurück auf die Werkbank. Nach achtzehn Uhr wird kein Brogue mehr getragen. Vielleicht das einzig wirklich Brauchbare, was der Vater ihm je beigebracht hat. Stilkunde. Und: Zedernholzschuhspanner sofort nach dem Tragen in den noch laufwarmen Schuh einlegen. Sorgfalt. Als Nadja zum ersten Mal Meyers Schuhschrank gesehen hat, konnte sie es kaum fassen, ein Schuhschrank bis zur Decke, doppelreihig, fast größer als ihr eigener. Bloß, weil sie ihn so skeptisch ansah, erzählte er ihr von der Schuhmacherei des

Vaters. Die Skepsis wich Begeisterung, Nadja ließ sich von ihm die Modelle erklären, Oxfords, Derbys, Full Brogues, Half Brogues, Norweger, Budapester, Double Monkstraps, George Boots, Chelsea Boots, die Ledersorten, ihre Eigenschaften, Shell Cordovan aus Chicago, sehr langlebig und sehr rar, ein Gerbprozess von bis zu sechs Monaten, und Nadja ließ ihre schönen Finger bewundernd über das Leder gleiten.

Meyer erhebt sich langsam, wischt sich über den Ärmel. Dann löscht er die Lichter, schaltet die Sicherungen ab. Als er nach draußen tritt, kommt es ihm vor, als hätte sich der Geruch der Werkstatt in seinen Kleidern festgesetzt, er zieht das Sakko aus, wirft es auf den Beifahrersitz. Der dichte Wolkenteppich über der Stadt ist an einigen Stellen aufgebrochen, die Sonne leuchtet milchig durch den dunstigen Schleier, lässt die vernachlässigte rot-weiße Gründerzeitfassade über der Schuhmacherei etwas weniger schmutzig und blass wirken. Voss betreibt immer noch Minimalaufwand bei der Instandhaltung, im Winter saß der Vater manchmal mit zwei Pullovern übereinander in der Werkstatt. Nur das Dach hat Voss gedämmt, als er musste, legte die Kosten auf die Miete um. Das einzige Mal, dass der Vater um Meyers Expertise bat, kurz, knapp, grimmig, ihn extra anrief, um zu fragen: Thomas, du musst das doch wissen – darf der das? Sicher darf der das, Vadder. Als Dank verwendete der Vater die Antwort gegen ihn, – Was heißt da *sicher*, wozu zahle ich jeden Monat regulär Miete? Eine Sauerei ist das, also *Vadder* mich nicht.

Voss hat sich in den letzten Jahren nicht mal die Mühe gemacht zu streichen, während keine fünfzig Meter weiter ein Neubau hochgezogen wurde, der Putz in elegantem, warmem Grauton, bodentiefe, ebenholzschwarz gerahmte Fenster. Ein Wagensonner-Projekt. Vorletztes Jahr waren die Anzeigen in allen Magazinen, *The Residence,* Umwandlung eines leerstehenden Bürohauses in hochwertiges Eigentum: zwei Townhouses, eine Maisonettewohnung, sieben Etagenwohnungen und zwei Penthouses. Meyer läuft ein Stück die Straße hinunter, wechselt die Seite, begutachtet die goldene Verblendung der Klingelschilder, die schwarze Halbkugel der Kamerablende, überfliegt die Namen: Rottluff, Hildebrandt, Ångström, Tobler, Price. Falber hat sich nicht mal um das Projekt bemüht: Man müsse nicht jedem Bauträger um die Beine gehen. Falber kann Wagensonner nicht leiden, rein persönlich, irgendwas mit einer Frau, länger her, meinte Fresinger. Meyer fand das damals sehr bedauerlich.

Als er zurück in Richtung Wagen geht, hat ihn ein Paket-Kleinlaster in zweiter Reihe zugeparkt, der Bote lehnt am Eingang zu den Wohnungen über der Schusterei, das Summen des Türöffners ertönt, und der Mann verschwindet im Haus. Von weitem gibt der vernachlässigte Altbau ein noch trostloseres Bild ab, die Westfassade fleckig von der Witterung, dahinter der Block aus sechs Einzelgaragen, die wuchernden Hecken an der Grenze zum Gelände des Frankfurter Büro Centers und zu den Höfen der Häuser am Niedenau Rondell. Vom kriegsbeschädigten Nebengebäude stehen nur noch Erdgeschoss und erster Stock, pragmatisch abgedeckt mit einem Flachdach. Meyer würde hier auch nicht sanieren, weshalb mehr investieren als nötig. Planerisch gehören die Häuser eigentlich abgerissen, in der Tauberstraße passt sowieso kein Gebäude zum anderen. Nur Wagensonners Baby, *fucking Upscale*. Der Look der Fassade, clean, hart, teuer, erhöhter Eingang mit schwarzer Granittreppe, umlaufender Vorgarten mit perfekt gestutzten Säuleneiben. Das Teil wertet den ganzen Straßenzug auf. Meyer beschleunigt den Schritt. Was man hier rausholen könnte. An Voss' Stelle würde er das Grundstück –

Als der Paketbote aus dem Hauseingang kommt, stößt er fast mit Meyer zusammen, ihre Schultern streifen sich, Meyer riecht Knoblauch, Kaugummi, Schweiß, – Mann, keine Augen im Kopf?, blafft er, – Verzeihung, kurz sieht Meyer ihm nach, dann macht er reflexartig einen Satz nach vorn, stellt den Fuß in die Tür, bevor sie ins Schloss fallen kann. Der Bote dreht sich noch mal irritiert zu ihm um, ehe er in seinen Transporter steigt, die Bremslichter flammen eine Sekunde lang auf, dann braust er in Richtung Mainzer Landstraße davon. Meyer spürt seinen Herzschlag, ein heftiges Pochen von der Kehle bis in den Bauch. Verkauf. Abriss. Neubau. Einen Moment kann sich Meyer nicht rühren. Chancen generieren. Besser sein. *Spirit*. Meyer greift nach einem der Anzeigenblätter auf dem Boden neben dem Eingang und blockiert die Tür. Dann geht er zum Auto, holt seine Kamera aus dem Kofferraum. Im Leben läuft man nur aus einem Grund rückwärts: Anlauf.

Im Treppenhaus dröhnt das Murmeln eines Fernsehers aus dem ersten Stock, sonst ist es ruhig, testweise schießt Meyer ein paar Bilder vom rot gestrichenen Treppenlauf, von der eisernen Kellertür, dann fotografiert er die einzelnen Wohnungseingänge, Petrovic, Kohlmann, Lutz, Brassel, Roebuck, Nowak. Im obersten Zwischengeschoss öffnet Meyer das Fenster und lehnt sich hinaus, fotografiert den Ausblick: Süd, Südwest, West, das Frankfurter Büro Center funkelt grau in der Sonne. Meyer notiert in sein Handy, Abendsonne bis circa

19 Uhr, dann genießt er für ein paar Minuten nur die Aussicht, den matten Glanz des Silberturms, die weiße Krone des Westend Towers, das Ziehen in der Brust beim Anblick der Stadt. Schön ist das falsche Wort. Wiesbaden ist schön, die Regelmäßigkeit der Architektur, die aufwendigen, historischen Fassaden. Frankfurt läuft außer Konkurrenz, seine architektonische Gewalttätigkeit, manchmal geht Meyer durch die enge Hochhäuserschlucht der Neuen Mainzer Landstraße, den Kopf in den Nacken gelegt wie ein Tourist, genießt die Beklemmung, die die kalte Größe der Türme auslöst, fast eine Angst, aber delikater, als spanne es einem hauchdünnen Draht um Lunge und Herz. Am ersten Abend mit Nadja war er mit ihr ins neu eröffnete Hotel *Jumeirah* gegangen, ein Stahlbau mit konvex geknickter Glasfassade, ein Gebäude wie mit stolz geschwellter Brust. Den ganzen Abend hatte Nadja vom Interieurdesign geschwärmt, *Peter Silling & Associates*, edle Hölzer, warmer Stein, zurückhaltend, klar und trotzdem voll, fleischlich, voluptuös. Als sie zusammen das Restaurant verließen, sagte Meyer, er wolle kein Wort mehr davon hören. Er wolle es sehen. Aber eigentlich stellte er sich nur den Ausblick über die Stadt vor, während des gierigen Aneinanderpressens am Parkhaus hinter dem Börsenplatz, während der Taxifahrt und des Versuchs, cool zu klingen, als er beim Concierge eine Suite verlangte. Ihr Gepäck und das der Dame? Kein Gepäck. Der Ausblick war überwältigend, 21. Stock, die Vorhänge offen, ein Gefühl, als habe man die Stadt selbst flachgelegt.

Das Klacken eines Türschlosses lässt Meyer herumfahren. Er hört Schritte, das Knarren von Dielen. Meyer schließt rasch das Fenster, als ein Mann im fünften Stock aus seiner Wohnung tritt, in Schlappen, Flanellhose, verfusselter Strickjacke, einen vollen Müllsack in der Hand. Erschrocken sieht er zu Meyer auf, dann wird sein Blick misstrauisch, als er die Kamera bemerkt.

Kann man Ihnen helfen?

Meyer verschließt behutsam den Deckel des Kameraobjektivs. Tatsächlich könnten Sie. Dann geht er dem Mann auf der Treppe entgegen, der unwillkürlich einen Schritt zurückweicht und den Müllbeutel auf dem Boden abstellt. Der süße Geruch vergammelnder Essensreste steigt auf. Schneider –, Meyer streckt dem Mann die Hand hin. Ich bin von der Hausverwaltung, überprüfe den Objektzustand. Die wässrigen Augen des Mannes springen nervös zwischen Meyer und Fußboden hin und her. Haben Sie eventuell Mängel an der Mietsache zu beanstanden, Herr …? Lorentz, erwidert der Mann zögerlich, während er schlaff Meyers Hand schüttelt. Es geht um die allgemeine Instandsetzung der Mietsache, fährt Meyer fort, tritt näher, stellt sich neben den Mann und bekommt dessen Blick zu fassen, als er auf den abblätternden Lack der Holzfenster deutet. Solche Dinge müssten zum Beispiel endlich gemacht werden. Natürlich geht es noch um weit Grundlegenderes. Jeder Hinweis auf Mängel erleichtert mir also die Arbeit.

Lorentz streicht sich eine dünne, graue Haarsträhne aus der Stirn. Im vierten Stock ist an der Decke im Treppenhaus ein Wasserfleck, aber das wurde schon gemeldet, sagt er langsam. Meyer legt Bedauern in die Stimme. Ja, der Wasserfleck. Den wollte ich mir auch ansehen. Wie steht es um Heizung und Fenster? Alles in Ordnung? Na ja. Lorentz' Ton wird etwas fester, er richtet seinen schmalen Körper auf. Ich kann jetzt nur für mich sprechen, aber im Schlafzimmer zieht es, meine Frau beschwert sich immer. Und im Wohnzimmer ist beim letzten Platzregen die Rinne unter den Fensterflügeln vollgelaufen, und das Wasser kam auf die Fensterbank durch. Habe ich aber gemeldet. Und nichts ist passiert.

Meyer nickt ernst. Darf ich mir das mal ansehen?

Der Vogelmann sitzt auf dem Rand des Brunnenbeckens, wirft den Tauben Brotstücke zu, als Meyer den Opernplatz überquert. Ein Bein hat der Mann weit von sich gestreckt, Meyer kann die schwarz gelaufene Fußsohle zwischen den Wickeln aus Zeitungspapier sehen, als er direkt auf ihn zuläuft. Diesmal schlägt Meyer keinen Bogen, geht nah an dem Mann vorbei, zielstrebig durch die Taubenschar, schließt die Augen, als die Vögel hektisch aufflattern. Vom Platz aus ist kein Licht im Maklerbüro zu erkennen, das gesamte Haus liegt im Dunkeln, nur bei den Vermögensverwaltern in der zweiten Etage leuchtet ein einzelnes Fenster in kaltweißem Monitorlicht hinaus in die gelbe Dämmerung. Trotzdem hält Meyer oben vor der Eingangstür inne, lauscht angestrengt, bevor er aufsperrt. Es ist doppelt abgeschlossen, die Alarmanlage an, niemand da. Meyer beeilt sich, fährt den Computer hoch, recherchiert in der Online-Datenbank die Flurstückskarte, die Grundstücksgröße, den Bodenrichtwert von Voss' Liegenschaft. Dann speist er das Bewertungssystem mit allem, was er hat, lässt sich einen vorläufigen Verkehrswert ausspucken. Dass das Haus in diesem Zustand nicht viel wert ist, ist klar, aber der Grund – wenn er Voss dazu brächte, zu verkaufen – was man da hochziehen könnte. Ein zweites *Residence*. Ach was, besser. Meyer nimmt die Kamera aus der Tasche, überträgt die Bilder auf den PC. Der Wasserfleck ist beeindruckend, mehrfach getrocknet und wieder eingenässt, bernsteinfarbene Nassränder, teilweise schon dunkelgrau. Lorentz hat ihn auch in den Keller geführt, kalt, feucht, modrig. Das sanieren? Unsummen.

Hallo?

Meyer lässt fast die Kamera fallen, als er Falbers Stimme hört. Draußen im Flur schlägt die Eingangstür schwer ins Schloss, dann steht Falber im Türrahmen zu Meyers Büro, Day Informal in dunkelblauem Anzug, perlgrauem Kontrastkragenhemd, Burberry-Trenchcoat, seine kalbslederne Aktentasche unter dem Arm. Selbst wenn er wütend ist, lächelt Falber. Besonders dann.

Ich habe von unten Licht in deinem Büro gesehen und es nicht fassen können, sagt er, die schmalen Lippen entblößen zwei makellose Zahnreihen. Was zum Teufel machst du hier? Sagte ich nicht deutlich: *Montag*?

Meyer legt die Kamera beiseite, sucht nach einer Ausflucht, aber als ihm keine einfällt, entscheidet er sich für den Angriff und öffnet die Bildergalerie auf dem PC.

Ich muss dir was zeigen. Hier, sieh dir das an.

Falber stellt seine Aktentasche hart auf dem Boden ab und tritt zu Meyer an den Schreibtisch.

Was soll das sein?

Das Haus, in dem das Geschäft meines Vaters war, Westend-Süd, Tauberstraße Nr. 7 und 9. Meyer klickt sich durch die Fotos: Frontalansicht, Westseite, Hinterhof, Ausblick aus dem fünften Stock, Ansicht Richtung Niedenau Rondell. Weißt du, wo das ist? Nicht mal fünfzig Meter von Wagensonners *Residence*. Meyer sieht zu Falber auf, dessen Miene sich beim Namen Wagensonner sofort verfinstert.

Und weiter?

Wäre das nicht was für Heckler?

Falber winkt ab. Der macht nicht in Altbausanierung.

Nicht zur Sanierung. Ich rede von Abbruch und Neubau.

Meyer zeigt Falber die Flurstückskarte, umreißt die Grundstücksgrenzen: 730 Quadratmeter, zwei Wohnhausgrundstücke mit Hinterhof, Garagen und Stellplätzen. Der Eigentümer ist ein Arzt im Ruhestand. Quasi ein Freund der Familie.

Und der will verkaufen?

Meyer zögert. Eventuell.

Eventuell?

Meyer öffnet das Bild mit dem Wasserfleck. Ich muss ihm nur noch klarmachen, dass ein Verkauf rentabler ist als die Instandsetzung.

Der Mann weiß also noch gar nichts von seinem Glück. Falber schnaubt, schüttelt den Kopf. Dann zieht er sich langsam einen Stuhl heran, setzt sich, mustert Meyer eine Weile lang schweigend. Meyer bemüht sich, dem Blick standzuhalten, Falbers Augen tasten ihn ab, Meyer hat das Gefühl, er spüre die Augen auf dem ganzen Gesicht, wie damals, als Koll einmal bat, sein Gesicht ertasten zu dürfen, eine schmerzhafte Nähe.

Wann war die Beerdigung?, fragt Falber.

Gestern.

Und von wann sind die Fotos?

Keine zwei Stunden alt.

Falber steht wieder auf, fasst Meyer an der Schulter. Du fährst jetzt nach Hause, sagt er in einem Ton, der kein Kontra duldet, dann geht er zur Tür, wartet, die Hand an der Klinke, bis Meyer den Computer ausmacht, Falber mit leichtem Widerwillen hinaus in den Flur folgt. Als er Meyer zum Eingang gebracht hat, stützt Falber sich gegen den Türrahmen, seine Augen werden schmal, während er den Blick über den Mosaikboden im Treppenhaus wandern lässt.

Beim *Residence,* hast du gesagt?

Falber sieht wieder auf, in seinen Blick schleicht sich plötzlich etwas Angriffslustiges.

Keine fünfzig Meter davon, wiederholt Meyer.

Falber nickt, räuspert sich. In Ordnung. Sprich mit dem Eigentümer. Also: bis Montag. Vorher will ich dich nicht mehr hier sehen.

Als Meyer nach Hause kommt, liegt der beißende Geruch von Citrusreiniger in der Luft, an der Garderobe im Flur hängen frische Hemden aus der Reinigung. Die Putzfrau ist bereits weg, aber im Bad brennt Licht, und auf dem Küchentresen steht eine vergessene Sprühflasche Sidolin. Basma ist nicht die Sorgfältigste, aber sie ist die erste seiner Putzfrauen, die nicht klaut. Basma ist einundvierzig, alleinerziehend, tunesische Wurzeln, sonst weiß er nicht viel von ihr; außer, dass sie nicht klaut. Die Rumänin und die Philippinerin sind beide irgendwann schwach geworden. Mehrfach hat er testweise Geld herumliegen lassen, kleine Summen, ein paar Zehner, Zwanziger, Fünfziger oder ein paar Manschettenknöpfe auf der Flurkonsole, dem Couchtisch, der Ablage im Bad. In zwei Jahren hat Basma nichts davon angerührt.

Meyer nimmt sich ein Bier aus dem Kühlschrank, öffnet die Fenster, lässt Stadtlärm in die stille Wohnung. Von unten dringt ein Johlen herauf, Gelächter, das Klirren von Glas, das Schrillen der Tram. Spinnst du oder was?, schreit einer. Leck mich!, schreit ein anderer. Meyer holt das Sparbuch aus seiner Tasche, blättert es noch einmal durch, betrachtet wieder die hässliche, krumme Zahl am Ende der Einträge. Zwingt sich, sie so lange anzusehen, bis das Stechen in der Brust nachlässt.

Ist doch bloß Geld, sagte Koll, als ihm seine Brieftasche abhandenkam, unten im Bahnhofsviertel. Dann lachte er über seinen Satz, diese Phrase, korrigierte: Geld ist nie *bloß Geld*, das ist der Sinn von Geld – Geld sollte besser tunlichst alles andere sein als *bloß Geld*, sonst könnte man es ja gleich abschaffen.

Als Kai ihn anruft, lässt Meyer den Anruf von der Mailbox abwürgen, aber Kai gibt nicht auf. Beim dritten Anruf kommt Meyer sich armselig vor, als er das Telefon auf lautlos stellt. Kai soll nicht glauben, Meyer scheue die Konfrontation, das gönnt er ihm nicht. Aber seine Stimme hat einen unerwartet servilen Klang, als Meyer schließlich rangeht.

Bitte, können wir reden? Das gestern tut mir leid.

Meyer erwidert nichts. Man tritt keinen, der sich vor einem so in den Staub wirft. Er sucht seine Zigaretten auf dem Tresen, Basma hat wieder aufgeräumt, wo sie nicht soll. In der Küchenschublade findet er die Schachtel, zusammen mit der Flasche Autopolitur.

Ich habe überschlagen, fährt Kai fort, in einem fast gehetzten Ton. Die Maschinen sind ungefähr fünf- bis sechstausend wert, das Inventar vielleicht noch sieben. Einen Teil kann ich mir von meinen Eltern borgen, einen Teil von meinem Bruder oder vielleicht der Bank. Dreizehntausend kann ich stemmen, ich brauche nur etwas Zeit.

Du willst also den Laden kaufen.

Ich will, dass es weitergeht, Thomas.

Dreizehntausend. Bis wann?

Kai atmet schwer in den Hörer. Mein Vater sagte, er könne seine Lebensversicherung beleihen oder verkaufen. Vielleicht zwei Monate?

In Meyer steigt plötzlich ein Hass auf, kälter und heftiger, als Kai es wert sein sollte. Dieses jämmerliche Zusammenkratzen von Geld, die Lebensversicherung des Vaters, Meyer hätte gute Lust, ihn das machen zu lassen, aber was sind schon dreizehntausend. Wahrscheinlich brächte das Inventar sogar weniger, Meyer könnte ihm den Scheißladen schenken, wenn er wollte. Das ist es, was ihn ankotzt. Was ihn wirklich ankotzt.

Lass mich darüber nachdenken. Ich ruf dich an.

Thomas?

Was noch?

Es tut mir wirklich leid.

Ich rufe an, wiederholt Meyer, dann legt er einfach auf.

Bei betriebsbedingter Kündigung, sagte der Steuerberater, bestehe bei einem Arbeitsverhältnis von unter fünf Jahren die Kündigungsfrist von einem Monat.

Meyer geht ins Wohnzimmer, sucht in den Geschäftsunterlagen des Vaters nach dem Mietvertrag der Schuhmacherei. Dann holt er sein Telefon und wählt Voss' Nummer.

8

City

Meyer riecht die Süße der Goldfliederbüsche in der milden Luft, als er vor Voss' Haus steht, einer gedrungenen, rustikalen Villa mit Schieferdach und Gusseisengittern vor den Erdgeschossfenstern. Vor der Doppelgarage steht Voss' Phaeton, Lack und Scheiben glänzen nass und sauber, das Pflaster der Auffahrt ist rund um den Wagen dunkel verfärbt, ein paar Pfützen seifiges Wasser schillern in der Sonne. Vom Grundstück aus kann Meyer die Königsteiner Burgruine sehen, ihren Bergfried, die hellen Mauertürme, die löchrigen Reste der Burgfassade. Nichts ist zu hören außer dem Zwitschern der Vögel, unangenehm laut und kakophon, nur vereinzelt durchbrochen vom Rauschen eines vorbeifahrenden Autos. Unter Meyer knistert der Fußabtreter, als er auf die oberste Stufe des Hauseingangs tritt und klingelt. Im Haus schlägt ein Hund an, einen Moment später erscheint ein Schatten hinter dem Drahtglas der Tür. Voss öffnet, begleitet von einem strohbraunen Terrier, der gierig Meyers Hosenbein beschnüffelt, Meyer zwingt sich, nicht zurückzuweichen, bis Voss den Hund am Halsband wegzieht und mit scharfem Ton ins Haus schickt.

Danke, dass Sie so kurzfristig Zeit gefunden haben, Dr. Voss … Meyer reicht Voss die Hand, der ihn mit der anderen fest an der Schulter fasst, – Bitte: Hermann. Wir kennen uns doch jetzt schon so lang. Dann führt er Meyer durch den weiß gefliesten Eingangsbereich in einen großen Wohnraum. An der Fensterfront ist ein Esstisch eingedeckt, Kaffeeservice mit blauem Zwiebelmuster, eine Platte mit Kuchen, rot-weiße Tulpen in einer Kristallvase. Meine Frau war so gut, etwas herzurichten, sagt Voss, bietet Meyer einen Platz an. Auf der Fensterbank zwischen Hortensien und Orchideen stehen gerahmte Bilder von Voss' drei Töchtern, die Verwandtschaft bedauerlich unverkennbar: fliehendes Kinn und volle Lippen unter zu großer, grober Nase. Daneben Bilder von den Enkeln, zwei Jungs, drei Mädchen, Studioporträts mit grün meliertem Hintergrund. Hast du gut hergefunden? Das Haus liegt ja etwas versteckt. Voss schenkt Kaffee ein, Meyer bejaht, nimmt seine Tasse entgegen, der Kaffee ist so dünn, dass der Tassenboden durchschimmert. Ich kenne Königstein berufsbedingt gut. Er macht Voss ein Kompliment für den Blick auf die Burg, die großartige Lage, Voss quittiert es mit sichtlichem Stolz, – Meine Frau hat sich damals auch sofort in diese Aussicht verliebt und natürlich in die herrliche Luft. Dann räuspert er sich, rührt einen Moment lang in seiner Tasse, bevor sich etwas ekelhaft Gönnerhaftes in seinen Tonfall mischt. Ich weiß, warum du hier bist, Thomas. Bestimmt ist alles gerade unglaublich schwer, doch mach dir keine Sorgen, was den Mietvertrag der Werkstatt anbelangt. Ende des Jahres geht es ja um die Verlängerung, aber wenn die Nachfolge geregelt ist, kann alles weiterlaufen wie bisher, von meiner Seite aus wird sich nichts ändern. Dein Vater war immer ein guter Mieter.

Meyer vermeidet, Voss direkt in die Augen zu sehen, schüttet Sahne in seinen Kaffee, helle Wolken stieben auf, machen die Brühe langsam blind.

Eben aus diesem Grund wollte ich persönlich mit Ihnen sprechen. Die Entscheidung fällt mir sehr schwer, aber ich sehe mich gezwungen, den Mietvertrag außerordentlich zu kündigen.

Voss lässt verblüfft seine Tasse sinken. Aber wieso denn?

Das Geschäft läuft schlecht. Schon seit geraumer Zeit.

Aber es ist doch gerade erst renoviert worden, erwidert Voss ungläubig.

Das hat die Sache nicht besser gemacht.

In Voss beginnt es zu arbeiten, seine Nasenflügel blähen sich leicht, als er Luft holt.

Was ist mit dem Jungen … Karsten?

Kai.

Der wirkt doch sehr kompetent. Warum verkaufst du nicht an ihn?

Leider hat Kai Wiesmann nicht die finanziellen Mittel.

Ein Kredit von der Bank?

Keine Sicherheiten.

Ach. Voss wirkt ernsthaft betroffen.

Und mir selbst fehlt Kapazität und Fachkompetenz, die Schuhmacherei mit Kai Wiesmann als Geschäftsleiter weiterzuführen, das Risiko wäre einfach zu groß. Ein anderer Käufer ist so kurzfristig zu schwer zu finden. Einfach nicht machbar, so sehr mich das schmerzt.

Voss nickt langsam. Das ist wirklich bedauerlich. Natürlich musst du vernünftig handeln. Dein Vater hätte sicher Verständnis. Dann weiß Voss nichts mehr weiter zu sagen, faltet die altersfleckigen Hände betreten vor sich auf dem Tisch.

Wie geht es denn den Töchtern und Enkeln?, fragt Meyer schließlich, sieht zu den Bildern auf der Fensterbank. Voss scheint dankbar für den Themenwechsel, sein Gesicht beginnt verhohlen zu leuchten, als er zu erzählen beginnt, Theresa sei wieder schwanger, fünfter Monat, noch ein Mädchen, Lukas, der Älteste von Miriam, mache jetzt schon Abitur, *Tempus fugit*, nur am Alter der Enkel merke er, wie er selbst langsam alt werde – na, und daran, dass sein Golf-Handicap mittlerweile bei minus zehn liege, er habe ja jetzt mehr Zeit zu trainieren. Voss lacht, Meyer stimmt in sein Lachen ein, gibt sich interessiert. Auf Internat Schloss Bieberstein sei der älteste Enkel doch; ob er schon wisse, was er werden wolle. Mediziner? Familientradition? Voss schüttelt den Kopf. BWL, große Pläne, London oder Boston, aber bei fünf Enkeln, bald sechs, werde auch ein Mediziner dabei sein. Voss deutet auf das Foto eines Mädchens um die zwölf, flachsblond, kräftige Schneidezähne, er tippe auf Lara-Marie, seine Frau auf Finja, obwohl die noch nicht mal eingeschult sei, aber bei der Frühförderung heute erkenne man die Herzchirurgin ja bereits im Krabbelalter – zumindest seine Frau – Finja lerne schon Englisch und Mathematik in der Kita.

Talent kann man nie früh genug fördern, pflichtet Meyer bei, während Voss versonnen die Fotos mustert. Meyer hat sich alles zurechtgelegt, er wird auf Voss' Faulheit und Pragmatik setzen, und auf eine Prise Angst, auch wenn Meyer diese Methode langweilt, doch Voss ist zu alt für Lust an Chance, Freude an Bewegung, Voss ist zu satt. Wie er da hockt, die Arme vor dem Bauch verschränkt, in seinem gelben Freizeit-

Sweater und der gekünstelt prunklosen Nomos am Handgelenk, Voss ist ein Bewahrer-Typ, behäbig, risikoscheu, durchgeweicht vom eigenen, selbstzufriedenen Saft, aber anfällig für Verlustangst und den guten Rat, wie Bewahrtes optimiert bewahrt werden kann.

Sagen Sie, Dr. Voss –

Hermann, bitte –, unterbricht Voss fast ärgerlich.

Verzeihung, Hermann, haben – hast du je darüber nachgedacht, die Häuser in der Tauberstraße zu verkaufen?

Voss' Lächeln wird plötzlich schal. Nein. Wieso?

Kennst du das neue Apartmenthaus vorn am Rondell?

Sicher, die Baustelle war ein Ärgernis.

Willst du wissen, für wie viel die teuerste Wohnung verkauft worden ist? Für über eins Komma fünf Millionen. In den letzten zwei Jahren sind die Kaufpreise in der Gegend um fast neun Prozent gestiegen und damit auch der Wert deines Grundstücks.

Voss winkt freundlich ab. Spekulationsgeschäfte sind nichts für mich. Dann deutet er auf die Kuchenplatte, – Willst du nicht etwas essen? Sonst schimpft meine Frau später, ich sei ein schlechter Gastgeber gewesen. Erdbeer? Bienenstich?

Meyer lässt sich eines der Stücke auf den Teller legen.

Sahne?

Nein, danke.

Voss begräbt sein Stück Kuchen unter zwei großen Löffeln.

Hermann, das ist kein Spekulationsgeschäft, nur natürliche Preissteigerung. Die Leute zieht es zurück in die Stadt. Wie lange hast du in der Tauberstraße nicht mehr modernisiert?

Voss zerteilt sein Stück Kuchen mit der Gabel, eine Erdbeerhälfte fällt vom Topping, er spießt sie mit der Gabel auf, tunkt sie tief in die Schlagsahne.

Darum kümmert sich die Immobilienverwaltung, die auch meine anderen zwei Häuser betreut, erwidert Voss mit vollem Mund. Ich weiß, die Tauberstraße ist leider das Stiefkind, ich bin da im Rückstand, aber die Verwaltung hat versichert, alles in Ordnung, die Häuser wirtschaftlich.

Meyer stößt ein trockenes, kurzes Lachen aus.

Klar. Müssen die auch.

Wie: *Müssen die auch*? Auf Voss' Gesicht macht sich Verunsicherung breit.

Die Leute von der Verwaltung wollen ja ihren Auftrag nicht gefährden. Frage ist: *Wie* wirtschaftlich die Häuser sind.

Also, ich arbeite seit zwanzig Jahren mit der Verwaltung.

Du lässt den Fuchs die Hennen bewachen.

Der Verwalter hat schon etwas von Modernisierung gesagt, man muss eben sehen, wie sich das mit dem Wirtschaftsplan vereinbaren lässt.

Vermutlich umfangreichere Arbeiten? Fenster, Dämmung, Heizung, Wasserrohrleitungen? Gab es letzten Winter nicht wieder einen Rohrbruch?

Voss nickt und lässt die Gabel sinken, als sei ihm plötzlich der Appetit vergangen.

Für den Werterhalt einer Immobilie sind Modernisierung und Sanierung unabdingbar, entgegnet Meyer, allerdings ist die Amortisationszeit der Kosten auch bei Mieterhöhung vielfach nicht angemessen, besonders, wenn zu lange nichts gemacht wurde. Die Tauberstraße ist ja ein Altbau, teilweise bombenbeschädigt, die Nr. 9 hat nur noch ein Stockwerk, wenn ich mich richtig erinnere.

Voss bejaht etwas mürrisch.

Das reduziert die vermietbare Fläche und damit die Mieteinkünfte enorm. Selbst wenn du umfangreich sanierst und die Mieten erhöhst, gehst du erst mal ins Minus. Die Gebäudesubstanz ist bedauerlicherweise bestenfalls mäßig, die Lage allerdings ist hervorragend. Das Geld wäre besser angelegt, wenn du den Verkaufspreis reinvestierst.

Voss schüttelt den Kopf. Auf meine alten Tage. Ich bin wirklich gut versorgt.

Aber für die Enkel? Deren Ausbildung, Studium? Meyer neigt den Kopf. Wie lange kennen wir uns jetzt?

Na, fast so lang, wie du alt bist.

Was ich jetzt sage, hänge ich normalerweise nicht an die große Glocke, aber unter uns: Die Zeiten der Flucht in den Vordertaunus sind vorbei. Früher ist man ausgewichen nach Königstein, Kronberg, Bad Homburg, weil Frankfurt im gehobenen Segment tatsächlich weniger Wohnqualität bot, aber jetzt wollen die Menschen in die Stadt, der Markt für Eigentumswohnungen in den bevorzugten Stadtvierteln ist wie leer gefegt. Gleichzeitig ist das städtische Bauland, auf dem Bauträger die Nachfrage nach neuen Eigentumswohnungen bedienen könnten, rar und teuer. Wenn dann mal größere, zusammenhängende Grundstücke auf den Markt kommen, überschlagen sich die Preise – sogar, wenn dieses Bauland in weniger populären Stadtteilen liegt. Der Platz wird einfach knapp. Ein Verkauf wäre derzeit ein rentabler Schachzug – Zeit ist Geld, aber Timing alles. Denk darüber nach, du kannst mich jederzeit anrufen.

9

Nachverdichtung

Diese Hände sehen aus, als könnten sie Meyer mit einem Druck die Finger brechen, er kann nicht aufhören, auf diese Hände zu starren, die runzelige, dicke Haut über den kräftigen Gelenken, das schaufelförmige Nagelbett der Finger, den ovalen Siegelring, Gold, Lapislazuli, wie er sanft das Fleisch einzwängt. Eine Hand ruht locker auf dem Oberschenkel, die andere hat Heckler über die Lehne der grauen Wildledercouch gelegt, ihre Finger spielen gemächlich, während Falber fachmännisch Hecklers Bonsais lobt, Liguster, Granatapfel, Szechuan-Pfeffer, die auf dem langen, schwarzen Sideboard aufgereiht stehen. Keine mickrigen Pflanzen, jede beinahe einen halben Meter hoch. Ja, die seien neu, Heckler lacht und zeigt zwei Reihen makellos gebleachter Zähne. Das Stutzen der Bäume entspanne wirklich. Und diszipliniere: *fernöstliche Tugend der Geduld*. Er sei ja eher von der ungeduldigen Sorte, aber bei dreihundert Lappen das Stück investiere man ein bisschen Geduld.

Für Meyers Geschmack stimmt Falber einen Hauch zu laut in Hecklers Lachen ein. Vor Heckler wirkt selbst Falber jedes

Mal nervös, ist heute noch sorgfältiger gekleidet als sonst, dunkelgrauer Zweireiher mit Weste, eisblaue Krawatte zum blütenweißen Hemd, die rotgoldene Girard-Perregaux, schwarze Oxfords, die gewellten Haare so exakt gescheitelt, dass es ins Buchhalterische kippt. Meyer hat sich für ein schlichtes Outfit entschieden, er wird Heckler das Exposé selbst vorstellen, nichts soll ablenken von dem, was und wie er es sagt. Keine Woche hat es gedauert, bis Voss angerufen hat, sich alles im Detail erläutern ließ, anschließend Gutachter, Verkehrswert, Fotos, Exposé in nicht mal vierzehn Tagen. Danach keinen Tag, bis Falber den Termin bei Heckler klargemacht hat, – Dirk? Reinhard hier! Du, wir hätten was für dich, ganz frisch und exklusiv, noch nicht annonciert –

Die absolute Kleinheit des Baums, stimmt Falber zu. Das Bonsaipalaver läuft schon geschlagene fünf Minuten, Meyer kann nicht einschätzen, wie viel Falber ernst davon meint. Karolina habe sich letztens an den Bäumen vergriffen, erzählt Heckler, sie habe sich nützlich machen wollen – keine Expertise in fernöstlichen Tugenden, der Federahorn sei fast eingegangen. Sein kantiges Gesicht bekommt einen leicht leidenden Ausdruck, dann wechselt der Glanz in seinen Augen plötzlich ins Angriffslustige, als er zu Meyer sieht und beide Arme über der Lehne der Couch ausbreitet; sein lachsfarbenes Hemd spannt sich bedrohlich über der Brust.

Wie geht es eigentlich Nadja Schering? Seit dem Projekt im Westend letztes Jahr habe ich leider gar nichts mehr von ihr gehört. Außer, dass Sie da angeblich einen Stich gelandet hätten …

Meyer erwidert Hecklers Grinsen mit einem unverbindlichen Lächeln.

Nadja und mir geht es sehr gut.

Ach was? Heckler lacht überrascht und einen Tick spöttisch. Da darf ich mich wohl fast als Cupido fühlen? Nadja ist ja eine Anspruchsvolle – so habe ich sie jedenfalls in Erinnerung.

Meyer hält das Lächeln, auch wenn er kurz den Impuls verspürt, Heckler in seine sonnenbankgegerbte Fresse zu schlagen. Nadja hat ihm erzählt, wie Heckler nach dem Abschlussessen des Projekts angesoffen einen Arm um ihre Hüfte legte, von seinem Angebot, sie nach Hause zu bringen, *damit sie nicht wegkomme*. Entwürdigend für alle Parteien.

Ja, Nadja ist anspruchsvoll, entgegnet er, Heckler winkt nur ungeduldig in Richtung Präsentationsleinwand. Meyer solle doch mal anfangen, er wolle endlich den Rohdiamanten sehen, den Reinhard ihm da versprochen habe. Aber knapp halten, er habe noch einen Termin um zwölf.

Natürlich. Meyer erhebt sich, tritt nach vorn. *Wie viel von meiner Scheiße kannst du fressen, bis du kotzt?* – das ist Heckler, Mund auf, Augen zu. Meyer aktiviert die erste Folie, beginnt mit der Standortanalyse: Die Lage, – mit dem Laserpointer gleitet Meyer sanft über die Flurstückskarte, – zentral zwischen Bankenviertel und Westend, in wenigen Minuten fußläufig erreichbar: Grüneburgpark, Opernplatz, Freßgass, Goethestraße, Zeil. Ein bebaubares Areal von 730 Quadratmetern. Die Stellplätze mit Einzelgaragen allein 270 Quadratmeter, hier kann man effizient nachverdichten. Dann springt er zum nächsten Bild: *The Residence*. Falbers Blick trifft Meyer mit kurzem Entsetzen, er lehnt sich nach vorn, dann sieht er zu Heckler, der das Kinn reckt und die Arme vor der Brust verschränkt.

Beste Nachbarschaft, fährt Meyer fort, vorletztes Jahr fertiggestellt, vollständig verkauft: zwei Townhouses, zwei Penthouses, eine Maisonette- und sieben Etagenwohnungen, Quadratmeterpreis im Durchschnitt bei 5200 Euro.

Um Hecklers Mund macht sich Abfälligkeit breit: Ja, nett. Aber Wagensonner können wir toppen.

Ehrgeiz. Na bitte. Konkurrenz im Raum erhöht den Herzschlag. Meyer schaltet zum nächsten Bild, Fassadenansicht Nr. 7 und 9 in der Totale, Falber entspannt sich, lehnt sich wieder in seinem Sessel zurück.

Zum Objekt selbst: Altbausubstanz, kein Denkmalschutz. Nach dem Krieg wurden aufgrund der Beschädigungen bauliche Veränderungen vorgenommen. In der Nr. 7 acht Parteien, Zwei- und Dreizimmerwohnungen. Hier greift wie üblich das Sonderkündigungsrecht aus wirtschaftlicher Notwendigkeit.

Was ist mit der Ladenfläche?

Geschlossen wegen Geschäftsaufgabe.

Gut.

Nur in der Nr. 9 sitzt noch ein Atelier.

Noch eine Gewerbefläche? Heckler hebt kritisch die Brauen. Das zieht sich, bis man die raushat. Ich suche was zeitnah Realisierbares.

Wohn- und Gewerbefläche, entgegnet Meyer, aber nicht Ihre Sorge, falls das Grundstück von Interesse sein sollte. Ich kümmere mich darum.

Heckler nickt. Na, dann machen Sie mal.

10

Rund

Ein Mann Anfang fünfzig öffnet Meyer die Tür, kurzgeschorenes, graues Haar, verwaschenes rotes Leinenhemd, in der linken Hand hält er eine Tasse, muffiger Kräutergeruch strömt Meyer entgegen. Für Georg Tilsner hat er heute seinen legersten Anzug an, dunkelbraun, ein blau kariertes Hemd, keine Krawatte. Standardrecherche: Tilsners Vita auf einer Homepage anno Asbach, Studium der Nachrichtentechnik und Betriebswirtschaft, zehn Jahre in der Unternehmensberatung, ab 1999 ausschließlich künstlerische Arbeit, Autodidakt. Eventuell ein *Burnouter,* mit Vorsicht zu genießen, einer, der seinen Ausstieg ernst meint, nicht ganz ohne Erfolg. Lokalberichte über Ausstellungen und Auftragsarbeiten: *Present Continuous,* eine schwerfällige, spiralförmige Skulptur aus rostigem Stahlschrott auf einem Kreisverkehr zwischen Offenbach und Hanau, von Anwohnern nach Zeitungsbericht allerdings despektierlich als *Rollwurst* bezeichnet, auch Vergleiche mit Exkrementen seien gefallen. *Meine Objekte hauchen ausgedientem Material neues Leben ein, ich will der Stofflichkeit nachspüren, die Seele herausarbeiten.*

Herr Tilsner?

Der Mann nickt wortlos, umfasst seine Tasse mit beiden Händen, als müsste er sie beschützen. Meyer verzichtet, ihm die Hand zu reichen, setzt stattdessen sein wärmstes Lächeln auf: Thomas Meyer, er komme im Auftrag des Hauseigentümers Herrn Voss, es gehe um Mängel der Nr. 9.

Tilsner sieht ihn misstrauisch an. Der Klempner sei wegen des Küchenabflusses schon da gewesen. Alles wieder okay.

Sicher, aber in diesem Fall gehe es um eine allgemeine Verbesserung der Mietsituation – die Bausubstanz, fügt Meyer hinzu, als Tilsner die Stirn runzelt. Normalerweise hätte er natürlich einen Termin vereinbart, aber da er im Nebengebäude zu tun gehabt habe, dachte er, er versuche sein Glück.

Eigentlich habe er keine Zeit, er sei bei der Arbeit.

Es dauere wirklich nicht lange, versichert Meyer, dann wirft er einen Blick über Tilsners Schulter ins Atelier, deutet auf die Skulptur auf der Werkbank. Ob das Kupfer sei. Das Grüne. Tilsner Stimmmelodie macht einen unsicheren Bogen nach oben, als er sich umdreht und bejaht.

Meyer müsse zugeben, als Herr Voss ihm erzählte, dass ein Künstler hier sein Atelier habe, sei er aus Neugier auf Tilsners Homepage gewesen – Meyer legt leise Begeisterung in die Stimme –, er habe nicht gewusst, dass die Eisenskulptur in Lämmerfeld von Tilsner sei, Meyer fahre häufig beruflich die Strecke. Was Kunst angehe, sei er totaler Laie, aber die Skulptur habe etwas ungemein Ursprüngliches! Wie die Gehäuse dieser Seetiere aus der Urzeit – wie hießen die noch – *Nauti* … Meyer sieht Tilsner hilfesuchend an.

Nautilus?

Nautilus! Die sichtbar gemachte Vergänglichkeit des Metalls sei faszinierend, die Korrosion zeige irgendwie das Leben selbst, führe etwas zu seinem Ausgangspunkt zurück ... Meyer lacht, winkt ab. Bestimmt liege er total daneben.

Tilsner schüttelt den Kopf, sein Ton wird deutlich milder, tatsächlich seien das Komponenten seines Konzepts: das Leben in toter Materie, die Urformen der Natur. Aber das Lämmerfelder Objekt sei keine Skulptur, sondern eine Plastik. Aufbauend, nicht abtragend. Das werde immer verwechselt.

Plastik, Entschuldigung, entgegnet Meyer. Leider habe er nur eine kleine Terrasse, für solche Objekte brauche man Platz, die müssen ja atmen können. Vermutlich stelle Tilsner ohnehin nur Auftragsarbeiten her.

Er mache durchaus kleiner dimensionierte Objekte und arbeite nicht nur auf Auftrag, dementiert Tilsner, das würde ja jeden künstlerischen Fluss töten! Woran er gerade arbeite, sei auch keine Auftragsarbeit. Ein ganzer frischer Entwurf.

Und er störe ihn bei der Arbeit!, erwidert Meyer. Es sei wohl wirklich besser, Tilsner gebe ihm einen Termin, dann komme er ein anderes Mal vorbei. Vielleicht zeige er ihm dann auch ein paar Objekte?

Das kann ich auch jetzt. Wenn Sie schon mal da sind.

Aber nur, wenn es keine Umstände macht.

Keine Umstände. Kommen Sie.

Endlich lässt Tilsner ihn ins Atelier, ein schmaler, langgezogener Raum, die Werkbank erhellt durch einen grellen Industriestrahler. In einer Ecke lagert wild Material, der Kopf eines Rechens, Rohre, Wellblech, eine Waschmaschinentrommel, der Metallfuß eines Bürostuhls. Meyer begutachtet drei Baumstümpfe auf einem Podest, in ihren Flächen sind dicht an dicht rostige, lange Nägel eingeschlagen, *Ohne Titel, 2012* steht auf einem Schild am Podest, handgeschrieben in zittrigen Kapitälchen. Die sei unverkäuflich, geht Tilsner dazwischen, aber wenn die Lämmerfelder Plastik Meyer gefallen habe, zeige er ihm etwas Ähnliches. Die hier sei zur gleichen Zeit entstanden. Tilsner deutet auf ein Objekt neben dem Ausgang zum Hof, eine hohle Kugel von knapp einem halben Meter Durchmesser, ihre Oberfläche bruchstückhaft zusammengeschweißt aus geflexten Einzelteilen. Der Titel sei *Globus*, erläutert Tilsner, inspiriert habe ihn das Nest des südafrikanischen Webervogels. Meyer erkennt verbogene Stücke von Sägeblättern, Messer- und Sichelschneiden, grünspanige Kupferstücke, Zahnräder, Glieder einer Fahrradkette. Sehr anziehend, massiv, trotzdem irgendwie fragil, entgegnet Meyer, fragt nach dem Preis. Nickt. Die Plastik würde sich großartig auf seiner Terrasse machen. Dann fällt sein Blick auf den elektrischen Heizlüfter neben der Werkbank.

Haben Sie Probleme mit der Zentralheizung, Herr Tilsner?

Ab und zu.

Meyer klopft mit den Fingerknöcheln gegen den Holzrahmen eines der Fenster zum Hof. Und im Winter zieht das sicher. Die Sanierung ist wirklich überfällig. Auch die Gefahr durch marode Elektroleitungen ist bei solchen Altbauten nicht zu unterschätzen. Schwelbrand. Sie wollen nicht wissen, wie häufig es deshalb zu Bränden kommt. Meyer deutet in Richtung des Tischs in der Ecke des Raums. Vielleicht setzen wir uns kurz, dann erkläre ich den Sachverhalt. Zögerlich geht Tilsner mit Meyer zum Tisch, räumt ein paar Schalen mit Nägeln beiseite.

Herr Tilsner, der Umstand ist folgender, – Meyer legt seine

Aktenmappe neben sich auf den Tisch, – da das Gebäude leider in sehr schlechtem Zustand ist, hat man sich für einen Abbruch und Neubau entschlossen.

Einen Augenblick lang starrt Tilsner ihn nur an.

Das Haus wird abgerissen? Ich bin erst vor drei Jahren hier eingezogen –

Meyer hebt beschwichtigend die Hände: Die Maßnahme ist selbstverständlich nicht ohne einen sozialverträglichen Umzug der Mieter geplant. Hierfür übernehmen wir die Kosten und kümmern uns um die Vermittlung neuer passender Räume. In Ihrem Fall bietet sich beispielsweise das Nordend oder – groß im Kommen – das Ostend an. Der Zeithorizont für den Auszug beläuft sich regulär auf ein Vierteljahr. Meyer öffnet seine Aktenmappe, legt zwei identische Papiere auf den Tisch. In der Mietaufhebungsvereinbarung ist hierzu alles festgehalten.

Tilsner schiebt die Papiere von sich.

Sie können mich nicht einfach rausschmeißen.

Davon ist auch keine Rede, unser Interesse ist die gütliche, rasche Einigung. Meyer zieht einen Umschlag aus der Jackettinnentasche, legt ihn neben die Vereinbarung. Zusätzlich sprechen wir über den Ausgleich etwaiger Umstände.

Tilsner sieht abfällig auf den Umschlag. Was ist dadrin? Geld?

Der Vorschlag für den Abfindungsbetrag.

Kurz durchbohrt Tilsner ihn mit seinem Blick, aber dann greift er langsam nach dem Umschlag, zählt mit dem Zeigefinger zaghaft die Scheine durch.

Alte Schule: bar. Falber hat Meyer angeschaut, als sei er nicht ganz sauber: Auszahlung der Abfindung, bevor der

Mieter auszieht. Falls der Vertragsbruch begeht, ist das Geld quasi weg. Aber Meyer bestand darauf: Bar auf die Hand, kein Warten auf Belohnung, Tilsner soll den Betrag nicht nur hören, lesen, Tilsner soll ihn sehen und anfassen.

Die Kiste läuft auf dein persönliches Risiko, Thomas.

Natürlich. Mein Risiko.

Tilsner legt den Umschlag zurück auf den Tisch, verschränkt die Arme vor der Brust, eine Woge seines muffigen Geruchs schlägt Meyer entgegen, Kräutertee, Körper, Zigarettenrauch.

Machen Sie eine runde Zahl draus.

Das ist eine schöne runde Zahl, erwidert Meyer freundlich.

Machen Sie sie runder. Verdoppeln Sie.

Meyer schnaubt, nicht ohne Anerkennung. Luft nach oben ist einkalkuliert, das Budget gesplittet, Büro und Voss, fifty-fifty, Maximum neuntausend plus Umzugskosten und Vermittlung neuer Räume. Wir starten bei fünf, sagte Falber.

Mit betonter Ruhe zieht Meyer seine Geldbörse aus der Tasche, legt dreitausend auf den Tisch.

Acht, erwidert Meyer.

Tilsner streicht sich mit dem Daumen über das unrasierte Kinn. Neun, sagt er schließlich. Aber ich will drüber schlafen.

Drüber schlafen, der absolute Abschlusskiller, Meyer geht hier nicht ohne Unterschrift raus, *Maximum neun*, drauf geschissen. Er hat selbst vorgesorgt, war bei der Bank. Der nächste Vorschlag muss sitzen. Der nächste wird. Der zweite Aufschlag ist aus eigener Tasche, niemand muss davon wissen.

Ich mag Ihre Einstellung, Herr Tilsner, Sie haben Sinn fürs

Geschäft, deshalb mache ich Ihnen jetzt einen Vorschlag. Mein Vorschlag gilt bei Ihrer zeitnahen Kooperation.

Was meinen Sie mit *zeitnah*?

Wenn wir beide uns heute noch einig werden. Sehen Sie, neuntausend ist eine offizielle Zahl, meine Vorgabe als Mittler zwischen dem Eigentümer und Ihnen. Wenn ich darf, schlage Ihnen also mal meine inoffizielle vor.

Tilsners Gesicht hellt sich merklich auf, auch wenn sein Mund zu einem mürrischen Spalt verkniffen ist. Nur Gier leuchtet so ehrlich, vollkommen, die Freude über die Aussicht auf mehr.

Gut, schlagen Sie vor.

Meyer schiebt Tilsner die achttausend auf dem Tisch zu, macht Platz, dann legt er behutsam nacheinander zwanzig Fünfhunderter zu einem großen Fächer, lässt das Papier zwischen den Fingern flüstern. Erst die Wandlung von Giralgeld in Bargeld macht die Summe lebendig, Bargeld ist Kraft, achtzehntausend in Giral ist wie Porno in schlechter Streaming-Qualität, Bargeld verursacht eine Angst, eine Ehrfurcht, die keine scheiß Zahl allein transportiert, so unvermittelt, so gewalttätig, weil man es dir so leicht wieder wegnehmen kann. Bargeld wird sterben, meint Koll, so wie das Goldstück durch Papiergeld starb, wird Papiergeld durch Giralgeld sterben, aus Praktikabilität, neuen Möglichkeiten, selbst Papier ist endlich, Giralgeld ist möglich bis ins Unendliche. Aber Meyer ist überzeugt, der Mensch braucht etwas, das er berühren kann, etwas Endliches, Körperliches, Verletzbares, etwas, das ist wie er selbst.

Neuntausend, wenn Sie drüber schlafen, Herr Tilsner. Oder achtzehntausend, jetzt.

Meyer legt seinen Montblanc neben die Dokumente, genießt die Röte, die unter Tilsners grauer Gesichtshaut zu schimmern beginnt. Tilsner hat Mühe, ein Lächeln zu verbergen, während er sich den Handrücken kratzt, die Lippen befeuchtet, schließlich aufsieht, versucht, gelassen zu wirken, – Wer sagt mir, dass Sie mir hier kein Falschgeld andrehen?

Wir können den Betrag auch überweisen, falls Ihnen das lieber ist. Neun offiziell, neun von mir. Das dauert circa ein bis zwei Tage. Oder Sie prüfen ein paar Stichproben, wenn Sie mir nicht vertrauen, die nächste Bankfiliale ist nur fünf Minuten von hier. Meyer lehnt sich zurück. Ich warte solange.

Tilsner fixiert ihn feindselig, aber die Misstrauensfrage ist ein eindeutiges Ja, die Angst zeigt das Wollen, bar oder Überweisung, geschenkt. Meyer bietet nicht den Spatz in der Hand, Meyer bietet die fucking Taube. Wir sind durch hier. Schließlich greift Tilsner bloß nach dem Stift, zieht die Füllerkappe ab, lässt den Blick über den Text der Vereinbarung wandern, über die bereits gesetzten Unterschriften: *Hermann Voss, Thomas Meyer,* – Und Sie zahlen mir zusätzlich den Umzug und suchen mir was Neues?

Meyer bestätigt, reicht ihm seine Karte. Ich bleibe gern Ihr direkter Ansprechpartner, was das betrifft. Ein Loft wäre etwas für Sie, es gibt durchaus günstige, schöne Objekte in der Kategorie, etwas im Osthafen. Oder, falls Sie genug von der Stadt haben, vielleicht ein kleines, freistehendes Haus mit Garten. Ich finde das Richtige für Sie.

Als Tilsner die Vereinbarung unterschreibt, muss Meyer sich beherrschen, nicht zu hastig nach seinem Exemplar zu greifen. Behutsam verstaut er es in seiner Mappe, dann steht er vom Tisch auf.

Was eigentlich mit der Plastik sei. Tilsners Gesicht nimmt einen unverschämt fordernden Ausdruck an. Kurz zögert Meyer, aber dann nickt er: Rechnungs- und Lieferadresse steht auf der Visitenkarte.

Zurück im Büro, legt er Falber wortlos die unterschriebene Vereinbarung auf den Tisch. Falber mustert das Papier eine Sekunde lang, bis er begreift.

Du machst Witze. Keine Bedenkzeit?

Meyer zuckt die Schultern. Ich habe gesagt, ich kümmere mich darum. Auszug in drei Monaten. Ich sorge persönlich für die neuen Räume. Full Service. Mein Risiko.

Gläsker lungert am Kopierer herum, als Meyer auf den Flur hinaustritt, er scheint zu glauben, das sei unauffällig, einen Meter von Falbers Bürotür entfernt. Kein Ausfall, Gläsker, kein Einbruch, spar dir die Zeit, drauf zu warten.

Na, alles fit? Meyer bleibt neben ihm stehen, die Hände in den Hosentaschen. Was machst du da? Papierkram?

Ich kopiere nur ein paar Bauakten, erwidert Gläsker.

Lass das doch Saskia machen.

Das ist schon in Ordnung. Gläsker klopft die Papiere auf dem Deckel des Druckers Kante auf Kante und verstaut sie in einer Sichthülle. Übrigens, – Gläsker räuspert sich, – ich habe leider noch keinen passenden Moment gefunden, das zu sagen, aber: mein Beileid wegen deinem Vater.

Die Mitgefühlsnummer überzeugt Meyer fast, Gläskers Stimme gedämpft, getränkt mit Bedauern, selbst die Augen spielen mit. Meyer bedankt sich etwas kurz angebunden, während Gläsker auf irgendwas zu warten scheint, noch einen Satz mehr, eine Regung, eine Schwachstelle, an der sich arbeiten lässt, aber Meyer gibt ihm nichts.

Mein Vater ist auch früh gestorben, legt Gläsker nach. Bauchspeicheldrüsenkrebs mit einundfünfzig.

Meyer nickt nur. Selbst wenn. Gläsker fischt. In der guten Lüge liegt immer Wahrheit, echtes Gefühl, das nach Gebrauch abgelegt wird wie das tägliche Hemd.

11

Optimierung

Meyer stellt Zucker und Rotwein auf Kolls Küchentisch. Wenn er Zucker in seinen Kaffee wolle, müsse er welchen mitbringen, sagte Koll am Telefon, die Haushaltshilfe habe vergessen, welchen zu kaufen. Welchen Kaffee? Er hole ihn nur zur Ausstellung ab, habe Meyer gedacht – ob Koll doch nicht hinwolle. Er wolle, erwiderte Koll, aber er koche gerade Kaffee, für Wein sei es ja noch zu früh. Kolls Art, Meyer zu bitten, etwas zu besorgen. Den Shiraz habe die Haushaltshilfe übrigens auch vergessen.

Koll platziert eine Tasse vor Meyer auf den Tisch, ertastet ihren Rand mit den Fingern, dann gießt er Kaffee ein, geübt, schwungvoll, bis knapp unter den Rand. Koll hat eine andere Haltung in seiner Wohnung als vor der Tür, jede Bewegung zielsicher, routiniert, fast übermütig. Hier ist er mit dem ganzen Körper, was er draußen nur mit der Stimme ist, Meyer sieht ihn gern so unbefangen. Kolls Territorium: vierzig Quadratmeter Nordend-Ost, die Fenster in Richtung des vierspurigen Alleenrings, Koll will die Stadt hören, Lastwagen morgens ab vier, Streit vor den Trinkhallen, Auffahrunfälle vorn an der Kreuzung. Sommers lasse er oft alle Fenster auf. Seine Schwester hat die Wohnung eingerichtet, haarklein nach seinen Anweisungen. Die Möbel Kirschbaumholz, kantig, schnörkellos, Cesca-Stühle mit hellem Rattan, gerahmte Drucke von Kirchner, Ensor, Modigliani, Rembrandt, Bosch. Schaukästen mit Schmetterlingen, manche handtellergroß, aus Südamerika. Schnittblumen, einmal die Woche. Für Gäste, erklärte Koll. Meinte: Frauen über eine Agentur. Alles andere habe er hinter sich. Eine gesunde Frau, die einen Krüppel wolle, da laufe etwas falsch. Ein paar, die er gehabt habe, hielten sich für Krankenschwestern, ein paar gerieten *sonst immer nur an die Falschen*, er hatte Herrische, Manipulative, Depressive, manchmal in Personalunion. Mit den blinden Frauen sei es noch schlimmer gewesen. Gleiches Leid verbinde nicht, gleiches Leid mache sich Konkurrenz – *Wer erträgt besser, wer trägt schwerer?* Mit keiner habe er es lange ausgehalten. Der Fairness halber sei gesagt, sie auch nicht mit ihm. Bei den Frauen von der Agentur gebe es keine Schuldigkeit außerhalb der Vereinbarung. Für Liebe und Zärtlichkeit musst du immer irgendwie bezahlen. Nichts ist gratis, du musst immer ein Opfer bringen. Geld ist sauber. Die Harmonie einer solchen Transaktion sei nahezu vollkommen, Meyer solle es probieren, falls er ihm nicht glaube, die Gelöstheit sei mit nichts in dieser Hinsicht zu vergleichen.

Wenn Meyer Kolls Wohnung betritt, hat er jedes Mal das Gefühl, in einem penibel kontrollierten Raum zu sein, das gleiche Gefühl wie im Tresorraum der Bank, beklemmend, aber exklusiv.

Koll setzt sich, zieht seine Tasse nah zu sich heran. Wie es Meyer gehe, will er wissen.

Ich habe gestern für eineinhalbtausend Euro eine Skulptur aus Schrott gekauft.

Meyer bricht die Tüte Zucker an, schöpft zwei Löffel in seinen Kaffee. Etwas geht daneben, landet knisternd auf dem Küchentisch.

Eigentlich für zehneinhalbtausend, inklusive einer Mietaufhebungsvereinbarung. Meyer fegt den Zucker mit der Hand zusammen, schüttet ihn in seine Tasse, seine Handflächen sind feucht, beginnen zu kleben. Kurz zögert er, dann entschuldigt er sich, geht hinüber zur Spüle, um sich die Hände zu waschen. Das Grundstück des Hauses, in dem die Schusterei seines Vaters war, eigne sich ideal für eine Projektentwicklung, fährt er fort, er habe den Eigentümer zum Verkauf bewegen können. Chancen generieren. Wie Koll gesagt habe. Die einzig übrige Gewerbefläche sei das Studio des Eisenplastikers, den er gestern rausgekauft habe, jetzt stehe dem Abriss nichts mehr im Weg; dem Verkauf an den Bauträger. Dementsprechend gehe es ihm sehr gut.

Meyer nimmt wieder Platz, Koll räuspert sich, streicht über die Tischplatte, Meyer hört das leise Kratzen vereinzelt zurückgebliebener Zuckerkristalle.

Ehrlich gesagt, klingst du nicht gut.

Mir geht es den Umständen entsprechend. Meyer legt den Löffel möglichst lautlos auf dem Unterteller ab. Die Umstände sind sehr gut. Das wird groß. Ich mache mit der Schusterei, was ich am besten kann. Das ist alles.

Einen Moment lang schweigt Koll ihn nur an, dann steht er wieder auf, holt einen Korkenzieher aus der Besteckschublade, zwei Gläser aus dem Schrank.

Anscheinend ist doch Zeit für Wein.

Meyer öffnet die Flasche, füllt die Gläser, schiebt Koll eines davon hin, – Keine Sorge, das wird das Projekt des Jahres, das spüre ich. Dreizehntausend hat Wiesmann mir für den Laden geboten. Was sind dreizehntausend gegen den Bau eines Hauses. Ich mache das Bestmögliche aus der Schusterei. Gold aus Dreck.

Transmutation? Koll lehnt sich zurück.

Groß, wiederholt Meyer. Die ganze Schusterei stank nach der Kleinlichkeit meines Vaters, selbst nach der Renovierung – das ganze Haus. Bei einem Bodenrichtwert von 2600 Euro pro Quadratmeter. Eine scheiß Verschwendung.

Meyer nimmt einen Schluck Wein, dann greift er nach der Quittung eines Lottoscheins, die auf dem Küchentisch liegt, betrachtet die Zahlenreihen. Wie lief das Mittwochspiel?

Koll lächelt, wie man ein Kind belächelt.

Man kann nicht immer gewinnen.

Also lässt du mich heute mal zahlen im *Gallo*?

Koll schüttelt den Kopf. Aber ich stoße mit dir auf deine Transmutation an, wenn du willst. Wenn es sich gut anfühlt. Koll hebt sein Glas. Meyer atmet aus, etwas entspannt sich merklich in der Magengegend, von dem er zuvor überhaupt nicht gemerkt hat, wie verkrampft es war.

Es ist erschreckend, wie gut es sich anfühlt, erwidert er, dann stößt er mit Koll an, wechselt endlich das Thema. Wie läuft es in der Bank?

Oh, du wirst gleich bereuen, nicht mehr bei uns zu sein.

Koll steckt sich eine Zigarette an, bläst Rauch zur Decke. Deine heißbeneidete Hurenfiliale in der Kaiserstraße wird geschlossen und mit dem Stammhaus zusammengelegt, man darf also bald mit reger Einzahlung rechnen. Allerdings ist bei einer Zusammenlegung naturgemäß kein Platz für die Mitarbeiter beider Filialen. Sauter hat letzte Woche Michalski entlassen. Mich hat er gestern ins Büro bestellt, mit Dobrindt, dem Teamleiter. *Zieloptimierung*. Wenn man von jedem Team zehn Prozent mehr Umsatz verlangt, kriegt man schnell und effektiv die halbe Belegschaft unter Durchschnitt. Kolls Miene bleibt spöttisch, aber er bekommt einen beunruhigend bitteren Zug um den Mund.

Man muss Sauter lassen, er hatte immer Drive, Ehrgeiz. Kaum älter als Meyer, aber etwas an ihm wirkte beeindruckend, archaisch, obwohl sein Äußeres Durchschnitt ist, mittlere Statur, mittelblond, kein Gesicht, das man sich merkt, weder distinguiert noch ungehobelt, ein blasses, ebenmäßiges Allerweltsgesicht. Erst in Aktion gewann er Präsenz, Verkaufsstil halb Süßholzraspler, halb Berserker, immer Alpha mit den Kollegen, aber Meyer kam gut mit ihm aus. Von Sauter konnte man eine Sache lernen: Wie man sich nimmt, was man will, und dafür das Notwendige tut. Meyer ging regelmäßig mit ihm auf ein Bier, Afterwork im *Plankmann's* oder *Forty-Nine*. Sauter fragte nicht jeden, schon gar nicht aus der Riege der normalen Kundenberater, er hatte selbst schon einen Fuß beim Private Banking in der Tür, Kunden mit liquidem Vermögen ab hunderttausend plus. Bei Meyer kotzte Sauter über Kollegen ab, die unter Durchschnitt lagen, mit so viel Leidenschaft, als seien deren schlechte Vertriebszahlen persönliche Beleidigung, alles Schwache ekelte ihn an.

Schwäche habe seinen Bruder in den Sozialblock auf dem Frankfurter Berg gebracht, er halte als Einziger aus der Familie noch Kontakt zu seinem Bruder, auch wenn er immer nur nein sage, hart bleibe, wenn sein Bruder ihn um Geld anhaue, weil er wisse, dass sein Bruder es nicht für Essen oder Kleidung ausgebe, was immer er auch behaupte, sondern für Stoff. Aber Sauter halte Kontakt, halte immer die Scheiße zusammen, er sei Krisenmanager. In jedem Bereich.

Meyer sah Sauter nur an, nickte, bevor Sauter müde das Thema wechselte, – Mehr Versager bedeutet zumindest eines: mehr übrig für die Macher – wir zwei verstehen uns da.

Meyer und er zählten zu den Top-Performern, aber spielten nie im selben Team, gerieten sich so nicht in die Quere, deshalb verstanden sie sich. Das Teamsystem hatte im Grunde nur eine Funktion: Kontrolle der Schwächsten. Listen hingen aus, welcher Mitarbeiter mit welchem Volumen zum Teamziel beigetragen hatte. Stimmte in der Wochenbesprechung das Teamergebnis nicht, sorgte in der folgenden Woche die natürliche Gruppendynamik für kollektiven Antrieb der Bremser. Meyer erinnert sich gut an die Wochenanalysen, die Teamsitzungen, die individuellen Vertriebsleistungsgespräche unter vier Augen mit den Vorgesetzten – profan *Freitagsanschiss,* hieß: für die Low-Performer im Team. Aber Koll ist kein Low-Performer. Jeder seiner vereinbarten Kundentermine wird verbucht, jeder daraus folgende Abschluss durch die Kollegen läuft anteilig auf Kolls Personalnummer, on top schreibt er Provisionen durch seine Direktabschlüsse; Meyer erinnert sich nicht, dass Koll je seine Terminquote oder Vertriebsziele nicht erfüllt hätte. Außerdem ist er quasi unkündbar.

Sauter kann dir nichts, erwidert Meyer.

Hält ihn nicht davon ab, mir das Leben schwer zu machen.

Meyer betrachtet diesen unerträglichen Zug um Kolls Mund. Resignation. So etwas will er an Koll nicht sehen.

Willst du mein Geld anlegen?

Bitte was?

Meyer schiebt sein Glas beiseite und beugt sich nach vorn.

Wie viel brauchst du, um über Durchschnitt zu kommen? Was sind deine Ladenhüter, welche Produkte? Fonds, Zertifikate?

Koll lacht. Du hast sie ja nicht mehr alle.

Ich habe fast vierhunderttausend Euro geerbt.

Koll runzelt ungläubig die Stirn. Von deinem Vater?

Ja. Von dem Mann, der Teebeutel zweimal aufgegossen hat. Meyer schnaubt bitter. Ich habe das Sparbuch in der Wohnung gefunden. Er hat keinem was von dem Geld gesagt. Ich brauche das Geld nicht. Ich will es nicht.

Kein Grund, es zu verbrennen.

Es wäre gut investiert.

Bei dem Dreck, den wir momentan loswerden müssen, wäre es so gut wie weg.

Nicht weg. In deinen Zahlen. Transmutation. Damit hättest du locker dein Jahrespensum an Wertpapiergeschäften abgehakt. Das bringt dich aus Sauters Schusslinie.

Koll lacht wieder trocken, schüttelt den Kopf.

Was ist mit nächstem Jahr? Legst du dann nach? Sauter ist keine vierhunderttausend Euro wert. Nicht mal wertlose vierhunderttausend.

Zumindest wäre das Geld dann für irgendwas gut.

Ich brauche solche Almosen nicht.

Eine gespannte Stille entsteht, Koll nimmt einen Schluck Wein, stellt das Glas hart zurück auf der Tischplatte ab.

So war das nicht gemeint, Volker.

Schon gut.

Meyer betrachtet eine Weile schweigend Kolls Hände, die ruhig auf der Tischplatte liegen. Ein dünner Kratzer zieht sich quer über den linken Handrücken, frisch und rot.

Was kann ich tun?

Du kannst nichts tun. Ich regle das selbst. Koll erhebt sich. Wir sollten langsam gehen.

In der Schirn ist es voll, die anderen Besucher gehen dicht an Koll und Meyer vorüber, Meyer spürt den leichten Windhauch, den ihre Körper erzeugen, spürt ihre Blicke, während er spricht. Er kann das Chlor förmlich riechen, auch wenn alles auf dem Bild stereotyp, streng, schablonenhaft ist, das Wasser des Pools und der Himmel ebenmäßige blaue Flächen, gestrichen, nicht gemalt. Er hat das Bild ausgesucht, weil es ihm Angst macht, weil es ihn zwingt, Haltung zu trainieren, weil das Bild ihn beschämt.

Der Himmel ist wolkenlos, azurblau, meterhohe Palmen mit schlanken Stämmen schneiden ins Blau, vor ihnen ein langgestreckter, lachsgetünchter Bungalow, im Glas der Terrassentüren spiegeln sich dunkel Häuser, Palmen, Himmel. Ein einzelner Klappstuhl steht auf der Terrasse, sein Schattenwurf ist hart und fast senkrecht unter ihm, die Sonne steht hoch am Himmel. Im Vordergrund das Schwimmbecken, ein gelbes Sprungbrett ragt von unten hinein ins Blickfeld, jemand muss gerade gesprungen sein, ich sehe die Sekunde nach dem Sprung, ich sehe nicht den Springer, nur das weiße, schaumige Aufbäumen von Wasser, feine Spritzer und Wasserperlen in der Luft.

12

Schadlos

Meyer rollt sich auf den Rücken, schlägt die Decke beiseite, sein ganzer Körper ist klamm, er hat geträumt, er sei in einer Gameshow, bei Harry Wijnvoord, Goldrandbrille, Schnauzer, Zweireiher, gelbmelierte Krawatte. Harry Wijnvoord. Meyer setzt sich auf, greift nach den Zigaretten auf dem Nachttisch. Wie lang ist der Kerl schon weg vom Fenster? Fünfzehn Jahre? *Der Preis ist heiß*, Produkte von Katzenstreu, Löskaffee, Schmuck bis Einbauküche, Auto, Überseereise, und die Kandidaten errieten deren Preis unter euphorischen Zurufen aus dem Publikum. Im Traum packte Harry Wijnvoord Meyer jovial am Arm, präsentierte ihm einen Trip durch die Wüste: Erleben Sie mit L'Tur die getragene Schönheit der Sahara, Thomas, all inclusive, Wanderung, Karawane, mystische Nomaden, faszinierende Tierwelt, Ihr Tipp, was kostet die Reise? Zwei Komma vier Millionen!, rief irgendwer aus dem Publikum, aber Meyer wollte nicht spielen, sich nur aus Wijnvoords Griff lösen, doch der ließ nicht los, raunte ihm zu: Sagen Sie was, Mann! Sie sind im Fernsehen! Meyer hielt plötzlich etwas Schweres in der Hand, einen großen Schlosserhammer, sein angenehmes Gewicht, die Glätte des Griffs kann Meyer jetzt noch spüren. Im Traum wusste er klar und unaufgeregt, dass er töten wird. Er holte aus, schlug Wijnvoord gegen den Kopf, hörte die Schädelknochen brechen, schlug gegen Ohr, Stirn, Mund, aber selbst, als Wijnvoord in die Knie ging, dann rücklings stürzte, ließ er Meyers Arm nicht los, riss ihn auf sich, und Meyer lag auf diesem schwammigen, warmen Körper, zertrümmerte Wijnvoord das Gesicht vor laufenden Kameras, Augen, Nase, Mund schließlich ein einziges blutig klaffendes Loch. Niemand aus dem Publikum griff ein, bis die Polizei Meyer verhaftete. Der Beamte musste jeden von Wijnvoords Fingern einzeln mit Gewalt umbiegen, um den Griff von Meyers Arm zu lösen, als wäre der Körper schon in Leichenstarre.

Meyer steckt sich eine Zigarette an, stellt sich den Aschenbecher auf den Bauch, er fühlt sich gut, gedämpft, kein Unbehagen. Trotzdem greift er zum Telefon, googelt, *Harry Wijnvoord (* 12. Mai 1949 in Den Haag, Niederlande) ist ehemaliger. Ist*. Okay. Meyer drückt die Zigarette im Aschenbecher aus, spürt die Wärme durch das Glas, dann geht er ins Bad, duscht kalt, das Wasser wie Nadelstiche auf der Haut, bevor sich Taubheit ausbreitet, Meyers Puls zu hämmern beginnt, der Raum entgleitet ihm für einen Moment, er muss sich gegen die Kacheln lehnen, high von Leere, seit drei Tagen bringt er fast nichts mehr runter, das ganze System auf Adrenalin. Heute wird ein großartiger Tag, Notartermin Parteien Voss und *Heckler Bau*, Meyers System will Leere, volle Aufnahmebereitschaft für diesen Tag.

Da ist was für Sie geliefert worden, Herr Meyer.

Frau Wanger kommt aus dem Assistenzbüro, ihr Tonfall

schneidend, als erwarte sie umgehend eine Entschuldigung, der Fältchenkranz um ihren Mund heftig aufgeworfen. Falbers *treue Seele*, seit zwanzig Jahren seine Assistentin. Ihre mutmaßliche Unkündbarkeit hat sich tief in ihr Selbstverständnis gefressen – *Ich habe Leute kommen und gehen sehen* – keinen verschonte sie mit diesem Satz, lapidar hingeknallt, um die Fronten zu klären: neben Falber gibt es für sie keinen Chef.

Privatsendungen ins Büro sind ja schön und gut, Herr Meyer, aber muss so was sein?

Meine Fresse, was ist das denn? Fresinger lacht entsetzt auf, als Meyer die Kiste öffnet und die Luftpolsterfolie entfernt. Tilsner hat sich Zeit gelassen. Vermutlich zu sehr mit dem Umzug beschäftigt. Meyer hat vollstes Verständnis. An keinem besseren Tag hätte das Paket hier aufschlagen können. Fucking Vorsehung.

Kunst, Mann.

Nicht dein Ernst. Sind das Sägeblätter? Fresinger geht einmal um Tilsners Skulptur herum, den schlaksigen Körper kritisch nach vorn gebeugt, berührt ihre Oberfläche vorsichtig mit den Fingern, bevor er die Hand wieder wegzieht. Sorry, aber das ist echt abartig hässlich. Wo hast du das her?

Ich find's gar nicht so übel, erwidert Lohmann.

Meyer knüllt die Folie zusammen. Willst du es haben?

So gut finde ich es auch wieder nicht.

Gläsker wirft einen verstörten Blick ins Büro, als er auf dem Gang vorbeikommt, dann bleibt er im Türrahmen stehen, – Leute, Morgenmeeting. Falber wartet. Was macht ihr denn da?

Bloß meine Post, erwidert Meyer, dann sieht er wieder zu Fresinger. Das Ding ist von dem Spinner aus den Abrisshäusern, die an *Heckler Bau* gehen. Der Kauf war quasi Teil der Mietaufhebung, ein bisschen extra Commitment von meiner Seite. Übrigens ist der Mann begeistert von seinem neuen Atelier, Osthafen, rauer Charme. Es geht doch nichts über Win-Win, was, Gläsker?

Falber wartet, wiederholt Gläsker nur, bevor er Richtung Konferenzraum geht.

Er brauche Merck morgen in Wiesbaden für eine Bewertung!, deklariert Falber, er spricht euphorisch über seine neueste Eroberung, denkmalgeschützte Altbauvilla, Wiesbaden-Biebrich, Merck nickt und notiert, anschließend reihum Rapport: Neuakquise, Abschlüsse, Tagesplan. Gläsker ergeht sich ausgiebig in einem Bericht über zwei seiner neuen Objekte, würdigt Meyer dabei betont keines Blicks. Wenigstens hat Fresinger Mühe, ein Gähnen zu unterdrücken, was Gläsker kurz aus dem Tritt bringt. Meyer hält seinen Bericht wie immer knapp, das wirklich Interessante wird auch so verstanden, er spricht es langsam, fast gelangweilt aus: 16 Uhr Notartermin Parteien Voss und *Heckler Bau*, Doppel-Grundstück Westend-Süd. Endlich streift ihn Gläskers Blick, fährt ihm wie ein Messer quer übers Gesicht.

Die Brünette ist nicht am Empfang, fast ist Meyer enttäuscht, auch wenn die Blonde ihn freundlich mit Namen grüßt: Man warte schon auf ihn. In Böhmers Büro versperren die Sonnenblenden die Aussicht auf die Stadt, nur ein schmaler Streifen Skyline ist zu sehen, die Klimaanlage gibt ein sanftes Rauschen von sich, füllt den Raum mit eiskalter, chemischer Luft. Heckler ist leger gekleidet, Everyday-Business, nicht mal Krawatte, die obersten zwei Hemdknöpfe offen, in der Jackettbrusttasche steckt eine Sonnenbrille. Voss dagegen übertrieben förmlich in Zweireiher, aber zumindest bleiben Meyer die Slipper mit Gummisohlen erspart, stattdessen trägt Voss altbackene Schnürer mit eckiger Kappe. Er hat einen nervösen Zug um den Mund, während er mit Meyer spricht, trotz Klimaanlage glänzt ein feiner Schweißfilm in Voss' Kinnkerbe, der Meyer leicht besorgt, doch Hauptsache: Voss ist hier. Es gab schon Termine, bei denen eine der Parteien nicht aufgekreuzt ist, Absprung in letzter Minute. Der Stau am Königsteiner Kreisel sei schlimm gewesen, klagt Voss, Auffahrunfall, alles dicht, er dachte schon, er schaffe es nicht rechtzeitig zum Termin. Meyer legt ihm sanft eine Hand auf den Arm, während Voss sich mit einem Taschentuch das Kinn abtupft. Die nervöse Braut. Voss braucht ein bisschen Ablenkung, Meyer fragt nach den Enkeln, während sie auf den Stühlen vor Böhmers Schreibtisch Platz nehmen, lässt sich von den Studienplänen des Ältesten in Boston erzählen, und endlich leuchtet in Voss' Augen Enthusiasmus auf, hier heute einen guten Deal zu machen, einen außerordentlich guten Deal. Ein Blick zu Heckler genügt, um zu sehen, dass auch er überzeugt ist, einen außerordentlich guten Deal zu machen, einen Arm entspannt über der Lehne des Stuhls, ein routiniertes Lächeln auf den Lippen, während er Meyer fast unmerklich zunickt.

Als Böhmer den Vertragstext verliest, hat Meyer Mühe, ihm zu folgen, sein Vortrag hat heute etwas Schleppendes. Voss wechselt immer wieder unruhig seine Sitzposition, Heckler sieht zwischendurch unverhohlen auf sein Telefon, Meyer spürt, wie er von der Kälte der Klimaanlage einen steifen Nacken bekommt, aber die schneidende Leere im Magen ist angenehm, der Kopfschmerz, der sich langsam hinter den Augen ausbreitet, hat etwas Einlullendes, das Kratzen der Unterschriften auf dem Papier verursacht mehr als die übliche Erleichterung, er hat plötzlich ein absurdes, heftiges Bedürfnis nach Schlaf, auch wenn an Schlaf nicht zu denken ist. Die Blonde bringt Veuve, aber Heckler trinkt nicht aus, er habe leider im Anschluss noch einen Termin, müsse gleich weiter; auch Voss stellt sein Glas zurück aufs Tablett. Unten auf dem Parkplatz sieht er mit leichter Geringschätzung dabei zu, wie Heckler in seinen weißen Turbo steigt, im Vorbeifahren zum Abschied noch einmal hupt, bevor er Richtung Taunusanlage davonbraust.

Ob Meyer oft mit Herrn Heckler zu tun habe.

Er sei langjähriger Geschäftspartner des Immobilienbüros, entgegnet Meyer. Sein Auftreten sei zugegeben etwas eigenwillig.

Voss nickt nur, aber sein Blick wird wieder mild, als er Meyer die Hand reicht. Also, Thomas, vielen Dank für alles. Dann steigt er ebenfalls in seinen Wagen. Voss und Heckler sind das ungleichste Paar, das Meyer je zusammengebracht hat, aber wenn der Preis stimmt. *Wenn der Preis stimmt.* Eine Sekunde hört er wieder Wijnvoords jovialen Bariton, spürt den Veuve in den Schläfen pochen. Keine Liebeshochzeit, aber trotzdem ein perfektes Matching. Härter erarbeitet als irgendeines zuvor. *Harte Arbeit hat noch keinem geschadet.* Wie oft der Vater das gesagt hat. Wie Meyer das gehasst hat. Als er den Parkplatz verlässt, fühlt er sich zugleich sehr voll und sehr leer, nein, leicht, er fühlt sich leicht, schadlos gehalten.

In der Bank ist es stickig, kaltweiße Deckenbeleuchtung und frühe Abendsonne tauchen den Raum in diffuses Zwielicht. Oben auf der Galerie entdeckt Meyer Sauter im Gespräch mit einem Mitarbeiter, aber eigentlich ist es nur Sauter, der spricht; der Angestellte nickt bloß knapp nach jedem Satz, hat seine Unterlagenmappe wie zum Schutz vor die Brust gedrückt, bis Sauter sich abwendet, in lockerem Trab die Treppen hinab in den Filialbereich nimmt. Kurz hebt er den Blick, sieht Meyer sekundenlang direkt ins Gesicht, erst leer, dann misstrauisch, bevor er in einem der hinteren Büroräume verschwindet. Das letzte Mal, dass er und Meyer gesprochen haben, war ein kurzes Hallo zwischen Tür und Angel im *Forty-Nine*, sicher sieben Jahre her. Seit Meyer bei Falber angefangen hat und wieder regelmäßig in die Filiale kommt, um Bargeld am Schalter abzuholen: nichts. Vielleicht weiß Sauter wirklich nicht mehr, wer er ist. Und wennschon. Wer ist bitte Sauter? Aber das ist genau der scheiß Punkt: *Wer ist Sauter*, dass er Meyer wie einen Einknicker behandelt hat, mild von oben herab, als er ihm sagte, er kündige bei der Bank, habe keinen Bock mehr, nur vorgekauten Müll zu verkaufen. Branchenwechsel: Immobilien, was zum Anfassen, da sei richtig Luft nach oben – Luxussegment. Sauter zuckte lapidar die Schultern. Bei einer leitenden Position wird es eben eng bei uns ohne entsprechenden Abschluss. Schaffen nur die Besten. Du kommst schon unter. Bist halt mit Herzblut Vertriebler, kein Lenker. Und hast ja Soft Skills, führst unseren Krüppel spazieren und so Nummern, 'ne menschelnde Ader ist immer gut im Verkauf. Logisch: Wenn für einen Endstation ist, sollte man gehen.

Endstation. Fuck off. Meyer will heute keine eintausend, er will zehntausend für diesen besonderen Abschluss, er will die Strahlkraft des Bündels aus violetten Scheinen, er will die zarte, feierliche Banderole mit Nennwert und Schriftzug der

Bank. Bei großen Summen kommt fast immer der Filialleiter oder Stellvertreter dazu. Falls es Sauter trifft, kann er Meyer nicht ausweichen. Mal sehen, ob er ihn wieder nicht erkennt.

Als Meyer an der Reihe ist, legt er Kontokarte und Personalausweis auf den Tresen, – Zehntausend in bar, bitte.

Zehntausend? Der Angestellte wirkt überfordert, ein Milchgesicht mit fliehendem Kinn, zugegelter Igelfrisur. Das Elend hat einen Namen: *Sascha Müller*, liest Meyer auf dem Schild am Revers.

Zehntausend Euro, Barauszahlung, wiederholt Meyer.

Haben Sie vorbestellt? Der Junge mustert ihn, als sei er ein Krimineller.

Seit wann bitte zehntausend im Stammhaus vorbestellt werden müssten? Meyers Ton lässt den Angestellten sichtlich zusammenzucken. Einen Moment, bitte, er frage das ab. Der Junge geht zu einem Kollegen nach hinten in den Beraterbereich, zweimal sieht der Kollege unverhohlen zu Meyer herüber, dann kehrt der Angestellte zurück an den Schalter, reicht Meyer Bankkarte und Personalausweis mit dem Hinweis, dass eine Vorbestellung durchaus sinnvoll sei – fürs nächste Mal – der Junge geht Meyer dermaßen auf die Nerven, dass er kurz davor ist, abzubrechen, aber er will Sauter sehen, das hat plötzlich Priorität, obwohl der Angestellte sogar die Frage nach der Stückelung vergisst. Alles muss man selber machen, – Bitte nur Fünfhunderter, Herr Müller. Und lassen Sie die Banderole dran.

Wieder das Zucken und dieser Blick, bevor der Junge Meyer in einen Nebenraum führt, ihn bittet, Platz zu nehmen. Es dauere leider einen Moment, wegen des Zeitschlosses. Ich weiß, erwidert Meyer kurz angebunden. Ob er ihm etwas zu trinken anbieten könne, Kaffee, Wasser, fragt der Angestellte hilflos. Dass so ein Dilettant unter Sauter überlebt. Es ihn überhaupt gibt. Mögen Sie Ihren Job?, fragt Meyer.

Entschuldigung?

Was Sie hier tun müssen. Kundenkontakt. Sachbearbeitung würde Ihr Potenzial vielleicht mehr zum Strahlen bringen.

Statt sich zu wehren, starrt der Angestellte ihn bloß sprachlos an, nicht mal Wut kann Meyer erkennen, nur ängstliche Ratlosigkeit, nervös wischt er sich die Handfläche seiner Linken an der Hose ab. Der Junge ist eine einzige Enttäuschung. In schwacher Position muss man Angst so tief in sich vergraben, bis man selbst glaubt, es sei keine da. Strategie A: Gegenangriff. Strategie B: Kooperation, schleim den anderen voll, wenn dir nichts einfällt. Stattdessen ergreift der Junge würdelos die Flucht: Er sei gleich zurück, stottert er, bevor er Meyer alleine lässt.

Als damals dieser Irre mit einer Holzlatte an Meyers Schalter kam, *Überfall*, die absurde Summe von drei Euro von ihm forderte – Sauter und Meyer machten sich zuerst lustig, hielten es für eine verlorene Wette: Die Bank habe das gerade nicht klein. Ob er auf einen Fünfer rausgeben könne. Als der Mann drohte, alles kurz und klein zu schlagen, legte Meyer Kleingeld aus eigener Tasche auf den Tresen, löste unbemerkt den stillen Alarm aus, während der Mann ihn beschimpfte, sogar nach ihm spuckte. Ein paar Straßen weiter wurde er von der Polizei gefasst. Meyer spürte keine Angst, aber in ihm war Angst, sonst hätte er dem Spinner keinen Cent gegeben. Erst am Abend übermannte ihn dieses Gefühl, das Angst im Grunde ist; das Gefühl, man bestehe nur aus Dreck. Aber das darf dich nicht kriegen, wenn es darauf ankommt.

Meyer lehnt sich zurück, beobachtet die Schatten durch die Milchglastrennwand, das weiche Durchscheinen des Filialhauptraums. Er erkennt Sauter an Statur und Gang, noch bevor er die Tür öffnet. Die Klinke gibt ein energisches Klacken von sich.

Meyer erhebt sich. Markus! Lange her.

Kurzes Erstaunen huscht über Sauters Gesicht, ihm scheint die Begegnung unangenehm vor dem jungen Kundenberater, aber zu Meyers Verblüffung geht Sauter voll in die Offensive, reicht ihm die Hand, stößt ein herzliches Lachen aus. Thomas – allerdings! Meyer erwidert Sauters kräftigen Händedruck mit Genugtuung, er wusste es, Sauter erkennt ihn. Souverän schlägt Sauter ein kurzes Floskel-Pingpong an: Gut siehst du aus! Wie geht es dir? Bestens. Selbst? Kein Grund zur Klage! – stellvertretender Filialleiter und Sauter trägt trotzdem noch Kaufhausanzug, aber das Ding sitzt wie sein Lächeln – Mensch, wie lang ist das her? Definitiv zu lang! Dann bricht Sauter ab: Vielleicht erst mal das Offizielle?

Der Angestellte öffnet die Geldtasche, zählt die Scheine ab, zwanzig makellose Banknoten, dann schiebt er das Bündel vorsichtig zurück in die Banderole, ein leichtes Zittern der Hände, als es nicht sofort gelingt. Schließlich verstaut der Junge das Geld in einem Umschlag, legt Meyer den Beleg für die Auszahlung zum Quittieren vor. Danke, Herr Müller, Sie können schon gehen, sagt Sauter, während der Angestellte Papier und Stift an sich nimmt. Ein letzter, vorsichtiger Blick trifft Meyer, bevor der Junge den Raum verlässt.

Ein bisschen verhuscht, der Herr Müller, kommentiert Meyer. Als Sauter lacht, ist das alte Funkeln plötzlich wieder da, ganz wie früher beim Afterwork-Drink.

Herr Müller muss leider von selbst merken, dass das hier nichts für ihn ist. Neffe vom Regionalleiter. Ich sag's dir, das ist, wie einem beim Sterben zusehen zu müssen, weil man nicht nachhelfen darf. Unmenschlich. Sauter lächelt trocken, dann nickt er Richtung Kuvert auf dem Tisch, vergräbt die Hände lässig in den Hosentaschen, – Wohin hat es dich denn verschlagen? Scheint ja zu laufen. Seine Stimme bekommt einen neuen Klang, locker, weich, plötzlich füllt er mit Sprache und Haltung den ganzen Raum aus. Sauters Begabung, nahtlos von Kälte auf Süßholz umzuschalten, hat Meyer immer mehr beeindruckt, als ihm lieb war. Er reicht Sauter seine Karte. Falls du mal was suchst. Steht ja vielleicht was an, jetzt nach der Beförderung. Sauters Mund verzieht sich geschmeichelt, er mustert die Karte: Opernplatz. Nice. Dann steckt er sie in die Brusttasche. Tatsächlich steht eventuell was an, aber mitten in der Umstrukturierung kann ich keinen Umzug brauchen, *Schöner Wohnen* muss warten bis nach den Jahresabschlusszahlen. Jetzt weiß ich ja, wen ich dann anrufe.

Ich habe schon gehört, die Geschäftsstelle Kaiserstraße wird geschlossen und mit dem Stammhaus zusammengelegt – bedauerlich, erwidert Meyer, aber Sauter zuckt die Schultern. Krise reinigt den Markt, auch in puncto Personal. Wir bündeln Kräfte, vergrößern den Kundenstamm in unserer Filiale auf einen Schlag um fast vierzig Prozent. Könnte kaum besser sein. Auf Kurs.

Meyer verstaut das Kuvert in seiner Aktenmappe; Sauter begleitet ihn bis hinaus zum Haupteingang. Gehst du eigentlich noch ins *Plankmann's*?, fragt er Meyer.

Ab und zu. Meyer durchströmt eine kindisch maßlose Freude, auch wenn er versucht, sie zu unterdrücken, als Sauter ihm im Gegenzug seine Visitenkarte zusteckt: Wenn du das nächste Mal hingehst, sag Bescheid.

Meyer wird nicht Bescheid sagen; keiner wird hier den anderen anrufen, aber darum geht es auch nicht, allein die Geste, der Punktausgleich zählt.

Er nimmt sich ein Taxi zur Goethestraße, ein Kauf soll den Tag abrunden. Der Verkäufer lächelt übertrieben freundlich, als Meyer den Laden betritt, die Anzüge auf den kopflosen, weißen Kleiderpuppen begutachtet. Es ist derselbe Verkäufer wie letztes Mal, als Meyer mit Nadja hier war: Ende dreißig, überpflegt, zu viel Aftershave, das schwarze Haar eng an den Schädel geklatscht. Nadja hat es ihm leicht gemacht, sich zu schnell hinreißen lassen, alles, was er sagte, quittierte sie mit einem *ja, schön, herrlich – Thomas, probier das mal an.* Jeder Verkäufer hätte das hingebracht. Meyer musste sich zusammenreißen, ihr nicht mit seiner von Minute zu Minute feindseliger werdenden Stimmung den ganzen Einkauf zu verderben.

Suchen Sie etwas Bestimmtes?

Nichts Bestimmtes, erwidert Meyer. Er will diesen Lackaffen scheitern sehen.

Ein Stück aus der Frühjahr-Sommer-Kollektion, taubenblaue Streifen auf grauem Grund, erklärt der Verkäufer, streicht sanft mit der Hand über den Stoff, hilft Meyer ins Jackett, bringt Krawatte und Einstecktuch. Meyer sieht dem Kerl durch den Spiegel direkt in die Augen, die ihn so aufmerksam betrachten, als gäbe es ein Stöckchen zu fangen. *Er war stets bemüht*, das ist es, was der Kerl ist, und bei dem ließ Nadja fast fünftausend Euro. Meyer prüft sein Spiegelbild, bevor er den Kopf schüttelt. Enthusiastisch schlägt der Verkäufer *etwas*

Mutigeres vor, bringt einen sandfarbenen Einreiher, – Perfekt für den Sommer!

Besser doch etwas Dunkles.

Etwas Dunkles, echot der Verkäufer. Mit Elan folgt ein schwarzer Einreiher, ein grauer Zweireiher mit hellgrauem Overcheck, ein blauer Anzug mit konstruiertem Schulterteil – besonders jung, sehr elegant! Erwartungsvoll sieht der Verkäufer Meyer an, nur um wieder enttäuscht zu werden. Über eine Stunde lässt Meyer ihn Modelle präsentieren, probiert an, wechselt Hemden, Krawatten, Einstecktücher, lässt Stücke aus dem Lager holen, verwirft jedes einzelne von ihnen, bis sich Erschöpfung im Lächeln des Verkäufers breitmacht, immer wieder presst er die Lippen aufeinander, als müsse er einem Krampf vorbeugen.

Kann ich noch mal den Anzug sehen, den ich ganz zu Anfang anprobiert habe?

Für den Bruchteil einer Sekunde verliert der Verkäufer die Fassung, geballte Unlust platzt in sein glattrasiertes Gesicht, bevor er leicht panisch einen Blick durch den Ladenraum wirft. Mein Gott, er weiß nicht mehr, welches Modell. Er weiß es nicht mehr.

Welcher Anzug war das noch gleich?

Wer ist der Verkäufer, Sie oder ich?

Der Mann stimmt mit wenig Überzeugung in Meyers Lachen ein, *Arschloch* deklariert jeder Muskel seiner Mimik, doch kurz glaubt, wünscht sich Meyer, dass der Kerl seine Haltung zurückgewinnt, der Anzug mit den taubenblauen Streifen hat ihm gefallen, er würde kaufen, wenn der Verkäufer jetzt die Kurve kriegt, aber er brettert voll in die Leitplanke: Ob das der Sandfarbene gewesen sei. Mit Bedauern betrachtet Meyer die kopflosen Kleiderpuppen, bevor er abwinkt. Er komme ein anderes Mal wieder, danke für die Mühe.

Als er hinaus auf die Straße tritt, schlägt er den Weg zum Juwelier ein. Die Messingglastür gibt einen weichen Summton von sich, als die Verkäuferin ihn einlässt. Er will heute nichts mehr für sich. Besser etwas für Nadja. Revanche für die Anzüge, Hemden, Seidenkrawatten, Krawattennadeln, Manschettenknöpfe, die kalbslederne Aktenmappe, die Handschuhe aus Chevreau, den Kaschmirmantel. Natürlich lässt Meyer sich das gefallen, verbieten kann er es Nadja ohnehin nicht, jeder seiner Versuche wurde stur vom Tisch gewischt. Die Freude, ihn zu beschenken, lasse sie sich nicht nehmen. Ihre Großzügigkeit hat etwas Rührendes. Unangenehm ist es ihm trotzdem. Als ergreife der andere Besitz von dir, wenn er dich anzieht. Alternativ muss Meyer gegensteuern, auch wenn jede Bemühung, gleichzuziehen, aussichtslos ist, gegen Nadjas Budget kommt er einfach nicht an.

Was er sich vorgestellt habe? Vielleicht einen Ring?

Meyer betrachtet die Ringe in der Auslage, aber er will ein Geschenk, kein Missverständnis. Besser Ohrringe oder eine Kette. Die Verkäuferin zeigt ihm ein aufwendiges Collier mit kleinen Brillanten und Tahiti-Zuchtperlen.

Geschenkte Perlen bringen Tränen, sagt man doch, erwidert Meyer halb im Scherz. Die Juwelierin lächelt nachsichtig. Ihr Ausdruck wirkt hölzern, alles an ihr, Mitte fünfzig, ihre kompakte Statur, das braune, streng hochgesteckte Haar, aber die Art, wie sie das Collier auf ihrer Handfläche hin- und herbewegt, das Licht auf den Perlen spielenlässt, hat etwas Beschwörendes. Das sei doch bloß Aberglaube, sagt sie. Und gelte nur für Hochzeiten.

Meyer will die Perlen trotzdem nicht. Kein Risiko. Es folgen ein Anhänger mit Smaragden, zu bieder, ein gelbgoldenes Collier, zu mächtig, eine Kette mit Lapislazuli und Akoya-Zuchtperlen.

Ich sagte doch: keine Perlen.

Stoisch zeigt die Frau ihm ein Paar Ohrringe, als sei er die Mühe eigentlich nicht wert, Meyer hält nichts von diesem Verkaufsstil, aber ihr steht er irgendwie. Als Meyer die Ohrringe ablehnt, mustert die Frau ihn durchdringend, bevor sie plötzlich seufzt, ihn ernsthaft *anseufzt*, tief und verärgert, – Welches Schmuckstück trägt die Dame denn zurzeit häufig? Wenn Sie es nicht wissen: Lügen Sie nicht. Damit tun Sie keinem von uns einen Gefallen.

Meyer ist so überrumpelt, dass er kurz ins Stocken gerät.

Eine Kette, antwortet er endlich. Mit Korallen.

Sicher?

Sicher.

Korallenäste oder zu Kugeln geschliffen?

Zu Würfeln geschliffen.

Durchgängig aufgefädelt?

Nein, an drei unterschiedlich langen Ketten.

Material?

Gelbgold.

Die Aussage scheint der Juwelierin zu reichen. Sie holt ein samtbezogenes Tablett mit Ohrringen aus der Schublade, lässt ihren Zeigefinger behutsam von Detail zu Detail wandern: Korall-Tropfen, die Steckerfassung mit Jade, pinken Saphiren und Brillanten besetzt. Dann hebt sie den Kopf mit einem Anflug von kühlem Triumph.

Die nehme ich, sagt Meyer, ohne zu zögern.

13

Romeo, Blanco, Django, Baby

Meyer spürt sein Hemd nass am Rücken kleben, trotz des leichten Leinenanzugs, es ist unerträglich heiß, über dem staubigen Boden flimmert die Luft, und an den Stahlzäunen hängen die schwarz-gelben Banner von *Heckler Bau* so ölig glänzend und schwer, als wollten sie in der Hitze langsam zerfließen. Meyer lockert das Gurtband des Bauhelms, während der Bauleiter gegen den Lärm der Maschinen anschreit: Das hier wird als Nächstes abgetragen! Da drüben kommt der B-Komplex hin! Er tippt mit seinem fleischigen Zeigefinger auf den Plan, aber Meyer hört nur halb hin, während er zu der offen klaffenden Fassade aufsieht, den steil in die Höhe ragenden, dachlosen Wänden, aus denen der Greifer des Abrissbaggers gemächlich Stücke herausbricht. Man erkennt noch die einzelnen Stockwerke, Schatten von Möbeln und Bildern an den Wänden, kann sehen, wo Küchen und Bäder waren, gekachelte Wandstücke, rostige Rohrleitungen, die jetzt ins Nichts führen. Über den holprigen Brettergang führt der Bauleiter Meyer auf die Ostseite des Geländes, die Schaufensterscheiben der Schuhmacherei sind bereits herausgebrochen, die Tür entfernt, das Lindgrün der Wände leuchtet noch fahl zwischen dem aufgetürmten Bauschutt, der die Sicht auf das ohnehin leergeräumte Innere versperrt. Meyer hat Kai das gesamte Ladeninventar überlassen, umsonst, Maschinen, Werkzeug, Einrichtung, Material. So weit ging Wiesmanns Stolz nicht, dass er dieses Angebot ausgeschlagen hätte. Noch ein klares Win-Win, die Entrümpelung wäre Meyer teuer gekommen, allein die Maschinen. Er wollte den Scheiß einfach nicht mehr sehen.

Das Kind braucht einen Namen, hat Heckler breit lächelnd gesagt, unser Werber lässt sich was Schönes einfallen. Jetzt hat das Kind einen Namen: *The Metropolitan West*. Geplant sind vierzehn großzügige Eigentumswohnungen, ein Penthouse mit Dachgarten, das Innenleben jedes Apartments High End, die Außengestaltung elegant, klar, Fassadenbänder aus Muschelkalk, Fenster bodentief, ebonyschwarz, Meyer hat von Heckler den Alleinauftrag für das Apartmenthaus bekommen, er kann es kaum abwarten, der Vertrieb von vierzehn Eigentumswohnungen, das wird umwerfend, Gold, mitten ins Herz.

Vor zwei Tagen hat Falber Meyer ins Büro gerufen, bat ihn, Platz zu nehmen, *Rosebank*, zwei Gläser. Dann ließ er sich in seinen Ledersessel sinken, atmete einmal tief ein, bevor er wehmütig und zugleich mit kaum zu unterdrückender Euphorie sagte: Thomas, Wiesbaden braucht mich! Seit heute Morgen ist es offiziell. Ab Oktober will sich Falber für geraume Zeit ganz auf Wiesbaden konzentrieren. Ab Oktober übernimmt Meyer Frankfurt. Leidenschaft wolle er, sagte Falber, Gespür, *Hands-on*-Mentalität, einen, der, wenn es darauf ankomme, Himmel und Hölle in Bewegung setze. Meyer habe verstanden, worum es geht.

Soll ich Ihnen sonst noch was zeigen?

Der Bauleiter wendet sich Meyer zu, sein Gesicht trägt den Ausdruck angestrengter Servilität, der seine Unlust nur schlecht verbirgt. Dilger werde Meyer 'ne nette Tour machen, sagte Heckler jovial, als Meyer anfragte, ob er eventuell die Baustelle besichtigen dürfe. Dilger weiß, Meyer ist nur der Makler, der ihn von der Arbeit abhält, seit mittlerweile einer geschlagenen Stunde. Meyer bedankt sich. Er hat genug gesehen.

Als er zurück ins Büro kommt, hört er hinter der Tür zur Teeküche Gläsker, er klingt aufgebracht, eine Sekunde später ertönt Fresingers Stimme, wie immer nasal und etwas spöttisch. Meyer tritt näher an die verschlossene Tür. Eine Schublade knallt. Schritte. Etwas wird hart auf dem Küchentisch abgestellt.

Neun Jahre loyal! Für was?

Ja, das ist völlig unverständlich, pflichtet Fresinger bei.

Meyer tritt noch näher, berührt mit der Wange fast das Holz der Tür.

Dass er diesem Blender die Leitung anvertraut! Was hat der denn vorzuweisen? Irgendein Bezahl-Diplom und blutige Knie von dem ganzen Rumgerutsche vor Falber! Ich – habe – studiert!, skandiert Gläsker. An einer *echten* Universität!

Vielleicht vertraut er mir einfach mehr.

Als Meyer in den Raum kommt, fährt Gläsker herum. Fresinger, der an der Küchenzeile lehnt, richtet sich erschrocken auf, aber sein überraschter Ausdruck springt in schaulustige Erwartung um, während Gläsker Meyer bloß anstarrt, ein Fläschchen Kaffeesahne in der Hand; ein armseliges Bild. Meyer nimmt sich eine angewärmte Espressotasse von der

Maschine, lässt sich gelassen einen Kaffee aus dem Automaten, das schrille Mahlen der Bohnen erfüllt den Raum, bevor die Maschine unter sanftem Brummen Meyers Tasse auffüllt.

Oder du hast es einfach nicht drauf, Gläsker, da nützt auch ein Universitätsabschluss nichts. Aber vielleicht fehlt mir die Expertise, das zu beurteilen. Meyer schüttet Zucker in seinen Kaffee, rührt um, wirft den Löffel geräuschvoll in die Spüle. Hier steht doch noch ein *echt* Studierter – was meinst du, Fresinger?

Fresinger lacht verhalten, schüttelt den Kopf. Oh, zieh mich da nicht rein, ich bin nur studierter Halbjurist – erstes Staatsexamen, dann hingeschmissen.

Und trotzdem hier. Gratuliere. Meyer trinkt den Espresso in einem Zug, er kann sehen, wie blanker Hass in Gläsker aufsteigt, mit gezwungener Ruhe stellt Gläsker die Sahne auf dem Tisch ab, bevor er ohne ein weiteres Wort die Küche verlässt.

Als Meyer am Abend in seine Wohnung kommt, strömt ihm der neue Raumduft entgegen, Mandarine, Bergamotte, Rosenholz, Ambra, gemischt mit dem Geruch von Leder und Möbelpolitur. Nadja hat jetzt einen Schlüssel zu seiner Wohnung. Immer wenn Zürich ihr eine Pause ließ, hat sie bei ihm zu Hause geplant, vermessen, schließlich geräumt, Stück für Stück ausgetauscht. Kein einziges Möbelstück hat sie ihm gelassen, nicht eine Tasse, nicht ein Glas. An was er hänge?, fragte sie. Als er sagte, an nichts, war das Legitimation zu Tabula rasa. Das Wohnzimmer dominiert jetzt eine große, mokkafarbene Ledercouch, davor ein langer Chromtisch mit dunkel geäderter Travertinplatte, ein handgeknüpfter Teppich aus Dandong-Seide. Alles in seiner Wohnung beeindruckt ihn, als sei er bloß zu Gast bei jemand viel Wichtigerem als ihm selbst.

Bitte sei ehrlich. Gefällt es dir wirklich?

Es ist perfekt.

Er kann den Baustellenstaub noch im Stoff seines Anzugs riechen, als er ihn ablegt. Das verlangte Smart Casual-Outfit für heute Abend hat er schon vor zwei Tagen gewissenhaft zusammengestellt, Sommerfest der *Sozietät Frankfurt*, 19 Uhr, Villa Brandt am Palmengarten, dunkles Sakko, Chinos, Van-Laack-Hemd, perlrosé, gestrickte, nachtblaue Seidenkrawatte, Loafers, Crockett & Jones. Jede Veranstaltung im Club ist immer noch eine Herausforderung. Fünf Stück hat er bereits fehlerlos hinter sich gebracht, aber es blieben steife Stehpartys mit unüberschreitbaren Bewegungsgrenzen, war Nadja nicht in seiner Nähe. Nach jeder Veranstaltung entschuldigte sie sich, sie müsse sich eben blickenlassen, sie lasse sich ohnehin viel zu selten blicken, sie sei froh, dass er das ertrage. Wenn es Nadja zu viel wird, nimmt sie jedes Mal unauffällig seine Hand, verschränkt ihre Finger spielerisch mit seinen, bevor sie zudrückt, bis es wehtut. Er liebt die Veranstaltungen im Club, aber das sagt er ihr nicht. Je anstrengender die Leute, desto besser, die Eroberung der Schwierigen, Schwergewichte mit einer Fassade wie Sichtbeton, die Erbin einer Backwarenkette, der Aufsichtsratsvorsitzende eines Versicherungskonzerns, wo sonst kommt er so dicht auf dicht an solches Material. Selbstredend wirbt man nicht, informiert nur über Möglichkeiten, wird auf Stichwort nachgehakt, *aktuell sei die Anfrage nach Pieds-à-terre tatsächlich absurd, aber die Vorteile eines Stadt-Apartments liegen ja nicht nur in der Wertsteigerung, sondern vor allem im Komfort der kurzen Wege.*

Warme Böen reißen an den üppigen Fliederbüschen, treiben einen Schwall Blütenblätter wirbelnd über den Gehsteig, als er die Villa Brandt erreicht. Ein Sommergewitter kündigt sich an, aber selbst, als es zu tröpfeln beginnt, holt Meyer nur den Schirm aus dem Wagen, stellt sich dicht an die Steinmauer abseits des gusseisernen Eingangstors. Ohne Nadja will er das Clubhaus nicht betreten, auch wenn er als ihr Gast angemeldet ist. Sie ist eine Viertelstunde zu spät, ihr Taxi dreht gewagt in der engen Straße, hält mit schwerfälliger Selbstverständlichkeit halb auf dem Gehsteig. Meyer öffnet Nadja die Tür, hilft ihr beim Aussteigen. Sie trägt ein knielanges graues Kleid, mit grüner Seide überzogene Slingpumps und, zu seiner Freude, die Korallen-Ohrringe, aber ihre Augen strafen ihn vorwurfsvoll.

Warum bist du nicht reingegangen, es regnet doch!

Damit du ohne Schirm zum Clubhaus laufen musst?

Ihr makellos roter Mund wird wieder mild und küsst ihn.

Du bist manchmal so rührend.

Im Garten drängen sich die Gäste unter den großen Pavillons zusammen, die dampfige Luft ist erfüllt vom Geruch aus Gegrilltem, Wogen von Parfum und Aftershave und bald gärigem Champagner- und Weinatemdunst. Eine Weile beobachtet Meyer die Souveränität der Servicekräfte mit ihren beladenen Tabletts in der Menge, kein Streifen, kein Berühren der Gäste. *Gute Geister,* Meyer schauert plötzlich, diese Dienstleistung, gesichtslos in aller Gegenwart des Kunden. Als eine Kellnerin mit Kanapees zu ihm kommt, versucht er, ihr direkt in die Augen zu sehen, aber es scheint sie bloß zu verunsichern. Parmesan-Oliven-Plätzchen mit Rucola, Tatar vom Ziegengouda auf Pumpernickel, Scampi im Noriblatt, erklärt sie und sieht fest hinab auf ihre Häppchen. Die Charity-Hostessen sind weniger subtil, ihre Cocktailkleider erlauben gerade so viel Haut, um den Männern was zu bieten, ohne die Frauen zu verprellen, während sie einem ihre Sammelboxen unter die Nase halten. Keine Veranstaltung ohne Spendeneintreibung, heute für *Frankfurter Hilfe für krebskranke Kinder e. V.*, zusätzlich geht von jedem verkauften Glas Champagner die Hälfte des Preises an den Verein. An Nadja hat sich inzwischen eine ihrer weniger angenehmen Freundinnen festgebissen, Elisa Kamp ist äußerlich der missglückte Versuch einer zweiten Nadja. Die teils wagemutig geschnittenen japanischen Designer-Kleider lassen sie plump wirken wie ein Kleinkind, das Weißblond macht ihr speckiges Gesicht konturlos. Ihr einziger Vorzug: Sie mag Meyer. Auf kurz oder lang ist die Gunst der Freundinnen deiner Freundin kriegsentscheidend, deshalb erträgt er Elisas Geschwätz über ihre Galerie direkt hinterm Dom und ihre bereits beträchtliche Kunstsammlung, gibt sich interessiert, schwärmt sie von heiß gehandelten Wunderkindern, hart umkämpften Shootingstars, von denen Meyer noch nie gehört hat, aber routiniert nickt, später googelt, um nächstes Mal das richtige Schlagwort einzuwerfen: *mixed media, digital creative, Schwarzlichtkunst*. Nadja arbeitet systematisch ab, scannt die Umgebung, mit wem gesprochen werden muss, als teile sie sich vorab in Stücke auf, um sich anschließend zu verteilen. Meyer liebt ihre Mühelosigkeit, mit der sie elegant jeden noch so engen Kreis aufbricht, der Tausch an Komplimenten ist ein Wettbewerb, ein Erhitzen der Temperatur jedes Gesprächs, das folgt, bevor man tiefer geht wie eine Nadel durch die Hautschichten. Man muss die Oberfläche verstehen, um die Tiefe zu begreifen, sagte

Nadja, es gibt keine Tiefe ohne Oberfläche. Sie sagte das über einen Art-déco-Sekretär. Aber Meyer ist sicher, sie wusste, was sie da sagte, war mehr als etwas über ein Möbel.

Sein Bekanntschaftsbeifang ist heute beachtlich, ein Pharma-Manager, ein Süßwaren-Manager, ein Ärztepaar, ein Vermögensverwalter, der geschäftsführende Gesellschafter eines Abfallverwertungsunternehmens, die Chefin eines Personaldienstleisters, und, der größte Erfolg: Nadjas Mutter fasst ihn sanft am Arm, sie müsse ihn kurz zu Frau Degenhardt und Frau Götz entführen. Sandra spreche gerade von ihm, da dachte sie, sie hole ihn dazu. Eine Entführung durch Frau Schering, ein Ritterschlag, mehr, die erste offizielle Komplizenschaft, unterstrichen von Sandra Götz' sahniger Erzählung vom Albtraum der Taunusvilla und vom reibungslosen Verkauf.

Aber mein Apartment ist kein Albtraum – sanierter Altbau, Dichterviertel, wirft die Degenhardt ein, bevor sie Meyer ansieht, stocktrocken: Es ist mir nur zu klein.

Nach einer etwas zähen Runde mit einem von Nadjas ehemaligen Studienkollegen fühlt er ihre Hand in seiner, ihre Fingerspitzen drücken sanft zu, bevor sie ihn in Richtung Clublounge lotst. Als sie sich in eine der Sitznischen zurückgezogen haben, neigt sich Nadja ihm zu, flüstert fast, als sie sagt, – Ich habe etwas für dich, gerade vorhin noch abgeholt. Meyer spürt ein Ziehen in der Brust, als sie verstohlen nach ihrer Tasche greift. Mach die Augen zu.

Als er sie wieder öffnet, steht eine Schatulle aus glänzend lackiertem Edelholz vor ihm auf dem Tisch. Das Ziehen in der Brust heftig, als er das eingelassene Emblem auf dem Deckel erkennt. Ein Lilienkreuz. Ein Calatravakreuz. Er müsse jetzt dringend, bevor er sterbe, noch einen Sohn in die Welt setzen, scherzte Falber, als er sich seine Patek zulegte. Es heiße ja: *Eine Patek Philippe gehört dir nie wirklich, du passt nur auf sie auf für die nächste Generation*. Allein das Gewicht des Deckels, die Weichheit, mit der er sich zurückklappen lässt, der Geruch, die Kühle und Glätte des Holzes schüchtern Meyer ein. Er hat Mühe, das leichte Zittern seiner Hände zu verbergen, als er die Schatulle öffnet. Die Uhr ist atemberaubend in ihrer arroganten Schlichtheit, das runde Gehäuse weißgold, hochglanzpoliert wie aus einem Guss, das Zifferblatt elfenbeinfarben mit weißgoldenen Dauphinzeigern und dezenten, facettierten Indexen, Meyer kann zuerst gar nicht antworten, als Nadja fragt, ob ihm die Uhr gefalle.

Wenn er vor dem Juwelier am Rossmarkt oder auf der Goethestraße steht, kommt ihm auch dieses Ziehen in der Brust, aber flüchtig, freundlich, betrachtet er die Uhren in der Auslage, kostspielige, aber bezahlbare Modelle. Drei gute Uhren besitzt er, die Uhr muss konkurrenzfähig sein im Tagesgeschäft, beim Kunden kann man nicht mit der Quarzuhr aus dem Kaufhaus aufkreuzen. Aber eine Patek ist nicht tragbar. Maßlos. Aber. Mein Gott, diese Uhr. Diese Uhr bereitet körperliche Schmerzen. Der Preis dieser Uhr muss selbst Nadja wehgetan haben.

Das kann ich unmöglich annehmen.

Natürlich kannst du. Du musst. Ich habe mir so viel Mühe gemacht, die Uhr für dich auszusuchen, schon vor Monaten bestellt, eigentlich für deinen Geburtstag, aber jetzt gibt es ja einen ganz aktuellen Anlass. Eine Leitung Frankfurt braucht eine besondere Uhr.

Nadja öffnet Meyer die Schließe seiner Datejust, streift sie ihm ab und legt ihm behutsam die Patek an. Meyer kann das sanfte, rasche Ticken des Uhrwerks hören, betrachtet den präzisen Lauf des Sekundenzeigers bei seiner Umrundung. Herrlich. Bedeutungslos, wie viel Uhr es ist.

Ich kann das wirklich nicht annehmen, wiederholt er.

Hör auf, das zu sagen. Oder gefällt dir die Uhr doch nicht? Hättest du lieber ein anderes Modell gehabt? Etwas Sportlicheres?

Nein, bitte, Nadja, die Uhr ist umwerfend.

Er weiß, die Uhr abzulehnen käme einer Beleidigung gleich; als lehnte er Nadja selbst ab. Der Preis dieser Uhr ist kein Geschenk, der Preis ist wie eine Opfergabe. Er darf sie nicht ablehnen. Und eigentlich will er auch nicht. Schließlich legt er seine Datejust langsam in die Schatulle und verschließt den Deckel. Die Patek behält er an.

Ich hoffe, du weißt, wie sehr du mich in Verlegenheit bringst, Nadja.

Sie nimmt sein Gesicht in beide Hände, küsst ihn, schüttelt den Kopf, – Sei nicht albern. Du und verlegen.

Nadja! Ich bin schwer enttäuscht! Noch kein Hallo zu deinem eigenen Bruder!

Konstantin Scherings heller Tenor lässt Meyer unweigerlich zusammenzucken. Nadja steht freudig vom Tisch auf, lässt sich von ihrem Bruder umarmen; Meyer reicht er wohlgefällig die Hand, bevor er ungefragt an ihrem Tisch Platz nimmt, ein Kellner ist sofort zur Stelle. Was trinkt ihr?, fragt Schering, deutet auf die Flasche im Kühler, aber ordert, ohne Antwort abzuwarten: Ach, bringen Sie einfach noch so eine. Konstantin Schering straft mit jedem Schritt, jeder Geste, jedem Blick seine Umgebung für ihre Nichtigkeit ab. Jedes Mal bricht

Meyer der Schweiß aus, trifft er auf ihn, er kann nichts dagegen tun. Er hasst sich für seine irrationale Furcht vor Schering, vor dessen Uneinnehmbarkeit. Etwas, das sonst Meyers Ehrgeiz befeuert, lähmt ihn bei ihm, die Ohnmacht, dass du nichts hast, was der andere von dir will, außer, dass du ihm aus den Augen gehst. Als Nadja sich für einen Moment entschuldigt, ist Scherings Schweigen so allumfassend und kalt, dass Meyer nicht wagt, es zu brechen. Schering ist einer von diesen Selbstverzehrern, die fähig sind, sich allein vom eigenen, ungebremsten Wachstum zu speisen, die anschwellen zu einem in sich selbst verkeilten Monster, das nichts braucht außer sich. Meyer weiß, Schering will ihn nicht in Nadjas Nähe haben, das zwischen ihnen geht ihm offensichtlich schon viel zu lang, aber das ist kein Grund für diesen kopflosen Zustand, in den Schering Meyer jedes Mal versetzt – wann hat ihn Feindseligkeit bitte je so aus der Fassung gebracht?

Sag mir, was das ist! Meyer schilderte Koll jedes noch so nichtige Detail, Scherings Werdegang, alles, was er rauskriegen konnte, Louisenlund, St. Gallen, leitende Funktion im Bankhaus, Scherings Größe, Statur, makelloses Aussehen, Krawatten in schreienden Farben, die ihm trotz allem stehen, Meyers Unfähigkeit, länger als eine Sekunde seinem Blick standzuhalten, der Drang, ihn unablässig zu beobachten, ist er im Raum, die plötzliche Enge in der Kehle, wenn er bloß an ihn denkt. Er könnte fast heulen, das ist es, er könnte fast heulen, und er weiß nicht, warum. Schering ist wie eine scheiß Krankheit. Koll hatte dafür nicht mehr übrig als ein Lachen.

Ich sag dir, was das ist: hilflose Ehrfurcht. Weil du gern wärst wie er.

So ein Schwachsinn.

Du kannst niemanden einnehmen, der dich so vollständig eingenommen hat. Um nur einen Hauch von Gleichgewicht zu erreichen, müsste man sich die eigene Haut abziehen und den anderen dazu bringen, sie zu fressen. Es gibt zwei Dinge, für die der Mensch alles tut, was er tut. Geliebt zu werden von der größtmöglichen Zahl an Menschen. Wenn das nicht funktioniert: Gefürchtet zu werden von der größtmöglichen Zahl. Überwiegt eins oder zwei bei Schering? Zwei? Dann kann er nicht so gut sein, wie du glaubst. Behalt deine Haut.

Als an der Bar ein Glas zu Bruch geht, verwendet Schering eine Weile seine volle Aufmerksamkeit, dem Kellner beim Aufsammeln der Scherben zuzusehen, während die Frau, der das Missgeschick passiert ist, hektisch versucht, ihr Kleid mit einer Serviette zu trocknen. Schau dir das an. Schering schüttelt den Kopf. Statt ihr mehr Servietten zu bringen, kriecht er auf dem Boden rum und wischt das Parkett, das in seinen hundertfünfzig Jahren sicher mehr geschluckt hat als ihr Kleid. Schering schenkt sich Wein nach, dann rammt er die Flasche zurück in das Eis des Kühlers. Es gibt ja die Theorie, dass jeder Angestellte dazu tendiert, bis auf das Level seiner Inkompetenz aufzusteigen. Auf dem Höhepunkt der eigenen Karriere arbeiten wir also am ineffizientesten. Schering nippt an seinem Wein. Nadja erwähnte gerade, du bist befördert worden? Hörte sich nach einer großen Sache an. Dann wirft er einen Blick auf die Patek an Meyers Handgelenk. Übrigens, die Uhr kann dich tragen, du trägst nicht auf. Nadja hatte ja schon immer ein Faible fürs Ordinäre.

Mein Gott, ich habe gerade die Frau vom Buhrmeister getroffen, stößt Nadja aus, als sie zurück an den Tisch kommt. Die ist wirklich – Thomas, was ist los? Du bist so blass.

Das Wetter. Meyer bringt sein Gesicht in Ordnung. Es war sehr heiß auf der Baustelle.

Nicht, dass das ein Sonnenstich ist, damit ist nicht zu spaßen. Schering klopft Meyer freundlich auf die Schulter, bevor er sich erhebt. So, ich muss jetzt mal den alten Herrn von Brehm suchen, den habe ich heute noch nicht erwischt.

Als Schering zielstrebig in Richtung Ausgang läuft, gleichen die fast unmerklichen Ausweichmanöver der anderen Gäste einer sanften Woge durch den Raum. Kaum einer sieht Schering dabei an, als nähmen sie ihn nur als etwas aus dem Augenwinkel wahr, in dessen Weg man nicht stehen möchte.

Als Schering den Raum verlassen hat, erhebt sich auch Meyer. Kurz hat er das Gefühl, seine Beine wollten ihm wegsacken. Ob sie nicht mal die Location wechseln wollen.

Nadja sieht verblüfft zu ihm auf. Jetzt noch? Wohin?

Santiago, Moselstraße.

Nadjas Augen leuchten, als er das sagt, aber dann sieht sie skeptisch an sich herunter. In dem Aufzug?

Klar. Scheiß drauf, sagt er, und sie lacht. Er will was richtig Ordinäres sehen, er will Bahnhofsviertel-Bodensatz, Eintrachtwimpel, das nervöse Dudeln von Spielautomaten. Die Kneipe ist brechend voll, Nadja und Meyer suchen sich einen Platz an der Bar. Keine Viertelstunde, und sie bekommen Gesellschaft, wie meistens, durch Nadja. *Turbo Lover* oder *Can I Sit Next To You Girl?*, fragt sie ein Hagerer mit geröteten Augen, deutet Richtung Jukebox. Nadja lacht, sieht unsicher zu Meyer, aber die Frau neben dem Kerl kommt ihr mit der Antwort zuvor, fordert *Genesis*, nicht ohne missgünstigen Seitenblick auf Nadja. Meyer glaubt, die Leute zu kennen, den

Hageren, die Frau, aber die Staffage im *Santiago* ist austauschbar, Meyer kennt keinen von ihnen. Die zwei gefallen ihm, vulgär, trotzdem handzahm, bereits ziemlich betrunken, die will er für eine Weile, er gibt eine Runde aus, Bier, Korn, Piccolo. Der Hagere hat das Konterfei eines Schäferhundes auf der Wade, das Tattoo sieht aus wie jedes auf den ersten Blick, wie Schmutz auf der Haut. Etwas, das Meyer anzieht und abstößt; dass einer sich freiwillig mit einem Schmutz befleckt, der sich nie wieder abwaschen lässt. Die Frau legt ihm einen Arm um die Schultern, zeigt ihm Fotos von ihren Sittichen auf dem Handy, *Romeo, Blanco, Django, Baby,* bevor sie plötzlich von ihrem Barhocker aufspringt, der Hagere war wieder an der Jukebox, *Verdammt, ich lieb dich,* er fasst sie eng um die Hüften und verschüttet sein Bier, während sie emphatisch Textbrocken mitsingt.

Als Meyer auf die Toilette geht, steht am hintersten Pissoir ein schmaler Typ mit Basecap in Trainingsjacke, Meyer hält Abstand, will die Kabine nehmen, aber als der Kerl sich die Hose schließt, spült und ihn ansieht, lacht er plötzlich auf.

Ey, Scheiße! Tom?

Für eine Sekunde kann Meyer das Gesicht nicht zuordnen, sein Kopf fühlt sich an wie in Mullbinde gepackt, obwohl er darauf geachtet hat, sein zweites Bier kaum anzurühren. Der Kerl breitet die Arme aus, kommt auf ihn zu, Meyer weicht einen Schritt zurück, dann erkennt er ihn endlich, René Zeller strahlt übers ganze Gesicht, entblößt eine Reihe schlechter Zähne, gräulich im Neonlicht des Toilettenraums. Er hält Meyer die Rechte zum Handschlag hin, zieht ihn zu sich und klopft ihm freudig auf den Rücken, als Meyer etwas zögerlich einschlägt.

Seit 'ner halben Stunde hock ich da und überleg, is' er's oder nicht: der Kerl in dem Bonzenaufzug! Ich glaub, ich hab dich auch im Viertel gesehen, schon was her, in der Frankenallee, aber war mir nicht sicher. Kann das sein?

Kann sein. Meyer ist so überrumpelt, dass er nicht mehr herausbringt.

Was machst du jetzt? Noch bei der Bank?

Meyer verneint.

Makler.

Versicherungen?

Immobilien.

Budenchecker. Zeller grinst, dann mustert er Meyer unverfroren von Kopf bis Fuß. Sieht nach 'ner Menge Asche aus. Wusste, du machst mal Asche.

Meyer will nicht nachfragen, aber dann fragt er doch. Und was machst du jetzt? Er weiß, was er hören wird, aber er muss einfach fragen. Ob das mit dem Pilot.

Nee, Mann, hat nicht geklappt. Zeller zuckt die Schultern, als schüttle er etwas ab, dann fährt er sich mit einer Hand über den Hinterkopf, schiebt sein Basecap weit in den Nacken. Hab 'ne Weile in Zeitarbeit am Flughafen gearbeitet, Bodenpersonal, aber ehrlich gesagt: übelst Scheiße. Parkhausbereich. Zeller steckt sich eine Kippe an, dann nickt er mit dem Kinn in Richtung der Klotür, scheint *da draußen* zu meinen. Die Blonde mit dir an der Bar – deine Freundin?

Als Meyer bejaht, nickt Zeller anerkennend, ascht in das Pissoir neben sich, die Glut zischt leise. Ich mache jetzt eben, was ich schon immer gekonnt habe, fährt er fort, *Versorgen*, als Nebenerwerb, Aufstocker halt, sein Zwinkern sieht aus wie eine Zuckung. Meyer riecht Zellers Wodka-Bull-Atem, süß und chemisch, als er fragt, – Braucht ihr heute Abend zufällig was? Was zum Pudern? Freundschaftspreis.

Danke, ehrlich, aber nein.

Wir könnten auch zu mir, *Reunion*, bisschen Party, bisschen chillen, ein paar Leute von mir wollen auch noch kommen.

Hey, ein andermal. Heute ist leider Abend zu zweit. Ansage. Haussegen und so.

Klar, sorry, kein Thema. Zeller wirkt ernsthaft enttäuscht.

Wir wollten auch gerade los, fügt Meyer entschuldigend hinzu. Eine unangenehme Pause entsteht, Meyers Blick streift sein eigenes Spiegelbild, das perlroséfarbene Hemd, das gemusterte Einstecktuch in der Brusttasche des Sakkos, neben Zeller kommt er sich vor wie ein Clown. Sie sehen beide alt aus im Neonlicht, die Gesichter grau, hart, abgenutzt, aber unter dieser Patina eigentlich nicht anders als vor fünfzehn Jahren, als sie zusammen auf der Emser Brücke standen, Blick über die Schienen des stillgelegten Güterbahnhofs, Blick bis zu den Türmen im Bahnhofsviertel. Auf der Brücke war das immer ein Gefühl, als stehe man mit dem Rücken zum Rand der Welt, nur noch einen Schritt nach hinten, und man falle.

Meyer greift nach seiner Geldbörse. Ach, was soll's, hau her, was für später. Aus Mitleid kauft er Zeller ein halbes Gramm ab, ziemlich sicher der letzte gestreckte Mist.

Gib mir deine Nummer, ich ruf an, wenn nächstes Mal was steigt. Zeller zieht sein Handy aus der Tasche, hält erwartungsvoll inne, bis Meyer diktiert. Kurz glaubt Meyer, er bringe es nicht übers Herz, Zeller eine falsche Nummer zu geben, aber dann dreht er doch die letzten zwei Ziffern.

Nadja sieht ihn fragend an, als er zurück an die Bar kommt und Zeller ihm zum Abschied etwas zuruft, Daumen und kleinen Finger am Gesicht wie ein Hörer. Meyer nickt, winkt, wendet sich ab, fasst Nadja sanft am Ellenbogen, – Komm, lass uns heim. Zu mir.

Wer war das?

Nur ein Bekannter. Weniger als ein Bekannter, einer von der Installationsfirma für ein neues Sanierungsprojekt von Falber. Frankfurt ist ein Dorf. Meyer lacht. Nicht mal pissen kannst du unerkannt.

Auf dem Schaumainkai lässt er das Fahrerfenster herunter, checkt im Rückspiegel, ob niemand hinter ihnen ist. Dann wirft er das Briefchen mit dem Koks aus dem Fenster. In der Tiefgarage packt er Nadja vor dem Lift, küsst sie, bevor sie sich aus seinem Griff lösen kann und mit ihm in die Kabine stolpert, sie erlaubt ihm eine Hand unter ihrem Rock, presst ihm ihren Schenkel fast schmerzhaft zwischen die Beine. Er hält inne, mustert ihren Mund, diesen nach Stunden immer noch beschissen makellos roten Mund. Kauf dir einen anderen Lippenstift, zwingt er zwischen zwei Küssen hervor, Nadja drückt ihn grob von sich, Was soll das? Gefällt der dir nicht? Er stößt mit dem Rücken die Lifttür auf, zieht Nadja mit sich hinaus in den Flur. Doch, aber kauf dir einen, der mehr verwischt.

14

Courtage des Jahres

Meyer packt ein leichter Schwindel, als er hinauf zum Richtkranz sieht, hoch oben auf dem Dach. Wie schnell das Haus gewachsen ist, Meyer kann es kaum glauben. Sein Baby. Hinter dem eisernen Skelett des Baugerüsts die noch nackten Wände, die schattigen Fensteraussparungen, Komplex A und Komplex B, dazwischen der staubige Platz, der mal ein Garten werden soll, alles noch roh, aber alles schon da. Sein Baby, aber eigentlich schon gar nicht mehr seins. Kaum halb fertig, doch das gesamte Projekt ist bereits verkauft, an eine Immobilienfondsgesellschaft. Alle Wohneinheiten des *Metropolitan West* auf einen Schlag, Unterzeichnung der Verträge noch vor Fertigstellung des Rohbaus. Frank Seiffert lächelt, nickt Meyer zu, seine Haut im grellen Mittagslicht bleich wie Wachs, sein hellblondes Haar leuchtet fast weiß. Seiffert, der Wachsmann. Zwei andere von der Fondsgesellschaft sind auch gekommen, flankieren Seiffert mit ausdruckslosen Gesichtern, drei Gestalten in fast identischen dunkelgrauen Anzügen. Daneben Heckler, die Leute vom Architekturbüro, die Männer vom Bau, der Wirtschaftsdezernent und ein Stadtrat,

Pressevertreter von den Lokalblättern. Auf dem Vorplatz unter einem weißen Pavillonzelt sind Bierbänke und das Buffet aufgestellt, eine Bühne für Live-Musik. Meyer ist allein, Falber ist auf einem Termin in Wiesbaden, aber heute Abend zur Feier großes Essen im *Preymesser*, Meyers Idee, er weiß, wie sehr Falber aufs *Preymesser* abfährt, Gault-Millau- und Michelin-Bullshit. Für einen Tisch im *Preymesser* wartet man wochenlang, klagt Falber, seit Meyer ihn kennt. Meyer wusste, mit Nadja wartet man nicht, – Reinhard, sag Beatriz, sie soll sich für Freitag nichts vornehmen! Und der Abend geht selbstverständlich auf mich!

Meyer erwidert Seifferts Nicken. Das war ein Bombendeal, die Neuigkeit Falber mehr als ein Glas *Rosebank* wert; als Meyer von Seiffert erzählte, holte Falber den fünfunddreißig Jahre alten *Talisker* aus dem Schrank, ließ sich zu einem jovialen Boxen gegen Meyers Schulter hinreißen, – Jesses, Goldjunge! Die richtigen Connections, das richtige Gespür, Top-Effizienz beim Vertrieb!

Neuer Eigentümer des *Metropolitan West* ist die *DCB Axis Real Estate*, Geschäftsbereich Immobilieninvestments im *Asset & Wealth Management* der *Deutschen Credit Bank AG*, Ankauf für den offenen Immobilienfonds *Grundbesitz Deutschland Trust*. Als Mieter stehen für die *Axis* die hauseigenen Expats im Fokus, höhere Angestellte der *Deutschen Credit* aus dem Ausland, die mittelfristig nach Frankfurt versetzt werden. Hierfür sollen preissensible Positionen in puncto Baukosten reduziert werden: Downgrade von Eigentums- auf Mietausstattung, Küchen, Bäder, Böden, alles eben etwas günstiger – wie lapidar Seiffert das hingesagt hat. Das *Metropolitan* wird zur Premium-Mietskaserne für hochbezahlte

Wanderarbeiter umfunktioniert. Aber als Seiffert die Anfrage unterbreitete, war Meyer klar, kein Raum für ein Nein, das Angebot zu gut. Die *Axis* und *Heckler Bau* einigten sich schnell, Heckler macht trotzdem seinen Schnitt, alle machen ihren Schnitt.

Als hoch oben auf dem Rohbau Dilger auf das Baugerüst tritt und mit der Stimmgewalt eines Schauspielers beginnt, den Richtspruch zu sprechen, blendet die Sonne über ihm so grell, dass Meyer kaum mehr als dessen Silhouette erkennt. *Wir bitten Gott, der in Gefahren uns allezeit so treu bewahrt, er mög das Bauwerk hier bewahren vor Not und Schaden aller Art!* Meyer hält den Atem an, als der Bauleiter sein Glas feierlich zum Wurf erhebt, ihn erfasst eine dumpfe Angst, das Glas könnte nicht brechen, auch wenn das fast unmöglich ist aus dieser Höhe. Dilger holt aus, wirft, das Glas dreht sich ein paarmal rasch um die eigene Achse, bevor es auf dem sandigen Boden aufschlägt, aber Meyer hört kein Klirren, nur den Applaus der Leute, er muss nach vorn, will es mit eigenen Augen sehen. Doch als er vor den Scherben steht, ist er nicht erleichtert, er hat plötzlich das Gefühl, ihm schnitte etwas die Luft ab, auf einmal wäre es ihm lieber, das Haus würde in sich zusammenstürzen, als dass irgendein anderer als er durch diese Apartments führt. Die Vermittlung übernimmt die *Axis* selbst, natürlich, nicht mal das bleibt, und wenn nur an Expats, wenn wenigstens das. Perlen vor die Säue. Meyer wendet sich ab. Es ist eine Verschwendung seines Hauses, ja, ein Bombendeal, aber es fühlt sich an wie Verramsch, *wir kaufen das ganze Paket, Sie sparen Zeit, wir kriegen Mengenrabatt*, vierzehn hochwertige Eigentumswohnungen, gedacht zum Einzelverkauf, werden zu Mietwohnungen degradiert, zum reinen Anlageobjekt, das Haus wurde Meyer aus den Händen gerissen, aber nicht so, wie er sich das vorgestellt hat. Der Verkauf war zu einfach, zu schnell, zu mühelos, Meyer hat nichts gespürt, kein Gefühl. Nein, das stimmt nicht. Am Abend nach dem Notartermin spürte er plötzlich einen überwältigenden Schmerz, als er zu Hause frische Hemden aus der Reinigung einsortierte, er musste sich setzen, saß wie gelähmt in der Enge des fensterlosen Ankleidezimmers, starrte die Hemd- und Anzugreihen an. Monate an Verkauf sind ihm einfach genommen worden, vierzehn Einzelverkäufe, vierzehn Mal Wollen, vierzehn Mal *Ja*. Der Schmerz war weg am nächsten Morgen. Meyer dachte, er sei weg, ein Schmerz, als reiße einer was aus ihm raus.

Meyer tritt zur Seite, als ein paar Reporter für Fotos nach vorne drängen, Heckler und Dilger stehen vor dem geschmückten, aufgebockten Sparren, posieren beim symbolischen Einschlagen des letzten Nagels. Anschließend Seifferts Shakehands mit dem Wirtschaftsdezernenten und dem Stadtrat. Wie die Journalisten herumschleichen, mit dieser hinterhältigen Freundlichkeit auf den Visagen, für ein Wort von den Wichsern von der Stadt. Einer fragt ernsthaft, werde Wohnen in Frankfurt zum Privileg der Reichen? Die Antwort des Stadtrats ist ein geübtes Manöver, jedes Projekt sei eine Entschärfung der Versäumnisse im Wohnungsbau. Der Wirtschaftsdezernent nennt das *Metropolitan West* vorbildlich für den Standort Frankfurt. Meyer geht sicher, auf keinem der Fotos zu sein.

Heckler schiebt Meyer sanft in Richtung der Bierbänke, er solle sich zu ihnen setzen, an ihrem Tisch dürfe der Vermittler dieser glücklichen Verbindung nicht fehlen! Frankfurter

Buffet, Rindswurst, Brühwurst, Rippchen, Kraut, Handkäs, grüne Soße mit hartgekochten Eiern, fettige Kreppel, mit Mühe zwingt sich Meyer zu einer Portion Rippchen, während sich über den Dächern der Himmel zusammenzieht, Wind schüttelt die Plane des Pavillons, aber der Regen, der losbricht, tut der Stimmung keinen Abbruch, Dilgers Lachen tönt vom Nachbartisch, Seiffert stößt mit Meyer an, – Auf einen rentablen Invest! – während Heckler seinen zweiten, schwerbeladenen Teller auf die Bierbank knallt, nur Seifferts zwei Schattenmänner werfen verstohlene Blicke auf ihre Uhren. Als der Apfelweinkrug die nächste Runde macht, steht Meyer auf, schützt einen Termin vor. Heckler wirft einen Blick auf den Regen, der von der Plane des Pavillondachs strömt, – Na, Sie sind ja nicht aus Zucker! – drückt ihm die Hand. Er könne Falber ausrichten, falls was Interessantes im Wiesbadener Portfolio sei, höre er sich das gerne an! Frankfurt sowieso, aber da sei Meyer ja jetzt federführend.

Auf dem Weg zurück in Richtung Opernplatz flüchtet Meyer sich in die Unterführung der S-Bahn-Station, harrt eine Weile in der B-Ebene aus, dann nimmt er die Rolltreppe hinab zu den Gleisen, läuft den Bahnsteig entlang in Richtung Aufgang zur Taunusanlage. Auf einer der Sitzbänke entdeckt er den Vogelmann, der konzentriert Zeitungspapier in schmale Streifen zerreißt, sie nach und nach vor sich auf dem Boden ausbreitet. In der Schule mussten sie das einmal machen, Meyer erinnert sich an dieses stumpfsinnige Reißen, Pappmachémasken für Fastnacht. Als Meyer vorübergeht, hebt der Vogelmann den Kopf, dieser nur noch spärlich behaarte Schädel, das ausgemergelte Gesicht, die zerbrechlichen Handgelenke, der Dreck unter den Nägeln, so nah hat

Meyer den Mann noch nie gesehen, die Wachheit in dessen Blick, feindselig, fast herablassend, spottet dem Rest seiner zerstörten Erscheinung, seines beißenden Gestanks nach Schweiß, Pisse, Talg. Der Mülleimer neben ihm quillt über, auf dem Boden ein umgekippter Pappbecher in einer gelben Lache Milchshake, ein Rest Kebab, Salat, Fleisch, Soße auf dem ganzen Boden verstreut, aber die Zeitungsstreifen liegen unversehrt. Als Meyer die nächste Bankreihe passiert, hat er das Bedürfnis, sich zu setzen, nur kurz, ganz kurz, Meyers Magen ist ein einziger harter, heißer Klumpen, aber er geht weiter, beschleunigt den Schritt, geht zurück an die Oberfläche.

Als er ins Büro kommt, fängt ihn unten am Lift der neue Vertriebsassistent ab, öffnet schwungvoll die Aufzugtür, drängt zu Meyer in die Kabine. Roschs Sommertrenchcoat ist an den Schultern von Regen durchnässt, aber er hat ein breites Grinsen auf dem Gesicht. Ob Meyer gleich eine Minute für ihn hätte, er komme vom Termin mit den Degenhardts. Für das Objekt im Westhafen habe er auch ein Update! Meyer nickt nur. Falber hat Rosch vor zwei Monaten ins Frankfurter Büro geholt, *zur Verstärkung an der Basis*, wie er es nannte. Andreas Rosch hat eine Art drauf, die Meyer an den Nerven zerrt, ein Terrier, der mit den großen Hunden kläfft, ein kleiner, rotziger Bastard, fünfundzwanzig, Bachelor in Real Estate, drei Jahre bei *von Dahlberger Immobilien*, kann sich anziehen, sieht gut aus, quatscht dich besoffen, wenn er will; eigentlich ein gutes Paket, Rosch ist gut, sonst hätte Meyer ihm kein Kaliber wie die Degenhardts anvertraut, aber Rosch ist übersteuert, – Der Außentermin mit den Degenhardts lief eins a! Sie lieben das Townhouse im Westend! O-Ton Frau Degenhardt: Außergewöhnlich. Der Süd-Garten war's, ich wusste, der Garten kriegt sie! Trotz Sommergewitter. Rosch lacht. Und für die Wohnung im Westhafen haben wir fünf Top-Kandidaten, fährt er fort, während er Meyer ins Büro folgt, ungefragt auf einem der Stühle vor dem Schreibtisch Platz nimmt, – Kleine Grundsatzfrage hierzu, Herr Meyer: Sind wir bestechlich?

Bestechlich in welcher Hinsicht?

Na, Sie wissen schon. Bezüglich der Vorauswahl.

Das kommt auf den *Bestecher* an, entgegnet Meyer und verstaut einen Ordner im Aktenschrank. Und damit meine ich nicht den Betrag, Herr Rosch. Verprellen Sie mir nicht den Eigentümer mit einem unqualifizierten Mieter. Außerdem müssen Sie den Eigentümer darüber in Kenntnis setzen, dass eine Prämie geboten wird. Handeln Sie im Vorfeld einen prozentualen Anteil für uns aus, das Gros bekommt er, wir arbeiten nicht am Eigentümer vorbei.

Ist das nicht nur eine Frage der Diskretion?

Meyer setzt sich wieder.

Herr Rosch, was ist unser Job?

Rosch schnaubt belustigt, als sei die Frage ein Scherz.

Makeln?

Was makeln wir?

Immobilien?

Was noch?

Rosch stockt. Wie: Was noch?

Makeln wir sonst noch etwas außer Immobilien?

Nein? Oder wollen Sie etwas Romantisches hören: *Wohnträume, Lebensqualität, Werte, Lebensräume*?

Rosch hält sich für unglaublich witzig.

Danke für den Exkurs, aber nein. Wir makeln also …?

Immobilien, erwidert Rosch leicht genervt.

Und woher bekommen wir die?

Von den Eigentümern.

Von den Eigentümern. Also sägen Sie nicht an dem Ast, auf dem wir sitzen.

Rosch erhebt sich, als Meyer nichts weiter sagt. Dann informiere ich jetzt den Eigentümer, erwidert er mit wenig Elan. Meyer bildet sich ein, er könne die Regenfeuchte auf Roschs Trenchcoat riechen. Er hätte gern die Degenhardt gesehen, im Süd-Garten, wie ihr das Herz weich wird. Fast bereut er, Rosch die Degenhardts überlassen zu haben. Eigentlich hat er sie nicht verdient.

Als Rosch die Tür hinter sich schließt, lehnt Meyer sich auf dem Stuhl zurück, atmet durch, geht schließlich hinüber zur Couch, legt sich hin, nur kurz, ganz kurz. Sein neues Büro wirkt immer noch karg, Falber hat seine Büromöbel alle nach Wiesbaden gebracht, bis auf die schwarze Le-Corbusier-Sitzgruppe für Besprechungen mit Kunden. Meyers Schreibtisch und das Regal füllen den weitläufigen Raum nicht annähernd aus, Falbers Rothko-Drucke hat er einfach hängen lassen. Das einzig Persönliche, wenn man es überhaupt so nennen kann, ist Tilsners Skulptur, die jetzt unter dem Fenster steht. Meyer hat sie schließlich hier behalten, weil er nicht wusste, wohin sonst damit, ließ über Elisas Galerie einen Sockel anfertigen, damit das Parkett keinen Schaden nimmt. Dann stand das Ding da, roh, scharfkantig, grünspaniges Kupfer und rostiges Altmetall neben Falbers kühlen Bauhaus-Überbleibseln, Nadja fand, das sei ein schöner Stilbruch. Ein Witz, wie teuer die Skulptur auf dem Sockel aussieht, Rosch hat sie bewundert, als sei sie sonst was. *Globus*, inspiriert vom Nest des südafrikanischen Webervogels, erwiderte Meyer staubtrocken, Rosch schluckte, ausreichend Schleim im Rachen, ob Meyer Kunst sammle, fragte er ernsthaft.

Um sechs nimmt Meyer den Anzug vom Kleiderständer, fürs *Preymesser* hat er ein Outfit mit ins Büro gebracht, die *Preymesser*-Kellner sind gnadenlos, was den Dresscode betrifft. Meyer zieht sich auf der Toilette um, ändert zweimal den Krawattenknoten, *Windsor, Prince Albert,* zurück zu *Windsor,* bis die Länge endlich stimmt, kontrolliert seine Haare im Spiegel, alles vom Regen versaut, ein störrischer Wirbel am Haaransatz über der Stirn, jedes Mal der scheiß Wirbel, wenn er in den Regen kommt.

Gläsker stößt fast mit ihm zusammen, als Meyer auf den Flur hinaustritt, mustert spöttisch die abgelegte Kleidung über Meyers Arm, – Noch was Großes vor heute, Clark Kent?

Meyer lächelt kühl. Lies deinen Söhnen nicht nur Comics vor, sonst lernen die nie, wie's im Leben läuft. Aber wenn du es genau wissen willst: *Preymesser.* Abendessen mit Falber.

Gläsker schnaubt, senkt die Stimme. Kriegst du noch genug Luft und Sonne ab bei der ganzen Arschkriecherei?

Meyer streicht betont gelassen den Jackettstoff über seinem Arm glatt, – Was du deinen Jungs auch beibringen solltest: Verlieren ist keine Schande, aber schlechte Verlierer sind würdelos. Dann schiebt er sich an Gläsker vorbei, bricht zum *Preymesser* auf.

Falber und Beatriz warten schon vor dem Eingang, als Meyer vor dem Restaurant vorfährt, schwungvoll auf dem Kiesplatz dreht, Falber breitet jovial die Arme aus, als Meyer auf die beiden zukommt, klopft ihm zur Begrüßung fest auf die Schulter, Beatriz haucht ihm einen Kuss auf die Wange.

Meyer genießt das kleine Empfangskomitee, fünf vor sieben, überpünktlich, stellt er zufrieden fest, auch wenn Nadja wieder auf sich warten lässt, aber heute kein Thema, – Gehen wir doch schon mal rein. Meyer öffnet die Tür, lässt Beatriz und Falber den Vortritt. Der Ton des Maître d'hôtel wird einen Tick heller, bemühter, als Meyer den Namen *Schering* nennt, führt sie durch den großen dunkelroten Hauptsaal, auf jedem Tisch weiße Gladiolen in schweren Vasen, von der Decke tauchen Hunderte funkelnder Murano-Glaspendel den Raum in warmes Licht. Der Platz ihres Tischs ist perfekt, leicht separiert, aber direkt am Fenster mit Blick auf den Garten. Der Kellner reicht ihnen die Karten, empfiehlt einen *Louis Roederer Cristal Brut 2002* als Aperitif. Einwände? Meyer sieht zu Falber und Beatriz, sie schüttelt den Kopf, er lacht, – Keine Einwände! Meyer wendet sich wieder dem Kellner zu, nickt ab, als tue er das jeden Tag.

Oh mein Gott, ist das da hinten Henning Lohninger? Beatriz fasst Falber am Arm, Falber wirft einen unauffälligen Blick hinüber zum Gartensalon, – Ja, Schatz, aber schau nicht so hin. Dem haben wir vor zwei Jahren ein Haus vermittelt.

Das hast du nie erzählt!

Weil du mich zum Autogrammholen genötigt hättest.

Hätte ich nicht! Beatriz rückt konsterniert ihr Bettelarmband zurecht, bevor es ihr bei der nächsten Bewegung wieder klimpernd übers Handgelenk rutscht, ein Flugzeug, ein Schlüssel, ein Herz, graviert, *Tiffany & Co*. An Beatriz sieht alles bedauerlich billig aus, die French Nails, die Rolex, die *Louis Vuitton*-Handtasche wie ein Mitbringsel aus der Türkei. Als der Kellner den Aperitif serviert, trifft auch Nadja ein, trotz Stress Look und Lächeln auf den Punkt, Beatriz wirkt neben ihr wie das *Don't* zum *Do*. Sie küsst Meyer auf die Wange, lässt sich vom Kellner auch ein Glas *Cristal* bringen. Verzeihung, die Besprechung für das neue Salzburger Projekt hat sich furchtbar hingezogen, hoffentlich ist wegen mir noch keiner verhungert!

Die Menüwahl am Tisch ist schnell entschieden, die Abendkarte im *Preymesser* ohnehin übersichtlich, fünfgängiges Degustationsmenü oder achtgängiges Gourmetmenü. Als Gastgeber muss Meyer vorlegen, also acht Gänge einschließlich abgestimmter Weinbegleitung, nicht kleckern, klotzen, auch wenn ihm immer noch die Rippchen vom Richtfest im Magen liegen. Der Kellner serviert den ersten Gang, *Jakobsmuschel und Tatar*, dazu einen 1996er *Ermitage Blanc De L'Orée*, präsentiert Meyer das Etikett, lässt ihn testen, absegnen, Meyer quält sich durch das feste, weiße Muschelfleisch, spült mit Wein nach. Als die *Forelle mit eigenem Kaviar* kommt, kämpft er schon mit jedem Bissen, trotz lächerlich kleiner Portionen, aber Meyer muss sich zwingen aufzuessen, auf dem riesigen Teller wirkt jeder Rest wie eine Beleidigung des Kochs. Jedes Menü im *Preymesser* sei wie ein Theaterstück, schwärmt Falber, während er fast verträumt sein Glas schwenkt, die goldgelbe Flüssigkeit gegen das Licht hält, dann daran riecht, nippt, selig lächelt, jeder Gang ein Akt, die einzelnen Akte bauen aufeinander auf, beziehen sich in Perfektion aufeinander zu einem formvollendeten Ganzen.

Meyer schiebt das letzte Stück Forelle mit Kaviar auf die Gabel, kaut, spürt, wie ein paar der Fischeier unter den Zähnen platzen, sich kalte Flüssigkeit daraus ergießt. Wenn sie dich mit deiner eigenen Brut servieren, die sie dir vorher aus dem Leib geschnitten haben. Meyer schluckt rasch, hilft mit

Wasser nach. Ihm war klar, der Abend im *Preymesser* wird eine Herausforderung für seinen Magen, aber mit Nadja musste er sich bisher nie durch mehr als fünf Gänge kämpfen. Beim nächsten Zwischengericht ist er dankbar, nicht reden zu müssen, Beatriz bricht ein Gespräch über Einrichtung vom Zaun, ihr Wohnzimmer in Wiesbaden sei immer noch nicht so, wie sie sich das wünsche, Meyer hört nur mit halben Ohr hin, die *Welsleber mit Zwiebel, Beifuß und Egerlingen* beansprucht seine volle Aufmerksamkeit, der ranzige Geschmack von Fisch, Fett, Blut, die Gewürze bitter und seifig, fuck Haute Cuisine, das ist Körperverletzung. Danach muss er vor die Tür auf eine Zigarette, aber nach ein paar Zügen wird ihm noch schlechter, und er tritt sie wieder aus.

Als er zurück an den Tisch kommt, bringt der Kellner *Wildkräutersalat mit Ziegenfrischkäse*, anschließend *Rehbock mit gelber Bete, Holunderbeeren und Weizengrasöl*, Meyer nickt ungeduldig den Rotwein ab, nippt nur pro forma, der Wein verursacht ihm ein pelziges Gefühl im ganzen Mund. Als der Kellner reihum eingeschenkt hat, hebt Falber feierlich sein Glas, klimpert mit der Gabel dagegen, wofür er ein paar pikierte Blicke vom Nebentisch erntet.

So! Jetzt wollen wir aber noch mal auf Thomas anstoßen! Und auf das *Metropolitan West*-Projekt, die Fertigstellung des Rohbaus und diesen perfekten Abschluss – und natürlich auf Büro Frankfurt und Büro Wiesbaden, darauf kann man nicht genug anstoßen! Dann sieht er auf das Glas in Meyers Hand und lacht. Na, Thomas, aber doch nicht mit Wasser! Meyer greift zögerlich nach seinem Wein. Also: Auf die sehr anstrengenden, sehr fruchtbaren vergangenen fünfzehn Monate! Ich weiß, das letzte Frühjahr war eine sehr schwere Zeit für dich, deshalb honoriere ich doppelt, wie gut alles gelaufen ist, eine wirkliche Leistung.

Nadja nickt, nimmt Meyers Hand. Ich bin auch so stolz auf dich. Aus einem Schicksalsschlag etwas Gutes entstehen zu lassen kostet viel Kraft. Und du hast wirklich Herz bewiesen.

Nadja, lass doch.

Stell dein Licht doch nicht so unter den Scheffel.

Wirklich, Nadja –

Herz bewiesen? Falber sieht Meyer an.

Nach der Werkstattaufgabe hat Thomas dem ehemaligen Gesellen seines Vaters das ganze Ladeninventar geschenkt, das war so großzügig, ein richtiges Startkapital, der arme Junge hatte ja kein Geld, um den Laden zu übernehmen. Und dem Laden ging es ohnehin so schlecht.

Herz und Geschäftssinn! Falber nickt. Auf das Herz und den Geschäftssinn des Gastgebers!

Als das *Kaffeesoufflé mit Zwetschgen* kommt, verursacht allein der Anblick des aufgequollenen, braunen Teigs, der süßsaure Geruch der Zwetschgen Meyer Übelkeit. Der Kellner beugt sich zu ihm, präsentiert das nächste Weinetikett, lässt Meyer den Dessertwein kosten, Meyer kann nicht aufhören, auf den breiten, groben Mund des Kellners zu starren, dessen übervolle, rosige Lippen, nass glänzend im schummrigen Licht, als der Kerl sie nervös befeuchtet, dann lächelt, weil Meyer nichts sagt, am linken oberen Schneidezahn fehlt eine kleine Ecke, Meyer nickt den Wein ab, damit der Kellner endlich geht. Beim erneuten Blick auf das Dessert schiebt er sanft den Teller von sich, – Ich muss leider passen, ich habe mich überschätzt.

Nicht dein Ernst! Beatriz taucht ihren Löffel tief in ihr Soufléschälchen, wischt mit dem teigigen Klumpen in dem im

Licht fast schwarzen Zwetschgenjus herum. Mach doch jetzt nicht schon schlapp! Anschließend kommen noch Käse und Sorbet!

Zwei Löffel Soufflé, zwei Schluck Dessertwein, dann nimmt Meyer mit bemühter Ruhe die Serviette vom Schoß, steht auf, entschuldigt sich. Der Weg zu den Toilettenräumen erscheint ihm endlos, lange Tischreihen, Kellner, die ihm den Weg blockieren, die Marmortreppe hinunter in den Keller, ein granitgefliester Flur, *Damen, Zutritt nur für Personal*, Zigarettenautomat, *Herren*, Meyer schließt die Kabinentür hinter sich, stützt sich an der Kachelwand ab, *Villeroy & Boch,* liest er, *Villeroy & Boch,* liest er zehnmal am Innenrand der Toilettenschüssel, geht schließlich in die Knie, kann knapp noch die Krawatte aus der Schusslinie bringen, bevor er sich in die Toilette übergibt, Jakobsmuschel, Forelle, Welsleber, Ziegenfrischkäse, Rehbock, fünf verschiedene Sorten Wein, Meyer spuckt brennenden Speichel aus, würgt, bis ihm fast die Tränen kommen, er kann nicht aufstehen, er wagt nicht aufzustehen, umarmt das glatte, glänzende Porzellan der Toilette, als ihm die Knie wegsacken, bevor ihn eine neue Woge Übelkeit packt. Als nicht mehr kommt als ein qualvolles, leeres Speien, hat Meyer das Gefühl, sein Magen wolle sich selbst auskotzen, scheiß auf dieses *Preymesser-All-you-can-eat*, scheiß auf die perfekte Effizienz des Abschlusses – wie Seiffert und Heckler beim Notartermin miteinander schäkerten, Wachsmann und Sonnenbank-Leatherface, Meyer nur unbeteiligter Zuschauer, er konnte nichts tun, bloß zusehen, wie es passiert, *Axis* und *Heckler Bau,* wie das Objekt über den Tisch ging, das Objekt, abgesegnet von diesem Notar, Seifferts Notar, ein haarloser, würdeloser Fettsack. *Die Maklercourtage ist verdient und fällig mit Unterzeichnung des Kaufvertrags.* Nachdem Seiffert und Heckler ihre Stifte auf den Tisch zurückgelegt hatten, blickte Meyer einen Moment nur ungläubig auf die Papiere, als habe er etwas übersehen, irgendetwas verpasst, bis er endlich begriff, wir sind durch, das war's, aus, fertig, *over.* Als man auf den Abschluss anstieß, rührte Meyer sein Glas kaum an, niemand rührte sein Glas wirklich an, drei angenippte Gläser blieben auf dem Tisch zurück.

Als er jemanden in die Toilette kommen hört, hält Meyer den Atem an, Schritte, das Klackern einer Gürtelschnalle, das Geräusch eines Reißverschlusses, Plätschern, das Rauschen der Spülung, das Rauschen des Wasserhahns, dann schnappt die Türklinke, einen Moment erfüllt das Stimmengewirr aus dem Lokal wieder den Toilettenraum, bevor die Tür dumpf zurück in den Rahmen schlägt. Meyer richtet sich langsam auf, lehnt sich an die Kabinenwand, bis das Zittern in den Knien nachlässt, dann spült er sein Erbrochenes fort, geht hinaus zu den Waschbecken, als er sich sicher ist, dass nichts mehr nachkommen will, aber in ihm ist nur noch Leere, sein Magen pocht heiß im Takt seines Herzschlags. Meyer fröstelt von seinem eigenen Schweiß, während er sich auf den kalten Marmor des Waschbeckenrands stützt. Dass sein eigener Körper ihn so sabotiert, er sich die Seele aus dem Leib kotzt wie ein Schwächling nach zu langem Lauf. Er muss sich zusammenreißen, muss raus zu den anderen, er weiß nicht, wie lange er schon vom Tisch weg ist, spült sich den Mund, spuckt verchlortes Wasser ins Becken, wischt sich das verschwitzte Gesicht mit einem Papierhandtuch ab, begutachtet sich im Spiegel, bleich wie der Tod, aber seine Kleidung ist unversehrt. Er streicht sich die Haare glatt, versucht seinen Blick auf

Stärke zu stellen. Er hat die Leitung, das ist doch, was zählt, er hat die Leitung. Seit er mit *per procura* zeichnet, jeden Brief, jeden Maklervertrag, *ppa. Thomas Meyer,* sieht der Name anders aus, gespannter, voller, allein durch den Zusatz, diese Unterschrift, Resultat mühevollen Suchens, Verwerfens, seitenweise kritzelte Meyer während der Ausbildung Notizblöcke voll, prüfte Größe, Abstand, Neigung, Lauf der einzelnen Buchstaben, ihr Höhen- und Tiefenverhältnis zueinander, Buchstabenverbund oder frei gesetzt, bis der Prototyp stand, lesbar, nicht zu lesbar, ausladend, nicht aufdringlich; die Buchstaben aufrecht, das *T* geradlinig, sein Querstrich steigend mit gespanntem Hakenschlag hinab zum *h,* das *o* eine Schlaufe, das *mas* eine Folge von springenden Andeutungen; der Auftakt des Nachnamens ein Schnörkel gefolgt von harten Spitzen, der Tiefe des *y,* die beiden *e* halb unterschlagen, das *r* locker hingeworfen, der Fortsatz steil, kurvig, im Scheitel fast gleichauf mit den Spitzen. *Thomas Meyer,* ein scheiß Allerweltsname, aber zumindest sitzt die Signatur, wirkt wie losgelöst, ein Bild, nicht Teil der Handschrift, die immer noch zu wünschen übrig lässt. Kein hässlicher Name, widersprach ihm Koll, viel besser als *Müller, Schmidt, Bauer* in Klang und Bedeutung, ein Komparativ, *maior*: größer, stärker, bedeutender. Meyer glaubte ihm kein Wort, bis er es nachgeprüft hatte.

Ein Schwall kaltes Wasser bringt etwas Farbe zurück in sein Gesicht, er trocknet es vorsichtig, sieht auf die Uhr. Fünfzehn Minuten. Vielleicht zwanzig. Länger war er nicht weg. Ein Anruf. Ein Interessent. Entschuldigung.

Bevor er die Toilette verlässt, atmet Meyer ein paarmal tief durch. Demut. Das ist die Courtage des Jahres. Sollen sie das Haus haben. Er hat die Leitung. Es warten viele Häuser.

15

Flow

Wind rauscht durch die Baumkronen, Meyer hört seine eigenen Schritte, seinen Atem im Takt, er hat das Gefühl, hinter ihm ist irgendwer, aber als er sich umsieht, ist da nichts außer dem schattigen Waldweg, ein dünner Nebelschleier über dem Boden. Sein Magen fühlt sich an, als hätte er Glas gefressen, er läuft schon seit einer Stunde, konzentriert sich auf das Brennen in den Muskeln, die Hitze in der Brust. Schmerz gegen Schmerz. Als er den Goetheturm erreicht, muss er trotzdem verlangsamen, joggt einen Moment auf der Stelle, dann lehnt er sich erschöpft gegen einen Baum, wirft einen Blick hinauf zum Turm. Mit René Zeller war er mal dort oben. Total betrunken. Blick bis in den Taunus und den Spessart, sie versuchten, so weit zu spucken, wie sie konnten, bis eine Böe sie erwischte und sie sich selbst anspuckten. Momentan ist der Turm geschlossen, wegen Baumängel. Und der vielen Selbstmorde, steckte ihm einer vom Grünflächenamt, aber selbst auf den gesperrten Turm seien Lebensmüde raufgeklettert. Meyer streckt sich, atmet durch, nimmt den Lauf wieder auf. Dass einer nicht mehr leben will, der vielleicht nichts mehr hat, alles verloren hat. Legitim. Aber die bringen sich erstaunlich selten um. Meyer fragt sich, ob der Vogelmann etwas begreift, das Thorsten Weilandt nicht begriffen hat, Weilandt, der so viel hatte, wofür andere morden würden. Oder ob es genau andersrum ist.

Der Vorfall mit Weilandt ging groß durch die Presse, *Saalberg Nova trauert um Konzernchef. Tragischer Brand in Manager-Villa.* Untersuchungen liefen, bis Fremdeinwirkung ausgeschlossen wurde, man fand Alkohol und eine Überdosis Schlafmittel in Weilandts Blut. In der Zeitung wurde vage von privaten Rückschlägen geschrieben. Brandursache: eine Zigarette. Thorsten Weilandt ist nicht an den Tabletten gestorben, er ist am Rauch erstickt und in seinem eigenen Bett verbrannt. Ein Haus mit einem Verkehrswert von über drei Millionen, und der Master Bedroom ist versaut. Nicht das Wohn- oder Arbeitszimmer, es musste das Schlafzimmer sein, der heikelste Raum von allen. Nur weil das Personal den Brand bemerkte, hielt sich der Sachschaden in Grenzen. Die Erben machten ein Zugeständnis beim Preis. Die Brandschadensanierung wurde bereits abgeschlossen. Letzte Woche beim Fototermin stand Meyer in dem leergeräumten Raum, prüfte, ob er etwas spürt, ob in den frisch gestrichenen Wänden etwas sitzt, was sich aufdrängt, sich sein eigenes Wissen aufdrängt, aber er spürte nichts, nur die Kühle der Morgenluft, metallen und feucht, die durch die offene Terrassentür hereinzog. Offiziell spricht man von einem Unfall. Für das Haus macht es keinen Unterschied. Kaum Spielraum für Diskretion, Meyer wird antworten müssen, wenn ein Interessent fragt, wo, wie, was, und sie werden fragen, schon allein aufgrund der Sanierung. Verschweigen kann bis zur Rückabwicklung des Kaufvertrags führen, Regress auf Kosten des Maklers. Das Haus selbst ist fehlerfrei, bedauerlich unschuldig, ein minimalistischer Prachtbau am Rand eines Waldstücks in Königstein-Falkenstein, drei kubische Baukörper, blendend weiß mit nahezu vollverglasten Fassaden, eine Umzäunung aus Cortenstahl, bestechende Aussicht von erhöhter Lage über das Tal bis zur Stadt. Das Haus ist eines der schönsten, die Meyer je im Portfolio hatte, aber ein solcher Makel in dieser Preisklasse wird die Vermittlung zur Geduldsprobe machen. Trotzdem wird es einen geben, der auch unter diesen Umständen kauft.

Meyer wendet erschrocken den Kopf, als er neben sich etwas knacken hört, ein Geräusch, als breche ein Ast. Als Meyer den Mann in den Büschen entdeckt, gerät er für eine Sekunde aus dem Tritt, atmet zu rasch ein, spürt ein Stechen in der Seite. Der Mann steht einige Meter abseits des Wegs mitten im Waldstück, starrt Meyer an. Er trägt nur ein weißes Unterhemd, graues Brusthaar quillt über dem Saum hervor, der Rest des Körpers wird von Büschen verdeckt. Der pisst bloß. Ganz sicher. Was sonst. Meyer beschleunigt den Lauf. Keine zweite Runde mehr, Meyer schlägt den Weg zum Auto ein, er muss ohnehin nach Hause, duschen, sich umziehen, er muss ins Büro. Meyer versucht, seinen Atem wieder unter Kontrolle zu bringen, unterdrückt den Impuls, sich noch mal nach dem Mann umzudrehen.

Was soll das? Gehen wir jetzt auf Drückerkolonnenniveau? Gläsker lacht kurz und trocken, streicht sich die Krawatte glatt, ein biederer, graublau gestreifter Lappen. Fresinger, Merck und Lohmann werfen sich verunsicherte Blicke zu, sagen nichts. Meyer lässt sich Zeit mit der Antwort, beginnt die Felder der Tabelle auszufüllen, die er ans Whiteboard gezeichnet hat, vier Spalten, vier Zeilen, *Fresinger, Merck, Lohmann, Gläsker, Umsatz Q4.12, Umsatz Q1.13, Umsatz Q2.13, Summe Neuakquisition Q2.13*. Meyer hätte die Quartalszahlen auch an die Wand werfen können, aber er will sie per Hand schreiben, eine nach der anderen. Gläsker lacht gleich nicht mehr, seine Zahlen sind seit Anfang des vierten Quartals letzten Jahres um sechsunddreißig Prozent eingebrochen.

Das ist nur ein Überblick, entgegnet Meyer, setzt dem Stift mit geräuschvollem Klacken die Kappe auf, – Kassensturz nach einem Dreivierteljahr mit neuer Struktur. Ich dachte, die aufgeschlüsselte Performance des Büros ist interessant für alle im Team. Nicht nur für Falber.

Warum steht dann dein Name nicht da?

Weil ich als Büroleiter nicht an der geplanten Sonderprämienvergütung teilnehmen werde. Aber für die Transparenz, gern – Meyer genießt, wie Gläsker seine eigene Demütigung einfordert, schreibt seinen Namen an die Tafel, den Umsatz der letzten drei Quartale, die Summe des Verkehrswerts der neu akquirierten Objekte. Die Differenz zwischen ihm und Gläsker klafft so hässlich auf, dass Gläsker seine Bestürzung nicht verbergen kann.

Ein Überblick, wiederholt Meyer. Wo stehe ich, wo stehen die anderen, wo will ich hin? Die individuellen Zielvereinbarungen werden selbstverständlich weiterhin im Einzelgespräch erarbeitet. Die Aufschlüsselung dient nur als Seismograph der persönlichen Leistung. Leuchtet doch ein?

Gläsker schweigt.

Jetzt zum sicher interessantesten Teil, fährt Meyer fort. Der geplanten Sonderprämienvergütung.

Während Meyer spricht, kann er sehen, wie Gläskers Miene von Minute zu Minute dunkler wird. Wenn der geglaubt hat, Meyer habe den Laden nicht im Griff, scheint er endlich zu begreifen. Ein halbes Jahr hat Meyer sich reingekniet, Kennzahlen aufgearbeitet, Abschlüsse pro Makler, Auftragseingang und Umsatz pro Monat, Quartal, Jahr, Neukundengewinnung, Kundenstammgröße, Fortbildungsbedarf, zusätzlich Wettbewerbsanalyse, Überprüfung aller laufenden Kosten, Immobilienanzeigen, Magazinwerbung, Kunden-Abschlussgeschenke, Office-Budget. Die Wanger hasst ihn für jede noch so kleine Änderung, aber kann nichts tun. Das Budget für die Schnittblumen im Empfangsbereich hat er wohlweislich nicht angetastet, auch wenn es völlig überzogen ist.

Meyer beendet das Morgenmeeting, bricht nach Bad Soden auf, Termin für eine Erstbesichtigung. Er ist froh rauszukommen, weg vom Schreibtisch, die Leitung ist wesentlich mehr Schreibtisch als erwartet. Auf der Fahrt dreht Meyer das Radio laut auf, öffnet die Fenster, der Wind schlägt ihm angenehm ins Gesicht. Aber als er die Villa erreicht, steigt er ungläubig aus dem Wagen. Das kann unmöglich das Haus sein. Meyer kontrolliert die Adresse, die ihm die Eigentümerin genannt hat, kein Fehler, auch der Name auf dem Klingelschild stimmt überein. Das Haus ist mit Abstand das Hässlichste, was Meyer seit langem gesehen hat, eine gelbe, gedrungene Villa, Rundbogenfenster mit Buntglas, organisch geformte Gusseisenbalkone, Dachgauben, sogar ein Treppenturm, auf der Fassade ein Mosaik aus bunten Keramikstücken. Als Meyer vorgestern das Privatinserat in der Zeitung entdeckte, hat er sich unter *Künstlervilla, Bad Soden, Bj. 1996, 7 Zimmer, 2 Bäder, Grundstück 980 m², KP 1 200 000 €* etwas anderes vorgestellt, auch wenn ihm eigentlich hätte klar sein müssen, dass nur ein Spinner oder Betrüger ein Haus dieser Preisklasse von privat anbieten würde.

Hundertwasser und Gaudí haben sie und ihren Mann beim Bau inspiriert. Meyer fällt es schwer, sein Gesicht unter Kontrolle zu halten, als Frau Kerkhof das sagt, folgt ihr ins Haus. Im Wohnzimmer verlaufen die Wände in Bögen, kein einziger rechter Winkel. Sie und ihr Mann haben alles mit dem Architekten geplant. Frau Kerkhof lächelt. Sie wollten eine Aufteilung, die den Raum als Lebensraum begreife, weitgehend ohne Ecken, Kanten, unnatürliche Symmetrien. Frau Kerkhof zeigt Meyer die ehemaligen Praxisräume ihres Mannes, Meditationsraum und Sprechzimmer, erklärt sie mit Stolz, aber ihr Mann sei auch viel unterwegs gewesen für seine Seminare und Firmen-Coachings, sogar auf Kongressen in Amerika. Auf dem Schreibtisch Bücher, Michael Kerkhof, *Mental-Alchemie*, an der Wand ein gerahmtes Zeugnis, *Master of Science Mentalcoaching, Universität Salzburg*.

Das Haus sei nicht mehr dasselbe ohne ihren Mann. Kurz wird Frau Kerkhofs Blick leer, bevor sie Meyer ins Obergeschoss führt, vier Schlafzimmer, das Masterbad in Bahamabeige, muschelförmige Waschbecken, eine mit Bruchstein eingefasste Doppelbadewanne. Das Haus ist ein Nein. Bestenfalls ein Umbauobjekt. Aber etwas daran zieht Meyer an. Weniger am Haus als an Frau Kerkhof, um die fünfzig, aber eine Mädchenstimme, das graue, gelockte Haar kurz geschnitten, ihm gefällt, wie sie ihn durch die Räume führt, zärtlich; sie liebt dieses Haus wie ein missgebildetes Kind.

Wie lang ist die Villa schon zum Kauf angeboten?

Erst ein paar Tage. Eine knappe Woche.

Gibt es schon Interessenten?

Frau Kerkhof schüttelt den Kopf, betrachtet angestrengt ihre Hände, fährt mit den Daumen über die Haut ihrer Fingerkuppen, rosa und dünn, als suche sie etwas darauf.

Andere Makler hätten sich noch gemeldet, irgendwann habe sie den Anrufbeantworter eingeschaltet, weil es ihr zu viel wurde. Ein Makler sei schon da gewesen, der habe gemeint, man müsse den Preis anpassen, sich auf das Grundstück konzentrieren. Frau Kerkhofs Augen bekommen einen verletzten Ausdruck, als sie Meyer wieder ansieht. Er werde sicher etwas Ähnliches sagen. Sie habe das Gefühl, die Zeitungsannonce sei ein Fehler gewesen. Völlig kopflos. Um ehrlich zu sein, wolle sie eigentlich nicht verkaufen, aber. Sie seufzt, unterbricht sich, weicht Meyers Blick aus. Er sollte jetzt gehen, das hier ist reine Zeitverschwendung, er mag die Alte, aber sie ist nicht ganz dicht.

Wenn Sie nicht wirklich verkaufen wollen, sollten Sie nicht. Ich spüre, wie sehr Sie an diesem Haus hängen.

Sie lächelt bitter. Ob sie ihm einen Kaffee anbieten dürfe. Er zögert mit der Antwort; aber dann nimmt er doch auf dem Sofa Platz. Nachdem Frau Kerkhof Kaffee eingeschenkt hat, lehnt sie sich zurück, als habe sie eine große Anstrengung hinter sich, sieht hinüber zu einem Sessel vor dem Fenster, – Das war sein Platz. Er saß immer da.

Ihr Mann?

Sie nickt nur. Sie habe seit drei Jahren Angst, allein in diesem Haus. Seit ihr Mann nicht mehr lebe, höre sie Geräusche, die ihr völlig fremd seien. Als wäre es ein völlig anderes Haus. Sie wolle zu ihrer Tochter nach Spanien ziehen, sie könne nicht mehr hier leben. Aber sie wolle einen Käufer, der das

Haus wertschätze und nicht nur das Grundstück wolle. Ob Meyer das verstehe.

Ich verstehe sehr gut.

Wie Frau Kerkhof ihn ansieht. Zaubern Sie mir was. Das Blaue vom Himmel. Gold aus Dreck. Die ist so einsam, dass sie selbst einem Makler ihr Herz ausschüttet. Er sollte endlich gehen, *danke für den Kaffee, sorry, nichts zu machen,* aber es ist einfach, jemandem zu sagen, was er liebt, sei nichts wert. Du dümpelst in vorhersehbarem Erfolg herum, wenn du nie wagst, angemessen zu scheitern. Eigentlich hat er keine Kapazität für so ein Haus, aber hätte er im Leben nur nach gefühlter Kapazität gehandelt, würde er jetzt noch Bausparer und Rentenfonds in der Bank verticken.

Etwas Spielraum müssen Sie mir geben, Frau Kerkhof, aber wenn Sie wollen, erstelle ich eine Marktanalyse und schicke einen Gutachter vorbei. Ich tue mein Bestes, mehr kann ich nicht versprechen. Aber ich tue mein Bestes für Sie, wenn Sie das wollen.

Ihr Lächeln ist fein und schön, als sie nickt.

Auf der Schnellstraße lehnt Meyer sich im Sitz zurück, genießt, wie der Wagen behäbig beschleunigt, die Automatik schaltet kraftvoll, bringt den Wagen in ein herrliches Gleiten. Das Haus der Kerkhof ist ein Nein, aber Brinks Villa war auf dem Markt auch nicht gefragt, handgemalte Lindwürmer auf Badezimmerkacheln, alles eine Sache der Vermittlung. Meyer wird das Haus wieder zum Ja machen, einer wird es lieben, Meyer findet den einen, der es lieben wird, das perfekte Matching, klar findet er den einen, es gibt keine Problemimmobilien, nur schlechte Makler. Der brillante Verkäufer erzeugt Wert und Selbstwert beim Kunden, der brillante Verkäufer ist

Wertschöpfer. Die Frage lautet nicht, bist du Verkäufer oder nicht, sondern nur, wie gut du bist, Verkaufen hält alles zwischen den Leuten am Laufen, wo kein Verkaufen ist, ist Mord und Totschlag. Entscheidest du dich gegen Gewalt, verkaufst du, machst du den Mund auf, kreuzt du den Blick der anderen, berührst du den anderen, verkaufst du. Wir wissen nichts voneinander, wir glauben uns nur oder glauben uns nicht, du verkaufst Ideen, Urteile, Gefühle, dich, der Mensch wird geboren, lebt und stirbt als Verkäufer, wer meint, das sei eine kalte Ansicht, dem kann Meyer nur sagen, das hat überhaupt nichts mit Kälte zu tun, sondern mit Hitze.

Nadja ist schon da, als Meyer zurück in seine Wohnung kommt, kein Kuss zur Begrüßung, nur der sanfte Vorwurf, weshalb er ihr nicht gesagt habe, dass seine Putzfrau heute noch hier sei, dann wäre sie später gekommen. Nadja wirft einen verstohlenen Blick Richtung Basma, die auf der Terrasse die Gartenmöbel abwischt. Seit Nadja einen Schlüssel hat, will sie alles abgestimmt haben, das Einzige, was sie selten abstimmt, ist ihre eigene Anwesenheit in seiner Wohnung. Allerdings hätte Basma tatsächlich längst fertig sein sollen. Sie dehnt ihre Stundenzahl, lässt Meyer sie allein, letztes Mal hat sie wieder vergessen, ihre Kippen aus dem Aschenbecher auf der Terrasse zu entfernen, sechs Stück, Billigmarke vom Discounter. Aber Basma ist eine Mischkalkulation, bisher hat sie weder geklaut noch etwas beschädigt. Sie ist sicher gleich fertig, erwidert Meyer, während er die Probeaufnahmen der Kerkhof-Villa von der Kamera auf den Laptop zieht.

Ich habe für halb acht ein Taxi bestellt. Nadja lehnt sich gegen die Schreibtischkante. Willst du dich nicht umziehen? Meyer sieht vom Bildschirm auf, Nadjas Ton gefällt ihm nicht, gutmütig, als bringe sie einem Kind etwas bei, gleichzeitig besorgt, das Kind werde sich sträuben. *Come as you are* war die Ansage für die Finissage, nach mehr hat er nicht gefragt, alles, was mit Elisas Galerie zu tun hat, läuft unter Prio B, Standardbemühung, kein strategisches Dress-up wie bei Veranstaltungen der Sozietät.

Was ist an meinem Outfit nicht in Ordnung?

Du siehst so *business* aus, Elisas Veranstaltungen sind doch eher unkonventionell, wechsle wenigstens Hemd und Krawatte.

Hatte ich ohnehin vor.

Als er aus dem Ankleidezimmer kommt, steht Basma im Wohnraum, ihre Hände noch in Gummihandschuhen, ein nervöser Ausdruck auf ihrem sonst so stumpfen Gesicht. Jetzt hat sie doch was kaputt gemacht, etwas Teures, so viel zur Mischkalkulation. Aber das ist es nicht. Sie habe ein Taubennest auf der Terrasse gefunden, in einem der Pflanzenkästen an der Westseite, sagt sie, während sie die Handschuhe abstreift. Sie wisse nicht, was sie damit machen solle.

Machen Sie es weg.

Aber es sind Eier im Nest.

Ja, entgegnet Meyer gereizt, das ist ein sehr guter Grund, es wegzumachen, das gibt endlosen Dreck, wenn die schlüpfen. Nadja verzieht das Gesicht. Kümmert sich die Tierrettung nicht um so etwas?

Schwachsinn. Basma, nehmen Sie einfach einen Besen. Aber Basma schüttelt entschieden den Kopf. Nein, so was mache ich nicht. Schließlich hält ihm Nadja das Display ihres Telefons hin, *Tierrettung Frankfurt/Rhein-Main*, ruf da an. Ihr Blick lässt ihm keine Wahl, aber der Mann von der Rettung erklärt nur stoisch, dafür sei man nicht zuständig, Meyer solle die Eier mit Attrappen aus der Zoohandlung ersetzen oder das Tier einfach brüten lassen, das dauere nur circa fünf Wochen. Er könne eine Folie gegen den Kot ausbreiten, fügt der Mann hinzu.

Im Hochsommer. Spitzenidee, danke. Meyer legt auf und erhebt sich. Nicht zuständig, und ich laufe sicher nicht in die Zoohandlung oder breite Folie gegen Taubenscheiße aus. Wo ist das Nest? Mit leichtem Widerwillen führt Basma ihn hinaus auf die Terrasse, das Nest sitzt versteckt zwischen den Ästen der Zwergkiefern, aber Meyer erkennt den blaugrauen Körper der Taube, das nervöse Zucken ihres Kopfes.

Basma, sagten Sie nicht, es seien nur Eier?

Vielleicht kann man die Taube doch nisten lassen, fängt Nadja an, aber Meyer geht nicht darauf ein, – Bringen Sie mir den Besen, Basma.

Der Vogel plustert sich auf, gibt einen kehligen Laut von sich und pickt nach dem Besen, als Meyer sich dem Nest nähert, anvisiert. Dann kippt er es mit raschem Stoß einfach über die Brüstung, stolpert rückwärts, schirmt das Gesicht mit den Armen ab, als die Taube in Panik aufflattert, plötzlich wie von Sinnen gegen das Glas der Fensterfront donnert, gegen die Trennwand zur Nachbarterrasse, gegen die geöffnete Markise, gegen einen der Blumenkübel. Das Geräusch ihres kurzen, fast stummen Amoks ist grauenhaft, das trockene Flügelschlagen, das Schaben der Krallen, ihr kaum hörbares, ängstliches Gurren, zuletzt reißt sie eines der Windlichter um, das mit lautem Knall umstürzt und zerspringt, bevor sie ihrem Nest über die Brüstung folgt.

Nadja und Basma stehen nur da, die Hände vor den Mündern, und starren Meyer an, als er an ihnen vorbei zurück in die Wohnung geht. Basma, sind Sie eigentlich fertig? Er sieht auf die Uhr, seine Hände zittern, aber seine Stimme klingt fest. Wie lang waren Sie da? Drei Stunden?

Sie nickt nur und folgt ihm, nimmt ihre Handtasche, steckt das Geld ein, das er ihr reicht, dann verlässt sie beinahe fluchtartig die Wohnung. Nadja ist immer noch draußen auf der Terrasse, blickt in die Richtung, in der das Nest war; dann wendet sie sich ihm zu, erschüttert, geradezu angewidert. Musste das sein? Das war Tierquälerei. Wirklich brutal.

Krieg dich wieder ein, das waren bloß Taubeneier, im *Preymesser* hattest du den Dreck letztens als Vorspeise, also spar dir diese temporäre Welle des Mitgefühls.

Sag mal, wie redest du denn mit mir?

Meyer geht wortlos ins Bad, um sich die Hände zu waschen. Wie du mit mir redest!, wiederholt Nadja und folgt ihm, aber die Türklingel unterbricht sie. Das wird das Taxi sein, erwidert er und schiebt sich an ihr vorbei.

Die Fahrt über schweigt Nadja ihn an. Mainkai, Höhe Historisches Museum, dirigiert sie den Fahrer, danach sieht sie stur aus dem Fenster. Als der Wagen hält, steigt sie aus, läuft zur Uferpromenade, während Meyer noch dabei ist, den Fahrer zu bezahlen. Wo willst du hin?, ruft er ihr nach, aber dann sieht er das beleuchtete Ausflugsschiff am Steg, auf das Nadja zielstrebig zugeht. Meyer lässt dem Fahrer zu viel Trinkgeld, holt Nadja ein, hält sie zurück. Du hast mir nicht gesagt, dass die Veranstaltung auf einem Schiff ist! Nadja mustert ihn irritiert, und er lässt ihr Handgelenk wieder los. Ich will nicht auf ein Schiff!, entfährt es ihm unvermittelt, seine Stimme entgleitet ihm, ein schneidender Ton, aber jämmerlich dünn.

Wirst du etwa seekrank?

Nein. Ich. Ja, verdammt! Von allen Locations der Stadt muss es ein Schiff sein? Frankfurt ist ja bekannt für sein maritimes Flair! Hauptsache, die Kamp meint, es sei *individuell*.

Das ist Teil des Finissage-Konzepts, *Wasser* das Grundthema der Videokünstlerin, das hat Elisa alles erzählt, offensichtlich hast du überhaupt nicht zugehört. Und Elisa ist meine Freundin, rede nicht so über sie! Kannst du dich jetzt bitte zusammenreißen? Nadja wendet sich ab, dann bleibt sie stehen, als sie merkt, dass er ihr nicht folgt, dreht sich wieder zu ihm um. Komm jetzt, wir sind sowieso schon zu spät. Willst du mich allein da reingehen lassen? Willst du das ernsthaft?

Er könnte den ganzen Abend kotzend über der Reling hängen, und es wäre ihr egal; wenn er kotzend über der Reling hinge, wäre ihre einzige Sorge die Blamage. Er weiß nicht mal, ob er seekrank wird. Er war noch nie auf einem Schiff.

Als er den Steg passiert und Nadja der Empfangsdame ihre Namen nennt, spürt er das sanfte Schwanken, die Kraft des Wassers durch den Stahlboden, er muss sich an der Reling festhalten, er hat das Gefühl, etwas ziehe ihn rückwärts, drücke ihm auf Kehle und Brust. Im Main absaufen, Bullshit, das ist keine Transatlantikfahrt, wenigstens ist das Ufer in Sicht. Auch wenn er nie hinkäme; lebend. Reiß dich zusammen, du hast schon ganz anderen Scheiß überlebt. Du atmest jetzt. Du schwitzt wie ein Schwein. Atme. Lass die Reling los. Vielleicht dreht das Schiff nur eine kurze Runde. Lass die verschissene Reling los. Meyer löst langsam den Griff, fragt die Empfangsdame nach der Route.

Bis Schloss Philippsruhe und zurück.

Was? Bis nach Hanau? Wie lange dauert das?

Eineinhalb Stunden hin und zurück.

Nadja fasst seine Hand. Können wir jetzt endlich?

Im Saal sind Tische aufgestellt, an den Wänden Video-Stills auf Fotodruck, eine Pfütze auf dem Asphalt, der Abfluss einer Badewanne; auf der Leinwand hinter dem Podium ein Video in Slow Motion, das repetitiv ein Wasserglas beim Umstürzen zeigt. Ob ihm schlecht sei. Nadja sieht ihn an. Meyer kann ein Zittern aus der Tiefe des Schiffes spüren, ein Dröhnen aus den metallnen Eingeweiden. Nein. Es gehe. Elisa begrüßt sie überschwänglich, ihr grellroter Lippenstift lässt sie bleich aussehen; wie unglaublich viel Zahnfleisch sie hat, unglaublich kleine Zähne, sie legt Meyer eine Hand auf den Rücken, das Schiff lege gleich ab, sie sollten sich setzen, die Künstlerin stelle sich vorab den Fragen des Publikums, danach zeige man ein neues Video. Konstantin sitze übrigens vorne am Tisch links neben dem Podium. Elisa deutet. Konstantin Schering – Meyer hat das Gefühl, jetzt werde ihm doch übel. Als sie an seinen Tisch kommen, trifft Scherings Blick Meyer kurz und hart, bevor Nadja ihren Bruder umarmt; für Meyer hat er nur ein Nicken übrig, geht zu Smalltalk über, während die Kellnerin die Getränke bringt, er sei bei Gegenwartskunst nicht so bewandert, aber Elisa beweise meistens Gespür, was zu kaufen lohnt.

Während der Podiumsdiskussion konzentriert sich Meyer auf das Muster im Teppich, die Spiegelung von Schering im Fensterglas; wie er dasitzt, in Pose, selbstgefällig zurückgelehnt, das Kinn leicht gereckt, über alles erhaben, jede Körperfaser unter Kontrolle und trotzdem entspannt. Beneidenswert. Vom Ufer ist nicht mehr zu sehen als ein paar vereinzelte Lichter. Eine halbe Stunde hält Meyer sich unauffällig an der Tischkante fest, den Arm aufgelegt, leicht vornübergebeugt, damit es locker aussieht, aber die Finger seiner Linken umklammern die Kante krampfhaft. Er versucht, langsam zu trinken, doch als die Kellnerin fragt, ordert er Wodka nach, Scherings Aftershave zieht zu ihm herüber, holzig, schwer, teuer. Mit Schering auf einem Schiff. Meyer glaubt das nicht. Bald dreißig Jahre hat er umgangen, ein Schiff zu betreten, in einen Pool zu müssen, in einen See, ins Meer, Angst und Scham, verschleppt wie eine Krankheit. Schwimmen, das ist wie Lesen, Schreiben, Fahrradfahren, rudimentär kann das jeder Idiot, nur Sozialkrüppel haben das nicht im Repertoire. Der Vater hat ihn aufgegeben nach der erfolglosen Rosskur, die Mutter versuchte es noch, aber Meyer hat sich mit Händen und Füßen gewehrt. *Dann lass den Bub, Karin. Wenn er der Einzige ist, der im Sommer nicht ins Freibad kann, kommt der schon.* Aber er ist einfach nicht ins Freibad gegangen. Und jetzt sitzt er mit Konstantin Schering auf diesem Schiff fest, Meyer spürt, wie sich ein Lachen die Kehle hochzwängt wie ein parasitärer Befall, ein kitzelnder Wust sich windender Larven, die schlüpfen und sich ihren Weg nach draußen suchen. Nadjas Blick ist vernichtend, als sie es bemerkt, Meyer wendet sich wieder dem Fenster zu, schafft es, das Lachen zu einem harten Zittern zurück in die Magengegend zu pressen.

Nach dem Film strömen die Gäste an Deck, Buffet, mehr Drinks, Meyers Knie sind weich, aber der Alkohol hat die Angst abgelöst, Schloss Philippsruhe ist schon in Sicht, Halbzeit, stellt er zu laut fest. Nadja sieht ihn an, als hätte er sie beschimpft. Er ist angetrunken. Aber seine Lautstärke ist reine Erleichterung; dass er hier an Deck nicht steht wie ein Elend, ringsum das Wasser. Als Nadja ihn einen Moment mit Schering alleine lässt, bekommt Schering wieder diesen Blick, Meyer kann sehen, wie er sich bereit macht für eine Attacke, während er beiläufig eine Hummerkrabbe mit der Gabel aufspießt, die Lust um seine Mundwinkel, jemandem den Kopf in den Dreck zu treten, einfach, weil er kann. Meyer nimmt einen großen Schluck von seinem Drink. Na dann, komm.

Wie laufen die Geschäfte, Thomas?

Bestens. Ich habe heute ein Haus in Bad Soden akquiriert.

Gute Zeiten für Makler.

Für gute Makler.

Schering nickt nur, verschlingt die Hummerkrabbe in einem Stück, kaut und stochert auf seinem Teller herum, als langweile ihn alles, die Muscheln, der Safranreis, er rollt eine Cocktailtomate mit den Zinken der Gabel hin und her, verschmäht sie schließlich, legt die Gabel auf den Rand des Tellers ab.

Weißt du, Thomas, Nadjas letzter Freund war Hotelfachmann. Hat im *Holiday Inn* hinter der Bar gestanden. Ihr vorletzter kam aus der Tourismusbranche. Ich verstehe nicht, warum sie immer so nach unten greift.

Irgendetwas reißt in Meyer, er muss wieder lachen, er ist auf diesem verdammten Schiff und noch nicht abgesoffen, er ist beim vierten Drink, er fühlt sich blendend, heute lässt er sich von Schering nicht in den Dreck treten. Er beugt sich nah zu ihm, sieht Schering in die Augen, wartet, bis er blinzelt, dann sagt er leise, freundlich, ruhig: Weißt du, was? Fick dich, Schering.

In Scherings Gesicht keimt Fassungslosigkeit auf, bevor alles in seiner perfekten Visage in Hass umschlägt. Ordinäre Beleidigung, hat er wohl nicht oft. Pass auf, mit wem du dich anlegst!, ist das Beste, was Schering rauswürgen kann, als stünde sein Körper unter Schock, blockiert vor schierer Wut. Wie einfach das ging, Schering aus der Fassung zu bringen. Meyer wendet sich ab, lässt ihn stehen mit seiner Wut, lässt ihm keine Zeit, dass ihm noch was einfällt, womit er sich später sagen könnte, er hätte pariert. Gewalt oder Verkauf, manchmal muss man sich für Gewalt entscheiden, Gewalt und Verkauf, mehr gibt es nicht. Wenn du dich rausnimmst aus dem System, wirst du zum Vogelmann, stehst mit Zeitungspapier um die Füße gewickelt auf der Straße, fütterst Tauben, kümmerst dich um was, das kein Mensch ist, kleiner als du, und dich nicht mehr verletzen kann, dann siebst du dich aus, und selbst dann hast du dich noch nicht genug ausgesiebt, weil du noch als atmendes, stinkendes Mahnmal rumläufst, meinst, irgendwer gibt einen Scheiß drauf, ob du lebst. Meyer siebt sich nicht aus. Wenn er mit René Zeller vor der Konsole saß und sie kurz vor dem nächsten Level auf den Endgegner trafen, kriegten sie ordentlich Schiss, aber es war klar, töte den Boss und geh aufs nächste Level, so läuft das, das ist der Flow.

Nadja steht vorn an der Reling bei einer Gruppe um Elisa, Meyer geht zu ihr, die Stadt ist schon wieder in Sicht, hell erleuchtet, fucking *Mainhattan*, das muss man doch lieben, er legt einen Arm um Nadja, zieht sie zu sich, nimmt sie sanft beiseite, weg von den anderen, sieht zu Schering, der immer noch zu ihm herüberstarrt, küsst sie in die Beuge zwischen Hals und Schulter, weil sie das liebt, es tue ihm leid, wie er vorhin war, er hoffe, sie könne ihm verzeihen, wie unmöglich er war. Sie wendet sich ihm zu, küsst ihn. In Ordnung, ja, sie verzeihe ihm, ja.

16

Zahl

Na, die Villa muss einer aber noch zum Schwan sanieren! Fresinger lacht, greift nach dem Exposé der Kerkhof-Villa auf Meyers Schreibtisch, blättert darin herum, als ginge es ihn irgendetwas an, – Hat Rosch die akquiriert? Optimistisch, seine Marktwerteinschätzung, aber wenn man jung ist, ist man ja noch optimistisch! Hat er das nicht mit dir abgestimmt?

Meyer streckt die Hand nach dem Exposé aus.

Das ist nicht Roschs Akquise, sondern meine.

Oh, ach so. Sorry. Fresinger gibt ihm die Mappe zurück. Meyer verstaut sie in der Schreibtischschublade, packt seine Sachen zusammen, schiebt sich an Fresinger vorbei. Schönen Feierabend.

Als Meyer am Stammhaus ankommt, bricht ein Platzregen los, eine Weile so stark, dass das Wasser wie ein silberner Sturzbach über die Windschutzscheibe rinnt. Er wartet im Wagen, bis der Regen etwas nachlässt, dann läuft er dicht an den Häuserwänden entlang zur Filiale, er will noch an den Schalter, bevor er Koll trifft. Zwei Großakquisen in nur acht

Wochen, die Kerkhof-Villa und die der Weilandts, ein frisches Angebot im Portfolio von vier Millionen Euro, zwei Herausforderungen, zwei Chancen. Er hat Lust, das zu belohnen, auch wenn er seine eigene Regel bricht, nur bei Abschluss eintausend abzuheben, nicht schon nach der Akquise. Aber was gibt es Besseres, als die eigenen Regeln zu brechen.

Vor Meyer in der Schlange zahlt eine Kundin Bargeld ein, ein dickes Bündel Fünfziger, Ex-Kaiserstraßenfiliale, da wettet er drauf, hautenge Jeans, Lackpumps, splissiges, blondiertes Haar, das Parfum so süß, dass es in der Nase brennt. Er will ihre Fünfziger, aber das ist nicht machbar, am liebsten wäre ihm, alles Geld der Bank läge in einem großen Topf, so hat er es sich als Kind vorgestellt, und etwas von ihrem Geld mische sich unter seines. Als er an der Reihe ist, verlangt er seine eintausend trotzdem in Fünfzigern, wie ein Mantra skandiert der Angestellte die Zahlen, während er die Scheine auf den Tresen blättert.

Meyer wartet auf Koll im Atrium der Bank, kurz sieht der Wachmann auf, als Meyer an seinem Empfangstisch vorbeigeht, sich auf einen der Wartesessel niederlässt, dann versinkt er wieder in die Zeitung. Meyer kann den Himmel, den Regen durch das gläserne Kuppeldach sehen, ihm gefällt diese kalte Rotunde, die sich hinter der historischen Stammhausfassade verbirgt wie eine Titanprothese in altem Fleisch. Von hier aus hat man Blick auf die einzelnen Büroetagen, Treppenhausgänge mit umlaufender Metallbrüstung, durchbrochen von einem massiven Liftschacht aus Stahl und Glas.

Ich war schon hier, als du noch ein scheiß Azubi warst, also schlage ich mal vor, du gehst mir aus der Sonne!

Meyer wendet erschrocken den Kopf, als er Kolls Stimme

erkennt. Oben im dritten Stock kann er eine Hand am Geländer erkennen, harte Schritte hallen durchs Atrium. Das Gespräch war noch nicht beendet!, hört er Sauter, erstaunlich viel Wut, hilflose Wut in der Stimme. Etwas schlägt klackernd gegen das Geländer, Koll arbeitet sich in Richtung Lift vor, antwortet nicht.

Glaub nicht, dass so ein Verhalten ohne Konsequenzen bleibt! Deine Stelle ist bloß ein Symptom der letzten Dekade, *Corporate Social Responsibility* hat Halbwertszeit – grüne Konzernzentrale, *Clean Desk Policy* – macht sich gut, geht vorbei! Das wird eine Abmahnung, wenn du jetzt gehst!

Als die Liftkabine nach oben steigt, verlässt Meyer rasch das Atrium, wartet ein paar Schritte entfernt vom Eingang unter dem schmalen Vordach. Einen Moment später tritt Koll auf die Straße; Meyer versucht, seine Stimme locker klingen zu lassen, als er ihn begrüßt, kann hören, wie Koll dasselbe versucht. Du bist früh! Du auch! Hundswetter. Ich parke um die Ecke, warte, ich hole den Wagen. Aber Koll will nicht warten, also laufen sie zusammen im Regen zum Auto. Als sie im Wagen sitzen, sieht Meyer zu Koll, aber er hat sich dem Fenster zugewandt, also lässt Meyer den Motor an, erzählt von der Kerkhof-Villa, um Kolls Schweigen aufzufüllen, doch Koll scheint nur halb hinzuhören, das Auto mache ihm heute ein flaues Gefühl, sagt er, ob Meyer langsamer fahren könne. Meyer geht vom Gas, auch wenn ihn verärgert ein Taxi anhupt, waghalsig auf der Untermainbrücke überholt.

Langer Tag?

Langer Tag.

Die Ausstellung im Städel ist gut besucht, trotz der späten Uhrzeit, eine Besuchergruppe schiebt sich durch den Hauptsaal, die Stimme der Museumsführerin hallt laut und nasal von den Wänden. Meyer wechselt mit Koll in den nächsten Raum, ein junges Paar weicht in übertriebenem Bogen aus, als sie den Blindenstock bemerken, der leise über das Parkett schabt. Koll will sitzen, also nehmen sie auf einer der Lederbänke Platz. Es ist ein bisschen zu voll, es ist sehr voll, sagt er angestrengt.

Willst du lieber wieder gehen?

Nein. Unsinn.

Meyer schweigt einen Moment, beobachtet das Paar, wie es verstohlen zu ihnen herübersieht, nicht spöttisch, nur unsicher, aber ausgiebig. Meyer hasst diese zügellosen Blicke, die zeigen, wie wenig Welt einer bisher gesehen hat. Er erwidert den Blick des Paars unverwandt, worauf die beiden sich ertappt abwenden und den Saal verlassen.

Vorhin. Mit Sauter, beginnt Meyer, senkt die Stimme. Ich habe gehört, was Sauter gesagt hat. Ich war unten im Foyer.

Warst du das, erwidert Koll, mehr resigniert als erstaunt, klappt geräuschvoll seinen Blindenstock ein.

Warum lässt du so mit dir reden?

Koll stößt ein kurzes, erbostes Lachen aus. Ich sag dir mal was: Ein gutes Jahr unter Sauter, und fünf Leute sind gegangen oder gegangen worden. Unter Niedecker war es schon schlimm, aber seit Gasser Filialdirektor ist und Sauter sein Stellvertreter – Koll unterbricht sich, sein Ton wechselt von Ärger zu etwas, das fast wie Heiterkeit klingt. Ich hätte Sauter nicht Gassers Lakaien nennen sollen. *Wenn ich Gassers Lakai wäre, würde ich auch für jeden Tritt zwei Tritte weitergeben*, so was zu sagen war völlig hirnrissig. Dann bin ich aufgestanden und gegangen, das war der rote Teppich zur Abmahnung, ich habe ihm einen Gefallen getan. Koll lacht kurz und trocken. Das Schlimme ist, wenn man mal eingesehen hat, dass das Leben sehr kurz und sehr sinnlos ist, versucht man trotzdem mit Zähnen und Klauen, seine Würde zu bewahren. Das sollte man lassen. Koll massiert sich mit den Spitzen von Daumen und Zeigefinger die Stirn, als wollte er etwas dahinter zerdrücken. Der Mensch wird in Zahlen gemessen, Thomas, wir sind so unglaublich leicht messbar. Wenn du uns runterbrichst, bleiben nur Zahlen, Leistungszahlen, Abschlussnoten, dein Gehalt, eine Frau, keine Frau, eventuell zwei, die Zahl deiner Kinder, Freunde, Bekannten, Feinde, deine Postleitzahl, die Quadratmeter deiner Wohnung, deines Hauses, dein Vermögen, deine Schulden, die PS deines Wagens, deine jährliche Spendensumme, deine Steuerersparnis, dein Alter, deine Größe, dein Gewicht, dein Body-Mass-Index, deine Jahre beim Arbeitgeber, auch wenn die einen Dreck wert sind. Wer spricht? Ich, die Zahl. Du sollst viele Zahlen neben mir haben.

Koll hält inne, Meyer kann sehen, wie ihm plötzlich die eigenen Worte wehtun, sein Mund verzieht sich überrascht zu etwas, das wie ein Lächeln aussieht, aber keines ist, nur ein Öffnen der Lippen, ein tonloses Ausstoßen von Luft.

Willst du mir nicht ein Bild erzählen?, fragt Koll. Ich würde jetzt gerne ein Bild hören, bitte.

Meyer erhebt sich, geht die Bilder im Saal ab, zählt Koll alle Titel auf. Koll will Ernsts *Hausengel*. Ein Mischwesen, halb Mensch, halb Ungeheuer, vor einer sich schier endlos erstreckenden, steppenartigen Ebene, darüber bewölkter Himmel, ein schmaler Streifen Blau noch am oberen Bildrand. Der Kopf des Monsters ist grün, glatt, glänzend und hart, halb

Vogel, halb Drache, der Nacken rot und dicht behaart, das gezahnte Maul geöffnet, die Augen geschlossen. Das Ungeheuer ist bekleidet, ein braungrüner weitärmliger Anzug, ein rotes, wehendes Tuch um den Leib, ein Schuh am rechten Fuß, der linke ist nackt und krallenförmig. Das Monster ist mitten im Sprung, ein Bein gestreckt, das andere angezogen, voller Körperspannung vorwärtsgetrieben, die Arme hat es über sich gerissen, die rechte Hand grazil wie ein Tänzer nach hinten gewinkelt, die linke wie zum Griff ausgestreckt, sechsfingerig und deformiert, die Finger gemalt wie erkaltete Wachstränen, überstreckt und gliederlos. Ein kleineres Ungeheuer folgt ihm, den vogelartigen Kopf weit in den Nacken geworfen, sein nackter, grüner, froschartiger Körper aufgebäumt auf die Hinterläufe, die Vorderklauen erhoben, ineinander verschränkt, Daumen und Zeigefinger des linken Laufs zum Spalt geformt, durch welchen es anzüglich den rechten Zeigefinger steckt. Im Gesicht des großen Monsters ist weniger Wut als Schmerz, Meyer kann nicht sagen, was es ist, vielleicht ist dieses Gesicht überhaupt nicht mit Gefühl angefüllt, aber da ist etwas, ein Ausdruck von Müssen, nicht Wollen, *ich muss, muss, kann nicht anders,* und vielleicht ein Hauch von Genuss. Die Leere der Landschaft ist bedrückend, gleichzeitig befreiend, der letzte Streifen unbewölkter Himmel in schönstem Hellblau, die Hügel in der Ferne leuchtend türkis. Das Ungeheuer hat den Kopf eingezogen, nicht stolz oder wütend gereckt, getrieben, Meyer hat Mitleid mit seiner Gefrorenheit in der Schwebe des Sprungs, das Wesen ist ewig angreifend.

Gefällt es dir?, fragt Koll. Du klingst, als ob es dir gefällt.

Je länger man es ansieht, desto weniger beunruhigend wird es. Es gefällt mir, aber es ist ein trauriges Bild.

Ich kann mich erinnern, dass ich es sehr unheimlich fand, aber das ist lange her. Heute war es nicht so. Koll fasst nach Meyers Arm. Hast du nicht auch Hunger? Ich habe schrecklichen Hunger.

Dann lass uns essen, erwidert Meyer.

17

Das Maß der Dinge

Als Meyer vom Laufen nach Hause kommt, hat Basma das Radio so laut aufgedreht, dass er es bereits draußen im Hausflur hören kann. Sie bemerkt ihn nicht, bis er ins Wohnzimmer tritt, stößt vor Schreck fast die Vase um, um die sie im Regal herumwischt, statt sie anzuheben.

Basma, Sie wissen, ich habe Nachbarn.

Basma entschuldigt sich, dreht die Musik ab, aber echte Einsicht kann er nicht erkennen, ihre Augen sind stumpf und dunkel, als sähe sie nicht ihn an, sondern irgendetwas hinter seinem Rücken.

Meyer duscht, zieht sich um, dann macht er sich Kaffee, stellt den Fernseher an, geht seine Termine durch. Endlich wieder ein Tag draußen auf der Straße, 14:30 Besichtigung im Nordend, 17:00 Besichtigung im Malerviertel. Meyer wirft einen Blick auf den Ticker des Nachrichtenkanals, auf dem Sender läuft irgendein *Andere Länder*-Müll, warmer Ekel macht sich in Meyer breit, als das Bild auf Hunderte von Tauben an einer steilen Kliffküste springt. Etwas ist falsch an diesem Bild, Tauben, gelber Fels über grauem Meer, Tauben ohne Stadt, klar gab es Tauben, bevor es *Stadt* gab – die Einsicht ist so idiotisch und gleichzeitig bestürzend, dass Meyer den Fernseher wieder ausstellt.

Als es an der Tür klingelt, erhebt er sich träge, der Paketbote kriegt keine Begrüßung raus, nur Meyers Namen im Ton einer Frage. Er hält Meyer das Gerät zur Unterschrift hin, dann drückt er ihm ein Paket in die Hand, bevor er ohne Verabschiedung zurück zum Lift läuft. Der Absender sagt Meyer nichts, *Das Maß der Dinge*, eine Adresse im Bahnhofsviertel. Er hat nichts bestellt, aber Name und Anschrift sind korrekt, kein Versehen. Als er das Paket aufschneidet, liegt zwischen Luftpolsterfolie eine große dunkelgrüne Schachtel. Auf dem Deckel mittig die Prägung: *Das Maß der Dinge. Rittbach & Wiesmann, Anzug- und Schuhmacher.* Meyer spürt, wie Hitze durch seinen Körper strömt, als er die beigelegte Geschäftskarte aufklappt, darauf handschriftlich: *Maßschuhe. Cordovan. Gruß, Kai.*

Hat Wiesmann jetzt also seinen Laden. Bitte. Teurer Spaß, das auf die Art mitzuteilen. Aber Maßschuhe, das kann nicht sein. Meyer öffnet den Deckel der Schachtel, riecht die frische Politur, den herben Geruch des Leders. Ein Paar schwarze Cap-Toe Oxfords. Er will sie nicht anprobieren, aber er muss ihren Sitz prüfen. Testweise geht er ein paar Schritte auf und ab. Ihr Sitz ist erschreckend. Nahezu perfekt. Meyer hält inne, dann streift er hektisch die Schuhe wieder ab, legt sie zurück in die Schachtel. Das Ladeninventar. Seine Leisten. Wiesmann muss seine Leisten noch haben, die der Vater gemacht hat. Aufgehoben haben, nur dafür. Mein Gott. Meyer schließt den Deckel, wirft die Schachtel grob auf den Tisch. Er wird die Schuhe zurückschicken, heute noch. Nein, einen Scheißdreck wird er, Wiesmann soll nicht glauben, dass er mit dieser gestörten Nummer irgendwas bei ihm erreicht, er darf sich gar nicht darauf einlassen. Wenn dir ein Spinner vor die Füße spuckt, lässt du dich nicht darauf ein. Wie viele Arbeitsstunden Wiesmann an diesen Schuhen gesessen haben muss. Die Energie, die er investiert hat, nur um. Meyer versucht, sich zu erinnern, ob er damals irgendetwas gesagt hat, was Wiesmann – Meyer war diplomatisch, oder etwa nicht? *Ich verkaufe nicht. Hol das Inventar ab, du kannst alles haben, umsonst. Wenn zum 31. nicht geräumt ist, lasse ich entrümpeln.* Das war eine Vermittlung von Fakten, sachlich, schriftlich, Wiesmann hat ihn angeschwiegen, aber zum 31. war der Laden leer, bis auf die letzte Tasse in der Teeküche. Stilles Einvernehmen. Deal. Meyer war großzügig. Er hat niemandem die Existenz ruiniert, scheint ja das zu sein, was Wiesmann hier großkotzig demonstriert. Meyer hätte das ganze scheiß Inventar auf den Müll werfen lassen sollen –

Ob er noch etwas für die Reinigung habe.

Er fährt zusammen, als Basma plötzlich neben ihm steht.

Als die Tür ins Schloss fällt, greift Meyer nach dem Laptop, gleich ganz oben in der Trefferliste wird er fündig, ein professioneller Website-Auftritt, reich bebildert, Nahaufnahmen von Stoffen, Leder, Schnittmustern, Hämmern, Zangen, silbernen Stecknadeln im Kissen, schillernden Garnrollen nach Farbtönen geordnet. *Was wir bieten. Wer wir sind. Jan-Friedrich Rittbach, Herrenmaßschneider,* ein geschleckter Typ mit Brille, Mitte dreißig, *Kai Wiesmann, Schuhmachermeister,* neuer Haarschnitt, fein gestreiftes Hemd. Hinweis auf Presseberichte, Meyer klickt den ersten Artikel an, ein Bild von Wiesmann und dem Schneider, beide lässig an den Türrahmen des Ladens gelehnt, ein Altbau mit grüner Markise, zwei große Schaufenster links und rechts der Eingangstür. Unter dem Foto ein großer Artikel: *Nach Maß für den Herrn im Bahnhofsviertel: Zwirn und Schuhwerk der Premiumklasse.*

Im oft totgesagten Bahnhofsviertel geht es neuerdings auch schick zu zwischen Handyläden und Laufhäusern. Kulinarisch zum Beispiel im Cor, *dem neuesten Gastro-Wurf von* Plankmann's-*Betreiber Alex Krüger, in Sachen Lifestyle hat nur zwei Häuser weiter seit Anfang des Jahres ein neuer Geheimtipp geöffnet: die Ladenwerkstatt für Herrenausstattung* Das Maß der Dinge *der Frankfurter Jungunternehmer Jan-Friedrich Rittbach (33) und Kai Wiesmann (26). Rittbach, nach klassischer Schneiderlehre Design-Studium am Mailänder* Istituto Carlo Secoli, *und Schuhmachermeister Wiesmann hatten eine Vision: Herrenausstattung nach Maß, alte Schule, aber nicht altbacken. Kennengelernt haben sich die beiden vor knapp zwei Jahren, als Rittbach sich in der Schuhmacherei, in der Wiesmann arbeitete, ein Paar Maßschuhe anfertigen ließ. Zu der Zeit plante der Design-Absolvent bereits, sich selbstständig zu machen, und fand in Wiesmann den perfekten Geschäftspartner. Die Idee ihrer »Gläsernen Werkstatt« kam den beiden zunächst mehr aus Not: Der Platz vor der Schaufensterfront musste genutzt werden, denn als Gemeinschaftswerkstatt war der hintere Ladenteil nicht geräumig genug. Kurzerhand wanderten Schneidertisch und Werkbank direkt vor die Schaufenster. Im hinteren Ladenteil lagern Stoffe und Leder, große Schaubücher mit Handmustern, hier kann bestellt werden, was das Herz begehrt. Vom Lager führt eine Wendeltreppe ins Souterrain, dort finden das Maßnehmen und die Anprobe statt. »Der Kunde begeht so die gesamte Ladenwerkstatt, bewegt sich in der ganzen Welt unserer Arbeit, das wollten wir«, erklärt Wiesmann. »Wir arbeiten für ein Konzept des entschleunig-*

ten Einkaufs«, fügt Rittbach hinzu, »die Renaissance der Manufaktur.«

Meyer klappt den Laptop zu, als er das Türschloss hört, Basma zurück in die Wohnung kommt. Sie mache jetzt noch die Küche, dann sei sie durch, sagt sie. Ob die Kaffeetasse da wegsolle. Meyer nickt nur, packt seine Unterlagen für die Besichtigungen zusammen. Plötzlich bereut er, Rosch gesagt zu haben, er wolle die Termine im Nordend und Malerviertel doch selbst übernehmen, eine Zwei- und eine Zweieinhalbzimmerwohnung zum Kauf, Kleinkram, aber gestern hatte er plötzlich Lust, das selbst zu machen; Rosch wirkte ziemlich konsterniert. Er habe aber alles schon terminiert. Machen Sie sich einen schönen Samstag, erwiderte Meyer. Jetzt wünscht er, er hätte den Mund gehalten, aber er wollte unbedingt raus auf Besichtigung, einen guten alten Tag auf der Straße. Scheiß auf Wiesmann. Er lässt sich den Tag nicht verderben. Meyer nimmt seine Aktenmappe, verlässt die Wohnung. Der Kontrollblick im Liftspiegel fällt länger aus als sonst, er zieht die Schultern nach hinten, streckt den Rücken durch. Er kann den Dreck in sich hochkommen sehen, das Gefühl, du bestehst nur aus Dreck, seine ganze Mimik ist plötzlich voll davon, die Mundwinkel, der Blick, er atmet durch, versucht, sich zu lockern, seine Kiefermuskeln sind so verkrampft, dass es bis in die Schläfen schmerzt. Wiesmann, du dummes Arschloch. Meyer wendet sich vom Spiegel ab. In die Metallblende der Etagenknöpfe hat jemand *Fuck U* gekratzt, hauchdünn, kaum lesbar. Meyer ist sicher, gestern war das noch nicht da.

Die Besichtigung im Nordend ist anstrengend, Rosch hat zehn Parteien terminiert, je zwei pro Viertelstunde, Meyer hört sich lieblos Fakten herunterbeten, die Taktung ist zu eng, er muss beschleunigen, weil schon die nächsten Interessenten vor der Tür stehen. Im Malerviertel ist es noch schlimmer, Rosch hat vierzehn Parteien à zehn Minuten terminiert, Meyer ist das nicht mehr gewohnt, das Abbrechen des Gesprächs, während er noch mitten im Satz ist, der ständige Wechsel des Gegenübers. Was für ein Parkett das sei? Eine Interessentin unterbricht ihn, als er einer anderen den Balkon zeigen will, also muss er die andere allein hinausschicken. Das sei Nussbaum. Die Frau runzelt die Stirn. In der Beschreibung stehe aber Räuchereiche, allerdings sehe das tatsächlich nicht aus wie Räuchereiche ... – Dann sei es wohl doch Nussbaum, erwidert Meyer leicht gereizt, aber sein Ton hört sich hilflos an. Die Frau mustert ihn abschätzig, sagt nichts, wagt nichts zu sagen bei der Menge an Interessenten, trotzdem ist ihr Blick Meyer unangenehm; als sei er ein scheiß Amateur, einer dieser Gewerbeschein-34c-Aufsperr-Affen. *Wohl* Nussbaum.

Er muss wieder duschen, als er nach Hause kommt, er ist von oben bis unten durchgeschwitzt. Als er ins Wohnzimmer geht, fällt sein Blick auf die Schuhschachtel, das aufgeschnittene Paket und die Luftpolsterfolie liegen immer auf dem Boden herum, Basma hat nichts angerührt. Er weiß nicht, wohin mit den Schuhen. Vielleicht schickt er sie doch zurück. Meyer setzt sich, steckt sich eine Zigarette an, starrt eine Weile auf die Schachtel, schließlich nimmt er den Deckel ab, er muss die Schuhe noch einmal ansehen, nimmt sie vorsichtig aus dem Seidenpapier. Sie sind schön, das muss man Wiesmann lassen. Der schlanke Schnitt, der satte Glanz des Oberleders, der Lauf der Nähte an Schaft und Kappe, die exakt gesetzten

Stiche der Rahmennaht, die Prägung auf der Unterseite der Ledersohle. Die Schuhe sind perfekt gearbeitet, man spürt die Mühe. Nur um. Meyer weiß es nicht. Er legt sie zurück in die Schachtel, trägt sie ins Ankleidezimmer, verstaut sie ganz oben auf einem Regal, aber sie ragt zu sichtbar über den Rand des Regalbodens. Meyer holt sie wieder herunter, versucht es unter der Kommode, aber da ist kein Platz mehr. Auf keinen Fall wird er für die Schuhe Platz machen. Er öffnet die Abstellkammer im Flur, aber er will nicht, dass Basma darauf stößt, er will die scheiß Schuhe überhaupt nicht in der Wohnung haben. Meyer nimmt den Schlüssel von der Anrichte, geht hinunter in den Keller. Er hat seine Abteilnummer vergessen, er ist fast nie hier unten, grob erinnert er sich an den Weg, sein Abteil erkennt er nur daran, dass es fast leer ist im Gegensatz zu den anderen. Ein paar Umzugskartons, ein Satz Winterreifen. Meyer stellt die Schuhschachtel ganz nach hinten in eine Ecke, schiebt einen Umzugskarton davor.

Zwei Anrufe leuchten auf dem Telefondisplay, als er zurück in die Wohnung kommt, eine Nachricht von Nadja auf der Mailbox, ihr Ton gezwungen freundlich: Warum er nicht rangehe? Wo er bleibe? Er wollte sie abholen. Für das Abendessen bei Elisa Kamp. Er hat es vergessen. So etwas hat er noch nie vergessen. Aber er will da nicht hin, das packt er jetzt nicht nach dem Tag, Dinnerparty bei Elisa und ihrem humorlosen Stecher, der stundenlang von Fotoprojekten in Südkorea, Singapur, fucking Rüsselsheim spricht, Elisas Entourage von Kulturwichsern, die meinen, ihr Saft sei das wahre Schmiermittel der Welt. Meyer müsse diesmal bitte unbedingt an den Wein denken, sagte Nadja; letztes Mal hat sie ihn angesehen, als hätte er das Kind, das sie nicht haben, zu Hause vergessen, als er sagte, er habe den Wein nicht dabei. Meyer holt den *Châteauneuf-du-Pape* aus der Küche, Elisas Lieblingsrebsorte, den Shit hat er sich gemerkt, öffnet die Flasche, gießt sich ein Glas ein, das Zeug schmeckt so modrig, dass er es fast nicht runterbringt. Als er Nadja zurückruft, ist sie sofort dran. Es tue ihm leid, aber er müsse den Abend absagen, er fühle sich nicht gut, fühle sich fiebrig, er habe sich hingelegt, das Telefon nicht gehört. Nein, sie müsse nicht vorbeikommen, sie solle den Abend genießen.

Natürlich komme sie vorbei, sie wolle ihn sehen, morgen fahre sie doch schon nach Salzburg.

Sie stecke sich nur an, niemand brauchte sie erkältet bei der Arbeit, das sei doch unvernünftig, aber sie geht nicht darauf ein, sie könne etwas zu essen mitbringen, er habe doch sicher noch nicht gegessen.

Er sei nicht hungrig, müsse sich einfach hinlegen.

Meyer kann das Schnalzen eines Feuerzeugs hören, ein Rauschen, als sie den Rauch ausstößt. Ob er nicht doch noch nach Triest nachkommen wolle, wenn es ihm besser gehe, wenigstens für ein verlängertes Wochenende.

Seit Wochen hängt sie ihm damit in den Ohren, ihr neues Projekt in Salzburg, anschließend Kurzurlaub bei Freunden in Italien. Fünf Monate seien sie nicht mehr zusammen im Urlaub gewesen, Bali im Sommer habe er ja auch nicht geschafft. Reisen mit ihr langweilt ihn oder regt ihn auf, Nichtstun oder Touristenprogramm, die Hotels, gute Hotels, guter Service, in Ordnung, aber der Rest – letztes Frühjahr Marokko, die Hitze, das Rumgeliege am Strand, am Pool, im Spa, das ständige Vorschützen von Unlust, schwimmen zu wollen, nein, er wolle die Zeitung fertig lesen, im Meer höchstens ein

Stehen in der Brandung, am Pool, wenn nichts mehr ging, der Notfallplan, Whirlpool, ob sie nicht lieber in den Whirlpool wolle, er wolle in den Whirlpool. *Entspann dich doch mal.* Das Laufen in der prallen Sonne über die Märkte, der Gestank von Gewürzen bei 35 Grad, Nadja, die sich von Händlern überteuertes Kunsthandwerk aufschwatzen ließ, Live-Folkloremusik, während er nur in Ruhe essen wollte. *Authentisch.* Er hatte das Gefühl, wenn er das Wort noch einmal hörte, dann – *Nie lässt du dich auf so was ein. – Sorry, dass ich kein Mann von Welt bin, Nadja, dem bei jedem Exotikmüll einer abgeht, entschuldige, dass ich so ein bornierter Bauer bin.* Letzten Herbst Schottische Highlands, ein Schlosshotel in der Einöde, Kälte, Wind, Regen, Schafe, übellaunige Landbevölkerung, mit der er sich kaum verständigen konnte, selbst ein Bier im Pub wurde zur Peinlichkeit. Als Tourist bist du bloß ein Idiot, der irgendwo herumstolpert und meint, er sehe die Welt, während die Welt dir angewidert beim Stolpern zusieht.

Ich kann nicht nachkommen, du weißt, ich muss arbeiten. Melde dich, wenn du zurück bist.

Ach, vorher darf ich mich nicht melden oder was?

Bitte, so war das nicht gemeint.

Okay, sagt sie nur, legt einfach auf.

Als er das Telefon grob zurück auf den Tisch wirft, stößt er dabei das Weinglas um, eine Sekunde kann sich Meyer vor Wut nicht rühren, dann reißt er das Telefon aus der Lache, trocknet es am Handtuch in der Küche, weil die Halterung der Küchenrolle leer ist, Basma wieder vergessen hat, eine nachzulegen, Meyer packt sich noch ein paar Handtücher aus dem Schrank, zurück im Wohnzimmer, wischt er den Boden, der Teppich hat auch etwas abgekriegt, das darf er sich dann das nächste Mal von Nadja anhören – warum der Teppich einen Fleck habe. Wie er mit den Sachen immer umgehe! Es sind nicht seine Möbel, auch wenn er jedes Stück bezahlt hat, das hat er durchgesetzt, ja, sei stolz drauf. *Lass mich die Wohnung schön machen, lass mir die Freude*. Ikea war eine Beleidigung für ihr Auge, klar. *Dann mach*. Er hat ihr die Freude gelassen, freie Hand. Er wollte Hochglanzkatalog, aber nichts aussuchen, er wollte das Gefühl, er komme nicht einfach in seine Wohnung, er wollte das erhabene Gefühl, was er jedes Mal hat, wenn er ein neues Objekt begeht.

Die Wohnung hat nichts mehr von der Spannung, der erhabenen Fremde, der Lust, ein Eindringling, sein eigener Eindringling zu sein, wie in den ersten Wochen, als alles noch frisch war, alles noch seines und auch wieder nicht. Weil Nadja die Sache nicht professionell betrachtet wie ihre Hotels und Konferenzzentren, wie konnte er glauben, dass sie das täte. Mit jedem Möbelstück ist sie in seiner Wohnung, genau wie er sie mit jedem Kleidungsstück trägt, das sie ihm schenkt. Ein Geschenk ist nichts anderes als ein Stück von dir, ein Parasit am anderen, um ihn, in ihm. Der Vater wollte mit den Schuhen, die er für ihn gemacht hat, nichts anderes als das. Meyer muss aus dieser Wohnung raus.

Er weiß nicht, wo er hinwill, fährt einfach Richtung Osten, am Mainufer entlang, lässt das Fahrerfenster herunter, die Luft ist kalt, riecht nach Winter, obwohl kaum Herbst ist, er fährt bis zur Stadtgrenze vor Offenbach, dann über den Fluss, durchs Osthafengelände, Lagerhallen, Lastkräne, Container in der Dämmerung, Werkshallen unter Flutlicht, er kann den Hafen riechen, das Wasser im Becken, bildet sich den Geruch von Öl ein und Rost, als er die Eisenbrücken über den Kanälen passiert, bis ihn die Straßen zum Ostbahnhof führen, vorbei an beschmierten Mauern, Häuserwänden, am früheren Großmarktgelände, den Bauzäunen der neuen Zentralbank, Graffiti, grell, wütend, raumgreifend, monströse Figuren, hässliche Fratzen, Meyer muss lachen – die, gegen die diese Schmierer rebellieren, hängen sich das Geschmier in ihre Büros und Wohnzimmer, Street Art, Urban Art, und was nicht gefällt, wird weggeputzt. Meyer hat sie immer und trotzdem nie verstanden, diese Wut, wenn René Zeller wieder einen Bahnsitz aufschlitzte, sein Kürzel mit Filzstift an das Fensterglas schmierte, *REZ, REZ, REZ*. Wenn du etwas kaputt machst, bist du größer als das, was du kaputt machst. Größer sein, so immer noch besser als gar nicht. Meyer durchquert das Ostend, die Altstadt, fährt den Hochhäusern entgegen, kurz blitzt die Spitze des Doms über den Dächern auf, dann verliert sie sich wieder, Meyer passiert die Paulskirche, die Häuserschlucht der Neuen Mainzer Landstraße, das Taunustor, fährt mitten ins Bahnhofsviertel, Laufhäuser, Bars, Bistros, Billighotels, kreuzt die Kaiserstraße, gleich dahinten muss die Werkstatt sein, Meyer verlangsamt die Fahrt, der Laden ist noch von außen beleuchtet, er kann ihn schon von weitem sehen, die leicht heruntergekommene Altbaufassade, das Grün der Markise. Nebenan ist jeder Tisch der Außenbestuhlung des *Cor* besetzt, das Lokal ist brechend voll. Meyer lässt den Wagen langsam rollen, die Werkstatt sieht trotz der Beleuchtung verlassen aus, ein Licht blendet ihn plötzlich durch den Rückspiegel, der Wagen hinter ihm hupt, setzt zum Überholen an, aber kommt in der engen Einbahnstraße nicht vorbei. Ärgerlich weicht Meyer halb auf den Gehsteig aus, während das Auto mit Tempo vorbeizieht, dann steigt er erschrocken in die Bremsen, ein Kerl steht vor der Kühlerhaube, – Bist du noch ganz dicht, oder was? – eine Sekunde glaubt Meyer, der Mann reiße ihm die Autotür auf, als er auf die Fahrerseite kommt, aber er schlägt nur mit der Hand auf das Autodach, – Vollidiot! – bevor er weitergeht. Meyer setzt den Wagen ein Stück zurück, stellt den Motor ab. Ein paar Leute draußen vor dem *Cor* werfen ihm belustigte Blicke zu, als er an ihnen vorübergeht. Vor dem Schaufenster der Werkstatt schirmt er die Augen mit der Hand ab, im Schein der Außenbeleuchtung erkennt er Teile des alten Ladeninventars, die Werkbank, die Verkaufstheke, den Stuhl zum Maßnehmen mit ockerfarbenem Lederbezug. Wiesmann hat kein Recht auf die Leisten, die Leisten waren eine Sache zwischen seinem Vater und ihm, dem ganzen Scheiß zwischen dem Vater und ihm, privat, eine Privatangelegenheit, die Leisten waren mehr als die Schusterei, mehr als ein paar Maschinen und ein Ladeninventar, die Leisten haben nichts mit der Schusterei zu tun, Wiesmann glaubt, er könne ihn hier vorführen wie einen Verbrecher, nur weil er zufällig im Weg stand, zufällig ein Kollateralschaden war.

Als sich plötzlich das Ladeninnere erhellt, tritt Meyer erschrocken vom Schaufenster weg, er erkennt den Schneider, läuft zurück zum Wagen, steigt ein, rutscht tief in den Sitz, wartet, bis Rittbach den Laden verlässt, Richtung Kaiserstraße davongeht. Meyer beobachtet ihn durch den Rückspiegel, bis der Schneider um die Ecke biegt, erst dann lässt Meyer den Motor an. Seine Handflächen sind schweißnass, als er sie aufs Lenkrad legt, er wischt sie an der Hose ab, sein Puls rast schmerzhaft, er spürt Adrenalin in jeder Faser, als hätte er Gift im Blut. Er sollte nach Hause, aber als er die Untermainbrücke überquert hat, biegt er links auf den Schaumainkai ab, eine Runde noch, eine, Meyer drückt das Gaspedal durch, am anderen Flussufer ragt der breite graue Klotz des *InterContinental* auf, vereinzelte Fenster, leuchtend gelb, spiegeln sich auf dem Wasser. Wenn Meyer es sich leisten könnte, nur noch in Hotels zu wohnen, in der eigenen Stadt. Luxusaskese. Wenn dein Leben in einen Koffer passt. Dann kannst du alles sein. Deine Ideen manchmal, sagte Nadja. Ein Makler, der nicht wohnt, ist wie ein Koch, der nicht isst. Natürlich hat sie es nicht verstanden. Er muss nicht wohnen, um zu makeln, muss nicht kaufen, um zu verkaufen. Was dir fehlt, siehst du deutlicher, Verzicht schärft Wahrnehmung. Wenn du dich leer machst, kann du alles aufnehmen, durchscheinen lassen wie ein Glasgefäß. Aber das hat er nicht gesagt. So weit ist er nicht gekommen. Diese Sachen sagt er alle halb im Spaß, testet sie mit doppeltem Boden. Wenn Nadja lacht, weiß er, sie versteht es nicht. Wenn sie lacht und sagt, er überrasche sie immer, das liebe sie an ihm, dann versteht sie es nicht. Manchmal redet sie über ihn, als sei er ihr Unterhalter. Ist er auch, seine Show ist besser als die anderer. Ihre Show ist besser als die anderer.

Die Vorstellung, nur in Hotels zu leben, sei doch deprimierend. Nadja, die Hotels einrichtet, fand seinen Gedanken deprimierend. Koll hat ihn verstanden. Der Einzige, der ihn versteht, ist ein Krüppel, dessen Wohnung wie ein Schutzraum ist.

Der Concierge sieht Meyer an, als mache er einen Scherz, als er um ein Zimmer bittet. Es sei Messe, die Standardzimmer seien alle ausgebucht. Er könne eine Junior Suite anbieten.

Der Preis ist unverschämt, aber Meyer legt seine Kreditkarte auf den Counter.

Ihr Gepäck, Herr Meyer?

Kein Gepäck.

18

24/7

Baummörder. Dass die Bevölkerung immer so melodramatisch sein muss! Falbers Stimme klingt blechern durch die Freisprechanlage des Autotelefons, Meyer setzt sich an den Schreibtisch, lässt die Alka-Seltzer ins Wasserglas fallen, Fresinger schwört drauf, was für den Kopf und den Magen, das Zischen der Brausetablette mischt sich in Falbers angestrengtes Seufzen. Beim Wiesbadener Bauprojekt gibt es Ärger mit der Behörde wegen drei gefällter Bäume, erklärt Falber gereizt. Drei geschützte Spitzahornbäume, wir haben sie auf den Plänen nicht vermerkt.

Ein Versehen?

Nein. Platz für die Tiefgarage. *Baummörder.* Quer über die Bautafel gesprüht. Und ein halbseitiger Artikel mit Foto im Wiesbadener Tagblatt.

Kostenlose Werbung, Reinhard.

Ja, aber Beatriz beschwert sich, die Nachbarn seien schon komisch zu ihr. Und andere Sachen laufen auch nicht rund.

Die Franchiser machen Falber nervös, zwei Wiesbadener Objekte hat er schon an *Geiger & Saller* verloren, eines an

Bellersheim, selbst *RE/MAX* fischt jetzt verstärkt im Upscale-Segment. Das Gejammer über die Franchiser geht Meyer auf die Nerven, plötzlich scheißt Falber sich ein vor *Geiger & Saller*, weltweit 130 Franchise-Partner, global vernetzte Datenbank. Eroberung ist Arbeit, ein Jahr Wiesbaden, und Falber schwächelt schon.

Läuft in Frankfurt wenigstens alles?

Klar. Ich schick dir die Zahlen heute noch rüber.

Meyer kontrolliert noch mal das dritte Quartal. Seine Akquisesumme ist gut, sein Umsatz beschissen, aber gegen Gläsker unterm Strich okay, Gläsker hängt immer noch durch. Dass Meyer seine neuen Objekte innerhalb von vier bis fünf Monaten vermittelt, war zu sportlich gedacht. Die gesamte Kundenkartei ist er durchgegangen, hat jeden Neukunden gescannt, selbst auf Elisas Veranstaltungen gesucht, aber Nadja ging ihm dazwischen, – Thomas, hör auf, unsere Freunde zu strapazieren. Ihr Ton freundlich, ihr Blick nicht. Für die Kerkhof-Villa hat Meyer noch keinen einzigen Termin zustande gebracht, Bauausschmückungen mit katalanischem Keramikbruchmosaik, Gaudí, Hundertwasser, – Sie machen Witze, Herr Meyer! Die Dallhammer lachte, legte ihm eine Hand auf den Arm, beinahe tröstend, als er ihr das Exposé zeigte. Bei der Weilandt-Villa hatte er einen fast so weit, aber als Jaeger nach der Brandursache fragte, *Game over*, seine Frau wollte jedes Detail, ihr Blick wie auf herrliches Obst, das von unten her fault. Scheiß drauf. Heute hat Meyer noch einen Termin für das Haus. On top was Neues in Aussicht, das ehemalige Gelände des *Bittner Verlags*, über dem geiert die ganze Frankfurter Immobilienbranche, ein Filetstück, Westend-Nord, 1700 Quadratmeter, umgeben von hochkarätigen Altbauvillen. Dass Nadjas Mutter mit der Verlagschefin im Gremium des Städel sitzt, kam Meyer wie der Jackpot vor; Carola Schering nickte gütig, sie werde bei Anna Bittner ein gutes Wort für ihn einlegen. Geduld. Meyer spürt, wie das Holz des Bleistifts mit leisem Knirschen unter seinen Zähnen nachgibt, schmeckt Graphit. Unruhig läuft er ein paar Schritte, befühlt den Absatz seines linken Schuhs; seit es ihn vorhin auf der Treppe fast aufs Maul gelegt hat, ist da irgendwas schief. Das war sein letztes gutes schwarzes Paar. Zu Hause stapeln sich mittlerweile die abgelaufenen Paare, der Vater hat bisher alles repariert, Meyer immer noch keinen neuen Schuhmacher gesucht. Das letzte schwarze Paar, bis auf das vom Vater. Und Wiesmanns. Noch im Keller. Paranoider Bullshit. Da kommt nichts mehr nach, was soll da nachkommen nach fast zwei Wochen. Nichts weiter als Schuhe. Nur ein Paar Leisten. Wiesmann hat kein Stück von dir. Meyer wirft den zerkauten Bleistift Richtung Mülleimer, aber der Stift springt vom Eimerrand, landet neben Tilsners Skulptur. Dieser verschissene Klumpen Schrott. Meyer wählt Saskias Internnummer, – Suchen Sie mir einen Entrümpler raus, der heute noch Zeit hat, asap. Eisenschrott, circa achtzig Kilo.

Und für wo?

Hier.

Was? Unser Büro?

Ja, mein Büro.

Im Meeting zieht Meyer das Whiteboard schwungvoll vor den Konferenztisch, schreibt *Fresinger, Gläsker, Lohmann, Merck, Rosch, Meyer,* Haltung, *business as usual,* trotz seiner schlechten Zahlen, Meyer versucht, Gläsker nicht anzusehen, aber auch Gläsker sieht ihn nicht an, verkabelt seinen Laptop mit dem Beamer. Er brauche heute ein paar Minuten extra im Status-Update, mehr hat Gläsker nicht gesagt. Wie viel? Maximal zehn. In Ordnung. Meyer nimmt Platz, reihum Kurzrapport, aber er hört nicht richtig zu, Gläsker lenkt ihn ab mit seinem Getippe am PC. Der Desktop leuchtet auf der Leinwand auf, ein Palmenstrand als Hintergrundbild. So was als Hintergrundbild. Als Gläsker an der Reihe ist, lässt er die Sonnenblenden herunter, dann wirft er Renderings und Pläne an die Wand. Deutschherrnviertel, wenige Meter von der Uferpromenade gegenüber der künftigen EZB, 108 Wohneinheiten, Projektname *Maingold*, Baubeginn kommendes Frühjahr, der qualifizierte Alleinauftrag sei so gut wie sicher, deshalb wolle er das hier kurz durchsprechen. Gläskers Stimme ist ein selbstgefälliges, weiches Schwingen. Bauträger ist die *RealCon*, Architektenbüro *Kien + Partner*. Gläsker springt zur nächsten Folie. Ausgewogener Mietermix: Geschäftsflächen und Kindertagesstätte im Erdgeschoss, großzügige Grundrisse in den oberen Stockwerken, in den unteren familienfreundliche Etagenwohnungen und komfortable Zwei- und Drei-Zimmer-Apartments. Die Penthouses verfügen über Dachterrassen mit Main- und Skylineblick, die Mieter-Zielgruppe besteht aus Singles, jungen Paaren mit doppeltem Einkommen und Familien, die sich hochwertigen Wohnraum in innerstädtischer Lage leisten können. Gläsker lächelt kühl, als er die Sonnenblenden wieder öffnet, die Bauzeichnungen an der Wand verblassen. Für den Vertrieb wolle er gerne Lohmann und Rosch ins Boot holen, wenn alles eingestielt sei.

Lohmann und Rosch nicken, als Meyer sie ansieht. Die Art, wie sie nicken, zeigt keinerlei Erstaunen, die Sache wurde offenbar längst durchgesprochen. Ohne Meyer. 108 Wohneinheiten, fleischlos, alles Knochen, Gläsker at his best. Meyer mustert ihn einen Moment lang wortlos. Gläsker braucht seine formale Zustimmung für das Projekt. Das ist ein rentables Projekt, das Ding wird ein Selbstläufer. Was kann Meyer anderes sagen als ja?

Entschuldigung, Herr Meyer? Ganz kurz –

Saskia steckt den Kopf zur Tür herein.

Kann das nicht warten?

Aber die Männer vom Entrümplungsunternehmen sind da. Soll der Sockel auch mit?

Natürlich auch der Sockel.

Auf dem Weg nach Königstein muss Meyer sich zwingen, vom Gas zu gehen, er ist sowieso zu früh dran, viel zu zeitig losgefahren. 108 Wohneinheiten. Gläsker, Rosch, Lohmann. Schon klar. Intern die Leute abziehen, als leite Gläsker den Laden. Meyer stellt das Radio an. Fresinger sah nicht danach aus, als wusste er, was da gelaufen ist, sah genau so dumm drein wie Meyer vermutlich selbst. Aber Meyer hat Fresinger vernachlässigt. Kein Mittag mit Fresinger in den letzten Wochen, *never eat alone*, kein News-Update durch Fresinger, was Gläsker betraf. Und Gläsker hat die Nummer ganz *low key* gespielt, das hat er gut gemacht.

In der Weilandt-Villa geht Meyer noch mal die Route durch, während er in allen Räumen die Lichter anmacht. Das Haus ist so groß, dass man tatsächlich darin die Orientierung verliert, wenn man nicht aufpasst. Die Route ist kompliziert, Meyer hat versucht, doppelte Wege so weit wie möglich zu vermeiden, ein müder Interessent ist kein guter Interessent. Rolf Ohnheiser ist genau, was Meyer sucht, Mitte fünfzig, unverheiratet, Managing Partner bei der *Seydler Capital*, ein mickriger Mann, auch sonst nicht von der Natur gesegnet, die Haare kurz geschoren, weil nur noch begrenzt vorhanden, windschnittige Brille in einem derben Gesicht; ein Heuschreckenmann mit kompensatorischer Lust an Prestige, aber unsentimental. *Repräsentativ*, das Wort wiederholte Ohnheiser dreimal im Laufe des Vorabgesprächs. Die Weilandt-Villa ist wie gemacht für ihn, modernste Technik, Platz für seinen Fuhrpark, elf Stellplätze, da ist er hellhörig geworden, er sammle nicht wirklich, aber genieße. Bei Ohnheiser hat Meyer gleich am Anfang der Exposévorstellung die Karten auf den Tisch gelegt, aber Ohnheiser winkte gelassen ab, wollte das Haus trotzdem sehen.

Als Ohnheisers Wagen mit Tempo auf dem Vorplatz dreht, beherrscht Meyer sich, nicht zurückzuweichen, auch wenn Ohnheiser provokant nur einen knappen Meter vor ihm stoppt, ihn trocken angrinst, als er aussteigt. Hat einer kein Bewusstsein dafür, wo er aufhört und die Welt anfängt, musst du die Position halten; besser noch, auf ihn zugehen. Meyer reicht Ohnheiser die Hand, wirft einen anerkennenden Blick auf den mattschwarzen SLR, – Von denen können Sie hier elf unterbringen, nur zur Erinnerung. Ohnheiser lacht. Fünf Schüsse hätte er ja dann noch frei.

Das Wetter spielt nicht mit, es nieselt, aber das tut der Aussicht keinen Abbruch, Meyer führt Ohnheiser durch den verglasten Eingangsbereich direkt in den Wohnraum, Panoramafront mit Blick über die sanft abfallende Landschaft bis in die Stadt, anschließend durch die offene Küche, den Essbereich, ins Hauptschlafzimmer wirft Ohnheiser nur einen kurzen Blick, will wissen, wie viele Schlafzimmer das Haus noch habe. Es gebe eine entsprechende Alternative, falls das gewünscht sei, erläutert Meyer. Ohnheiser nickt, aber die Technik im Masterbad gefällt ihm, allein fünf Minuten verbringt er vor dem Screen im Spiegel, lässt Meyer erklären, bodengleiche Dusche, Massagedüsen, Wasserfall, Rainshower, die Temperaturprogramme der freistehenden Wanne aus Stahl-Emaille. Die Besichtigung läuft gut, bis Ohnheiser ihm plötzlich ausreißt, einfach hinaus auf die Terrasse tritt, die komplette Route durcheinanderbringt, – Führt die Terrasse direkt zum nächsten Gebäudeteil? Ja. Aber. Was ist das da für ein Raum? Das Homeoffice? Nein, die Bibliothek, das Homeoffice liegt einen Raum weiter. Wie weit ist es von hier zum Außenpool? Wie weit vom Pool in die Küche? Ist das da oben noch eine Dachterrasse? Wo liegt eigentlich der Fitnessraum? Ein peinlicher Moment entsteht, als Meyer schließlich auf dem Plan prüfen muss, welche Zimmer sie überhaupt schon abgegangen sind; Ohnheiser kostet ihn aus – Hoffentlich habe sich hier noch kein Makler vor ihm verlaufen und sei jämmerlich verhungert. Kurz ist Meyer wie blockiert, aber fängt sich, führt Ohnheiser hinunter in den Weinkeller, die Einliegerwohnung, die Garage für den Fuhrpark, Videoüberwachung, hochsensible Alarmanlage, Ohnheiser lässt sich jede einzelne Kamera zeigen, begutachtet amüsiert das Bild ihrer eigenen kleinen, grauen Gestalten auf dem Splitscreen des Überwachungsmonitors, scheint wieder versöhnt, als sie schließlich zusammen auf der Hauptterrasse stehen, Blick über das gesamte Grundstück, dichtbepflanzte Grünflächen, Gräser, Schirmbambus, Rotahorn, im Rücken der sanft abfallende Waldhang. Meyer fasst die Fakten zusammen, Quadratmeter, Ausstattung, Lage, Preis, Ohnheiser nickt sachlich ab, die Arme vor der Brust verschränkt, den Kopf leicht gesenkt. Dann räuspert er sich, er wirkt plötzlich angestrengt, fährt sich über den glattgeschorenen Schädel. Das Haus gehe sehr in die Richtung, die er suche, treffe durchaus seine Vorstellung. Zweifellos ein beeindruckendes Objekt, sehr repräsentativ. Aber Meyer solle doch noch mal weitersuchen. Er sei nicht abergläubisch. Die Brandschadensanierung sei ja auch einwandfrei. Trotzdem. Ohnheiser wiegt den Kopf. Bei so einem Investment, auch wenn der Preis gut sei. Zur langfristigen Wertsteigerung trage so eine Historie dennoch nicht bei, daran müsse er auch denken, im Fall eines Wiederverkaufs. Auch wenn ihm das Haus sehr zusage.

Ein Nein. Ohnheiser will nicht mal darüber nachdenken. Meyer hat Mühe, die Enttäuschung zu verbergen. Er hätte schwören können, das Haus gefalle Ohnheiser mehr als das, mehr als dieses lauwarme Gewäsch. Meyer hat Ohnheiser bereits in diesem Haus gesehen. Zeitnah, sagt Ohnheiser, bevor er in seinen Wagen steigt, er wünsche sich etwas Zeitnahes. Meyer versichert, er werde sein Möglichstes tun. Als Ohnheiser davonfährt, spritzt Kies klimpernd gegen das Metall des Wagenunterbodens, Meyer wartet, bis der Benz hinter der Kurve der Zufahrt verschwindet, dann geht er zurück in die Villa, stellt die Lichter aus, kontrolliert Fenster und Türen, ein deprimierender Anblick, die riesige weiße Terrasse im Regen, der Pool im Regen, Meyer schließt die automatische Abdeckung. Er hätte irgendetwas besser machen müssen, sein Ton, die Art, wie er auf die Details hingewiesen hat, er hat Ohnheiser nicht mitgerissen, aber einem wie Ohnheiser sagt man nicht, was gut ist, was schön, doch vielleicht war er zu zurückhaltend, vielleicht hat Ohnheiser das nicht gefallen, vielleicht hätte er lauter sprechen sollen, noch mehr erläutern – oder hat er mit Details gelangweilt? Die scheiß Route. Aber Meyer weiß, dass es nicht an der Route lag, nicht an der Präsentation. Er lag einfach falsch. Er kann nicht glauben, dass er so falschlag. Hat er überhaupt gespürt, was Ohnheiser gefallen hat? Was, wenn er das nicht mehr kann? Meyer stellt die Sicherungen ab, verschließt die Eingangstür. Schwachsinn. Nur kein guter Lauf momentan. Die letzten zwei Wochen zählen nicht. Die Besichtigung der beiden Wohnungen, die er von Rosch übernommen hat, eine Nullnummer, aber das waren besondere Umstände. Für das Objekt im Nordend hat er trotzdem einen Käufer gefunden. Die Wohnung im Malerviertel ist noch auf dem Markt, aber die zieht er bis zum Abschluss durch, wie sähe das aus, wenn er sie Rosch wieder anvertraut, den Blick braucht er nicht. Einfach kein guter Lauf momentan. Natürlich kann er das noch. Verkaufen.

Als Meyer ins *Marriott* kommt, hat der Roomservice seine Kleidung gefaltet und in den Schrank gelegt. Das Einzige, was er in Hotels nicht leiden kann: dass der Roomservice deine Kleidung rumräumt, als wärst du ein Asozialer, bloß weil du dein Hemd vom Vortag abends über den Stuhl geschmissen hast. Meyer wirft alles in seinen Koffer. Er muss frühzeitig auschecken, auch wenn sie ihm die Nacht berechnen werden, eigentlich hatte er vor, noch eine zu bleiben, aber Nadja ist seit gestern aus Triest zurück, will ihn heute Abend sehen. Sie braucht nicht zu wissen, dass er im Hotel war. Sie versteht es ohnehin nicht. Ihr Leben wird nie in einen Koffer passen.

Sie wünsche sich einen Abend zu zweit, sagte sie nur. Zu Hause. Sie koche. Er könne Wein mitbringen. Der Strauß, den Meyer beim Concierge bestellt hat, sieht aus wie ein Eingeständnis, ein großes Bouquet Calla, Nelken und Strelitzien, aber Meyer muss den Schnitzer vom letzten Mal ausbügeln. Zwölf Tage lang Funkstille; nur eine Abfuhr auf seine Nachricht, wie es ihr gehe: Sie sei sehr beschäftigt, sie melde sich, wenn sie zurück sei. Er hat geglaubt, das würde komplizierter werden, stattdessen Abendessen bei ihr. Er bringt Blumen, sicher ist sicher.

Ein letzter Absacker in der Hotelbar ist trotzdem drin. Ein bisschen wehmütig rührt er in seinem Glas, während der Barmann die Theke poliert, ihn fragt, ob er noch einen Wunsch habe. Meyer zögert lange, bis er den Kopf schüttelt. Wenigstens ist das ein guter Abschluss, *Marriott*, ein Zimmer im 34. Stock. Auch wenn seine Kreditkartenabrechnung schmerzhaft werden wird. Er hat nicht so viel Geld, um nur noch in Hotels zu wohnen, aber für ein paar Tage hatte er genug, einen kurzen Exzess, elf Nächte, jeden Abend spontane Entscheidung, wohin, *Maritim*, Palmen in der Lobby, *Main Plaza*, die glänzenden Goldspitzen am Turm in der Sonne, *Hessischer Hof*, Seidentapeten, Stuck, Perser, Chinavasen, Ölbilder, Kristalllüster in der Halle, Portier vor der Tür, *Guten Abend, willkommen im Hessischen Hof*. In seiner Wohnung war er überhaupt nicht, rief Basma an, sie brauche nicht zu kommen, besorgte zweimal Kleidung auf der Zeil, um nicht nach Hause zu müssen, den Flow nicht zu ruinieren. Mit einem Hemd, das nach Industrie roch, frisch und chemisch, ins *Westin Grand*, Eingangsbereich ausgelegt mit goldenem Stein, blaue Lichteffekte entlang der Decken, eine halbe Stunde saß Meyer einfach im Eingangsbereich, als warte er auf jemanden, sah Gästen beim Ein- und Auschecken zu, anschließend in die Bar, acht Meter hohe Decken, Galerie, schwarzer Granitboden, Flügel. Am nächsten Abend *Villa Kennedy*, staatsmännisch, aber die Junior Suite enttäuschend, liebloses Design, gewaltsame Farbigkeit auf Kissen und Kunstdrucken, rot, gelb, grün, blau, Äpfel zur Begrüßung, *Willkommen in der Stadt des Apfels, Welcome to the city of apple*. Im *Steigenberger* warf er sich aufs Kingsize-Bett, mit Schuhen aufs Bett, aber bei 380 die Nacht, Magie des Moments. Zwischendurch eine Nacht im *Ibis*, zwei Sterne, Kontrastprogramm, im *Holiday Inn*, blank, Retorte, eine Nacht im *Hotel Tourist*, das klang so abstoßend, da musste er auch rein, und *Hotel Angel*, zwischen Laufhaus und Tabledance, das Zimmer so dreckig, dass man im Stehen schlafen wollte, und trotzdem hat er geschlafen wie ein Stein. Am Morgen Wachstischtücher im Frühstücksraum, Buffet mit fettig glänzendem Aufschnitt, Fleischwurst, die an den Rändern schon trocken und dunkel war, aber der Kaffee war erstaunlich gut, schwarz, stark, zwei Tassen, und sein Herz klopfte. Elf Nächte, er hat lang nicht mehr so gut geschlafen, selbst wenn die Matratze durchgelegen war, das Kissen zu hart, zu weich, in diesen mietbaren Schlafzimmern, wo immer ein Stück von Hunderten anderen, die schon dort waren, mitschwang, jede Nacht eine andere Patina von Privatsphären. Zwischen den gestärkten Laken im fremden Geruch von Wäscherei hat er sich sicher gefühlt. Nicht, dass er wirklich glaubte, Kai Wiesmann stehe plötzlich vor seiner Tür. Aber es war beruhigend, dass niemand wusste, wo er war, außer dem Hotelpersonal.

Meyer leert sein Glas, geht hinaus auf den Parkplatz. Wie gut der Koffer im Kofferraum aussieht. Fucking Freiheit. Fucking Kitsch. Frankfurt, Meyer weiß, er kommt hier nicht weg, will er auch nicht, er kennt den Markt hier, ein Makler und seine Stadt, Wiesbaden wäre schon nicht mehr sein Ding. Falber hat sich neben Wiesbaden ein bisschen in Berlin versucht, Goldgräberstimmung, ein paarmal ging das gut, dann hat er sich die Finger verbrannt, weil er den Markt eben doch nicht kennt. Meyer will nicht weg, Standorttreue, sorry, kein Globetrotter. Frankfurt ist ein Dorf, *the city of apple*, Apfelweintown, aber hier bewegt sich was. Andere Märkte, Hamburg, München, rentable Altbausubstanz, stabiler, fetter Markt, interessieren ihn nicht, die stolpern voran mit dem Rücken zur Laufrichtung. *Schön?* Wenn noch einmal einer sagt, Frankfurt sei hässlich. Das Fachwerk rund um den Römer, Fake, Pappkulisse, Disneyland? Jeder sanierte Altbau ist Disneyland, wenn du nicht mehr in den Nachttopf scheißt. Nach dem Krieg lag Frankfurt in Schutt und Asche, und jetzt sieh dir seine Silhouette an. Frankfurt atmet. Meyer schließt den Kofferraum, steigt in den Wagen.

Als er vor Nadjas Wohnung steht, kontrolliert er noch mal die Blumen, bevor er klingelt, justiert ein paar Blüten im Seidenpapier. Nadjas Blick wird mild, als sie den Strauß sieht, sie drapiert die Blumen in einer Vase auf dem Tisch, während sie vom Salzburger Projekt erzählt, den Freunden in Triest, lässt Meyer den Salat waschen, mehr traut sie ihm nicht zu. Nadja kocht wie jemand, der nie muss, nur will, zum Zeitvertreib, Dutzende Schalen mit Zutaten, ohne Rücksicht auf Abwasch, mit Muße hackt sie Kräuter, schält die Zeste einer Zitrone, drapiert sie über dem Fleisch, ihr Zelebrieren von Essen, wie sie Meyer Trüffel über die Vorspeise reibt, rührend und unnötig, erträgt er fast nicht. Seine Mutter hasste Kochen, wagte nur ab und zu Rezepte aus der Fernsehzeitschrift, unrühmlich in Erinnerung geblieben, Würstchengulasch, Reissalat mit Schinken, Mayonnaise, Dosenmandarinen. Wenn es schnell gehen sollte, Dosenravioli, die mochte er, abends Käsebrot mit Ketchup, das mochte er auch.

Sie müsse noch mal sagen, wie gut ihm die Uhr stehe. Nadja schiebt den leeren Dessertteller beiseite, nimmt seine Hand, streicht ihm über sein Handgelenk. Er trägt die Patek heute extra für sie, er trägt sie fast nie, nie im Büro, nie vor den Kunden, nur einmal bei einem Meeting mit Falber, aber nicht wie damals im *Preymesser* wohlweislich gut verborgen unter Manschette und Jackettärmel, als Nadja darauf bestand, dass Meyer sie trägt. Er hatte sie fast schon vergessen, bis er selbst auf die Uhr sah, Falber einen langen Blick auf sein Handgelenk warf, ihn fragte, ob er ihn eigentlich zu gut bezahle. Falbers Ton klang nach Scherz, aber die Uhr zu tragen war ein Fehler.

Nadja steht auf, geht hinüber zum Wandschrank. Sie habe ihm eine Kleinigkeit aus Triest mitgebracht. Meyer spürt eine Kälte in der Magengegend, als sie ein Päckchen vor ihn auf den Tisch legt. Er öffnet es wortlos, stellt erleichtert fest, dass es nur ein Einstecktuch ist. Nadja verlangt einen Kuss, verlängert den Kuss, zieht ihn an sich, lotst ihn ins Schlafzimmer, er ist nicht in Stimmung, zu müde, zu voll vom Tag, von dem Scheiß mit Gläskers neuem Großprojekt, der Besichtigung mit Ohnheiser, aber das kann er nicht bringen, nicht heute, Nadja will Romantikprogramm, ob er sie vermisst habe, ja, er habe sie vermisst, wie sehr er sie vermisst habe? Schrecklich. Mit der Uhrschließe bleibt er am Kissenverschluss hängen, die Uhr gibt ihn der Lächerlichkeit preis, er hat nichts mehr an außer der Uhr, ist sich schwerfällig, abstoßend bewusst, – Warte, Meyer zieht sie hektisch vom Handgelenk, tastet im Halbdunkel nach dem Nachttisch, legt sie ab, Koll hat recht, was für eine Gelöstheit das sein muss, deine Schuldigkeit in Geld zu begleichen, zu leben zwischen Kühlschrank und Bett, wenn dir das reicht, statt etwas hinterherzulaufen, das sich größer anfühlt als die Triebe, die dir der Körper aufzwingt. Körper sind nicht romantisch, Nadja will das überdeckt haben mit Worten, Frage, Antwort, Frage, Antwort, zwanghaft, leer, *liebst du mich?*, Nadja bringt ihn vom Wesentlichen ab, nicht denken zu müssen, von der Auflösung, sich selbst zu zersetzen wie in Säure, das Beste, was der andere tun kann, ist, dich dabei nicht zu stören, Worte gehören nicht hierher, das ist ein Bereich der Laute, Nadja zwingt ihn, Worte zu sagen, die er selbst nicht glaubt, so oft fragt sie, und er gibt Antwort, er liefert, weil er vor ihr nicht versagt, das ist sein Credo bei ihr, er hatte mal eine, lange vor Nadja, die sagte zu ihm, *Bring mich zum Heulen,* schließlich hat er es selbst ausgesprochen, ein einziges Mal, *Bring mich zum Heulen,* bevor ihm plötzlich wirklich die Tränen kamen, er sein Gesicht in ihre Halsbeuge vergrub, heiß, pochend, salzig, nass, bis er das Gefühl hatte, nichts mehr sei von ihm übrig, danach musste er lachen, ein hysterisch erleichtertes Lachen, während er sich grob die Tränen aus dem Gesicht wischte, eine Auflösung, die er bei Nadja noch nie zustande gebracht hat, bei ihr kommt er sich vor wie ein gieriges, niedriges Tier, das nicht darf, wie es will, das zum Sprechen dressiert wurde, obwohl es nicht kann, seine tierischen Laute klingen wie Worte, die keine sind, die das Tier selbst nicht begreift, nur herausquält, um zu gefallen. Nadjas Wange drückt sich wieder eng an seine, er spürt ihren Atem, warm und feucht, liebst du mich?

Hör auf, mich das ständig zu fragen, als glaubst du mir nicht!

Nadja sieht ihn an, als hätte er sie geohrfeigt.

Aber ich glaube dir doch.

Warum musst dann immerzu fragen?

Warum macht es dir plötzlich etwas aus, es zu sagen?

Weil ich mir vorkomme wie in einem Verhör.

Sie windet sich unter ihm hervor, zieht die Decke über sich, als habe er kein Recht mehr, sie anzusehen, während er nackt neben ihr liegt, ihre Augen ihn unverwandt mustern, als ob jemand, der meint zu lieben, den anderen anstarren darf, so viel er will. Sie hat die Decke ganz an sich gerissen, sich ein Stück davon zu nehmen kommt ihm armselig vor, also erträgt er ihren Blick.

Wie in einem Verhör, wiederholt sie, das ist ja lächerlich, und es klingt, als sagt sie, *du bist lächerlich*. Er steht auf, sucht seine Kleidung zusammen, er kann hier nicht mehr liegen unter diesem Blick, halbfertig, unterbrochen von sich, von ihr.

Was soll das? Wo willst du hin?

Nirgendwohin. Ich ziehe mich nur an.

Willst du, dass der Abend so endet?

Meyer hält inne, betrachtet die halbgeschlossene Knopfleiste seines Hemdes. Zwingt sich, mit weniger Wut zu knöpfen. Dann sammelt er seine Krawatte vom Boden auf, bindet sie, zieht sie fest. Kein Geschenk von Nadja, die Krawatte. Das Hemd ist von ihr. Der Anzug, von ihr. Aber die Krawatte nicht. Die hat er schon ewig. Sich daran festzuhalten, als sei es eine Leistung.

Nein, ich will nicht, dass der Abend so endet.

Er setzt sich ans Bettende, im Halbdunkel schimmert das Weiß der Decke, wirft knittrige Berge und Täler, geschlungen um Nadjas Körper, ihr Gesicht hell, ihre Haut, ihr Haar. Er tut ihr unrecht, ihrer Großzügigkeit, ihrer Zuneigung, von Anfang an eine Nummer zu groß für ihn, sie ist eine gute Show, wie hat er es nur geschafft, in ihren Augen so eine gute Show zu sein, was ist sein *Unique Selling Proposition* seit über zwei Jahren? Ihm kommt es viel weniger vor. Nadjas letzter Freund war Hotelfachmann, der davor aus der Tourismusbranche, was für den Puls, den Herzschlag, *ein Faible fürs Ordinäre,* Konstantin Schering hat es in ihr Schlafzimmer geschafft, es ist ekelhaft. Meyer hört das leise Knistern der Laken, als Nadja sich zu ihm beugt. Ich frage das doch nur, weil ich es gerne höre. Nicht, weil ich dir nicht glaube.

Wenn er ehrlich ist, versucht, es auf den Punkt zu bringen, hängt er nicht an ihr, er hängt nicht an ihr wie an einem Strick, das wäre so eine Vorstellung vom großen Gefühl für ihn, das große Gefühl ist keine Freiwilligkeit, Nadja hängt auch nicht an ihm wie an einem Strick, danach sieht es nicht aus, aber was weiß er schon, sie wissen nichts voneinander, sie glauben nur, reden, man hält ja die Stille nicht aus, Liebe um deiner selbst willen, sentimentale Scheiße, du kannst nur geliebt werden für das, was du tust. Was du bist, kannst du nur beweisen mit dem, was du tust. Aber nicht das, was du tust, ist automatisch das, was du bist. Er rutscht zu ihr, legt sich neben sie, sie umarmt ihn, sie riecht nach Minze, Citrus, sich, lässt ihn zurück unter die Decke, eine Weile liegen sie stumm und regungslos, er spürt ihr Blut in ihrem Hals pochen, tröstend, aber man hält ja die Stille nicht aus, 24/7 hält man die Stille nicht aus, er arbeite zu viel, sagt sie, er müsse mal raus, brauche eine Pause, er solle ihr versprechen, dass sie zusammen wegfahren. Nur kurz.

19

Kein Reißen

Rosch steht in seinem Büro, Meyer versucht, sich die Wut nicht anmerken zu lassen, zwei Tage ist man nicht da, zwei Arbeitstage lässt man Rosch allein, und der kommt sich vor, als hätte er in deiner Abwesenheit die Welt gerettet, Meyer kann es in Roschs frecher Fresse lesen. Zwei Arbeitstage, Nadja hat Meyer sanft die Pistole auf die Brust gesetzt, verlängertes Wochenende, Paris, *Mandarin Oriental*. Sag da mal nein. Sie ist ihm auf voller Länge entgegengekommen, ein kurzer Städtetrip, Donnerstag bis Sonntag, Tophotel, keine Tourismusaktivitäten, und Paris war eine Ansage, sag da mal nein und schau, was passiert.

Rosch räuspert sich. Ohnheiser sei etwas unzufrieden gewesen, er sei, na ja, Meyer wisse ja, wie der Herr sei. Ohnheiser habe sich gefragt – Rosch zitiere nur –, *ob er hier anständig betreut werde. Zeitnah, habe er gesagt, nichts habe er gehört, dreieinhalb Wochen*. Der habe einen Ton draufgehabt, das sei bedenklich gewesen, Rosch habe nicht gewusst, was er sonst hätte machen sollen, also habe er Ohnheiser ein Objekt vorgeschlagen, das er frisch akquiriert habe. Er hätte es ja mit

Meyer abgestimmt, aber Meyer sei leider nicht erreichbar gewesen. Jedenfalls habe er gleich einen Besichtigungstermin ausgemacht für den nächsten Tag, sei am Samstag also auf Besichtigung mit Ohnheiser gewesen, er hätte das ja wirklich gern mit Meyer abgestimmt, aber –

Einen Scheiß hätte Rosch gern. Wie er schwadroniert, mit diesem falschen Bedauern, Meyer bemüht sich, sachlich zu nicken, freundlich, sachlich, auch wenn er spürt, dass es ihm nicht gelingt. Nadja hat ihn gezwungen, ab Freitagnachmittag das Telefon direkt aufs Büro umzustellen. Am Freitagmorgen hat er noch mit Saskia telefoniert, um elf. Zwei Stunden später ruft Ohnheiser an, und Meyers Telefon läuft auf Saskia, die Ohnheiser zu Rosch durchstellt. *In dringenden Fällen stellen Sie die Leute zu Rosch durch,* Meyers eigene Anweisung.

Er dachte, es sei wirklich Handlungsbedarf angebracht, fährt Rosch fort, auch Walter habe ihm geraten, proaktiv zu handeln.

Habe Herr Gläsker das?

Rosch stockt, dann nickt er. Ohnheiser habe das Objekt am Mummschen Park jedenfalls sehr zugesagt, also wäre es wohl sinnvoller, dass Rosch selbst den Vorgang weiterbetreue, da er ja mit dem Haus und den Verkäufern vertraut sei.

Meyer nickt wieder; sachlich, freundlich, gottverdammt. Ohnheisers *Nach oben hin offen*-Budget. Erstick dran, Rosch.

Sicher. Halten Sie mich nur auf dem Laufenden.

Darf ich vielleicht etwas anmerken?

Meyer lehnt sich zurück. Bitte.

Sie sollten mehr mit mir kommunizieren, Herr Meyer –

Meyer sieht Rosch nur an; er hätte gute Lust, Rosch auseinanderzunehmen, Rosch gehört in seine Einzelteile zerlegt,

Rosch gehört neu zusammengesetzt. Aber objektiv hat Rosch nichts falsch gemacht. Objektiv hat er alles richtig gemacht.

Verstehen Sie mich nicht falsch, Herr Meyer, ich meine das konstruktiv. Ich bin ja offiziell Ihnen zugeteilt, deshalb –

Waren Sie bei *von Dahlberger Immobilien* auch so ein Konstruktiver?

Rosch schweigt.

Sprechen Sie doch. Ich dachte, Sie wollen mehr mit mir kommunizieren, Herr Rosch. Weshalb sind Sie bei *von Dahlberger* gegangen?

Na ja … ich wollte hierher.

Und haben wir Ihre Erwartungen bisher erfüllt, oder bereuen Sie den Wechsel? Ich habe das Gefühl, Sie bereuen den Wechsel.

Nein. Nein, ganz und gar nicht, erwidert Rosch kleinlaut.

Setzen Sie sich mal.

Rosch nimmt zögerlich auf einem der Stühle vor dem Schreibtisch Platz.

Wie alt sind Sie, Herr Rosch? Fünfundzwanzig?

Rosch nickt nur.

Wo wollen Sie in fünf Jahren sein?

Meinen Sie positions- oder gehaltsmäßig?

Wie auch immer Sie Ihr Ziel definieren. Nennen Sie mir eine Position, wenn es eine Position ist, eine Zahl, wenn es eine Zahl ist. Nennen Sie mir Ihr Ideal.

Rosch überlegt einen Moment lang, bevor er antwortet: Siebzigtausend per anno. Sein Tonfall klingt selbstverständlich und kühl. Natürlich meint er mehr, aber er will nicht gierig klingen. Ein Zahlenjunge, Zahl vor Prestige. Prestige durch Zahl. Hauptsache: Zahl.

Sie haben die Angelegenheit mit Herrn Ohnheiser professionell gelöst, Herr Rosch, ich bezweifle nicht, dass Sie in fünf Jahren da sein werden, wo Sie sein wollen, aber glauben Sie mir: Wer zu schnell zu viel frisst, kotzt. Verstehen Sie?

Rosch nickt, aber sein Blick sagt Meyer, dass er rein gar nichts versteht. Rosch ist wie ein dummer, nicht stubenreiner Hund, dem du die Schnauze in die eigene Scheiße drückst; kurz duckt er sich weg, dann scheißt er dir wieder auf den Teppich. Gläsker hat Rosch abgezogen, bevor Meyer richtig hingesehen hat. Er hätte überhaupt mal hinsehen müssen.

Danke, Herr Rosch, Sie können jetzt gehen.

Als Rosch sein Büro verlassen hat, versucht Meyer, ein paar Sachen abzuarbeiten, die liegengeblieben sind, aber um halb eins hält er es nicht mehr aus. Er will Fresinger. Den presst er jetzt aus.

Zeit für einen Lunch in der Freßgass?

Fresinger wirkt leicht alarmiert, als Meyer im Türrahmen steht. Wie? Jetzt gleich?

Wenn du frei bist?

Fresinger erhebt sich vom Schreibtisch, nimmt seine Jacke. Kurz sieht Rosch von seinem Monitor auf, während Fresinger Meyer auf den Flur hinaus folgt.

Als sie auf den Opernplatz treten, steht der Vogelmann direkt am U-Bahn-Aufgang, Dutzende von Tauben zu seinen Füßen, auf die er Futterkörner regnen lässt, Fresinger hält nervösen Smalltalk – Wenn er endlich den Tag erlebe, an dem er den Vogelmann nicht sehen müsse! Nur hundert Euro Strafe koste das Füttern, das müsse man sich mal vorstellen! Fresinger sucht den gemeinsamen Gegner, will aus der Schusslinie, – ob Meyer überhaupt wisse, was Tauben alles übertragen, Kryptokokken, Salmonellen, Listerien, sogar Chlamydien, die beim Aufflattern dieser Bazillenschleudern durch kleinste Federpartikel und Kotstaub in die Lunge gelängen, zur Entzündung, ja, bis zum Tod führen könnten! Diesen Irren sollte man wirklich mal melden!

Der Vogelmann sieht sie an, zumindest starrt er in ihre Richtung, Meyer ist sich nicht sicher, ob er sie wirklich sieht.

Im *Eckerts* bestellt Fresinger wahllos den Lunch, den Meyer bestellt, obwohl Meyer wahllos *Lunch N° 1* bestellt, Pasta mit Sardellen, Fresinger hasst Sardellen, Fresinger, den Mülleimer immer voll mit leeren Blisterstreifen, Ibuprofen und Rennie, seine Magenkonstitution noch beschissener als die von Meyer. Er mag Fresinger; Fresinger, der ihm einfach mal beim Bier erzählte, dass er nur Jura studiert habe, weil seine Eltern das wollten, Großkanzlei *Linde Fresinger LLP* sage Meyer sicher was? Als er hingeschmissen habe, drehten die Eltern ihm den Geldhahn zu, ins Makeln sei er bloß reingerutscht, sei hier nur gestrandet. Jetzt gehe er schon auf die vierzig zu, und seine Eltern fänden es immer noch schlimm, aber er beschwere sich nicht, das sei ja nicht die schlechteste Insel, um zu stranden, aber eben eine Insel. Die Traurigkeit, mit der Fresinger erzählte, und dass er es ihm überhaupt erzählte, fand Meyer bemerkenswert. Er mag Fresinger, aber er kann sich jetzt nicht davon ablenken lassen, er muss jetzt ein bisschen zudrücken, freundlich bestimmt.

Komm, was läuft da? Da hängt doch Gläsker mit drin.

Bei was genau?

Rosch und Gläsker. Du weißt doch was. Du weißt immer irgendwas.

Der Kellner bringt die Nudeln, und Fresinger betrachtet

einen Moment lang angewidert seinen Teller, bevor er Meyer wieder in die Augen sieht.

Hör mal, ich habe aber nichts gesagt.

Natürlich nicht. Tust du doch nie.

Fresinger lacht unsicher, als Meyer lacht.

Rosch meint, du hältst ihn klein.

Rosch ist Vertriebsassistent, ich halte ihn nicht klein, seine Position definiert das. Hat Gläsker irgendwas gesagt?

Fresinger zögert. Na ja, das Übliche eben.

Das Übliche?

Zu deinen Führungsqualitäten. Dass du den Laden nicht im Griff hättest. Dass du nichts aus der Hand gibst. Und dass du Rosch am langen Arm verhungern lässt. Fresinger schnaubt. Da war Gläsker ganz mitfühlend.

Gläsker macht bei Rosch also richtig Stimmung?

Fresinger zuckt die Schultern, würgt eine Gabel Nudeln runter, spült mit einem großen Schluck Wasser nach, bevor er weiterspricht. Gläsker lässt Rosch zumindest nicht *am langen Arm verhungern*. Hat ihm dreißig Prozent der Wohnungen des *Maingold*-Projekts zum Vertrieb versprochen, hat Lohmann erzählt.

Dreißig Prozent?

Fresinger verzieht den Mund mit einem Anflug von Bedauern, – So wie ich das sehe, ist Gläsker Sugardaddy, und du bist nur ein Spielverderber. So viel zu Rosch und Gläsker.

Meyer atmet angestrengt aus. Fresinger versucht sich noch an einer Gabel Nudeln, dann gibt er auf, schiebt den Teller von sich.

Übrigens, Gläskers Frau scheint endgültig weg zu sein, was ich von der Wanger so höre. Genaueres weiß ich nicht, aber

Gläsker wirkt, als habe er jetzt jede Menge Zeit, dreht richtig auf, sieht man ja. Fuck Work-Life-Balance. Fresinger stößt ein kleines, schadenfrohes Lachen aus. Das wird ein teurer Spaß, 'ne Ex mit zwei Bälgern. Zumindest kann Gläsker dann vielleicht seinen hässlichen Audi Kombi kicken.

Meyer entspannt sich etwas, als Fresinger das sagt, auch wenn Gläskers Ehe-Aus eventuell von Nachteil ist, aber Fresingers Lästereien entspannen Meyer immer. Seine Nudeln sind kalt, als er anfängt zu essen. Beide Teller gehen fast unberührt zurück in die Küche, die Essensreste mit Servietten bedeckt wie mit einem Leichentuch. Fresinger und Meyer bestellen Espresso als Zugeständnis beim beunruhigten Kellner. Dazu ein *Café Surprise*? Eine kleine süße Überraschung aus unserer Pâtisserie? Fresinger schlägt aus, Meyer tut dem Kellner den Gefallen. Er muss sich entspannen. Dass Gläsker und er keine Freunde mehr werden, war ihm ohnehin klar. Mindestens einer schnappt dir immer nach den Fersen, mindestens an einem hängst du immer dran, und einen schleifst du mit. Regeln der Arbeit.

Als die Tür aufgeht, kann Meyer den Kerl, der das Restaurant betritt, einen Augenblick lang nicht zuordnen, ein unmöglicher Anzug, Hahnentrittmuster, rote Weste, er hat sich halb seinem Hintermann zugewandt, – Optimal!, tönt er, seine Stimme ist hoch und aufdringlich, Meyer spürt, wie ihm das Blut in die Schläfen schießt, als ihm der Name kommt, Rittbach, der Schneider, und hinter ihm – Kai Wiesmann – hier, im *Eckerts Feinkost*. Meyer muss zweimal hinsehen, um sicher zu sein, Wiesmann trägt die Haare länger, gescheitelt, einen Anzug, dunkelblau, schmal geschnitten, perfekter Sitz. Ein Kellner führt die beiden an einen Tisch am Fenster. Der Schneider sagt irgendwas, jovial, der Kellner lacht.

Findest du nicht, oder warum schaust du so? Fresinger leert seinen Espresso.

Meyer zuckt zusammen, sieht Fresinger wieder an, – Doch, bin deiner Meinung, die Türsteher vom neuen *Forty-Nine* sind der letzte Witz. Dann zieht er seine Geldbörse aus der Tasche. Er müsse jetzt los, ihm sei gerade eingefallen, er habe gleich noch einen Exposétermin. Er will hier raus, bevor Wiesmann ihn sieht, doch plötzlich dreht der sich um, starrt zu ihrem Tisch herüber, erst erschrocken, dann ungläubig, bevor etwas in seinem Gesicht aufflackert, das fast wie Freude aussieht, sein Mund öffnet sich, er lächelt, breit, unverschämt breit. Das ist keine Freude, das ist schiere Angriffslust. Meyer wirft einen Fünfziger zwischen sich und Fresinger auf den Tisch, – Hier, das war ein Geschäftsessen, vergiss den Bewirtungsbeleg nicht. Dann erhebt er sich rasch, aber Wiesmann kommt zielstrebig auf ihren Tisch zu. Das wird ein offener Angriff. Meyer muss hier raus.

Thomas! Das ist ja eine Überraschung! Lang nichts von dir gehört! Hast du mein Paket gekriegt? Ich will gar nicht lange stören, bin geschäftlich hier, wir treffen gleich unseren Tuchlieferanten, wollte nur fragen, ob die Schuhe gut angekommen sind, weil ich so gar nichts gehört habe.

In Wiesmanns Gesicht sitzt Spott, fett und selbstzufrieden. Meyer nimmt seinen Mantel. Das braucht er nicht vor Fresinger. Wiesmann steht so nah an ihm dran, dass Meyer zu ihm aufschauen muss, unweigerlich tritt er einen Schritt zurück, kann sehen, wie Wiesmann es registriert und genießt.

Danke. Gut angekommen. Ich muss leider gleich weiter.

Sitzen die Schuhe denn? Kann gerne nachbessern.

Um das zu beurteilen, müsste ich sie tragen, erwidert Meyer kalt. Wiesmann blockiert ihm den Weg zur Tür, stützt sich locker mit einem Arm an einer der Wandsäulen ab.

Verstehe, noch nicht dazugekommen, sie einzulaufen, bist ja immer *busy-busy*, ich weiß doch! Hab übrigens gesehen, was sie jetzt in der Tauberstraße hochziehen, das schicke Schild: *The Metropolitan West. Falber Immobilien*. Lief wohl über dich? Da habe ich erst begriffen, wieso damals alles so schnell gehen sollte, du plötzlich so großzügig warst mit dem Ladeninventar. Wenn Gerhard sehen könnte, was du aus der Werkstatt gemacht hast. Hast ja ordentlich was rausgeholt.

Meyer atmet durch, nicht darauf einlassen, nicht vor Publikum, Fresingers Blick ist eine Mischung aus Verwirrung und blanker Neugier, der frisst das, inhaliert das, Meyer muss sofort dazwischen, lacht, schiebt sich mit sanfter Gewalt an Wiesmann vorbei, – Ja! Man tut, was man kann! Sorry, ich muss wirklich los. Dann wendet er sich ab. Auf dem Weg nach draußen bleibt er mit dem Mantel an einer Stuhllehne hängen, der Stuhl poltert, quietscht laut über den Holzboden, der Abgang ist erbärmlich. Meyer spürt, wie es ihm die Scham heiß durch den ganzen Körper treibt, als er mit gezwungener Ruhe die Tür des Lokals aufstößt, dann nach draußen auf die Straße tritt.

Zurück im Büro, schließt er die Tür hinter sich, keine Störung bis zum Exposétermin mit den Aigners, gibt er an Saskia durch, dann sitzt er einen Moment lang einfach nur da, zittrig vom eigenen Herzschlag. Das war Zufall. Natürlich war das Zufall. Als ob Wiesmann abpassen würde, wann Meyer ins *Eckerts* geht. Meyer versucht, sich auf den Termin vorzubereiten, legt die Exposés bereit, die er den Aigners zeigen will. Das dauert fünf Minuten. Immer noch dreißig Minuten bis zum Termin. Saskia hat schon Getränke auf dem Couchtisch platziert. Wasser, still und sprudelnd. Sechs Fläschchen Orangensaft. Drei Gläser. Drei Kaffeetassen. Gebäck. Es gibt nichts zu tun. Meyer hat Kopfschmerzen. Wiesmann im *Eckerts*. Als ginge er da jetzt ein und aus. Business-Lunch. Im Business-Outfit. Mit seinem Hinterwäldler-Dialekt. Meyer hätte ihm aufs Maul schlagen sollen, statt einen Schritt zurückzutreten. *Ordentlich was rausgeholt*. Draußen auf dem Gang hört er Schritte, Fresingers und Saskias Stimme, dann wird es wieder still. Unten auf dem Opernplatz kann Meyer den Vogelmann über den Platz gehen sehen. Dieser rotbraune, speckige Anorak, den er immer trägt, sommers wie winters. Wenn Schnee liegt, zieht er Plastikschlappen über das Zeitungspapier an den Füßen. *Jeder gute Mann braucht gute Schuhe*. Nett gemeint, Vadder. Meyer sucht in der Schreibtischschublade nach den Kopfschmerztabletten, aber findet nur eine leere, zerdrückte Packung. Wie er damals da stand, in Socken, die Hosenbeine hochgekrempelt, der Vater kniete vor ihm und nahm Maß, zeichnete die Umrisse seiner Fußsohlen aufs Papier ab. Halt still. Halt doch mal still. Seine Hand fasste nach Meyers Knöchel, korrigierte, die Hände vom Vater waren immer warm und trocken, Meyer hat das Gefühl, dem Vater wurden nie die Hände feucht.

Warum willst du das unbedingt machen?

Jeder Mann braucht gute Schuhe, Thomas, jeder gute Mann, ich wette, keiner deiner Azubi-Kollegen hat solche Schuhe. Wieso willst du kein Cordovan? Ich hab doch gesagt, du kannst dir aussuchen, was du willst.

Wie enttäuscht der Vater war, als Meyer nur das billige Rindsleder nahm, er sich nicht verewigen konnte, wie er wollte. Geschenke sind selbstsüchtige Opfergaben. Thomas, das ist doch nichts für Maßschuhe, so viel Aufwand und ein so schlechtes Leder.

Ich will kein teures Leder.

Dem Vater war er immer was schuldig, egal wie sehr er sich anstrengte. Meyer stopft die leere Packung Tabletten zurück in die Schreibtischschublade, als es an der Tür klopft.

Herr Meyer, Herr und Frau Aigner sind da.

Meyer erhebt sich, streicht die Krawatte glatt, schließt das Sakko, muss unauffällig seine rechte Hand am Innenfutter der Hosentasche trocknen, bevor er sie reicht, dabei sind die Aigners freundliche, handzahme Kunden, keine Ohnheisers, keine Dallhammers, sie Mitte dreißig, er Anfang vierzig, Familienplanung, aber zeitgemäß, kein biederes Häuschen, eine Eigentumswohnung, zentral, modern, mindestens 150 Quadratmeter. Die Aigners wären Kandidaten für das *Metropolitan West* gewesen, für das Penthouse, in dem vermutlich bald irgendein Expat aus dem mittleren Management seine paar Stunden Schlaf verbringt; der es gar nicht sieht. Meyer legt den Aigners Exposés aus dem Objekt-Pool vor, aber er spürt die beiden nicht. Als wären sie nur Puppen. Er weiß, da muss Hingabe sein, der Entschluss zu kaufen, der Nesttrieb, aber er spürt nichts davon. In ihm ist alles taub.

Als er nach Hause kommt, bleibt er einen Moment lang unschlüssig im Flur stehen, streift den Mantel ab, es stinkt nach Mandarine, Bergamotte, Möbelpolitur, vermischt mit kaltem Rauch. Sein Koffer aus Paris steht noch unausgepackt neben der Garderobe. *MEYER/THOMAS/MR / LH1043 to*

FRA. Meyer reißt die Gepäckbanderole ab, knüllt sie zusammen, wirft sie in den Müll. Er müsse früher weg, hat er zu Saskia gesagt. Ein Außentermin, er komme danach nicht mehr rein. Er hat es nicht mehr ausgehalten im Büro, Fresingers neugierigen Blick, exponiert, bei jedem Anruf schreckte Meyer zusammen. Sein Kopf fühlt sich an, als steckte eine heiße Klinge darin, er muss sich hinlegen, legt sich auf die Couch, aber ein Dröhnen aus der Küche lässt ihn wieder hochfahren. Nur die scheiß Kaffeemaschine. *Automatische Reinigung*.

Wie Wiesmann ihn vorhin angesehen hat. Als ziehe er in den Krieg. Meyer bringt hier kein Auge zu, er braucht neutralen Boden, sicheren Boden, er will einen scheiß Schutzraum. Seine Wohnung fühlt sich nicht sicher an.

Er bringt den Koffer ins Ankleidezimmer, räumt ihn aus, packt zwei frische Anzüge ein, ein paar Hemden, Wäsche. Dann geht er zurück in die Tiefgarage, holt den Wagen, fährt einfach los, auf die andere Flussseite, vorbei am Hauptbahnhof, Platz der Republik, Messegelände, fährt raus bis zum *Radisson*, er will ins *Radisson*, da war er noch nicht, eine senkrechte Scheibe aus Stahl und Glas, das einzig runde Hotel Europas, behaupten sie jedenfalls.

Standard oder *Business*? Der Concierge lächelt ihn an, nimmt Meyers Kreditkarte, – Designlinie *At Home, Chic, Fashion, Fresh*?

Standard. Egal. Die Bar?

Vorne rechts. Genießen Sie Ihren Aufenthalt.

Eine halbe Stunde harrt Meyer in der Hotelbar aus, er hat sie beinahe ganz für sich, nur zwei Kerle in schlecht sitzenden Anzügen stehen am Tresen; ein paarmal sehen sie zu ihm herüber, senken die Stimme, als sie sprechen. Den nächsten Drink bestellt Meyer aufs Zimmer.

Als er aus dem Lift tritt, stößt er fast mit jemandem zusammen, eine junge Frau geht dicht an ihm vorüber, entschuldigt sich, als er sich entschuldigt, geschäftiger, unsteter Schritt in hohen Schuhen über den weichen Flor des Teppichs, Meyer folgt ihr mit Abstand, das grelle Rot des Hotelflurs im schummrigen Licht verursacht ihm Schwindel, als pulsierte der Boden, verengte sich der Gang mit jedem Schritt mehr, 1721, 1722, 1723, 1724, Meyer sperrt hinter sich ab, als er endlich sein Zimmer erreicht, 17. Stock, die Stadt vor ihm ausgebreitet in der Dämmerung, aber er schließt die Vorhänge, atmet aus, zwingt sich, so tief auszuatmen, bis ihm die Lunge schmerzt. Er will die Leisten zurück. Er muss sie zurückhaben. Das ist, als ob einer ein Stück von deinem Körper hat, Haare, Fingernägel, fucking Voodoo. Aber er kann sich vor Wiesmann diese Blöße nicht geben, diese Schwäche.

Als es klopft, fährt er zusammen, zögert, bevor er öffnet, aber es ist nur der Roomservice mit seinem Drink. In der Minibar findet Meyer eine Packung Erdnüsse, reißt sie auf, zwei Handvoll, mehr geht nicht, spült den salzigen Brei mit Wodka runter, legt sich schließlich aufs Bett, stellt den Fernseher an, stellt ihn auf ein leises Murmeln. Irgendwann fehlt ein Stück Zeit. Sein Telefon weckt ihn, gedämpft aus der Innentasche seines Jacketts. Er will nicht rangehen, wartet ab, bis es wieder verstummt, aber beim zweiten Klingeln zieht er es doch aus der Tasche. Eine Frankfurter Nummer ohne Namenszuordnung, aber er kennt die Nummer, richtet sich auf, starrt einen Moment lang das Display an. Seine eigene Festnetznummer. Jemand ruft ihn aus seiner Wohnung an. Er hat das Gefühl, sein Herz setzt einen Schlag aus, bis ihm kommt, dass es Nadja sein muss, Nadja, wer denn sonst, Scheiße, er muss aufhören, Paranoia zu schieben.

Wo er sei? Nadja klingt enttäuscht. Sie habe ihn überraschen wollen, Sushi mitgebracht, gedacht, sie könnten zusammen zu Abend essen.

Das geht leider nicht. Ich bin noch im Büro.

Im Büro?

Ja. Ich sitze noch an Papierkram.

Im Büro, wiederholt sie noch mal.

Ja. Was genau ist das Problem?

Da habe ich vorhin angerufen. Frau Wanger hat gesagt, du bist schon um fünf gegangen.

Kurz packt ihn eine stumpfe Panik, aber sie versackt in Müdigkeit, ihm fällt keine zweite Lüge ein, er ist erstaunt, wie egal es ihm ist, er ist zu träge, um zu lügen, er will nicht lügen.

Ich bin im *Radisson*.

In der Bar?

Nein. Im Hotelzimmer.

Kurz schweigt Nadja ihn an, bevor sie gezwungen fröhlich fragt, was er in einem Hotelzimmer in Frankfurt mache. Ob das ein Scherz sei. Dann wird ihr Ton weicher. Sei das eine seiner Ideen? Solle sie vorbeikommen?

Nein, sie verstehe das falsch, er habe eine Auszeit vom Tag gebraucht. Allein. Er hatte einfach nur einen schlimmen Tag in der Arbeit. Nein, er wolle wirklich nicht darüber sprechen. Bitte. Ob sie das nicht kenne, einfach mal bescheuerte Sachen machen, so was wie ein Hotel in der eigenen Stadt, einfach so. Hier lasse sich auch kein Fenster öffnen. Wie im *Jumeirah*. Ob sie noch wisse, damals im *Jumeirah*, als sie gesagt habe, sie habe das Gefühl, sie ersticke, weil sich kein Fenster öffnen ließ.

Das habe ich gesagt?

Sie weiß es nicht mehr. Irgendwie trifft ihn das. Er hat mehr von ihr erwartet. Wie viel mehr er von ihr erwartet hat. Mehr Schmerz unter der Oberfläche. Vielleicht versteht er ihre Oberfläche einfach nicht. Deshalb versteht er ihre Tiefe auch nicht. Oder sie ist einfach eine Porzellanfigur, hart, glatt, glänzend, innen hohl. Aber er glaubt, er versteht einfach ihre Oberfläche nicht, wie man dort durchsticht mit der Nadel, wie man sie wirklich aufbricht, er findet sie nicht, Nadjas natürliche Sollbruchstelle. Als sie aus dem Badezimmer gekommen war, damals im *Jumeirah*, eingehüllt in eine neue Wolke Parfum, Lippenstift und Lidstrich frisch nachgezogen, nur um neben ihm zu liegen. Das Gesicht wahren, das ist Nadja. Nur einmal brach es, als sie ihn fragte, ob er eifersüchtig sei, sie einen ihrer alten Studienkollegen trafen, nur ein alter Freund, sagte sie, als Meyer ihn stumm beäugte, später stellte sich heraus, wirklich nur ein alter Freund, aber Meyer fiel es schwer, mit diesem Mann zu sprechen, alles an ihm wirkte glatt und schön wie an Nadja selbst. Ob er ein eifersüchtiger Mensch sei, fragte sie auf dem Heimweg, ihre Stimme klang ängstlich, nicht wütend, er war erstaunt, wie ängstlich sie klang, Eifersucht vertrage sie sehr schlecht, als Kind habe sie zugesehen, wie ihr Vater die Handtaschen ihrer Mutter durchwühlte, den Inhalt auf den Schlafzimmerboden kippte, auf keine Frage reagierte, nur vor sich hinredete, er sei doch kein Idiot! Er lasse sich hier nicht zum Idioten machen! Wie ihr Vater die Wahlwiederholung des Telefons prüfte, um zu hören, wer sich am anderen Ende melde, den Hörer zurück auf die Gabel knallte, nachdem er sich entschuldigen musste, *Verzeihung, verwählt,* weil sich wie immer nur ein unschuldiger Dritter meldete, die Schwester der Mutter, der Coiffeur, der Club, der Caterer. Nein, sagte Meyer, legte einen Arm um Nadja, nein, keine Angst, er sei kein eifersüchtiger Mensch.

Er kann Nadja ausatmen hören, lang und schwer, bevor sie spricht. Warum sagst du mir nicht, was los ist? Warum hast du gelogen?

Ich habe gewusst, dass du es nicht verstehen würdest, deshalb wollte ich nicht davon anfangen.

Du bist mit jemandem da.

Komm, glaubst du, ich würde dir erzählen, ich sei im Hotel, wenn ich mit jemandem hier wäre?

Chris und Vanessa haben dich gesehen.

Wer?

Freunde von Elisa. Als du sagtest, du könntest nicht zu Elisas Essen kommen, du seiest krank. Sie haben dich vor dem *Cor* gesehen, im Bahnhofsviertel.

Schwachsinn, ich bin zu Hause gewesen.

Nadja schweigt.

Ich war zu Hause, wiederholt er. Das muss eine Verwechslung gewesen sein, – Meyer hört das Schnalzen eines Feuerzeugs, hört, wie Nadja Rauch ausstößt, lang und angestrengt. Glaubst du mir oder irgendwelchen Bekannten, Nadja? Komm jetzt hier vorbei, wenn du mir nicht glaubst, kontrollier meine E-Mails, kontrollier die Wahlwiederholung meines Telefons, kontrollier die Anzugtaschen in meinem Kleiderschrank, stell meine ganze scheiß Wohnung auf den Kopf, wenn du meinst. Es gibt keine andere. Glaubst du mir oder irgendwelchen Leuten? Nadja, komm. Glaubst du mir?

Nadja zögert lange, bevor sie antwortet.

Ja. Ich glaube dir. Aber ruf mich erst an, wenn du wieder normal im Kopf bist.

Das Eis im Wodka hat sich aufgelöst, aber Meyer trinkt ihn trotzdem, während er sich durch die Kanäle zappt. Beim Homeshopping bleibt er schließlich hängen, – *Was hast du uns mitgebracht, Oliver? Tina, ich habe heute Abend etwas ganz Besonderes mitgebracht.* Meyer hat Respekt vor den Fernsehverkäufern, die große Show, die furchtbaren Produkte mit einem One Million Dollar Smile, live, reden, reden, reden, bis die Leitungen glühen, ihre Präsentation ist Knochenarbeit. Tausende potenzieller Käufer hinter dem schwarzen, kalten Auge der Kamera, und du bist blind. Meyer hat sich immer gefragt, ob er das könnte. Thomas, was hast du uns heute mitgebracht? Ich habe heute Abend etwas ganz Besonderes mitgebracht, Tina, ein Gerät, damit kassierst du alle Herzen ein, ein Hammergerät, lach nicht, Tina, nicht, was du denkst! Ein magisches Gerät, das kann auch reinigen, ein echter Allrounder, wir haben fünf verschiedene Spezialaufsätze, nur heute exklusiv im Angebot, und mit diesem Aufsatz hier kassiert das Gerät alle Herzen ein, unter Hochdruck, legst du den Schalter um, da kann kein Gläsker mithalten, kein Konstantin Schering, schon gar kein kleiner Schmierlappen wie Rosch, Tina, kein Harry Wijnvoord, Walter Freiwald oder Jörg Draeger, und das sind Größen, Verkaufsgrößen, Tina, auch wenn die Leute sie belächeln oder fragen, *wer?* Vielleicht ein Wiesmann, Kai Wiesmann könnte da vielleicht mithalten, der ist schon ein Herzenkassierer, Tina, Gefühl ist nur deshalb keine Ware, weil es sich nicht produzieren lässt wie eine Ware, deshalb werden Waren, die Gefühle produzieren, produziert, alle Waren, die nicht für die Grundbedürfnisse produziert werden, werden für die Produktion von Gefühlen produziert, der Mensch will fühlen, fühlen, fühlen, Tina, mit dem Gerät werden jetzt alle zu King und Queen of Hearts, die Spezialaufsätze, ich darf demonstrieren – der Herzaufsatz, hörst du, wie *smooth* der einrastet? Geschmeidig wie bei einem *Kobold* oder *Tiger*, Qualitätsgarantie aus good old Wuppertal, dabei äußerst robust, das Gerät hält Tritte und Schläge aus, ich darf demonstrieren, Tritte! Und Schläge! Beeindruckend, nicht? Der Herzaufsatz wird also aufgesetzt und dann, richtig, über dem Herzen aufgesetzt, nicht nötig, dich frei zu machen, das geht auch bekleidet, ganz komfortabel, Herzen kassiert man nicht nur unbekleidet, Herzen kassiert man besonders in bekleidetem Zustand, und jetzt hältst du ganz still, das geht unter die Haut, spürst du das? Das kleine Ziepen ist ganz normal, das kleine Zwicken, das große Zwicken, wir wollen es kein Reißen nennen, das sagen wir nicht im Verkauf, positives Wording, immer positiv, denn was verneint wird, erscheint, wir sagen *kein Reißen*, und es reißt, nicht, Tina? Aber was für ein Gerät, was, Tina? Hör auf zu heulen! Wir sind live, wir heulen nicht vor laufenden Kameras.

20

Expertise

Wir danken Ihnen für Ihre Bemühung, Herr Meyer, aber Frau Bittner hat sich für einen anderen Dienstleister entschieden.

Mehr hat die Assistentin nicht gesagt, als er es gestern nicht mehr aushielt, anrief, um nachzufragen. Das Wort, das Carola Schering für ihn eingelegt hat, war offenbar nicht gut genug. Dabei lief das Gespräch rund mit der Bittner, Meyer hatte das Gefühl, das Gespräch lief blendend, er hatte das Verlagsgelände schon fest eingeplant, so sicher war er sich. Heute ist Meyer um fünf Uhr morgens aufgewacht, suchte einen Moment vergeblich den Lichtschalter, stieß sich schmerzhaft am Nachttisch, weil er erst nicht wusste, wo er überhaupt war. *Willkommen im Best Western Hotel Scala.* Er muss damit aufhören. *Hilton, Hotel Garni Frankfurt,* das eigene Bett, kein Unterschied, der Schlaf kommt nicht vor zwei, flieht in der Früh wie ein scheues Tier. Aber als Meyer heute Morgen vom Hotel zurück in seine Wohnung kam, hielt er es dort auch nicht lange aus, ging schließlich ins Büro, schlägt jetzt seit zwei Stunden die Zeit mit Administrationsscheiß tot, nachdem er noch mal die Kundenkartei durchgegangen ist für die Kerkhof-Villa und die der Weilandts, ergebnislos. Er ist allein, nicht mal Gläsker ist hier. Die letzten paar Samstage war Gläsker immer hier, sie arbeiteten schweigend, vermieden, sich auf dem Gang zu begegnen, Meyer hörte nur ab und zu das Klackern der Tastatur aus dem Nebenraum.

Um elf bricht Meyer zum Städel auf, der Opernplatz ist immer noch wie ausgestorben unter ebenmäßig grauem Himmel, ein von Kälte gelähmter Tag. Als Meyer den Holbeinsteg erreicht, konzentriert er sich beim Überqueren auf den Betonboden unter sich, die dunklen Risse darin, bei jedem Schritt meint er, das Schwingen der Hängebrücke zu spüren, er traut ihr nicht, dem sanften Aufbäumen ihres Stegs zur Mitte hin, den filigranen Stahlseilen, die ihn tragen, dem Strebengeländer, das großzügig Sicht auf das Wasser freigibt. Er hätte die Untermainbrücke nehmen können, kräftige Steinpfeiler, ein Steg, so breit und stabil, dass man ihm vier Straßenspuren anvertraut hat, aber Meyer verbot sich den Umweg.

Koll ist wortkarg, als sie durch die Ausstellung gehen, stellt kaum Fragen, während Meyer beschreibt. Meyer bemüht sich, genau zu sein, aber Turner gefällt ihm nicht, Seeschlachten, Seestürme, Meer unter diesigen Sonnenuntergängen, Meyer hat das Gefühl, je länger er ein Bild anstarrt, desto mehr zerfließt alles unter seinem angestrengten Blick. Schließlich will Koll, dass Meyer das Bild beschreibt, das ihm am besten gefällt, Meyer sucht lange, findet eines ohne Sonne, Nebel, Wasser, *Niedergang einer Lawine in Graubünden,* am unteren Bildrand umgestürzte Tannen, Gesteinsbrocken, eine zerschmetterte Hütte, vielleicht auch nur Wurzelwerk, schlecht zu erkennen.

Was ist mit dem Schnee? Beschreib mir den Schnee.

Eigentlich sieht er nicht wie Schnee aus. Ich weiß nicht.

Dann schau besser hin!, herrscht ihn Koll plötzlich an, atmet aus, massiert sich mit den Fingern die Narbe über dem linken Augenlid, als schmerzte es ihn dort auf einmal. Meyer tritt näher an das Bild, der Schnee sieht aus wie ein Regensturm, dunkelgrau, wuchtig, dicht, nur im Vordergrund ist er weiß, türmt sich an manchen Stellen wie Schutt, schäumt an anderen wie Gischt. Nichts stimmt auf dem Bild, ein ockerfarbener Brocken springt einem entgegen, vielleicht ein Stück Fels, vielleicht ein monströser, splitternder Baumstamm, die Größenverhältnisse sind aus den Fugen geraten, Meyer meint, eine winzige Hütte zu sehen, zermalmt unter diesem Koloss von Stamm. Je länger er das Bild anstarrt, desto wütender macht es ihn, nicht erkennen zu können, was da ist – nein, nicht *ist*, *sein soll*. Als Meyer noch näher tritt, ertönt ein nervöses, schrilles Piepen, ein paar Besucher sehen abschätzig herüber, als der Wachmann kommt, den Alarm abstellt, Meyer verärgert ermahnt.

Dir gefällt das Bild nicht. Warum hast du es ausgesucht?

Weil kein Wasser, kein Nebel, keine Sonne darauf ist, aber das sagt Meyer nicht. Ich weiß nicht, sagt er nur.

Du bist heute nicht bei der Sache. Koll wendet sich ab, lässt den Blindenstock energisch über den Holzboden gleiten. Er wolle jetzt nichts mehr über Schnee hören, er wolle sich setzen. Meyer führt ihn zur Bank in der Mitte des Saals, Koll lässt sich mit einem erschöpften Seufzer nieder.

Sag mir, was los ist.

Als Meyer endlich erzählt, brechen die letzten Wochen aus ihm heraus, Gläskers *Maingold*-Projekt, Rosch, Lohmann, abgezogen durch Gläsker hinter Meyers Rücken, die chaotischen Besichtigungen von Roschs zwei Wohnungen, Ohnheisers Nein zur Weilandt-Villa, Roschs dienstbeflissenes Gegeiere über Ohnheisers No-Limit-Budget, der geplatzte Auftrag für das Bittner-Gelände, – Ich habe mich ernsthaft gefragt, ob ich das noch kann, Volker – was, wenn ich das nicht mehr kann?

Verkaufen ist wie Fahrradfahren, das verlernt man nicht.

Meyer lacht trocken. Fahrradfahren, Schwimmen, jeder erwartet, dass du das kannst. Ich kann nicht schwimmen.

Koll winkt ab. Und wennschon. Bedürftigkeit und Schwäche sind immer ein Tabu, deshalb sind wir alle ein Haufen von Vollprofis, Experten, Spezialisten, Kennern, Fachmännern, Generalisten, Alleskönnern, Multitalenten, Allroundern, ein Haufen von Blendern. Vergiss Gläsker, konzentrier dich auf dich. Oben zu bleiben ist immer härter, als hochzukommen. Warum so nervös?

Meyer lehnt sich zurück. Ich habe letzte Woche Kai Wiesmann getroffen. Im *Eckerts*. Der im *Eckerts*! Geschleckt im Anzug und alles, hat jetzt seine eigene Werkstatt, macht auf Herrenausstatter zusammen mit einem Schneider im Bahnhofsviertel. Meyer lacht humorlos. Vor ein paar Wochen hat er mir Maßschuhe geschickt. Die Leisten, die mir mein Vater gemacht hat, müssen noch beim alten Inventar gewesen sein, und dieser Spinner hebt sie auf, nur für das.

Koll schnaubt. Ist doch nett.

Ich glaube, du verstehst nicht.

Ich verstehe sehr gut. Und du lässt dich provozieren.

Das überschreitet eine Grenze.

Man erntet, was man sät.

Machst du mir jetzt den Moralischen oder was?

Werd nicht beleidigend. *Moral*. Moral ist die Krücke für

den, der nicht allein laufen kann, Moral ist der Stock, mit dem der Satte dem Hungrigen auf die Finger schlägt, ihn maßregelt, er soll nicht schlingen wie ein Schwein. Du bist der mit der Moral. Ich höre von dir: *Das tut man nicht*. Wiesmann sagt dir genau dasselbe: *Was du getan hast, tut man nicht*. Ihr bespuckt euch gegenseitig mit eurer Moral.

Bist du der Ansicht, was ich getan habe, tut man nicht?

Dem Wunsch eines Toten nicht zu entsprechen? Nicht jeder würde das tun, aber ich schlage sicher nicht mit dem Stock nach dir. Koll erhebt sich angestrengt. Komm, lass uns ins *Gallo*. Tut mir leid, aber deine Bilder sind heute nicht zum Aushalten.

Einen Moment lang zögert Meyer, der Satz aus Kolls Mund tut ihm weh. Ob Koll nicht doch noch eines hören wolle, er werde sich mehr Mühe geben, aber Koll schüttelt den Kopf.

Im *Gallo* will Koll wie üblich Hauswein, Paella, Meyer zieht mit, obwohl er nicht hungrig ist. Auch Koll isst lustlos, lässt sich von Meyer immer wieder Wein nachschenken.

Am Wochenende sind übrigens neun Millionen im Lotto-Jackpot. Koll leert sein Glas. Wenn ich die gewinne, schmeiße ich hin bei der Bank. Ich schmeiße ohnehin bald hin.

Meyer sieht ungläubig von seinem Teller auf, aber findet in Kolls Gesicht kein Anzeichen von Scherz, so genau er auch die schmalen Lippen absucht. Die Furchen um die Mundwinkel wirken tief wie Schnitte im diffusen Licht des Lokals.

Was meinst du damit: *Du schmeißt hin*?

Ehrlich, Thomas, die goldenen Zeiten sind sowieso vorbei. Willst du wissen, was ein Kunde am Telefon zu mir letztens gesagt hat? *Sie tun mir leid*. Dann hat er aufgelegt. Ich habe das Gefühl, es ist besser, wenn ich gehe. Irgendwann hat man genug davon, das Ufer zu sein, an das der Dreck gespült wird, der Dreck türmt sich, und du kannst nichts tun, weil du nur das Ufer bist. Ich bin zu alt für den Scheiß, die Kunden, Sauters Eckengepisse, alle paar Tage Einzelgespräche – *Unter uns, Koll, von einem weniger bricht die Quote nicht ein, ich habe nur meine Zielvereinbarungen, wie du deine hast, aber ich erfülle meine, im Gegensatz zu dir.* Bitte, das ist lächerlich.

Wegen Sauter willst du kündigen? Das meinst du nicht ernst. Ich kann nicht glauben, dass du das willst. Du.

Ich?

Du kannst, was du tust. Ich kenne keinen, der das so kann wie du.

Komm, hör auf. Leute am Telefon bequatschen.

Du sagst das, als wäre das nichts.

Wir sind nur Verkäufer, Thomas, wie viele gibt es von uns? Keiner merkt, wenn wir fehlen.

Überall rückt wer nach, bevor der Vorgänger ganz kalt ist. *Nur Verkäufer* – jeder ist Verkäufer, nur ein schlechter Verkäufer spuckt auf die guten, spuckt aufs Verkaufen, als sei es etwas Niedriges.

Koll winkt ab. Geschenkt, aber glaubst du, was du verkaufst?

Ich fühle, was ich verkaufe.

Ich auch. Und es langweilt mich. Seit Jahren. Die Einfachheit der Leute. Jetzt sind sie nur alarmierter, panischer, schwerer zu packen, aber nicht schlauer. Einen zu packen gibt mir nichts mehr. Wenn einer anfängt zu speicheln wie der Hund beim Glöckchen, ist das Einzige, was ich denke: Noch ein Idiot. Du warst immer der bessere Verkäufer, mit deiner *Verkauf ist Gefühl*-Nummer. Die hat mich immer beeindruckt.

Was soll das heißen: *meine Nummer*?

Deine Nummer, deine Technik, ein bisschen sentimental und naiv, gleichzeitig kühl, berechnend, immer Gefühl, nie Mitgefühl. Vermutlich muss man etwas naiv und sentimental sein, um im Verkauf mehr zu sehen als Kalkül, Taktik, Manipulation, aber ganz ernst hast du das doch nie gemeint. Das ist eine nette Spielerei, das Gefühl im Verkauf zu suchen.

Meyer legt sein Besteck laut auf dem Tellerrand ab, – Das ist keine *Nummer,* keine *nette Spielerei,* Volker, mein Schnitt ist nicht nur Geld, sondern das Ja vom Kunden. Kauft einer, wertschätzt er deine Arbeit, und das Verkaufte erhält Wert über den bloßen Preis hinaus.

Früher, wenn du wusstest, dass das Produkt, das du verkaufst, milde gesagt, nicht bedarfsgerecht ist, hattest du doch nicht das Wohl des Kunden im Kopf.

Ich sagte auch, ganz ohne Gewalt geht es nicht, nirgends. Und wenn einer glaubt was zu brauchen, schafft das nie *Wohl.* Wollen heißt Schmerz. Aber wenn du nichts mehr willst, kannst du dich auch gleich zum Sterben legen. Meyer stößt angestrengt die Luft aus. Ich kann nicht glauben, dass du vor Sauter so einknickst.

Einknicken? Nennst du mich etwa feige?, entgegnet Koll mit einer Heftigkeit, die Meyer noch nie an ihm erlebt hat.

Nein, das habe ich nicht gemeint –, aber Koll unterbricht ihn barsch, – Dass du den Nerv hast, mir zu sagen, ich knicke vor Sauter ein! Du! Einer, dem der Schweiß ausbricht, wenn ein Konstantin Schering bloß hustet? Ich knicke nicht vor *Sauter* ein, ich brauche nur den ganzen Scheiß nicht mehr. Sauter ist bloß ein Platzhalter, an Sauters Stelle würdest du nichts anders machen, Reduzierung der Kostenfaktoren: Michalski, Schmitt, Hartmann, Eisenach, Reuter, ich. Mich konnte Sauter sowieso nie ausstehen. Wäre ich Sauter, würde ich wohl auch nichts anders machen.

Ich würde das nicht so machen.

Sicher? Ich kann mich erinnern, wie gut du mit Sauter klarkamst, Sauter beeindruckt dich, genau wie Schering. Ich schätze, einfach weil beide obenauf sind, dafür warst du schon immer anfällig, jedes Mal, wenn du so einen triffst, benimmst du dich wie ein Junge, der zum ersten Mal ein Pornoheft in die Finger bekommt und nicht aufhören kann zu blättern. Koll lächelt mild. Hochkommen, oben sein. Und dann bist du oben, und? Glücklich? Ich habe dich selten so lamentieren hören wie heute. Oben sein, die Trophäen an der Wand, die Wanne mit Geld, in die du dich reinlegen kannst, das Versprechen auf noch mehr Trophäen, du hetzt durch die Welt in einem Vakuum aus Erfolgssucht – wo ist die nächste Wanne mit Geld, in die du dich reinlegen kannst – ja, ja, das große Gefühl.

Meyer stellt sein Glas so hart auf dem Tisch ab, dass Koll zusammenzuckt, – Wenn du Geld hast, behandeln dich die Leute wenigstens nicht wie Dreck. Hast du kein Geld, bekommst du im besten Fall Mitleid ab, Geld ist zweitrangig, aber Geld stopft Leuten das Maul, hinter deinem Rücken reden sie vielleicht, aber wenigstens vor dir halten sie ihr Maul. Dass ich dir das erklären muss. Meyer schnaubt. Zumindest tue ich etwas, ich spiele nicht nur Lotto, weil ich meine, das Schicksal sei mir was schuldig. Als ob sich dein Leid zum Schluss amortisiert, wenn du wöchentlich dein Geld verbrennst für die irre Hoffnung, Glück zu haben. *Das* ist naiv.

Träume gehen nicht in Erfüllung, Volker, nur Ziele werden erreicht. Erfolgssucht! Wenigstens besteht mein Vakuum nicht aus Selbstmitleid.

Komm mir nicht so. Koll lacht empört.

Sag mir, dass ich nicht recht habe. Verbittert herumhocken und auf bessere Zeiten hoffen, bis es zu Ende geht, das ist doch ein Witz.

Einen Moment schweigt Koll, dann schüttelt er den Kopf.

Geld ist eine Sprache, Thomas, aber das Geld selbst redet in Zungen. Weißt du, tief drin hat jeder das Gefühl, er sei wertlos, deshalb tut er Dinge, deshalb kauft er Dinge, deshalb will er Dinge von anderen hören, weil jeder insgeheim glaubt, er sei nichts wert. Deshalb halten sich Götter so hartnäckig, gibt es einen Gott, ist wenigstens einer da, der dich liebt, dem du gefallen kannst. Der Mensch wird geboren mit dem Gefühl der Unvollkommenheit, deshalb strebt er nach Fortschritt, träumt den Traum der Perfektionierung, und weil er sich selbst allein nicht glauben kann, weil er ja meint, er sei unvollkommen, giert er nach dem Urteil und der Anerkennung anderer, erfindet sich Gott und die Arbeit, um sich messbar zu machen. Wenn einer genug zu fressen hat, dient Arbeit nur noch der Anerkennung, dem Selbstwert, nicht die Arbeit macht uns zu Krüppeln, wir sind Krüppel, deshalb wollen wir arbeiten, da habe ich Expertise, aber ich bin zu alt für diesen Müll, die Parolen, *der Köder muss dem Fisch schmecken, nicht dem Angler. Leute kaufen nur von Siegern,* ich muss mir nichts mehr beweisen. Im Gegensatz zu dir. Das ist in Ordnung, du hast noch ein paar Jahre, dich mit dem bekannten Grauen rumzuschlagen, genau zu wissen, was kommt, und trotzdem noch zu schreien, wenn es kommt. Unterm

Strich sind wir alle gleich wertlos. Irgendwann schreist du auch nicht mehr.

Koll erhebt sich langsam, klappt seinen Blindenstock aus, die Serviette rutscht ihm vom Schoß, fällt lautlos zu Boden.

Du kannst heute mal zahlen, das willst du doch immer.

21

Vor die Füße

Wenn Koll nicht mit ihm reden will, bitte. Soll Koll mit der scheiß Wand reden, mit Meyer will er ja nicht, seit Wochen weicht er ihm aus. Vorgestern ist die Modigliani-Ausstellung in der Schirn angelaufen, Koll liebt Modigliani, also hat er Koll angerufen. Ob er hinwolle? Nein, er habe keine Lust auf die Ausstellung. Stattdessen auf ein Bier? Nein, langer Tag. Morgen? Er wisse noch nicht. Er melde sich. Dann legte Koll einfach auf, rief am nächsten Tag nicht zurück. Die Stadt ist gepflastert mit den Ausstellungsplakaten, von jeder Straßenecke starren Meyer die schmaläugigen Modigliani-Frauen an, höhnisch, feindselig. Gestern war er allein im Museum. Meyer hatte das Gefühl, er sehe nichts, rein gar nichts, es war furchtbar ohne Koll.

Meyer zieht die Krawatte fest, schließt die Manschettenknöpfe. Soll Koll reden, was er will. Beeindruckt von Sauter, von Schering, Pornohefte. Schering wird heute Abend auch da sein, aber Schering ist ihm egal, Meyer wird sich nicht ablenken lassen, nicht von Schering, nicht von Koll. Das ist wichtig heute. Das erste Mal, dass er persönlich eingeladen wurde. Nachdem Carola Schering ihr Bedauern über den gescheiterten Auftrag für das Bittner-Gelände ausgedrückt hat, Anna Bittner, *entre nous*, leider unberechenbar, aber sie hoffe inständig, er sei frei am 12.? Carola Scherings Novemberessen im engsten Kreis, im Haus der Scherings in Bad Homburg. Bei Scherings heißt *engster Kreis* sechzig Gäste auf der Liste. Todlangweilig, deklarierte Nadja jedes Mal, wenn im Club die Rede davon war, diese Kleinbankette ihrer Mutter, einmal im Quartal, Februar, Mai, August, November, Freunde und Geschäftspartner ihres Vaters und der obere Kader aus der Bank, Kotzbrocken mit verbiesterten Gattinnen oder peinlich jungen Zweitfrauen, sie wolle da echt nicht hin. Nadjas Vorwand, nie hinzugehen, aber Meyer wusste, er war bisher dort auch unerwünscht.

Um zehn vor sieben vibriert Meyers Telefon über den Couchtisch, Nadja ist überpünktlich, wartet unten im Wagen. Sie hole ihn ab. Ein Statement, keine Frage. Sie wolle auf keinen Fall zu spät kommen. Wenn sie ihn abhole, gehe sie sicher, sie wolle dort sowieso nichts trinken, in dieser steifen Atmosphäre.

Hast du den *Quinta do Noval* für meine Eltern? Nadja klingt angespannt, als Meyer in den Wagen steigt, nicht mal ein Hallo. Meyer hält die verpackte Flasche Portwein hoch. Nadja nickt. Endlich ein Kuss. Als sie die Schnellstraße Richtung Bad Homburg erreichen, gibt Nadja Gas, wirft immer wieder einen Blick auf die Uhr. Meyer hat sich um Wiedergutmachung bemüht in den letzten Wochen, im Gegensatz zu Koll stellte Nadja nicht auf stur. *Nie wolle er ins Theater, in die Oper*, also überraschte er sie mit Karten, Inszenierung Christian F. Rauch, einer ihrer Lieblingsregisseure, zwei Stunden lang ein graues Bühnenbild, Stühle im Halbkreis, alle Schauspieler weiß gekleidet, zum Schluss waren die meisten nackt, schrien sich an, aber Nadja wirkte versöhnt. Ihr seien zum Schluss die Tränen gekommen. Eine bewegende Inszenierung.

Als sie Bad Homburg erreichen, geht Nadja endlich vom Gas, die Straße macht eine leichte Steigung, vorbei an Reihen von Altbauvillen, prächtigen Vorgärten, schließlich erreichen sie den schmalen Privatweg, minutenlang nur Asphalt und vorbeirauschende Bäume im Scheinwerferlicht, bis das Einfahrtstor in Sicht kommt, der halbrunde Vorplatz, eine großbürgerliche Villa mit hell getünchter Fassade unter einem hohen Mansarddach. Der Vorplatz ist bereits zugeparkt, allesamt raumgreifende Limousinen in dunkler Lackierung, Nadjas weißer TT wirkt dazwischen fast fehlplatziert.

Sie wirft Meyer einen kurzen, unsicheren Blick zu, als sie zusammen die Vorhalle betreten. Im Wohnraum stehen die Gäste in kleinen Gruppen, eine Servicekraft nimmt Nadja und ihm die Mäntel ab, eine andere bringt Aperitif, bevor Nadjas Eltern sie begrüßen, Nadjas Vater hat keine lesbare Mimik, nur ein professionelles Halblächeln, ein trockener Handschlag, bevor er sich den nächsten Gästen widmet. Auf dem Weg ins Speisezimmer fasst Carola Schering Meyer am Arm. Sie habe Nadja und ihn zu den Mielbergs, den Doerners und den Sussmanns gesetzt, eine gute Grundlage für Gespräche, dachte sie. Doerner sei Teilhaber der *Maratelco*-Hotelkette, Nadja erinnere sich doch an Doerner? Und die Mielbergs seien sehr umtriebig, was Immobilien angehe. Carola lächelt Meyer zu, bevor sie geht, – Und Victor Sussmann verantwortet das Immobilienanlagegeschäft bei uns im Bankhaus. Damit ihr zwei euch auch mal kennenlernt.

Nadja quittiert die Worte ihrer Mutter mit leichtem Argwohn. Meyer nimmt ihre Hand. Ob etwas nicht in Ordnung sei. Nadja winkt ab. Nein, schon gut. Ihre Mutter müsse nur immer kuppeln, das strenge sie an.

Das Essen über bleibt das Gespräch unverbindlich, Nadja erzählt von Salzburg, weil Mielbergs Frau alles wissen will, von der Wandverschalung in der Lobby bis zur Sanitärausstattung in der Executive Superior Suite, während Meyer unauffällig Konstantin Schering beobachtet, ein paar Plätze weiter in sicherer Entfernung. Er ist ohne Begleitung, sitzt in ungewohnt steifer Haltung leicht über seinen Teller gebeugt, zerteilt konzentriert den ausgelösten Hummer mit dem Besteck, wechselt nur ab und zu ein paar Worte mit seinen Tischnachbarn, bevor er sich wieder der Vorspeise widmet. Letztens ließ Meyer anklingen, er glaube, Schering könne ihn nicht leiden, aber Nadja wollte nichts davon hören, Konstantin sei sehr warmherzig, ein sensibler Mensch, leider taue er nur langsam auf, Meyer dürfe das nicht persönlich nehmen. Konstantin meine immer, er müsse sie beschützen, meine es gut. Auch wenn er übertreibe. Er beäuge bei ihr neuerdings sogar jede Zigarette mit kritischem Blick, weil er selbst wieder einen seiner Anfälle habe, von wegen *Lebensgewohnheiten ändern*, Personal Trainer, Ernährungsberater, Detox-Kur, aber alle paar Wochen dann doch Totalabsturz. Noch wolle sie es nicht als *Problem* bezeichnen. Nadja lächelte gequält. Aber seine Rechtfertigungen, *zum Runterkommen, zur Feier, als Absacker* und immer noch einen Absacker hinterher. Konstantin spreche selbst schon von einer *Angewohnheit*. Aber er habe es auch nicht leicht. Er sei groß eingestiegen in die Bank, sie wollte das nie, habe sich ausgeklinkt, Konstantin wollte ja, aber er habe es schwer mit den anderen Gesellschaftern, die nur drauf warten, dass er einen Fehler mache.

Kurz sieht Schering auf, sieht direkt zu Meyer herüber, Meyer hat den Eindruck, heute liege mehr in seinem Blick als die übliche Herablassung, fast etwas wie Schmerz, aber dann lächelt Schering plötzlich, abweisend, unnahbar, wie immer.

Nach dem Essen Digestif im Salon, Nadja neigt sich Meyer zu, umschließt ihr Glas Ginger Ale mit beiden Händen, skandiert ihm leise Namen, Positionen, Eigenheiten einiger Gäste herunter, als habe sie Karteikarten angelegt, erklärt, wer mit wem verbündet sei, wer mit wem im Clinch liege, nennt unverfängliche Gesprächsthemen und welche, die Meyer auf keinen Fall anschneiden dürfe.

Ob sie Angst habe, dass er sie blamiere. Meyer lächelt, aber sein Ton klingt gereizt. Nadja sieht ihn erschrocken an. Nein, natürlich nicht. Meyer nimmt wieder ihre Hand, verschlingt seine Finger in ihre, Nadja lächelt erschöpft. Sie sind erst das zweite Mal zusammen hier, nur zum Weihnachtsessen waren sie da, knappe fünf Stunden, er hat die Halle gesehen, Wohn- und Kaminzimmer, die Gästetoilette, bekam fast nichts mit, war viel zu beschäftigt, nichts falsch zu machen, an den richtigen Stellen zu nicken, zu lachen, den Mund zu halten. Es ist eine andere Nummer, ohne geschäftliche Legitimation in einem Haus dieser Größenordnung zu sein, privat in Privatem ist, als schabe dir einer die oberste Hautschicht ab. Meyer fühlte sich wund nach dem Weihnachtsabend. Heute sieht er das Haus zum ersten Mal richtig, fragt Nadja beiläufig nach ihrem früheren Zimmer, aber sie schüttelt den Kopf. Das sei schon lange ein Gästezimmer. Sie läuft nicht durch dieses

Haus, als sei sie hier aufgewachsen. Er dachte, jemand, der Teil eines solchen Generationenhauses ist, bewege sich organischer darin, doch bei Nadja nur Teilnahmslosigkeit, während er sich fühlt, als sei er in ein Rubensgemälde hineingestolpert, *Overload*, Marmorsäulen, Figuren in wehenden Gewändern, umschwärmt von speckigen Putten. Nadjas Mutter lotst sie von Gruppe zu Gruppe, weicht den Abend kaum von ihrer Seite, ein Smalltalk-Marathon, der selbst Meyer erschöpft, nach dem vierten Glas Rosé bekommt er Kopfschmerzen, Jubiläumssaison Tigerpalast, Gourmet-Gipfel in der Villa Rothschild, Gala-Nacht für die Forschung im Senckenberg-Museum, Frankfurter Firmenlauf, Golf-Charity-Cup, – Golfen Sie? Leider nicht. Großartige Inszenierung, Christian F. Rauch. Paris. Nein, das Wetter war leider schlecht. Private Rentenversicherungen, es ist eine einfache Rechnung: Wer länger lebt, braucht länger Geld. Ein Gestüt in Bad Homburg. Ich sage Ihnen, ein Frederiksborger Hengst will gefragt werden, bevor er etwas für dich macht! Aber bevor sich die Mielbergs verabschieden, fragen sie Meyer nach seiner Karte; Victor Sussmann quittiert es mit einem amüsierten Blick.

Meyer mache ihm hier ja Konkurrenz! Ob Meyer sich auch mit Immobilienanlagen befasse. Carola habe ihm erzählt, er sei früher bei der Bank gewesen.

Meyer nickt, aber winkt ab. Anlageobjekte liegen ihm ehrlich gesagt nicht, er möge das klassische Wohnimmobiliengeschäft.

Carola Schering lächelt mild. Vielleicht ändere sich das ja irgendwann.

Als Meyer nach draußen auf eine Zigarette will, entdeckt er Schering am Kamin neben dem Zugang zur Terrasse, Schering lehnt entspannt in einem der Chesterfieldsessel, als halte er Hof, auf dem Tisch vor sich eine schwere Kristallkaraffe, ein Tablett mit Tumblern. Ihm gegenüber ein Mann, sicher zehn Jahre älter als er, aber seine Körperhaltung wirkt unsicher, leicht geduckt, das Gespräch scheint angespannt. Der Mann räuspert sich, betrachtet einen Augenblick unschlüssig seine Hände, die er vor sich im Schoß gefaltet hat, sagt etwas, aber Schering unterbricht ihn, schüttelt den Kopf, sieht auf die Uhr, Meyer glaubt, das Wort *sofort* auf seinen Lippen zu erkennen, bevor der Mann sich erhebt, sein Telefon aus der Jacketttasche zieht, eilig den Raum verlässt. Als Meyer an Schering vorbeiläuft, treffen sich ihre Blicke, Meyer wendet sich ab, aber Schering ruft nach ihm, so laut, dass er es nicht ignorieren kann, – Thomas! Wo willst du denn hin? Setz dich doch kurz, du siehst durstig aus. Schering tippt mit der Fingerspitze gegen die Karaffe. *Macallan Ruby*, perfekter Digestif, breitet sich auf der Zunge aus wie ein Gewürz, Malznoten, Hefe, Backpflaumen, Zuckerrohrmelasse, ein flüssiges Dessert. Scherings Ton ist so über alle Maßen freundlich, dass es Meyer einen Schauer über den Rücken treibt; langsam nimmt er in einem der Sessel Platz, Schering schenkt ihm ein Glas Whisky ein, schiebt ihm den Tumbler zu, dann hebt er sein Glas, wartet geduldig, bis Meyer mit ihm anstößt.

Wie ein Fisch im Wasser, ha, Thomas?

Was meinst du?

Na, dich. Hier.

Meyer erwidert nichts, hält nur den Blick. Er wird sich nicht provozieren lassen. Er wird sich nicht ablenken lassen.

Du schlägst dich gut. Sich länger als fünf Minuten mit Sussmann zu unterhalten ist schon eine Leistung. Hat er dir von seinen Pferden erzählt? Er erzählt immer von seinen Frederiksborger Hengsten.

Schering nippt an seinem Glas, hält den Whisky einen Moment auf der Zunge, bevor er schluckt, dann nickt er in Richtung seines Vaters, umringt von einem Kreis Männer. Schau sie dir an. Schering seufzt. Jedes Pflänzchen neigt sich so nah als möglich der Sonne zu. Der Lauf der Natur. Gedämpftes Lachen dringt zu ihnen herüber, als Schering senior etwas sagt. Weißt du, Thomas, eines muss ich dir lassen, seit es dich gibt, beehrt uns Nadja wesentlich öfter mit ihrer Anwesenheit auf den Veranstaltungen unserer Mutter, im Club, sogar hier. Das hat noch keiner vor dir geschafft. Nadja hatte jahrelang ein Herz für Männer, die sich nicht benehmen konnten, hat sie gesammelt wie exotische Souvenirs, Kerle, die meinten, ein paar Tattoos und Tiraden gegen die *Scheißbullen* machten sie zu harten Hunden, oder welche, die glaubten, ein *taz*-Abo und zwei abgebrochene Studiengänge machten sie zu Freidenkern. Und wenn unsere Eltern entsetzt waren, hat Nadja das genossen, leise und unauffällig, wie sie immer ist, aber wie sie das genossen hat. Mit dem Tourismustypen ist Nadja dann ein halbes Jahr nach Asien, ließ fast nichts mehr von sich hören. Du bist tatsächlich ein Fortschritt. Vielleicht ist dir deshalb unsere Mutter so wohlgesinnt; weil du es schaffst, dass Nadja sich bei uns blickenlässt. Unsere Mutter ist dankbar, wenn sie Nadja überhaupt zu Gesicht bekommt. Aber das Richtige aus den falschen Gründen macht das Richtige irgendwie schal.

Scherings Ton kippt ins offen Feindselige, als er sich nach vorne beugt, sein Glas hart auf dem Tisch abstellt.

Ich weiß nicht, was du dir erwartest, Thomas, aber du bist hier unerwünscht. Du hast hier nichts zu suchen, bloß weil meine Schwester bedauerlicherweise anfällig ist für menschliche Abszesse. Glaub nicht, nur weil du dich an einen wie Sussmann ranwirfst, bringt dich das irgendwohin.

Meyer will wortlos aufstehen und gehen, aber als Schering sich zurücklehnt, selbstgefällig die Beine auf den lederbezogenen Schemel vor sich legt, fällt Meyers Blick auf die Sohlen seiner Schuhe. Das Licht hier kann noch so beschissen sein, aber das ist Wiesmanns Sohlenprägung. Ein schlichtes W in einem Quadrat mit abgerundeten Ecken im hellen Sohlenleder, Meyer verharrt mitten in der Bewegung, bevor er zurück auf den Sessel sinkt, die makellos polierten Oxfords an Scherings Füßen anstarrt. Bis hierher hat Wiesmann es also geschafft. Bis ins Haus der Scherings, bis an die Füße dieses selbstherrlichen Idioten. So weit, wie Meyer es selbst geschafft hat. Nein, Wiesmann hat es weiter geschafft, Meyer hat es nur bis *vor* die Füße dieses Idioten geschafft. Plötzlich packt ihn eine seltsame Mattheit, er sieht Schering einen Moment lang nur an, diese furchtbare Krawatte, die er trägt, grell wie ein giftiges Tier; eine Mattheit, als hätte Meyer einen Kampf zweifach verloren.

Ich will nicht bei euch in die Bank einsteigen, falls du davor Angst hast, Konstantin. Du hast recht, ich weiß nicht, was ich hier soll. Bei euch ist es der gleiche Scheiß wie überall, bloß mit Blattgold überzogen, *Macallan* im Bleikristall statt Wein aus dem Tetrapak. Und du bist nur ein Rädchen in diesem Betrieb, das sich als Motor ausgibt, einer, der Angst haben muss, irgendwem zu lange den Rücken zuzukehren, – Meyer nickt in Richtung der Whiskykaraffe, – da beruhigt ein guter Schluck. Aber aus einer Angewohnheit kann schnell ein Problem werden, habe ich gehört.

Schering stößt ein entrüstetes Lachen aus, erhebt sich abrupt. Einen Moment lang glaubt Meyer, Schering wolle auf ihn losgehen, als er mit einem Satz um den Tisch herumtritt, sich zu Meyer hinabbeugt, die Stimme bis auf ein Flüstern senkt, – Ich schwör dir, Thomas, ich sorge dafür, dass du nie wieder einen Fuß in dieses Haus setzt.

Meyer erhebt sich aus seinem Sessel, als sie von Nadja unterbrochen werden, beunruhigt sieht sie von einem zum anderen, tritt so nahe heran, dass Schering zurückweicht.

Ob alles in Ordnung bei ihnen sei.

Wir sind d'accord, erwidert Schering lapidar.

Einen Scheiß sind wir.

Wenn ihr etwas zu besprechen habt, besprecht es drüben in der Bibliothek, geht Nadja dazwischen, aber Schering hebt unschuldig die Hände. Er habe nichts zu besprechen.

Komm, sag ihr, was du mir gesagt hast, – Ein paar Gäste wenden sich ihnen zu, als Meyer die Stimme hebt, – Ich habe den Eindruck, Nadja weiß nicht, wie du über sie denkst.

Ich habe keine Ahnung, wovon du sprichst.

Meyer lacht, schüttelt den Kopf. Du Feigling.

Schering will etwas erwidern, aber Nadja fasst Meyer am Arm, – Thomas, es ist spät. Ich habe morgen früh einen Termin. Wir gehen jetzt.

Als sie nach draußen treten, lässt Nadja sofort seinen Arm los, ihre Schritte unstet über den gekiesten Vorplatz, als sie Richtung Wagen davonstürmt. Einen Moment lang starrt sie wortlos durch die Frontscheibe hinaus in den dunklen Park, als Meyer zu ihr ins Auto steigt, dann greift sie nach ihrer Handtasche, steckt sich eine Zigarette an, die Flamme zittert, das Knistern der Glut erfüllt den Wagenraum, bevor Nadja das Fenster einen Spalt breit öffnet, hektisch hinausascht. Meyer kann ihren Atem hören, flach und wütend, aber ihre Stimme klingt beherrscht, als sie spricht.

Hast du mir nichts zu sagen?

Zum Beispiel?

Zum Beispiel eine Entschuldigung?

Sicher nicht! Willst du wissen, was dein Bruder über dich denkt? Du hättest ein Herz für Männer, die sich nicht benehmen könnten! Du seiest anfällig für *menschliche Abszesse*.

Ich weiß, was er denkt. Glaub nicht, dass er mir das nicht schon oft genug selbst gesagt hätte. Und benehmen konntest du dich heute wirklich nicht.

Meyer sieht sie fassungslos an.

Nimmst du ihn etwa in Schutz?

Mein Bruder hat recht.

Bitte was?

Nadja startet den Motor, als die Mielbergs plötzlich aus dem Haus treten und zu ihrem Wagen gehen, einen Blick zu ihnen herüberwerfen. Nadjas Finger legen sich so fest um das Lenkrad, dass sich die Haut blutleer über den Knöcheln spannt, Kies schlägt gegen den Wagen, als sie schwungvoll zurücksetzt, Gas gibt, die Auffahrt hinunter zum Privatweg nimmt.

Sie habe es nicht wahrhaben wollen, aber Konstantin habe recht, Meyer schleiche um ihre Freunde herum, um ihre Eltern, die Freunde und Bekannten ihrer Eltern, als seien das bloß potenzielle Geschäftspartner! Er rede nur über die Arbeit, alles bei ihm drehe sich um die Arbeit – seine eigene Mutter habe morgen Geburtstag, und sie erfahre das heute, im Smalltalk mit der Mielberg, weil die von Sternzeichen anfange! Er halte sie immer noch von seiner Familie fern, sie verstehe das nicht, wenigstens ein Geschenk hätte sie seiner Mutter kaufen wollen, wenn sie schon keine Zeit habe mitzukommen. Wenigstens ein Geschenk hätte sie ihm mitgeben wollen.

Du bist zu gut für diese Welt. Du mit deinen Geschenken.

Was soll das heißen?

Das ist zwanghaft. Als ob du glaubst, wenn du die Leute um dich herum unter Geschenken begräbst, könnten sie nicht mehr davonlaufen.

Das, glaubst du, habe ich nötig? Begreifst du überhaupt den Sinn eines Geschenks?

Es ist unerträglich, wie du alles um dich herum ausstaffierst, als wäre es eines deiner Projekte. Mich anziehst, als wäre ich deine Puppe. Meine Wohnung einrichtest, weil die alten Möbel eine Beleidigung für deine Augen waren.

Du hast gesagt, du hängst nicht dran! Du hast jedes meiner Geschenke angenommen, mir schien nicht, als hättest du sehr gelitten!

Du hast mir keine Wahl gelassen.

Man hat immer eine Wahl.

Du kannst die Sachen zurückhaben.

Ich will die Sachen nicht zurück! Mein Gott, ich erkenne dich nicht wieder, alles, was du sagst und tust – ich will jetzt wissen, wer die andere ist! Ich habe die Hotelrechnungen gesehen, die Kreditkartenabrechnung! Alle in der Zeit, in der ich in Salzburg und Triest war, *InterConti, Hessischer Hof, Steigenberger, Villa Kennedy, Main Plaza, Marriott*. Willst du mir immer noch erzählen, dass da keine andere Frau ist? Und ja! Ich war an deinem Schreibtisch! An deinem Computer! Deinem

Schrank! Deinem Telefon! Aber nur, weil Elisa mich noch mal angerufen hat, ihre Freunde ihr noch gesagt haben, der Mann, den sie im Bahnhofsviertel gesehen haben, sei in ein altes, blaues Jaguar Coupé gestiegen – wie viele Leute in dieser Stadt fahren denn bitte einen Jaguar Youngtimer? Willst du mir immer noch erzählen, dass das eine Verwechslung war? Du bist ein professioneller Lügner, Konstantin hat recht, ein Makler, ein Verkäufer, spuckt sie.

Oh bitte. In meiner Tätigkeit liegt mehr Wahrheit als in –

Nadja hebt die Hand, als wolle sie ihm den Mund verbieten, – Dann sag mir die Wahrheit!

Gut! Ich gebe zu, ich war im Hotel, auch, als ich dir abgesagt habe, ich wollte an diesem Abend niemand sehen, ich bin durch die Stadt gefahren, war auch im Bahnhofsviertel, und ja, ich war in Hotels, während du nicht in der Stadt warst, weil ich das schon immer machen wollte, jede Nacht in einem anderen Hotel, das weißt du doch, das habe ich dir erzählt, aber ich war allein da, allein!

Und das soll ich glauben? Du bist doch nicht mehr ganz richtig im Kopf.

Sagt eine wie du.

Nadja lacht empört. Eine wie ich?

Eine, die ins Bahnhofsviertel will, weil *Aso Watching* für sie der Thrill ist. Eine in Watte gepackte, labile Person. Ohne Geld wärst du doch schon längst unter die Räder gekommen, jeder andere in deinem Zustand wäre schon längst unter die Räder gekommen. Meyer zieht die Patek ab, wirft sie auf die Ablage. Weißt du, was diese Uhr sagt? *Ein billigeres Geschenk verursacht nicht genug Schmerzen.* Bei so einem Geschenk kann man sich mal wieder richtig spüren, was, Nadja?

Nadja fährt rechts ran, bremst scharf ab.

Ich habe das Gefühl, das hier hat keine Zukunft.

Meyer schweigt, sieht nur hinaus ins Dunkel der Landstraße.

Trifft dich das nicht?

Tut mir leid. Ich weiß es nicht.

Steig aus.

Was?

Du hast mich schon verstanden.

Nadja, wir sind irgendwo zwischen Bad Homburg und Frankfurt!

Nadja greift nach ihrer Handtasche, holt ihren Geldbeutel heraus, schleudert ihm ein paar Scheine in den Schoß.

Hier, fürs Taxi!

Nicht mal jetzt kannst du das lassen.

Steig aus!

Einen Moment zögert Meyer, dann wischt er das Geld vom Schoß, steigt aus dem Wagen. Der Motor heult auf, das Fahrwerk gibt ein Knirschen von sich, als Nadja den Gang einlegt und davonfährt.

22

Fleisch

Hey, guten Morgen! Noch nicht ganz wach oder was?

Meyer zuckt zusammen, als Fresinger am U-Bahn-Aufgang plötzlich vor ihm steht, zwingt sich ein heiseres *Morgen* heraus, lockert sich den Krawattenknoten, das Ding schnürt ihm plötzlich das Blut ab. Fresinger lacht. Gestern zu hart gefeiert? Meyer nickt nur. Nadja geht nicht ans Telefon. Nur eine Nachricht mitten in der Nacht. Wie sie sich so in ihm täuschen konnte. Er solle nicht mehr anrufen. Sie wolle ihn nicht mehr sehen. Um vier Uhr morgens hat er aufgegeben. Es tut ihm nicht leid, was er gesagt hat. Aber wie er es gesagt hat. Dass er sie verletzt hat.

Als er mit Fresinger das Maklerbüro erreicht, steht der Vogelmann etwas abseits vor dem Eingang, um ihn herum eine Schar Tauben, denen er große Fetzen Toast aus der Tüte hinwirft. Fresinger macht sich keine Mühe, die Stimme zu senken, – Ah, unser Freund! Beehrt uns heute direkt vorm Büro. Meinst du eigentlich, der Vogelmann ist bestechlich?

Meyer antwortet nicht, will sich abwenden, aber Fresinger wiederholt die Frage, laut, jovial, dann geht er direkt auf den

Vogelmann zu, – Sagen Sie, wie viel wollen Sie dafür, dass Sie damit aufhören? Wenigstens für einen Tag? Oder wenigstens woanders hingehen? Damit die Tauben zur Abwechslung einen anderen Platz vollscheißen.

Der Vogelmann sieht Fresinger nur an, weicht zurück. Als Fresinger noch näher tritt, gibt der Mann einen seltsamen Laut von sich, es klingt wie ein Stöhnen, aber weniger gequält als wütend, doch Fresinger lässt nicht ab, – Kommen Sie, fünfzig Euro? Hundert?

Scheiße, Paul, lass den Kerl in Ruhe. Meyer packt Fresinger plötzlich am Arm, zerrt ihn in den Hauseingang, gröber, als er vorhatte, doch Fresinger ist so überrumpelt, dass er sich ein paar Schritte mitziehen lässt, bis er Meyers Hand abschüttelt, dann lacht, weil ihm offenbar nichts Besseres einfällt, – Komm, war doch nur Spaß!

Das war unter aller Sau. Und nenn ihn nicht immer *Vogelmann*, der Kerl wird wohl einen Namen haben!

Fresinger schnaubt. *Der Kerl wird wohl einen Namen haben*, äfft er Meyer ungläubig nach. Was ist eigentlich in letzter Zeit los mit dir?

Was soll los sein?

Du kriegst gar nichts mehr mit, keine Ahnung, deine Entscheidungen – dein Portfolio. Oder bei Rosch.

Was ist mit Rosch?

Fresinger zögert. Das habe ich aber auch nur von Lohmann … Rosch hat eine Prämienzahlung eingestrichen.

Für welches Objekt?

Eine Eigentumswohnung in Bockenheim.

Woher hat Lohmann das?

Er war mit Rosch auf einen Absacker im *Plankmann's*. Da

hat Rosch das angeblich erzählt … Fresingers Blick trifft Meyer besorgt. Hör mal, Thomas, ich hab aber nichts gesa–

Meyer sieht ihn nur an.

Als Rosch Meyers Büro betritt, lächelt er breit, scheint zu glauben, er wisse, was Meyer von ihm wolle, setzt sich, fängt einfach an zu reden, – Alles unter Dach und Fach, Ohnheiser und die Villa am Mummschen Park, der Notartermin ist angesetzt für den 15. nächsten Monat! Rosch lehnt sich selbstzufrieden zurück, Rosch will Lob, *Komm, kraul mir die Eier, hab ich verdient.* Meyers Schläfen hämmern.

Herr Rosch, Ihr Abschluss in Bockenheim, fängt Meyer an. Rosch wird ein wenig blass. Es wurde eine Prämie gezahlt, habe ich gehört, fährt Meyer fort. Stimmt das?

Meinen Sie die Dreizimmerwohnung, Maisonette?

Welche Abschlüsse hatten Sie denn sonst in Bockenheim?

Vor einem halben Jahr hatte ich –

Herr Rosch, wie viel?

Nicht der Rede wert, der Käufer ohnehin der Top-Kandidat, ein Steuerberater mit ausgezeichneter Bonität und –

Wie viel?, wiederholt Meyer scharf.

Eintausend.

Meyer muss lachen. Das ist tatsächlich nicht der Rede wert.

In Roschs Gesicht keimt ein Funken Erleichterung auf, – Ich habe standardgemäß abgerechnet, prozentueller Anteil fürs Büro und mich. Alles bis eintausend könne man schon abzweigen, hat Herr Lohmann gesagt, bei solchen Beträgen müsse man nicht zwingend den Eigentümer informieren.

Die Erleichterung in Roschs Gesicht schwindet, als Meyers Lächeln wieder erlischt.

Worauf ist Herr Lohmann spezialisiert?

Na ja, Wohnimmobilien?

Zur?

Bitte?

Zur Vermietung, Herr Rosch. Ihr Objekt war ein Kaufobjekt. Ist es wirklich Ihr Ernst, dass Sie bei einem Objekt für über sechshunderttausend Euro eine lächerliche Summe von eintausend annehmen? Dafür das Vertrauensverhältnis zwischen Büro und Verkäufer aufs Spiel zu setzen ist einfach nur dumm. Bei Mietobjekten ist die geringere Courtage vielleicht ein Argument, aber das ist ein alter Deal zwischen Herrn Lohmann und Herrn Falber. Sie, Herr Rosch, haben nur Deals mit mir, Sie sind *Vertriebsassistent Büro Frankfurt*. Was habe ich Ihnen in unserem letzten Gespräch zu diesem Thema gesagt?

Rosch schweigt.

Was habe ich gesagt? Bei der Wohnung im Westhafen? Habe ich ja gesagt?

Nein. Sie haben nein gesagt.

Und jetzt machen Sie, dass Sie aus meinem Büro rauskommen!

Als Rosch die Tür hinter sich schließt, kann Meyer einen Augenblick vor Wut nicht atmen, er reißt das Fenster auf, von draußen strömt kalte Novemberluft herein, der Verkehrslärm der Taunusanlage, Meyer lehnt sich hinaus, hält das Gesicht in den Wind, bis die Kälte ihm auf der Stirn schmerzt. Heute Abend auch noch dieses scheiß-*Come Together* von Gläskers *Maingold*-Projekt, Falber hat sich gar nicht mehr eingekriegt, als Meyer das Projekt erwähnte, erwähnen musste, qualifizierter Alleinauftrag fürs Büro Frankfurt, 108 Wohneinheiten, Deutschherrnviertel, Rosch und Lohmann als Vertriebsunterstützung unter Gläskers Leitung. Heute Kick-off-Meeting bei der *RealCon* mit dem Chef des Bauträgers, anschließend Abendessen, der Düsseldorfer Investor ist in der Stadt. Meyer muss sich blickenlassen, Anweisung von Falber, nicht nur Gläsker als operative Leitung, sondern auch die Büroleitung, man wisse nie, zukünftige Bande. Meyer schließt das Fenster.

Als er hinaus auf den Flur tritt, hebt Gläsker den Blick, klopft entspannt ein paar Unterlagen auf dem Kopierer zusammen, – Ist das deine Kompetenz in Menschenführung? Assistenten anschreien?

Meyer tritt so nah an Gläsker heran, dass Gläsker einen Schritt zurückweicht, – Dann verklicker du dem Jüngelchen, dass man bei einer Courtage von 36 000 Euro kein Schmiergeld einstreicht, wenn deine Menschenführung so brillant ist.

Gläsker schnaubt, schiebt sich an Meyer vorbei.

Sorry, nicht mein Aufgabenbereich.

Der erste Schnee taumelt in nassen Flocken vom Himmel, schmilzt auf der Frontscheibe, als Meyer Richtung Offenbach fährt. Halb drei, buhlte die Mutter. Halb vier, bot er. Drei, bettelte sie. Also drei. Das erste Mal, dass sie keinen Wunsch geäußert hat, außer, dass er an ihrem Geburtstag zum Kaffee kommt. Sie wisse, er sei sehr beschäftigt, sei ja jetzt leitender Angestellter, aber falls er die Zeit finde – Robert nehme sich auch frei.

Mit seiner Mutter und Gerlach am Kaffeetisch. Aber Meyer hat sich freigenommen, auch wenn sie das nicht verdient hat. Hat ihr die losen Pralinen von *Eckerts* gekauft, die sie so mag, Marzipan, Himbeercreme, Grand Marnier. Und Blumen. Blumen kannst du nicht fressen, hat der Vater immer gesagt, hat ihr nie welche geschenkt, darüber hat sie sich ständig beklagt, sich vorwurfsvoll selbst Blumen gekauft, mickrige Sträuße aus dem Plastikbottich an der Supermarktkasse. Immer noch kein Wort von der Mutter zum Geld vom Vater. Meyer hat es nicht angesprochen, aber sie muss wissen, dass er es mittlerweile weiß. *Der Laden und das Ersparte auf der Bank*, so hat er es formuliert, als die Mutter ihn anrief und fragte, wie er zurechtkomme; was zu regeln sei; ob er doch Hilfe brauche. Nein, brauche er nicht.

Die Mutter öffnet, umarmt Meyer überschwänglich. Sie hat sich zurechtgemacht, ein schwarzes knielanges Kleid, die blondierten Haare in Wellen gelegt, *Vanderbilt*, die ganze Wohnung riecht danach. Dreiundfünfzig, aber die Mutter bleibt für ihn alterslos, ihr Alter darf man ohnehin nicht ansprechen. Sie sieht gut aus. Sah immer gut aus. Ein bisschen *Glamour*, sagte sie manchmal, sprach es im Scherz übertrieben französisch aus. Meyer folgt ihr durch das mit Deko vollgestopfte Wohnzimmer, jedes Mal erschlägt es ihn, hüfthohe Leoparden aus Porzellan, ein Tischbrunnen mit Lichtspielbeleuchtung, ein goldener Kronleuchter mit geschliffenen Glassteinen, gerahmte Bilder in der weißen Vitrine, Gerlachs Tochter aus einer früheren Beziehung, ein Bild von Meyer als Kind, Fotos von den zwei Labradoren, die sich die Mutter und Gerlach angeschafft haben.

Schön, dass du da bist! Gerlach schüttelt Meyer die Hand, legt ihm die andere fest auf die Schulter, zwei strahlende Zahnreihen, immer Profi, Sakko, Bluejeans, die obersten beiden Hemdknöpfe offen, der Herrenring, die Breitling am Handgelenk, das angegraute Blond, ein Mann der Front, ein Mann der Straße. Der schmale Grat zwischen draufgängerisch und unseriös, aber steck Gerlach in einen guten Anzug, und du kaufst ihm den Saubermann ab.

Sie setzen sich an den gedeckten Tisch, die Mutter erzählt vom Tag, heute früh Brunch und Shopping, heute Abend noch mit Gerlach ins *Il Fagiano*. Die Mutter gibt Gerlach einen Kuss. Gerade mache sie übrigens einen Volkshochschulkurs, *Italienische Woche*. Für *Küche des Goldenen Dreiecks* habe sie sich schon angemeldet. Meyer sieht sie ungläubig an. Ich dachte, du hasst kochen. *Italienischer Abend* war bei dir früher Tiefkühlpizza und Antipasti vom Discounter.

Die Mutter lächelt säuerlich. Sag mal, was soll das denn?

Er könne sich jedenfalls nicht beschweren, geht Gerlach dazwischen, übertrieben charmant. Meyer weiß nie, ob er gerührt sein soll oder kotzen will, wenn Gerlach so ist. Er hat Gerlach beobachtet, über die Jahre, im Auge behalten, wie es der Mutter geht, aus der Distanz, aus zu großer Nähe wollte er das auch nicht sehen, aber er wollte wissen, ob das mit den beiden gut geht, denn wenn der Scheiß umsonst gewesen wäre, der Schmerz umsonst aufgebracht, dann. Im Großen und Ganzen scheint es gut zu gehen, was Meyer so sieht und hört, dreimal im Jahr, Weihnachten, ihr Geburtstag, sein eigener, die Mutter redet nie schlecht über Gerlach, und Gerlach benimmt sich, zumindest, wenn Meyer es sehen kann.

Robert habe jetzt den neuen Wagen gekauft, fängt die Mutter an. 2008er C-Klasse Viertürer, Alufelgen, Bi-Xenon-Scheinwerfer, erläutert Gerlach. Wenn Meyer wolle, können sie nachher eine Runde drehen. Meyer nickt nur. Gerlach behandelt ihn immer noch, als sei er der Junge, den er bespaßen müsse. *Hey, Kumpel*. Aber er hat Respekt für Gerlach, sukzessiv hochgearbeitet, Opel Calibra, 3er BMW, Audi A3, hat schon lang auf Pharmareferent umgesattelt, als Vorwerk nichts mehr hergab. Vor ein paar Jahren die Eigentumswohnung mit Gartenstück, Offenbach-Bürgel, nah am Mainufer, beschaulich, bieder, aber Gerlach hat gut investiert. Die Mutter legt Meyer eine Hand auf den Arm. Er solle mal von der Büroleitung erzählen. Sie sei so stolz auf ihn. Meyer winkt ab. Es würde sie nur langweilen, mehr Administration, mehr Blabla mit *Entscheidern*, mehr Schreibtisch, weniger Straße.

Und wie gehe es Nadja? So schade, dass sie heute nicht habe mitkommen können.

Meyer starrt hinüber zum Fernseher, der tonlos flackert; er kann sich nicht erinnern, wann bei seiner Mutter der Fernseher je aus war. Manchmal saß der Vater dabei, *Wetten, dass …?*, *Glücksrad*, *Geh aufs Ganze*, aber meistens saß sie allein oder mit Meyer, und die Glotze lief und lief, als müsse sie eine Stille übertönen, die Bilder eine Leere füllen, *Dallas*, *Geld oder Liebe*, *Traumhochzeit*, *Herzblatt*. *So, Karin, wer soll jetzt dein Herzblatt sein? Kandidat eins, der Schuster, der dich zu seinem Aschenputtel macht und dir den Schuh über die blutigen Füße zieht, oder Kandidat zwei, der Handelsvertreter, der dir mit dem Kobold in jede Ritze geht.*

Die Mutter schneidet ein neues Stück Kuchen ab, streicht bedächtig Sahnereste vom Schieber auf ihren Teller. Sie helfe jetzt übrigens einer Freundin aus, halbtags in einer Boutique. Sie könne nicht immer zu Hause sitzen, ihr falle die Decke auf den Kopf.

Früher hat das anders geklungen.

Früher. Kannst du das mal lassen?

Früher, ja, Verzeihung, das Wort macht dich alt.

Die Mutter atmet hörbar ein. Mein Gott, diese zynische Art. Die hast du vom Vater. Dein Vater hat auch immer so zynisch und bitter sein müssen.

Meyer sieht sie einen Moment lang nur fassungslos an.

Das habe ich also vom Vater?

Von mir hast du das nicht.

Meyer lacht kurz und abgehackt, spürt, wie ihm die Stimme durchgeht, er fast anfängt zu schreien.

Soll ich dir sagen, was ich noch vom Vater habe? 391 000 Euro. 391 947 Euro und 78 Cent lagen auf dem Sparbuch vom Vater, um genau zu sein. Und weißt du, was du von ihm hast? 160 000 Mark Abfindung. Du hättest mir wirklich sagen können, dass der Vater das Geld wie ein Schwachsinniger gehortet hat, während er jahrelang tat, als reiche es hinten und vorne nicht. Das hättest du mir wirklich sagen können, als du bei der Scheidung diesen unverhofften Geldsegen eingestrichen hast!

Einen Augenblick verschlägt es der Mutter die Sprache, zittrig nestelt sie an ihrer Kette, bevor sie Luft holt. Ich wollte dich da raushalten, du warst doch noch ein halbes Kind.

Ich war achtzehn, als die Scheidung durch war.

Das ist doch alles so lange her, über zehn Jahre her.

Die Verjährungsfrist ist abgelaufen oder was?

Sie habe ihn da raushalten wollen, wiederholt die Mutter hilflos.

Bei Gerlach habe sie ihn auch nicht rausgehalten. Ob sie meine, er habe das nicht mitgekriegt? Den Prinzen auf dem weißen Ross. Seine Besuche. Dass sie plötzlich nicht mehr daheim war. Den Mikrowellenfraß. Der gottverdammte Staubsauger. Über ein halbes Jahr habe er sich das angesehen und das Maul gehalten. Kein Wort habe er zum Vater gesagt. Er war immer auf ihrer Seite. Er hätte erwartet, dass sie auch auf seiner Seite spielt.

Plötzlich bricht die Mutter in Tränen aus, presst sich ihre Serviette vor den Mund. Eine scheiß Papierserviette mit Herzen drauf. Dieser pathetische Scheißdreck.

Glaubst du, dass Heulen jetzt was hilft?

Geh deine Mutter doch nicht so an, sag mal!

Halt dich da raus, Robert.

Ich halte mich nicht raus – *du* bist hier Gast.

Kommst du mir jetzt mit *deinem* Tisch?

Die Mutter knüllt die Serviette zu einem feuchten Klumpen, – Wenn ich gewusst hätte, dass dich das so trifft –

Meyer winkt ab. Ich weiß nicht, was ich jetzt noch mit dem Geld vom Vater anfangen soll. Willst du es?

Wie kommst du darauf, um Gottes willen?

Meyer sieht Gerlach an. Was ist mit dir? 391 000? Nehmt das Geld. 160 000 Mark habt ihr ja schon.

Willst du mich beleidigen? Ich sorge für deine Mutter seit über fünfzehn Jahren!

Meyer lacht humorlos. Das scheiß Geld immer. Jetzt will es keiner mehr.

Plötzlich schlägt Gerlach so hart mit der Hand auf den Tisch, dass die Tassen klirren, – Halt jetzt den Mund! Wie kannst du nur so daherreden! Am Geburtstag deiner Mutter!

Robert, lass mich allein mit ihm reden, unterbricht sie.

Einen Moment zögert Gerlach, dann verlässt er widerwillig den Raum. Die Mutter versucht, ihren Atem unter Kontrolle zu bringen, eine Schnappatmung wie ein weinendes Kind. Meyer habe doch beim Vater bleiben wollen, da habe sie geglaubt, ihm so etwas zu erzählen würde alles nur schlimmer machen. Er habe schließlich beim Vater bleiben wollen. Das sei ihr auch nicht leichtgefallen.

Ob das ein Vorwurf werden solle. Irgendeine Entscheidung habe er treffen müssen.

Und er habe sich gegen sie entschieden.

Darum gehe es? *Gegen* wen er sich entschieden habe? Sie habe Gerlach gehabt. Der Vater habe niemanden gehabt. Deshalb sei er beim Vater geblieben. Außerdem stand er kurz vor der Ausbildung, habe sie wirklich erwartet, da gehe er nach Offenbach? Er habe sich nicht gegen sie entschieden.

Einen Augenblick starrt Meyer in das flimmernde, stumme Bild des Fernsehers, dann steht er auf, schaltet ihn ab. Der Vater allein, die Vorstellung hat Meyer damals einfach nicht ausgehalten, er musste bleiben, der Komplize der Mutter, der nur schweigend zugesehen hatte. Dieser sechzehn Jahre lange Unfall zwischen den Eltern. Warum der Vater nicht darauf bestand, dass die Mutter arbeitete; warum sie sich nie darum bemüht hatte. Das hätte ihm den Wind aus den Segeln genommen, seinem Geldmonopol. Man kann nur geizig sein, wenn man zu viel hat.

Meyer setzt sich zurück an den Tisch, neben die Mutter.

Warum war er so? Wann hat das angefangen? Dass er so geizig wurde.

Die Mutter zuckt die Schultern. Er war immer sparsam. Mit den Jahren ist es schlimmer geworden. Es hat angefangen, als du noch sehr klein warst. Es ist einfach immer schlimmer geworden.

Warum bist du nicht arbeiten gegangen. Später. Als ich älter war.

Du hast mich doch gebraucht. Ich wollte für dich da sein.

Meyer schweigt, dann nickt er müde, sieht auf die Uhr.

Ich muss jetzt los. Ich habe noch einen Termin.

Du kannst doch jetzt nicht einfach gehen.

Doch, tut mir leid. Du weißt doch, wie das ist.

Meyer erhebt sich, die Mutter folgt ihm in den Flur. Fasst zum Abschied nach seiner Hand, drückt sie.

Als Meyer das *RealCon*-Gebäude erreicht, steht Gläsker bereits unten vor dem Eingang, läuft unruhig auf und ab.

Du bist spät. Fünfzehn Minuten Puffer, hatten wir gesagt.

Schweigend nehmen sie den Lift in den zwölften Stock. Lothar Eibisch fängt sie schon an der Tür zum Besprechungsraum ab, begrüßt sie in schwerem Frankfurter Dialekt, den er in keiner Weise abzumildern versucht, stellt sie reihum vor, dem Inhouse-Projektleiter, dem Investor aus Düsseldorf, den Architekten und Werbern, bevor sie Platz nehmen, Eibisch ein paar einleitende Worte an die Runde richtet, *Maingold* werde das *RealCon*-Bauprojekt des Jahres! Die Präsentationen sind zäh, der Investor laut, eine Stimme, die durch Mark und Bein geht, während er seine Fragen stellt, ein paarmal donnert Rudnicks Lachen durch den Raum, hallt unangenehm von der Fensterfront wider. Schließlich ist Gläsker an der Reihe, vollmundig schleudert er Zahlen, Ziele, Prognosen in den Raum, während er lässig seine Folien durchklickt. Nach einer Stunde hat Meyer das Gefühl, sein Körper sei taub, jeder Muskel steif. Er will nach Hause. Einfach nur heim. Eibisch erhebt sich, klatscht auffordernd in die Hände, – So, Herrschaften! Die Taxen warten schon.

Als Meyer mit Gläsker im Taxi sitzt, fahren sie eine Weile schweigend, der Fahrer dreht das Radio an, Gläsker hat einen Arm auf den Türrahmen gestützt, tippt mit den Fingern im Takt der Musik auf der Plastikverkleidung herum. Meyer richtet den Blick stur nach vorn durch die Frontscheibe, bis er das Geräusch nicht mehr erträgt, sich Gläsker zuwendet.

Wo es überhaupt hingehe?

Gläsker unterbricht sein Tippen.

Nach Sachsenhausen. *Weißer Bock*.

Einen Moment glaubt Meyer, er habe sich verhört. In den *Bock*. Er kann nicht in den *Bock*, – Das ist nicht dein Ernst, ein Geschäftsessen in so einem Lokal!

Gläsker mustert ihn irritiert.

Das hat Eibisch vorgeschlagen, nicht ich. Eben eine Apfelweinschenke, der Investor wollte was typisch Frankfurterisches. Ein bisschen Touri, aber was soll's.

Als sie das Lokal betreten, packt Meyer einen Augenblick die Angst, der Kellner werde sie nach hinten ins Séparée führen, aber er lotst sie an einen Tisch mitten im Hauptraum, man sitzt so eng, dass man fast die Schulter des Nebenmanns berührt. Die Luft ist stickig, Fleischgeruch vermischt sich mit Gläskers süßlichem Aftershave, der Kellner trägt auf, Schlachterplatte, Würste, Fleischkäse, Sülze, Frikadellen, Grillrippchen, Braten, drei riesige Steinkrüge Apfelwein. Meyer nippt kontinuierlich an seinem Glas, um nicht reden zu müssen, während Gläsker voll einsteigt, als Eibisch vom letzten Skiurlaub anfängt, schwarze Pisten in Kitzbühel aufzählt, die er schon bezwungen habe, Lärchenhang, Jufen-Steilhang, Griesalm. Ob er das *Jägerstüberl* kenne, will Gläsker wissen, Eibisch nickt, der beste Rehrücken, den er je gegessen habe. Gläsker macht seine Sache gut, macht sie perfekt, Meyer weiß nicht, was er hier soll. Er ist überflüssig, seine Anwesenheit macht keinerlei Unterschied, damals zwischen den Freunden seines Vaters kam er sich nicht überflüssiger, fehlplatzierter, nutzloser vor als hier, während er nur nickt, trinkt, lächelt, nickt. Wie viel Lebenszeit hat er damit verbrannt, vorzugeben, er wisse, worüber die anderen reden, Sachen, die ihn einen Scheißdreck interessieren, alles dafür, dass er jetzt hier sitzt, hier, im *Bock*, als sei er im Kreis gelaufen, *Gehe über Los, ziehe 4000 Mark ein*, im Kreis, Badstraße, Los, Schlossallee, Los, Badstraße, Los, Schlossallee, Los. Meyer schenkt sich nach, schenkt allen reihum nach, Rudnick schiebt ihm bereitwillig sein Glas hin, sein Gesicht ist gerötet, die Augen glänzen feucht, der Blick heiter, weich und dumpf, dieser rheinische Alkoholiker. Am Nachbartisch sitzt eine große Gruppe, ihr Lachen hallt so laut, dass Meyer sich abwenden muss, aber Rudnick betrachtet die Gruppe angetan, er habe nicht gewusst, dass die Frankfurter so feiern können! Eine der Frauen prostet ihm zu, deutet auf ihr Glas, er solle Calvados mit Mispelchen probieren! Der Mann neben ihr winkt ab. Besser noch: *Hängebauchschwein*! Rudnick lacht, will wissen, was das sei, Eibisch erklärt fachmännisch, Sardelle im Korn, der Fisch an beiden Enden aufgespießt auf einem Zahnstocher, dass sie durchhängt ins Glas! Rudnick kriegt sich kaum mehr ein, winkt den Kellner her, – Eine Runde *Hängebauchschwein*! Ich geb einen aus!

Der Kellner bringt den Schnaps, die Werber und Architekten trinken mit bemüht verborgenem Ekel, aber Rudnick kommt richtig in Fahrt, Eibisch scheint ihn bei Laune halten zu wollen, bestellt noch eine Runde Calvados. Die Werber und Architekten schlagen aus, aber Gläsker zieht mit, also muss auch Meyer mitziehen, zieht auch bei der zweiten Runde mit, obwohl Gläsker diesmal ausschlägt, leert sein Glas auf ex, während der Werber neben ihm einfach nicht aufhört zu reden, sein Adamsapfel springt hektisch auf und ab, als er von *Emotionalisierung*, vom *Herzen des Kunden* spricht, – *Wann kommst du heim?* ist die Frage, die eine Immobilie seinem Bewohner stellen muss wie ein treuer Lebenspartner, *Return on Investment* ist tot, lang lebe *Return on Emotion*, das ist die neue Kennzahl einer Unternehmung, Sie können mir folgen?

Meyer spürt, wie seine Hand so fest sein Glas umschließt, dass er meint, es müsse brechen, er beugt sich nah zu dem Mann, senkt die Stimme bis auf ein hasserfülltes Flüstern, – Sie haben doch keine Ahnung vom Herzen des Kunden, das Einzige, was Sie je verkauft haben, sind Bullshit-Slogans, Bildchen und Flowcharts. Saßen Sie je Auge in Auge einem Endkunden gegenüber und haben verkauft? Ich verrate Ihnen was über *das Herz des Kunden*: Kunden haben für gewöhnlich ein Herz aus Stein. Und noch was: Die Rendite von Gefühl ist Gefühl. Und dafür müssen Sie Gefühl investieren, nicht Geld investieren, um Gefühl zu erzeugen.

Der Werber mustert ihn völlig konsterniert, seine Lippen öffnen sich, doch dann wendet er sich fluchtartig dem Architekten zu, als hätte er nichts gehört. Meyer lehnt sich zurück, winkt den Kellner zu sich, der leere, klare Geschmack von Wodka wäre jetzt schön, aber Wodka hat der *Bock* ja nicht, nur Kurze für kurz vorm Grab, Obstwasser, Fernet, Asbach, Korn, der Kellner sieht Meyer fragend an. Dann eben Korn. Gläsker wirft ihm einen skeptischen Blick zu, Meyer schnaubt. Was? Willst du auch einen? Komm, ich lad dich ein.

Du solltest 'nen Gang runterschalten.

Meyer winkt ab. Dafür ist es zu spät.

Plötzlich klimpert Rudnick mit seinem Messer gegen sein Glas, prostet in die Runde. Er wolle sich noch mal bedanken für die großartige Arbeit, beim gesamten *Maingold*-Team! Auf einen erfolgreichen Baustart! Auf einen erfolgreichen Vertrieb! Auf *Maingold*!

Auf *Maingold*!, stimmt Eibisch ein.

Auf *Maingold*! Meyer hebt spöttisch sein Glas. Auf den zukünftigen Mietblock, idyllisch gelegen auf dem Gelände des alten Frankfurter Schlacht- und Viehhofs! Und praktischerweise auf dem Fundament eines Vorgänger-Projekts, bei dem der Bauträger pleitegegangen ist! Sie sind ein Fuchs, Herr Eibisch! Ach, und nicht zu vergessen: Auf Retortenarchitektur, beworben mit *Bauhaus*! Auf fleischlose, blutleere, schnelle Verkäufe, bewährte, seelenlose Vertriebsstrategie!

Das Entsetzen in Eibischs Blick bringt Meyer zum Lachen, er lacht, bis ihm fast die Tränen kommen, während er sich noch ein Glas Apfelwein einschenkt.

Wie meinen Sie das bitte, Herr Meyer?

Eibischs Miene bleibt wie versteinert, auch der Rest des Tisches starrt Meyer an, als wagte keiner, auch nur zu atmen. Bloß im Gesicht des Investors scheint Belustigung aufzukeimen, schockierte Belustigung, Meyer lächelt, – Das ist es doch, worauf wir anstoßen, einfache Wahrheiten: Niedrige Investitionskosten, hohe Rendite. Sie würden Hamsterkäfige mit Außenbad verscherbeln, wäre das profitabel genug.

Gläsker erhebt sich, fasst Meyer an der Schulter.

Auf eine Zigarette vor der Tür.

Meyer mustert ihn erstaunt. Seit wann rauchst du wieder?

Gläskers Griff wird fest, – Schon seit einem halben Jahr.

Seit deine Frau dich verlassen hat?

Gläskers Griff wird so fest, dass es wehtut. Plötzlich hat er Mitleid mit Gläsker, wie er da steht, halb von seinem Platz erhoben in dieser unwürdigen Bückstellung mit wütender Verzweiflung hinter dem Lächeln. Was will er machen, wenn Meyer nicht aufsteht, vor diesen Pfeifen als Publikum? Einen Moment lässt ihn Meyer zappeln, aber dann tut er ihm den Gefallen, folgt ihm nach draußen.

Hast du den Verstand verloren?

Gläsker fasst ihn wieder an der Schulter, reißt ihn herum, zwingt ihn, ihn anzusehen, aber Meyer windet sich lapidar aus seinem Griff.

Leck mich, Gläsker.

Du bist betrunken.

Ja! Kann sein! Meyer muss wieder lachen, stützt sich an der Hauswand ab, steckt sich eine Zigarette an.

Bei Gott, reiß dich zusammen! Was zum Teufel ist los mit dir? Willst du, dass wir den Auftrag verlieren? Ist es das? Ist das ein armseliger Versuch, mir den Auftrag zu ruinieren? Das kann nicht dein Ernst sein!

Meyer hebt den Blick. Nein, das hat nichts mit dir zu tun, du machst deine Sache hervorragend, wirklich, besser, als ich es je könnte. Ich sollte überhaupt nicht hier sein, das ist ein profitables, kluges, herzloses Projekt, allein dein Projekt, hier gibt es kein *wir*, ich sollte nicht hier sein, deshalb gehe ich jetzt.

Meyer hebt die Hand, als ein Taxi auf der anderen Straßenseite entgegenkommt, der Fahrer verlangsamt die Fahrt, dreht mitten auf der Straße, hält halb auf dem Bordstein.

Du kannst nicht einfach gehen! Wie sieht das denn aus?

Sicher kann ich. Schau, wie ich das kann. Meyer schnippt seine Zigarette in den Rinnstein, steigt in den Wagen.

23

Befindlichkeiten

Einen Moment lang fixiert ihn Falber wortlos, Meyer kann keine Wut hinter dem müden Lächeln erkennen, aber das Lächeln macht ihm Angst. Er setzt sich zögernd, als Falber auf den Besucherstuhl deutet. In seinem eigenen Büro wird er auf den Besucherstuhl verwiesen, während Falber hinter dem Schreibtisch Platz nimmt. Meyer räuspert sich, hört den Stoff seines Anzugs über den Lederbezug rauschen, als er sich aufrechter setzt, abwartet, Falber greift nach Meyers Montblanc auf dem Schreibtisch, dreht ihn einen Moment lang zwischen den Fingern, eine Fingerspitze auf der weiß verzierten Füllerkappe, bevor er ihn lautlos zurücklegt.

Gläsker habe ihm gesagt, dass er heute Morgen fast eine Stunde mit Eibisch telefoniert habe, um den Vorfall von gestern wieder geradezubiegen. Falber beugt sich leicht nach vorn, faltet die Hände vor sich auf der Schreibtischplatte. Er frage das jetzt ein einziges Mal. Ob er irgendetwas wissen müsse. Was Alkohol betreffe. Oder Ähnliches.

Nein. Meyer schüttelt den Kopf. Nein, ganz sicher nicht.

Falber hält den Blick, bis Meyer ausweicht, seine Augen auf

den Füller heftet, die weiße Verzierung des Kappenkopfs, das ebenmäßige Auf und Nieder des stilisierten schneebedeckten Gipfels.

Das gestern sei – er wisse auch nicht, was –

Falber hebt die Hand, unterbricht ihn.

Es habe sehr früh einen Moment gegeben, da sei ihm klar geworden, weshalb Menschen Führung brauchen. Als er gerade ganz frisch im Beruf war, saß er auf dem Weg zu einer Erstbesichtigung in der S-Bahn nach Höchst. Die Bahn war brechend voll, Berufsverkehr, die Leute standen bis hinein in die Gänge. Mit ihm im Viererabteil saß eine Gruppe Männer. Als die drei zusammen aussteigen wollten, erhoben sie sich alle gleichzeitig von ihrem Sitz, aber weil die Bahn so voll war, konnte keiner von ihnen auf den Gang ausweichen, und da sie sich gegenseitig den Platz zum Stehen nahmen, fielen sie alle wie die Idioten auf ihre Sitze zurück. Da sei ihm klar geworden, weshalb Menschen Führung brauchen.

Falbers Lächeln wird noch breiter, dann friert es ein.

Er wollte eine Leitung für Frankfurt, damit hier einer den Überblick hat, ansagt, wer wann aufzustehen hat. Er brauche hier jemanden, der ihm den Rücken freihalte. Wiesbaden laufe nicht wie geplant. Die Franchiser seien hartnäckig. *Geiger & Saller, Bellersheim, RE/MAX*, er habe schon wieder einen Auftrag an *Geiger* verloren, er arbeite sechzehn Stunden am Tag, Beatriz hänge ihm nur noch in den Ohren, da brauche er in Frankfurt nicht auch noch einen Boykott! Von seinem besten Mitarbeiter! Dachte er zumindest!

Falber reißt die Schreibtischschublade auf, wirft zwei Exposés auf den Tisch. Kannst du mir das bitte erklären?

Was genau?

Ist das dein neues Portfolio? Eine Villa mit Brandschaden, in dem der Hausherr umgekommen ist? Und das hier? Falber hält die Kerkhof-Villa hoch, – Was *ist* das? Das meinst du nicht ernst, oder? Bitte, Thomas, das kannst du nicht ernst meinen – *Gaudí? Hundertwasser? Liebhaberobjekt?* Was zur Hölle veranstaltest du hier?

Chancen –

Dreck! Plötzlich wischt Falber die Exposés vom Tisch, dass sie mit lautem Klatschen auf dem Boden landen, – Das soll eine strategische Entscheidung sein? Ich kann keinen Büroleiter brauchen, der seine Zeit mit diesen Schwervermittelbaren verbringt! Und was ist das mit Rosch? Rosch sagt, du hättest zwei Besichtigungen durchgeführt, die du eigentlich für ihn terminiert hattest.

Das war eine Ausnahme.

Zu welchem Zweck?

Eine Entlastung für Rosch. Die Termine waren zwei Samstagsbesichtigungen. Rosch arbeitet sehr hart.

Falber schüttelt den Kopf.

Ich habe Rosch zu deiner Entlastung eingestellt, nicht andersherum. Du musst Sachen abgeben können, dich auf das Wesentliche konzentrieren. Was ist eigentlich mit dem Bittner-Gelände?

Meyer zögert mit der Antwort.

Den Auftrag habe ich nicht bekommen.

Sagtest du nicht, das sei so gut wie sicher?

Das war eine Fehleinschätzung.

Falber sieht ihn nur an.

Ich finde für jedes meiner neuen Häuser einen Käufer.

Ist das so?

Ja.

Und du bist sicher, dass das nicht auch eine Fehleinschätzung ist? Ich sag dir eines, ich brauche keinen, der hier seine Befindlichkeiten auslebt.

Jeder lebt seine Befindlichkeiten aus. Zu etwas anderem ist der Mensch gar nicht fähig.

Falber sieht ihn einen Moment lang sprachlos an.

Sag mal, du nimmst doch irgendwas – komm mir bloß nicht blöd, wenn du mir blöd kommen willst, dann –

Ich finde für jedes dieser Häuser einen Käufer, wiederholt Meyer und steht auf, – Das gestern war ein unverzeihlicher Ausfall, ich werde Eibisch anrufen und –

Nein, Gläsker hat das geregelt, du hältst dich ab sofort ganz raus aus dem Projekt, aus jeglicher Kommunikation mit Eibisch und Konsorten. Bring deinen eigenen Scheiß in Ordnung. Bring *dich* in Ordnung.

Gläsker steht auf dem Gang. Nicht am Kopierer. Er versucht es nicht mal zu verbergen, steht nur da, direkt vor der Bürotür, die Arme selbstgefällig vor der Brust verschränkt, mit kühlem Triumph im Blick. Meyer geht wortlos an ihm vorbei. Er muss zu Kai Wiesmann.

24

Phantomschmerz

Erotik Shop & Kino blinkt in pinker Leuchtschrift, reflektiert auf dem nassen Asphalt des Gehsteigs. Eine Gruppe Männer in Ballonjacken schiebt sich an Meyer vorbei, einer zieht geräuschvoll Schleim den Rachen hoch, bevor er auf den Boden spuckt. Gegenüber im *Cor* sind schon die Scheiben beschlagen, so voll ist die Bar, *Jour fixe Afterwork, jeden Mittwoch*, wirbt das Plakat im Fenster. Meyer steckt sich eine Zigarette an, stellt sich in den Schatten eines Vordachs nah an die Häuserwand, als der Regen stärker wird. Die Ladenwerkstatt ist hell erleuchtet, im rechten Schaufenster kann Meyer den Schneider erkennen, wie er ein dunkles Stück Stoff gegen das Licht hält, es ausschüttelt, faltet; als Kai Wiesmann im linken Fenster erscheint, drückt Meyer sich tiefer in den Schatten des Vordachs. Kurz verharrt Kai vor der Werkbank, als suche er was, die Arme in die Seiten gestützt, seine Gestalt imposant unter dem Schein der Ladenbeleuchtung, dann sieht er hinaus auf die Straße, sekundenlang direkt in Meyers Richtung, aber seine Miene bleibt leer, bevor er sich abwendet, zurück im hinteren Ladenraum verschwindet. Meyer wirft die Zigarette halb aufgeraucht in den Rinnstein, wo sie mit leisem Zischen erlischt. In den letzten Stunden hat er die Sache ein Dutzend Mal im Kopf durchgespielt. Kurzen Prozess, er bringt die Schuhe zurück, holt sich die Leisten. Sein Griff um die Tüte mit dem Schuhkarton wird fest, als er die Straße überquert. Schluss mit Voodoo-Bullshit, solange Wiesmann die Leisten hat, hört das nie auf, Meyer holt sie sich, notfalls mit Gewalt.

Als er die Werkstatt betritt, gibt die Türglocke ein helles Klingeln von sich, der Schneider sieht auf, wirft verstohlen einen Blick auf die Uhr, aber begrüßt Meyer mit glatter Freundlichkeit. Meyer stellt die Tüte mit dem Karton grob auf dem Tresen ab. Er wolle Kai Wiesmann sprechen. Meyers Ton lässt Rittbach leicht zusammenzucken, fragend deutet er auf die Tüte, – Eine Reklamation?

Eine Privatsache.

Rittbach hebt irritiert die Brauen, – Und Ihr Name war?

Das geht Sie einen Scheißdreck an. Holen Sie mir Wiesmann. Ich weiß, dass der da ist.

Kurz zögert Rittbach, aber schließlich wendet er sich ab, Meyer hört rasche Schritte auf der Treppe, dann einen Moment lang nur Stille; als der Schneider mit Wiesmann zurückkommt, bleibt Kai eine Sekunde erschrocken im Türrahmen stehen, bevor er beginnt, den Knoten seiner Arbeitsschürze zu lösen, als wolle er Zeit schinden. Kein großspuriges Gehabe wie im *Eckerts*. Auf eigenem Boden hat er offenbar keinen Bock auf Eklat. Meyer schnalzt mit der Zunge, schüttelt den Kopf, – Letztes Mal warst du so erfreut, mich zu sehen, und heute bekomme ich nicht mal ein Hallo?

Kai wendet sich ihm wieder zu, verschränkt die Arme vor der Brust, – Was willst du hier, Thomas?

Na, hör mal, in diesem Laden stecken quasi dreizehntausend Euro von mir, da darf ich doch mal vorbeischauen. Oder ist dir das unangenehm vor deinem Geschäftspartner?

Meyer hat den Eindruck, in Rittbachs Gesicht keimt Begreifen auf, er wirft Kai einen nervösen Blick zu; als der nichts erwidert, zieht Meyer den Karton aus der Tüte, kippt ihn aus, die Schuhe landen polternd auf dem Tresen.

Und die will ich zurückbringen.

Kais Blick trifft ihn spöttisch. Sitzen sie doch nicht?

Vielleicht sprechen wir besser unter vier Augen.

Ich wüsste nicht, was es zu besprechen gäbe.

Ich komme, um etwas zurückholen, was mir gehört.

Was dir gehört? Ich erinnere dich ungern, aber ich habe schriftlich von dir, dass dir hier rein gar nichts mehr gehört.

Meyer lacht empört auf, Kai weicht zurück, stolpert beinahe über einen Schemel vor der Regalwand, als Meyer einen Schritt auf ihn zumacht, aber der Schneider geht dazwischen, greift zum Telefon, hält den Hörer drohend in Meyers Richtung. Einen Schritt weiter, und ich mache vom Hausrecht Gebrauch! Meyer hält inne, schnaubt trocken, – Kai? Lässt du dich jetzt von dem Clown da beschützen? Rittbach zieht hörbar die Luft ein, beginnt, eine Nummer ins Telefon zu tippen, aber Kai unterbricht ihn. Er regle das. Allein. Bitte. Rittbach solle nach Hause fahren.

Als Rittbach den Laden verlässt, sperrt Kai hinter ihm ab, dreht das Ladenschild auf *Geschlossen*, bevor er sich Meyer wieder zuwendet, – Also: Was willst du? Geld? Ist es das? Bereust du deine milde Gabe oder was?

Als ob ich dein Geld nötig hätte. Gib mir die Leisten zurück, dann bin ich hier sofort wieder raus.

Deshalb kommst du? Kai lacht ungläubig. Aber die habe ich weggeschmissen, vor Monaten schon.

Du hast *was*?

Kais Antwort nimmt einen schneidenden Tonfall an, – Weggeworfen, entsorgt, auf den Müll, Thomas, das ist dir doch nicht fremd. Ich bin nicht davon ausgegangen, dass dir an den Leisten noch was liegt, nachdem du alles andere, was deinem Vater etwas bedeutet hat, in die Tonne getreten hast, als sei es Dreck! Den Laden auseinandergenommen hast wie ein Aasgeier! Dass du überhaupt noch in den Spiegel schauen kannst.

Meyer spürt, wie ihm plötzlich die Wut den Hals zuschnürt, mit einem Satz ist er bei Kai, packt ihn, reißt ihn fast zu Boden, aber Kai fängt sich, stößt Meyer so hart von sich, dass er rücklings gegen die Wand geschleudert wird, ihm vom Aufprall eine Sekunde die Luft wegbleibt. Kais Kraft ist ernüchternd, als er Meyer packt, den Arm auf den Rücken dreht, ihn mit schmerzhaftem Ruck auf die Knie zwingt. Meyer versucht, sich aus Kais Griff zu lösen, aber plötzlich verlässt ihn die Kraft, die Wut, im Leben hat er sich ein einziges Mal geprügelt, mit sechzehn, er und René Zeller gegen einen Typ aus der Siedlung, der Zellers Uhr abziehen wollte, die Uhr hat der Typ trotzdem gezogen, zu Hause erzählte Meyer nichts, als der Vater wegen der zerrissenen Hose fragte, der aufgeschürften Hände. Gestürzt? Bei was? Gestürzt halt. Wie man sich denn so blöd anstellen könne? Der Vater schmierte ihm Jod auf die Hände, und es brannte wie Feuer. Meyer hört seine eigene Stimme, erstickt, jämmerlich unter dem roten Schmerz, wie sie Kai anbettelt, er solle aufhören, loslassen, er renke ihm den Arm aus –

Als Kai ablässt, kann sich Meyer einen Moment lang nicht rühren, fasst sich nur die pochende Schulter, Kai tritt einen Schritt zurück, wartet, bis Meyer sich langsam erhebt. Er sieht Kai nicht an, lässt sich auf dem Schemel vor der Regalwand nieder, mit beiden Händen fährt er sich übers Gesicht, zwingt das Brennen in den Augen zurück, zwingt es nach unten, während er die Maserung der Holzbohlen anstarrt, die Narben im hellen Holz, die dunklen Fugen. Wenigstens war jemand da, als es passiert ist, einer war da, dem der Vater nicht egal war, wenigstens war der Vater nicht allein. Meyer kann sich nicht erinnern, was das Letzte war, das der Vater zu ihm gesagt hat. Zwei oder drei Wochen bevor es passiert ist, war Meyer im Laden, der Vater hat von der Innung geredet, Meyer hat ihm wieder nicht richtig zugehört. Meyer hat von einer Erstbesichtigung erzählt, viel Erfolg hat der Vater ihm gewünscht. Glaubt er zumindest.

Ob Meyer noch ganz dicht sei! Kai holt Atem, dann lässt er sich neben Meyer auf der untersten Stufe der Regalleiter nieder. Er habe die Leisten wirklich nicht mehr, wiederholt er. Tue ihm leid. Wenn Meyer den Scheiß lasse, können sie reden. Reinen Tisch. Das wolle Meyer doch auch. Reinen Tisch. Als Meyer nickt, erhebt sich Kai, geht nach hinten; als er zurückkommt, hält er zwei Flaschen Bier in der Hand, hält Meyer wortlos eine davon hin. Eine Weile trinken sie schweigend, Meyer lehnt sich zurück, spürt die Kante des Regals hart im Rücken, sieht hinüber zu den hochglanzpolierten Ausstellern, die Werkbank unter warmem Licht, die Maschinen, ihr rohes, öliges Metall. Auf der anderen Raumseite Anzüge auf leinenbezogenen Schneiderpuppen, in den Regalen Hemden nach Farben gestapelt, gerollte Seidenkrawatten. Meyer fragt sich, ob er unter anderen Umständen hier kaufen würde. Vermutlich. Der Laden sei gut geworden. Meyer sieht Kai wieder an. Eine gute Geschäftsidee.

Kai mustert ihn misstrauisch. Danke. Nicht allein seine.

Mach dich nicht schlechter, als du bist. Du bist ein guter Verkäufer.

Wenn du mich beleidigen willst, gehst du jetzt besser.

Das war ein Kompliment.

Kai schnaubt ungläubig.

Jeder Kunde findet seinen Verkäufer, Kai. Mein Verkaufstalent hat für meinen Vater einfach nicht ausgereicht. Wenn du nichts hast, was der andere will, – Meyer zuckt die Schultern, fährt sich mit der Hand wieder übers Gesicht. Seine Haut fühlt sich taub an, einen Moment betrachtet er die Fläche seiner linken Hand, die Glieder der Finger, die Kuppen. Schöne Hände, hat Nadja mal gesagt. Als Kai damals beim Vater im Laden anfing, erzählte der Vater glücklich, wie der neue Geselle anpacken könne, sich für nichts zu schade sei, und in Meyer zog sich vor Eifersucht alles zusammen.

Was du geschafft hast, beeindruckt mich. Meyer atmet angestrengt aus. Meinen Vater hätte das auch beeindruckt. Oder vielleicht überhaupt nicht. Vielleicht hätte er das hier doch für Verschwendung gehalten. Meyer schüttelt den Kopf. Er war so geizig.

Kai mustert Meyer einen Moment lang ernst.

Ich weiß, dass Gerhard sehr sparsam war.

Für später hat er gern gesagt. Als sei das Später ein Monster, das dich holt, wenn du ihm kein Opfer bringst; als besänftigten ein paar Essensreste und Geld auf der Bank das Später. Ich weiß nicht, woher diese irrsinnige Angst meines

Vaters kam, zu wenig zu haben. Aber alles ist verseucht mit dem Gefühl der Knappheit. Irgendwas ist uns immer zu wenig, hast du von einer Sache genug, wird etwas anderes zu wenig, vielleicht, weil wir herumlaufen müssen, immer mit dem Wissen, jede Minute könnte es mit uns selbst aus sein. Knappheit schafft Wert, das billigste Gesetz der Welt. Man hat halt nur einen Vater. Meyer schnaubt. Bei dir gab es für ihn nicht nur ein Später, sondern auch ein Jetzt. Bei dir war er nicht geizig. Eigentlich hat es gutgetan, ihn so zu sehen. Eigentlich.

Kai blickt betreten zu Boden, dreht die Bierflasche zwischen den Händen, – Gerhard konnte manchmal nicht, wie er wollte, glaube ich. Ich weiß noch, dieser Unsinn von wegen, *man müsse wissen, wo sein Platz sei, sonst passiere ein Unglück*. Als ob der Unfall seines eigenen Vaters irgendwas damit zu tun gehabt hätte, dass Gerhard nach Wien wollte. Als sei er bestraft worden, weil er wegwollte.

Wien? Wovon redest du bitte?

Na, seine Gesellenstelle bei *Joseph G. Riegler* in Wien, – Kai sieht Meyer erstaunt an, – wo er nicht hin ist, weil sein Vater den Unfall an der Schlüsselfräse hatte.

Meyer weiß vom Unfall des Großvaters; als der mit dem Ärmel ins Blatt der Fräse kam, die hässliche rote Narbe am linken äußeren Handballen, der lädierte Ring- und kleine Finger. Meyer hat immer einen Bogen um die Maschine gemacht. Von Wien hat der Vater nie was gesagt.

Wann wollte mein Vater nach Wien?

Als er mit der Ausbildung fertig war. *Schuhmanufaktur Riegler.* Er wollte auch den Meister in Wien machen. Aber dann kam er hier nicht weg, weil sein Vater seine Hilfe brauchte.

Hat sich schließlich entschlossen, ganz zu bleiben, den Meister in Frankfurt gemacht, deine Mutter kennengelernt.

Der Vater, große Pläne in Wien. Meyer schüttelt fassungslos den Kopf. Der Vater und Träume. Auf halber Strecke verreckt. *Man muss wissen, wo sein Platz ist, sonst passiert ein Unglück*. Vadder. Du Vollidiot.

Ein Unglück, ja, Kai. Vielleicht war sein Platz nicht hier, in einer scheiß Flickschusterei zwischen Frankfurter Bürotürmen. Mit meiner Mutter. Mit uns.

Davon hat Gerhard nur gut gesprochen. Jetzt versteh das nicht falsch.

Ach, halt doch dein Maul, du hast keine Ahnung, wie unglücklich er war. Wien. Dass er mir nie davon erzählt hat.

Ich glaube mittlerweile, Gerhard hat sich schlecht gefühlt vor dir. Ich habe das damals nicht ganz verstanden, aber jedes Mal, wenn du in den Laden kamst, hat er danach nur noch Fehler gemacht. Gerhard hat sonst nie Fehler bei der Arbeit gemacht. Wie du immer reingekommen bist, als sei das hier alles unter deiner Würde, so freundlich von oben herab. Ich weiß noch, als du deine Aktenmappe nicht auf der Theke ablegen wolltest. *Wegen des Drecks*. Wie du das gesagt hast, – Kai seufzt. Den Rest des Tags hat Gerhard fast kein Wort mehr gesprochen. Aber er war stolz auf dich. Das hat er gesagt. Auf seine Art. *Um Thomas mach ich mir keine Sorgen. Der hat Willen*. Das hat er gesagt. *Mein Junge hat einen starken Willen*.

Meyer leert sein Bier, starrt durchs Schaufenster hinaus auf die Straße.

Du bist zwischen die Fronten geraten, Kai. Mir tut leid, wie das gelaufen ist. Aber ich habe mit dem Laden gemacht, was ich am besten kann. Vermutlich würde ich es wieder tun.

Ich wollte etwas Schönes machen, nur war das Projekt sehr schnell nicht mehr meines. Es war naiv, zu glauben, das Projekt sei allein meines. Wenn an etwas zu viel Geld hängt, zerreißt das den Kern der Sache, weil jeder ein Stück davon will. Ich erzähle das, weil du meinst, genau zu wissen, weshalb ich getan habe, was ich getan habe. Allein wegen Geld.

Dreizehntausend waren dir jedenfalls nicht genug.

Nein, Kai, deine dreizehntausend waren mir nicht genug. Niemand tut Dinge ausschließlich wegen Geld. Aber Geld ist Hingabe; je mehr Geld dir einer zahlt, desto mehr gibt er sich dir hin. Das solltest du mittlerweile auch wissen. Du hältst vielleicht nicht viel von mir, aber du arbeitest jetzt für die gleichen Leute wie ich, Leute, die für einen Maßschuh zweitausend Euro hinlegen können.

Kai erwidert Meyers Blick lang und kalt.

Aber ich mache andere Dinge.

Du produzierst, ich verkaufe. Meyer winkt ab. Wir befriedigen Bedarf, arbeiten beide gegen diesen scheiß Phantomschmerz von Knappheit, der von einer Stelle zur nächsten springt und den mein Vater am ganzen Körper hatte, dass er in seiner Verzweiflung meinte, wenn er sich einen immer dickeren Verband aus Geld anlege, gehe der Schmerz vielleicht irgendwann weg. Ich glaube, wir spielen alle dieses Spiel, bei dem man zur Musik um einen Stuhlkreis läuft, und es gibt immer einen Stuhl zu wenig, und wenn die Musik stoppt, scheidet der aus, der keinen Platz mehr findet, und der nächste Stuhl wird weggenommen. Es gäbe genug Stühle, aber das macht keinen Spaß, wir wollen spielen. Meyer schließt einen Moment lang die Augen, dann erhebt er sich.

Ich sollte jetzt gehen.

Kai folgt Meyer zur Tür, dann hält er inne, wendet sich zum Tresen; sein Ton klingt plötzlich unsicher, als er spricht. Ob Meyer die Schuhe nicht doch behalten wolle. Er verstehe, wenn nicht, aber er wäre dankbar, wenn er sie nicht auch noch wegwerfen müsse.

Meyer blickt einen Moment lang unschlüssig zu den Schuhen. Aber er wolle sie bezahlen, erwidert er schließlich. Was Kai bekomme für Arbeitszeit, Material.

Nein, das Ladeninventar war auch ein Geschenk.

Kai wickelt die Schuhe zurück in das Seidenpapier, legt sie in den Karton, schließt den Deckel. Meyer nimmt die Tüte vom Tresen, reicht Kai die Hand.

25

Schlaraffenland

Ich schwör dir, wenn mein Kopf rollt, reiß ich Maiers mit ab. Erzähl ich später. Wir treffen uns drinnen.

Als Meyer aufblickt, lässt der Mann, der ihm vor dem *Plankmann's* entgegenkommt, sein Telefon in die Jacketttasche gleiten, geht so dicht an Meyer vorbei, als sei er gar nicht da. Meyer schaut ihm nach, Anfang zwanzig, klein und drahtig, ein Anzug von der Stange, aber du erkennst, der will was. Als der Türsteher ihn mustert, streckt der Junge den Rücken durch, macht sich größer, als er ist, eine Hand cool in der Hosentasche, bis der Türsteher ihn einlässt. Immer diese kurze Angst vor verschlossener Tür. Wenigstens beim *Plankmann's* hat Meyer die nicht mehr. Der Türsteher nickt ihm zu, als Meyer ihm entgegenkommt, öffnet, ohne zu zögern. Es ist brechend voll, trotz Wochentag, Meyer weiß nicht, was er hier will, aber allein zu Hause hielt er es nicht mehr aus. Ein paar andere wohl auch nicht. Oben auf der Galerie drängt ein Trupp junger Leute in die *Sky Lounge*, die eiserne Treppe hallt unter ihren Schritten. Früher wollte Meyer immer wissen, wie es aussieht da oben, dann war er oben, mit Nadja, Séparées hinter Kordeln, mehr Toilettenkabinen für private Refreshments, *Sky Lounge*, obwohl du nichts von der Skyline siehst. Eigentlich ist das *Plankmann's* ein Scheißladen, seit bald zwei Jahrzehnten, daran ändert auch die Bar aus Nussbaumholz nichts, die Wandverkleidung aus Serpentin, die Neoninstallation über der Theke, geometrische Formen in grellem Türkis. Lichtkunst von Ansgar Waitz, erklärte Elisa mal. Das *Plankmann's* lebt von alternder Stammkundschaft und Pilgern, die die Stammkunden für Hot Shots halten, Fußvolk fürs Niveaugefälle, weil die Stammkunden nicht gut, sondern besser behandelt werden wollen, und der Rest sieht zu und hofft, der Barmann werde sich irgendwann auch ihren Drink oder Namen merken. Thomas! Heute ohne Nadja? Wodka Tonic? Meyer nickt nur. Ein heißer Stich fährt ihm durch den Arm, als er sein Telefon aus der Tasche zieht, seine Schulter schmerzt immer noch von Wiesmanns Griff. Viermal hat er Nadja schon angerufen, vier Nachrichten auf der Mailbox hinterlassen. Entschuldigend. Neutral. Wütend. Entschuldigend für das Wütend. Meyer stellt das Telefon auf maximale Lautstärke gegen die Musik in der Bar, legt es vor sich auf den Tresen. Als ob Nadja zurückriefe. Er wartet trotzdem. Du willst, was du nicht mehr haben kannst. Mehr ist das nicht. Die verschlossene Tür. Er weiß das. Nadja hat ihm seinen Wohnungsschlüssel per Post zurückgeschickt. Mit Bitte um Rückgabe ihres Schlüssels. Ein Teil von ihm war erleichtert. Aber der andere. Der andere. Beim zweiten Drink hält er es nicht mehr aus. Der zweite Drink macht ihn sentimental. Nur ein Versuch noch. Als Nadja tatsächlich rangeht, verschluckt er sich beinahe an seinem Wodka, sein Hallo, seine Entschuldigung geht unter in Nadjas Wut, als sie ihn anschreit, was für ein penetrantes Arschloch er sei, sie habe gesagt, sie wolle nichts mehr von ihm hören, was er nach dem Novemberessen gesagt habe, war deutlich genug! Er solle nicht mehr anrufen! Ob er das jetzt kapiere!

Warum sie das nicht klären könnten wie Erwachsene?

Halte er vierzehn Anrufe in drei Tagen für erwachsen?

Meine sie, vierzehn Anrufe zu ignorieren sei erwachsen?

Er solle ihr einfach ihren Schlüssel zurückschicken, es interessiere sie nicht mehr, mit wem er in diesen Hotels gewesen sei, ob er die halbe Stadt flachgelegt habe, ob er –

Als sie das sagt, schlägt die Wut so in ihm hoch, dass auch er anfängt zu schreien, so laut, dass der Barmann ihm einen irritierten Blick zuwirft, – Hör endlich mit diesem Scheißdreck auf! Glaubst du ernsthaft, wenn ich dich betrügen wollte, würde ich mich so bescheuert anstellen? Elf Nächte in Hotels, nachvollziehbar auf meiner Kreditkartenabrechnung? Hältst du mich echt für so dumm?

Oh! Nadja lacht gehässig auf. Fühlst du dich jetzt in deiner Ehre gekränkt? In deiner *Betrügerehre*? Selbst wenn es keine andere gibt, Konstantin hat recht, du bist ein Lügner, ein glatter, gefälliger, opportunistischer Scheißkerl, der nichts kann, als sich an Leute ranzuschmeißen wie eine billige Nutte – nein, das stimmt nicht, Verzeihung, Nutten sind aufrichtig, Klartext, *fick mich für Geld!* Jeder Junkiestricher im Bahnhofsviertel hat mehr Würde als du auf den Veranstaltungen meiner Mutter! Ich bin fertig mit dir, hast du verstanden? Du ekelst mich an! Du bist das Letzte! Bodensatz! Du bist Dreck! Nichts als ein verlogenes Stück Dreck!

Einen Moment lang verschlägt es Meyer die Sprache, er hört das Schnalzen eines Feuerzeugs, ein Rauschen, als Nadja

Rauch ausstößt. Immer raucht sie, wenn es ihr schlecht geht; wenn es ihr gut ging, nur ein *Lass mich mal ziehen. Willst du eine? Nein, ein paar Züge von deiner,* bis sie die Zigarette fast allein aufgeraucht hatte. Als sei er Legitimation für all ihren Dreck. *Geh mit mir ins Bahnhofsviertel.* Meyer leert sein Glas.

Deine Ansprüche scheine ich jedenfalls erfüllt zu haben, über zwei Jahre lang, entgegnet er tonlos. Wenn ich wirklich das bin, wofür du mich hältst, zu was macht dich das dann?

Nadja zieht hörbar die Luft ein, fast eine halbe Minute schweigt sie ihn an; er solle den Schlüssel schicken, wiederholt sie schließlich nur, Meyer glaubt, sie weinen zu hören. Dann plötzlich eine Männerstimme im Hintergrund, ein Rascheln in der Leitung. In Meyer zieht sich alles zusammen, als er Konstantin Schering erkennt, – Es reicht, Thomas. Ruf nicht mehr an, sonst sehe ich mich gezwungen, die Sache über unseren Anwalt laufen zu lassen.

Euren Anwalt? Meyer lacht ungläubig.

Ich sag dir, das wäre nicht das erste Mal.

Drohst du mir?

Ich gebe dir nur einen Rat.

Mit einem Fluch wirft Meyer sein Telefon zurück auf den Tresen, als Schering einfach auflegt.

Ich habe auch mal mein Telefon wegen einer Frau zerschmissen. Das war es nicht wert.

Meyer wendet sich gereizt dem Mann neben ihm zu, Mitte vierzig, kornblond, Anzug, Krawatte, eine Sekunde muss sich Meyer beherrschen, diesem Arschloch sein mitleidiges Lächeln nicht aus der Fresse zu schlagen, als der Kerl sich selbstgefällig an den Tresen lehnt, – Entschuldigung, ich wollte nicht zuhören, aber es ließ sich nicht vermeiden. Diversifikation, sag ich immer, auch in zwischenmenschlichen Angelegenheiten, doch vielleicht muss ich Ihnen das nicht sagen, – Meyer will sich wieder abwenden, aber der Mann streckt ihm die Hand hin, – Ich bin heute sehr unhöflich: Matthias Scheffer.

Einen Augenblick blitzt seine Uhr unter der Manschette auf, eine massive Nautilus mit dunkelblauem Ziffernblatt; Meyer reicht Scheffer die Hand, auch wenn er nicht will, aber die Uhr schüchtert ihn ein, Scheffers Handschlag ist fest, jovial winkt er den Barmann heran, deutet auf sein Glas, – Schau mal, Marek, ich glaube, das ist verdunstet, so heiß hier drin. Einen Refill, bitte, und für den Kollegen hier auch.

Danke, nicht nötig.

Sie sehen mir aber aus, als bräuchten Sie noch einen.

Der Barmann mischt die Drinks, Meyer ist auf einmal zu müde, um zu protestieren; Scheffer wirkt nicht, als sei er viel Widerspruch gewohnt, ein harsches Gesicht, schmale, helle Augen, ein großer Mund, der dir einen Hauch zu viel Zähne zeigt, einen Tick zu viel Zahnfleisch, die Uhr, die wuchtigen Manschettenknöpfe und, selbst im diffusen Barlicht zu erkennen, ein verdammt teurer Anzug, Schuhe definitiv Crocketts oder Lobbs. Eine Weile trinken sie schweigend, bis Meyer wieder auf sein Telefon sieht, Scheffer den Kopf schüttelt, – Ich verrate Ihnen, was der Ausblick der Niederlage ist, das habe ich noch von einem Geschäftspartner aus Singapur: Der Ausblick der Niederlage ist der Himmel. Jetzt packen Sie das Telefon weg, das nützt Ihnen heute nichts mehr.

Meyer wirft Scheffer einen kurzen Seitenblick zu, dann steckt er wortlos das Handy ein. Das wohlwollende Geschwafel dieses *International High Flyer* geht ihm an die Nieren, *the Sky is the limit, was kostet die Welt?* Aber null Plan, was ein Liter

Milch kostet, abseits von Kapitalanlagen an den Rohstoffmärkten. Das braucht Meyer gerade nicht, das hat er gerade los. Hat ihn abserviert. Die ganze Schering-Bagage. Er sollte jetzt gehen. Nach Hause. Aber er will nicht nach Hause. Schon gar nicht ins Hotel. Und Scheffers Charity-Drink lässt er definitiv nicht ohne Retour. Meyer leert sein Glas in ein paar großen Zügen, Scheffer zieht sich einen Barhocker heran, – Sie wollen die volle Niederlage oder was?

Schauen wir, ob Ihr Mann in Singapur recht hat, – Meyer deutet auf die Gläser, als der Barmann kommt, um abzuräumen, – Die nächste Runde übernehme ich.

Scheffer sieht skeptisch auf die Uhr. Meyer neigt sich ihm zu, – Oder schwächeln Sie schon?

In Scheffers Augen flackert Entrüstung auf. Der ist easy zu packen. Sanfte Provo-Tour. Der trinkt jetzt gefälligst noch einen. Einfach weil Meyer das will. Koll fände das armselig. Aber Koll. Fuck Koll, Koll ist nicht hier. Also trinkt Meyer mit Scheffer. Besser als allein.

Sind Sie auch sonst Bedenkenträger?

Endlich lacht Scheffer empört auf, wendet sich dem Barmann zu, – Marek, hast du das gehört? *Blanton's!* Doppelt, Eis!

Mit Genugtuung zieht Meyer sein frisches Glas zu sich.

Als oben auf der Galerie ein Johlen ertönt, hebt er den Blick, zwei Männer quittieren lautstark das Servieren einer Magnumflasche an ihrem Tisch, einer zieht sie aus dem Kübel, lässt den Korken knallen, eine Fontäne ergießt sich auf den Boden, unter dem angestrengten Blick des Kellners. Im anderen Mann erkennt Meyer den Kerl von draußen vor der Tür, locker an die Glasbalustrade gelehnt hält er sein Glas unter den Mund der Flasche, Schaum rinnt ihm über die Finger.

Er sieht glücklich aus. Glücklicher als vorher. Scheffer folgt Meyers Blick missbilligend hinauf zur Galerie, – Geld, aber kein Stil. Hier zählt offensichtlich nur der Mindestumsatz für den Tisch.

Meyer streicht über die beschlagene Kühle seines Glases, bevor er trinkt, dann die Schultern zuckt, – Protzen ist wenigstens ehrlich. Jeder mag Geld. Dass Geld nicht alles ist, keine Neuigkeit, aber im Porsche weint es sich bequemer als an der Bushaltestelle. Meyer sieht wieder hinauf zur Galerie, – Einen, der auf solche Leute kotzt, unterscheidet nichts vom Prahler, wenn beide sich für was Besseres halten.

Ich fahre Porsche. Stecken Sie mich jetzt in eine Schublade mit denen da oben?

Sie wissen ja, wo Sie weinen können.

Über Scheffers Gesicht wandern harte Schatten im türkisen Schein der Neonröhren, als er sich Meyer ganz zuwendet, sein Tonfall klingt fast feindselig unter dem Lachen, – Und wo weinen Sie?

Meyer winkt ab. Ein Wagen für hunderttausend Euro fordert mehr von dir. Effizienz von Maschinen, ohne Herz, Blut, Fehler, aber ich bin keine Maschine.

Das heißt, Sie arbeiten nicht effizient genug?

Meyer zerquetscht die Zitronenscheibe in seinem Glas mit dem Cocktailstab. Wissen Sie, ich habe eine Immobilie im Portfolio, beste Lage Königstein-Falkenstein, 1900 Quadratmeter Grundstücksfläche, vielleicht das schönste Haus, das ich je hatte, State of the Art, minimalistisch, weiß, Cortenstahl, vernetzte Haustechnik, nahezu vollverglaste Fassaden mit atemberaubender Aussicht übers Tal. Kaufpreis: 2,9 Millionen. Das Haus liegt eigentlich locker bei dreieinhalb, der aktuelle Preis ist total unter Wert. Aber wenn der Vorbesitzer darin umgekommen ist. Meyer hält inne, sieht Scheffer an. Sie wollen bestimmt wissen, wie. Verbrannt. Im eigenen Bett. Beruhigungsmittel. Seine Zigarette hat den Brand ausgelöst. So ein Haus bremst die Effizienz, ich wollte es trotzdem makeln, die Unschuld des Hauses tut mir in der Seele weh. Ich habe noch so eine Herzensangelegenheit im Portfolio. Beides keine Porsche-Häuser.

Scheffer nimmt sich ein paar der Pistazien vom Tresen, bricht entspannt ihre Schalen auf.

Als ich für HSBC in Hongkong war, habe ich in einem *Hong Za* gewohnt; so nennt man dort Immobilien, in denen jemand umgekommen ist. Ein Traumapartment mit Blick auf die Skyline und den Victoria Harbour, die Miete war verglichen dazu ein Witz. Ich habe sehr gut geschlafen, obwohl sich die Vormieterin in der Wohnung erhängt hat. Wenn das Haus also so schön ist, wie Sie sagen, finden Sie sicher noch einen Käufer.

Danke, aber ich glaube selbst nicht mehr dran.

Gerade sagten Sie noch, Sie seien keine Maschine, also versuchen Sie nicht, eine zu sein.

Scheffer fegt die leeren Pistazienschalen zu einem Häuflein zusammen. Die letzten neun Jahre habe er im Ausland verbracht, Zürich, London, Asien. Vor einem Jahr seine Firma nach Frankfurt verlegt, gerade frisch auch noch eine Beteiligung, Diversifikation, wie gesagt, *Pegasus* kenne Meyer vielleicht, elektronische Casinos und Sportwettlokale. Aber bevor es ihn zurück in die Heimat zog, habe er sich ein Sabbatical gegönnt. Er sei auch keine Maschine. Hatte ein paar gesundheitliche Probleme. Die Schulmedizin habe nicht weitergeholfen, aber Nadeln im ganzen Körper und ein paar zerriebene Kräuter. Scheffer massiert sich abwesend den Ballen seiner linken Hand, fährt sich mit den Fingerspitzen über die Knöchel. Früher habe er selbst Arzt werden wollen, aber das Studium nicht durchgehalten. Im ersten Präparierkurs saß ein Tumor unter der Brust des Leichnams, groß wie eine Kinderfaust. Während er Fettgewebe mit der Pinzette abzupfte, Sehnen, Gefäße, Nerven freilegte, hatte er eine Weile die Vorstellung, er finde was im Körper, was mehr sei als Körper. Aber das Mehr bestehe wohl nur aus Hirnströmen. So betrachtet sei der Mensch tatsächlich nur eine sehr anfällige Maschine.

Meyer mustert Scheffer über den Rand seines Glases hinweg.

Was ist mit dem Willen?

Freier Wille? Scheffer winkt ab.

Whatever, Wille eben. Das ist doch, was einen Menschen ausmacht. Was ist denn einer, der nichts mehr will?

Scheffer lacht. Zufrieden?

Meyer leert sein Glas. Ich glaube, wenn du nichts mehr willst, wäre das eher der Tod. Ich glaube, das Schlaraffenland wäre in Wahrheit die Hölle.

Tut mir leid, aber wir schließen bald, – der Barmann beugt sich über den Tresen, schwere Schritte hallen auf der Eisentreppe, als ein paar Gäste die *Sky Lounge* verlassen. Der junge Mann ist auch dabei, hält sich mühsam am Geländer fest, bevor er mit dem Trupp die Bar verlässt. Als Meyer von seinem Barhocker steigt, spürt er ein leichtes Schwanken, muss sich an die Theke lehnen. Scheffer zieht seinen Geldbeutel heraus, klappt ihn auf, hält ihn Meyer hin.

Hier, apropos *Hölle*. Mein Glücksbringer. Scheffer tippt auf das durchsichtige Mittelfach des Portemonnaies, dahinter gefaltet eine leuchtend rote Banknote mit dem Konterfei eines Asiaten, eine 1000 prangt über seinem Kopf, – Die habe ich aus Singapur. Das war die beste Zeit. In Asien verbrennen sie Geld für die Hungergeister, Phantasiebanknoten, *Höllengeld*. Scheffer zieht den Schein aus dem Fach, reicht ihn Meyer. Das Papier knistert angenehm unter seinen Fingern.

Zum *Hungry Ghost Festival* werden auch Häuser, Autos oder Fernseher aus Papier verbrannt, als Geschenk für die Ahnen; während dieser Zeit seien die Tore der Hölle offen und die Hungergeister auf der Suche nach Essen und Unterhaltung. In Theatern und Opern wird die erste Reihe für die Geister frei gelassen, und nachts soll man nicht draußen sein, weil etwas von dir Besitz ergreifen könnte. Als Hungergeist wirst du wiedergeboren, wenn dir deine Angehörigen nach deinem Tod keinen Tribut zollen oder zur Strafe für Gier, Geiz. Manche Geister haben Flammenmünder, sodass ihnen alles verbrennt, was sie essen wollen. Andere haben große Bäuche, aber enge Hälse, und das Schlucken bereitet ihnen grässliche Schmerzen. Dagegen klingt Schlaraffenland ganz angenehm.

Meyer legt den Schein vorsichtig zurück auf den Tresen.

Sie glauben daran?

Scheffer schüttelt den Kopf, – Aber für den Fall der Fälle habe ich schon was für drüben. Dann schiebt er seine Kreditkarte über den Tresen, doch der Barmann müht sich vergeblich mit dem Lesegerät ab.

Es gebe wohl leider ein technisches Problem.

Scheffer schnaubt, zieht eine andere Karte heraus, – Sehen Sie: Maschinen. Auch nicht unfehlbar.

Als sie vor die Tür treten, steckt er sich mit fahriger Handbewegung eine Zigarette an, dann steuert er direkt auf einen schwarzen 911er zu. Das Klacken des Schlosses ertönt, die Lichter flackern auf. Meyer folgt Scheffer, stützt sich an einer Straßenlaterne ab.

Sie sollten wirklich nicht mehr fahren.

Das geht schon.

Kommen Sie, ich rufe Ihnen ein Taxi.

Ah, Sie Samariter! Scheffer lacht, dann strauchelt er plötzlich, muss sich am Wagendach festhalten, der Schlüssel entgleitet ihm, fällt klimpernd in den Rinnstein. Schwerfällig bückt Scheffer sich danach, hebt ihn wieder auf.

Okay. Vielleicht fahre ich doch nicht mehr.

Als Meyer ihn in ein Taxi setzt, fasst Scheffer ihn plötzlich am Arm, greift in die Innentasche seines Jacketts, hält ihm seine Karte hin, – Rufen Sie mich morgen an. Mich interessiert das Haus, von dem Sie erzählt haben, – bevor er die Wagentür zuschlägt, das Taxi davonrauscht.

26

James Bond

Meyer stellt die Lichter an, öffnet die Poolabdeckung; unter leisem Summen gleitet sie zurück, gibt Blick auf das hellblaue Becken frei. Meyer dachte, Scheffer werde keine Ahnung mehr haben, wer er überhaupt sei. Am Tag nach dem *Plankmann's* brauchte Meyer eine gefühlte Ewigkeit, bevor er sich durchrang, anzurufen, drehte nervös Scheffers Visitenkarte zwischen den Fingern, befühlte ihr festes Papier, *Delta Finance Consulting*, Mainzer Landstraße, Matthias R. Scheffer, Geschäftsführer. Aber Scheffer wusste noch genau, wer er war, bestellte ihn gleich für den nächsten Tag zur Exposévorstellung ins Restaurant vom *Frankfurter Hof*, Business-Lunch, ließ sich bis zum Digestif mit seiner Entscheidung Zeit, sein Ton enthusiastisch, aber abgeklärt: Der Preis sei tatsächlich unter Wert, aber natürlich müsse er das Haus live sehen. Mit einem Exposé sei es nicht anders als mit den Profilen auf den Single-Börsen, *Mariella, 36, Patentanwältin*, Eckdaten top, aber Fotos lügen.

Die breiten Reifen des 911ers knirschen schwerfällig über den Boden, als Scheffer mit sanfter Drehung vor dem Haus vorfährt, einen Moment lang spürt Meyer seinen Herzschlag bis in die Kehle, während er Scheffer die Hand reicht, dann die breite Treppe hinauf zum Haupteingang führt. Heute keine Fehler. Er kennt das Haus so gut, wie er noch keines gekannt hat. Keine Fehler heute.

Als sie den großen Wohnraum betreten, bricht weich die Sonne durch die Wolken, die sanft abfallende Landschaft unter tiefem Himmel füllt das Panoramafenster aus, Licht und Schatten in raschem Wechsel. Meyer hat die Besichtigung extra auf 16:30 terminiert, das Haus funktioniert am besten am frühen Abend, das Wohnzimmer Südwestausrichtung, perfekt in diesem Licht, voller Möglichkeiten. Meyer lässt Scheffer selbst entdecken, Scheffers Schritte klacken leise über den Granit, dann Stille, als er über den Teppich geht, seine Schuhe tief einsinken in den Flor, sein Blick wandert die schwebende Treppe hinauf zur Galerie, über das goldbraune Sideboard aus Zebrano, die Helikonien in der Kristallvase, das Feuer im offenen Kamin, bevor er sich noch mal der Panoramafront zuwendet, die Sonne flutet wieder den Raum, Regentropfen funkeln auf dem Glas des Fensters, dann sinkt alles in zartes Blaugrau zurück. Ein sagenhaftes Raumgefühl, das müsse er in Ruhe aufnehmen. Bedächtig lässt Scheffer sich auf der Couch nieder, Meyer nimmt neben ihm auf einem Sessel Platz, folgt Scheffers Blick hinaus, der Wind lässt die mannshohen Gräser am Fuß der Terrasse zittern, rauscht durch die purpurne Krone des Fächerahorns, im Osten hängt ein Regenschleier am Horizont, die sich türmenden Wolken scharf umrissen, zur Rechten die Silhouette Frankfurts, im Tal die Dächer Kronbergs und Königsteins, Scheffers Ton fast melancholisch, als er spricht, die Aussicht sei erhaben, wie gemalt.

Meyer schüttelt den Kopf. Nein, das sei besser. Das sei echt. Scheffer nickt. Da habe er natürlich recht. Dann zieht Scheffer sein Telefon aus der Tasche, macht ein Foto, hält Meyer das Display hin. Er sammle Himmel – Formationen von Wolken und Licht, Dämmerungen, Mittagshitzen, Morgengrauen, am besten von einem hohen Platz aus, um mehr zu bekommen an Himmel. Meyer mustert Scheffer einen Augenblick, wartet, ob noch etwas nachkommt, aber Scheffer verfällt wieder in andächtiges Schweigen. *Himmel sammeln,* ein bisschen irre, aber Exzentrik braucht dieses Haus. Himmel kann Scheffer hier jede Menge haben, eigentlich wollte Meyer jetzt das Esszimmer zeigen, aber ändert kurz entschlossen die Route, erhebt sich, fasst Scheffer sanft an der Schulter, – Kommen Sie, ich zeige Ihnen den höchsten Punkt im Haus.

Scheffer atmet hörbar ein, als sie die Dachterrasse betreten, 360-Grad-Blick über die bewaldeten Hügel des Taunus bis weit in die Rhein-Main-Ebene. Scheffer verzieht anerkennend die Lippen, stützt sich mit beiden Händen an der Balustrade ab. Den besten Himmel habe er bisher in Singapur bekommen, aber das hier nehme es tatsächlich damit auf. Meyer lächelt, nickt nur. Was für ein Schaumschläger. Aber das wird sein Haus. *The sky is the limit*? Taunus sky *unlimited,* baby. Als Scheffer sich endlich von der Aussicht losreißen kann, überquert Meyer mit ihm den verglasten Steg in den nächsten Gebäudeteil, zeigt ihm die hauseigene Bar, das Billardzimmer, die Bibliothek. Als sie schließlich das Hauptschlafzimmer erreichen, durchquert es Scheffer mit langsamem Schritt, mustert schweigend das Bett aus Teakholz, die cremefarbene Tagesdecke, die weißen Leinenvorhänge, der Raumduft von Maiglöckchen hängt in der Luft, der Einrichter hat sich um

Leichtigkeit bemüht. Scheffer wirft einen fragenden Blick über die Schulter. Hier? Meyer nickt nur wieder. Scheffer fährt prüfend mit einer Hand über eine der Wände. Wie hoch die Sanierungskosten des Brandschadens gewesen seien? Als Meyer die Zahl nennt, stößt Scheffer ein leises Pfeifen aus, – Der Mann hätte seiner Familie wenigstens den Gefallen tun können, in die Garage zu gehen, – dann tritt er ans Fenster, seine Silhouette aufrecht und schmal gegen das Licht. Das sei ein schöner Raum. Wie das ganze Haus, weit, aber nicht kalt. In den letzten neun Jahren fühlte sich jede Wohnung an wie ein Hotel, selbst die in Frankfurt, er sei noch nicht ganz angekommen in der alten Heimat. Er wolle endlich dieses Hotelgefühl loswerden. *Ankommen*. Scheffer wendet sich Meyer wieder zu, winkt ab. Höre Meyer sicher oft genug.

Plötzlich unterbricht Scheffer das Klingeln seines Telefons, er schenkt Meyer ein gequältes Lächeln, betrachtet einen Moment lang zögernd das Display, bevor er den Anruf entgegennimmt, – Hören Sie, ich rufe zurück, ich bin mitten in einem Termin – was? Ja, ja, ist bereits angewiesen. Nein. Kann nicht sein. Sekunde, – Scheffer hebt entschuldigend die Hand, geht hinaus auf die Terrasse, schließt die Tür hinter sich. Das Telefonat dauert fast zehn Minuten, angespannt beobachtet Meyer Scheffer durchs Fenster, der unruhig auf und ab läuft, seine Stimme gedämpft durchs Glas, aber mit hörbar gereiztem Unterton. Meyer gefällt das nicht, es sieht fast nach Streit aus, auf jeden Fall nach schlechten Nachrichten; was immer es ist, der Scheiß gefährdet die ganze Besichtigung. Als Scheffer zurückkommt, wirkt er erschöpft, aber dann lächelt er plötzlich, seufzt, stellt zu Meyers Erleichterung demonstrativ das Telefon aus. Verzeihung. Manche Leute haben ein Timing –

bitte, Meyer solle doch weitermachen. Die Küche interessiere ihn brennend. Habe er erzählt, dass er leidenschaftlich gern koche?

Fast zärtlich streicht Scheffer mit den Händen über den Stein der vier Meter langen Kochinsel, Vollflächeninduktions- und Gaskochfeld, Dampfgarer, Hochbackofen, Wärmeschublade, erläutert Meyer, Scheffer nickt ab, öffnet den Weinklimaschrank, begutachtet den Screen in der Kühlschranktür. Ob das einer sei, der automatisch nachbestelle? Nein? Kein Schlaraffenland? Meyer halte das ja ohnehin für Hölle. Der Jungbrunnen fehle ja auch. Meyer schüttelt den Kopf, öffnet schwungvoll die große Verandaschiebetür zur umlaufenden Terrasse. Er zeige ihm den Pool.

Als sie auf die Hauptterrasse hinaustreten, kräuselt sich Dampf über dem türkisen Wasser des Pools gegen die kalte Außenluft, einen Augenblick lang glitzert Sonne auf der Oberfläche blendend weiß, reflektiert in schimmerndem Muster auf dem nackten Beton des Terrassenvordachs. Scheffer läuft ein paar Schritte am Pool entlang, Meyer geht neben ihm, mit etwas Sicherheitsabstand zum Beckenrand, spürt, wie ihm die Hände kalt werden, vergräbt sie tief in den Hosentaschen, bis Scheffer innehält, nah ans Becken tritt, den Grund betrachtet. Vorsichtig tritt Meyer neben ihn. Glasmosaik in zwölf verschiedenen Blaunuancen, gelegt zu stilisierten Wellen, erläutert Meyer, deutet, daneben der überdachte Außenwhirlpool, ergonomisch geformte Massageplätze, Luftsprudelsystem mit Aromatherapie, integriertes Musiksoundsystem, Scheffer lächelt angetan, aber beim Wort *Mahagoniverkleidung* gerät Meyer ins Stocken, als er am anderen Ende des Poolbeckens etwas Dunkles entdeckt, das auf dem Wasser treibt; Meyer wendet sich erschrocken ab, weil Scheffer seinem Blick folgt, verweist rasch auf den Liegebereich aus brasilianischem Cumaru, bekommt Scheffers Blick wieder unter Kontrolle, bevor er unauffällig ein zweites Mal zum anderen Poolende schaut, sich in ihm alles zusammenzieht. Es sieht aus wie ein Tier, ein Vogel, rücklings, die Flügel gespreizt. Aber das ist unmöglich, vor nicht mal einer Stunde hat Meyer alles überprüft, jedes Poolabflussgitter, jede Steinfliese, jede Fuge auf Unkraut, die Putzfirma hat alles penibel gereinigt. Ein totes Tier im Pool, hier, in diesem Haus. Eine Sekunde will Meyer einfach abbrechen, Scheffer zurück ins Haus lotsen, aber als sie sich dem anderen Poolende nähern, erkennt er, dass es nur ein Blatt ist, ein einzelnes großes, totes Blatt vom scheiß Fächerahorn unterhalb der Terrasse. Scheffer seufzt. Herrlich. Wenn es nur ein Jungbrunnen wäre, aber den habe Meyer ja noch nicht so nötig wie er. Scheffer lacht, klopft Meyer so unerwartet auf die Schulter, dass er unweigerlich einen Satz zurück macht, beinahe stolpert, nur einen Schritt vom Poolrand entfernt, gerade noch den Schrei unterdrücken kann, der ihm die Kehle hochfahren will. Einen Augenblick bekommt er keine Luft, bis ihm ein heiseres Lachen entfährt, jedes Geräusch dumpf durch das Rauschen seines Bluts in den Ohren, sein Ton hysterisch, als er sich entschuldigt, er sucht nach einer Ausflucht, aber er ist blank. Scheffer starrt ihn verständnislos an, Meyer weiß, eine schlechte Lüge richtet mehr Schaden an als jede Wahrheit, also quält er die Worte schließlich heraus, es tue ihm leid, für einen Moment habe er gedacht, er falle, die Sache sei ihm schrecklich peinlich, es sei nur, – Meyer stockt, atmet aus, – er könne nicht schwimmen.

Scheffer mustert ihn erstaunt, aber dann lächelt er, winkt ab. Er verrate Meyer mal, was er nicht gekonnt habe: vernünftig schreiben. Als Junge strotzten seine Aufsätze vor Rechtschreibfehlern, er sei kein Legastheniker, er habe Lesen und Schreiben einfach bloß gehasst. *Adresse,* ein oder zwei d, *Rückrad* oder *Rückgrat,* Regeln, – Scheffer zuckt die Schultern. Je mehr man ihm die Wörter habe reinprügeln wollen, desto mehr habe er sie gehasst, seine Lehrer hielten ihn für dumm und faul, aber dann habe er James Bond für sich entdeckt, erst die Filme, dann die Bücher, anschließend Spillane, Chandler, mittlerweile wisse er: Adresse, ein d. Scheffer klopft Meyer wieder auf die Schulter, – Finden Sie Ihren inneren James Bond. Dann nimmt Scheffer die Stufen hinunter in den Garten, – Geht's wieder? Zeigen Sie mir noch das Grundstück?

Als Meyer nickt, läuft Scheffer ohne Rücksicht auf Schuhe und Hose durch den nassen Schnee in Richtung Waldstück, Meyer folgt ihm, bis sie schließlich den Pavillon erreichen, 1900 Quadratmeter Grundstücksfläche, erläutert Meyer, aber seine Stimme klingt dünn, er wagt Scheffer kaum anzusehen, doch Scheffer wirkt bestens gelaunt, die Hände hinter dem Rücken verschränkt, den Blick zu den Wipfeln der Bäume gerichtet. Er stampft über den Rasen, als hätte er den Vorfall bereits vergessen. Schließlich hält er inne, atmet tief ein, wendet sich wieder dem Haus zu. Er müsse sagen, Meyer habe nicht übertrieben. Er glaube wirklich, hier könne man ankommen. Die zukünftige Frau Scheffer werde es auch lieben. Allerdings müsse sich die noch finden, der Service sei bei Meyer ja nicht inbegriffen. Scheffer lacht.

Ihm sage das Haus also zu?

Als Meyer ihn ansieht, verschränkt Scheffer die Arme vor der Brust, wendet den Blick nicht von der Villa ab, – Herr Meyer, ganz ehrlich: das Haus ist perfekt. Was soll ich Ihnen sagen, ohne pietätlos zu klingen? Der Preis und die Finanzierung sind ein verdammt guter Deal bei den Zinsen und der Inflationsrate momentan. Wissen Sie ja selbst.

Frühe Abendsonne legt ein Glühen auf die Felder, als Meyer zurück Richtung Frankfurt fährt, Baumkronen schneiden dunkle, rohe Formen in den satten, orangegelben Himmel, Meyer beschleunigt, klappt die Blende nach unten, kurz blitzt die Sonne wieder dahinter hervor, als die Straße eine sanfte Kurve zieht, dann verschwindet sie hinter dem Waldstück. Er hat Scheffer gespürt. Er hat alles gespürt. Plötzlich packt ihn ein Lachen, erleichtert, schrill, euphorisch. Sein Gefühl ist zurück. *Er*, verdammte Scheiße, ist zurück. Was für ein Wollen das in Scheffer war, ungehaltenes, reines, schönes Wollen. Fast schon Schmerz. Es war wunderbar. Meyer greift nach dem Telefon, wählt die Nummer des Anwalts der Weilandts.

Herr Lassalle? Meyer hier. Ich habe gute Neuigkeiten.

27

Kooperation

Ihre Blicke treffen sich im Spiegel, der Verkäufer lächelt unsicher, als Meyer den Knopf des Jacketts schließt, ein paar Schritte durch den Raum geht, vorbei an den kopflosen Kleiderpuppen. Der Verkäufer erkennt ihn, Meyer kann es in seinen Augen lesen, der Verkäufer mit dem schlechten Gedächtnis hat sich sein Gesicht gemerkt, in den Mundwinkeln hängt ihm fast so etwas wie Hass, der untersetzte Körper in Habachtstellung, eine Strähne seiner schwarzen Haare, die er eng an den Schädel geklatscht hat, hat sich gelöst, baumelt ihm zitternd in die Stirn. Ob er noch mal den Anzug sehen könnte, den er als Erstes anprobiert habe, bittet Meyer. Den marinefarbenen, Zwei-Knopf-Sakko, fügt er hinzu. Erleichtert zieht der Verkäufer den Anzug heraus.

Ob er nicht die Woche zum Abendessen kommen wolle, Beatriz mache wieder Feijoada. Falber klang fast entschuldigend, als er ihn vor ein paar Tagen anrief. Die Aussicht auf die Courtage fürs Büro von über 170 000 hat ihn plötzlich mild gestimmt. Matthias Scheffer liebt das Haus, die Weilandts drängen auf einen schnellen Verkauf. Wenn alles glattläuft, wechselt die Villa bereits Ende kommenden Monats den Besitzer. Feijoada, Grünkohl, gedünstet, frittierte Bananenscheiben, Maniokchips, Creme de Papaia com Cassis, Cachaça, brasilianisches Bier, drei Stunden saß Meyer mit Falber beim Essen, nahm nach dem Hauptgang auf der Gästetoilette heimlich eine Magentablette, aber der Abend hat sich gelohnt. Nach dem dritten Cachaça schob Falber ihm die Zigarrenbox hin. Warum Meyer ihm denn nicht gleich gesagt habe, dass es mit Nadja momentan nicht ganz rundlaufe! Das hätte einiges erklärt. Beatriz legte Meyer mitfühlend eine Hand auf den Arm.

Der Verkäufer hilft Meyer ins Jackett, streicht ihm die Schultern glatt, Meyer prüft sein Spiegelbild von allen Seiten. Das ist ein guter Anzug für einen Notartermin. Für den Notartermin mit Scheffer. Ein echtes Allround-Modell, erläutert der Verkäufer bemüht. Meyer nickt ihm zu. Er nehme den Anzug.

Als er zurück ins Büro kommt, hört er auf dem Flur Stimmen, aber die Unterhaltung verstummt abrupt, als Meyer eintritt. Um den Counter steht fast die ganze Belegschaft versammelt, Gläsker, Rosch, Lohmann, Fresinger, Saskia, die Wanger, alle Augen richten sich auf Meyer, einen Moment lang ist es so still, dass nur das leise Summen des Kopierers den Gang erfüllt. Fresinger erwidert Meyers Blick fast gequält, Gläsker lächelt Meyer zu, beunruhigend freundlich, Rosch senkt den Blick, als Meyer ihn ansieht. Saskia ist die Erste, die das Wort ergreift, streicht sich verlegen eine Strähne aus der Stirn, – Herr Falber wartet im Konferenzraum, er wollte Sie sprechen, sobald Sie zurück sind.

Falber hat nicht Bescheid gegeben, dass er kommt. Meyer

bemüht sich um einen lockeren Ton. Ob Falber erwähnt habe, worum es gehe. Als Saskia antworten will, fällt ihr Gläsker ins Wort, – Du kennst doch die Weisheit vom Börsenparkett: Selbst 'ne tote Katze macht noch 'nen Sprung, fällt sie aus ausreichender Höhe, – dann legt er Rosch eine Hand auf die Schulter, was dem plötzlich unangenehm scheint, – Der gute Herr Rosch hat auf dein Geheiß ja die Bonitätsprüfung von Herrn Scheffer eingeholt. Leider musste er feststellen, dass dein vermeintlicher Käufer Inkassoverfahren von insgesamt über sechzigtausend Euro am Hals hat. Herr Rosch fragte mich um Rat, wie bei so einer Angelegenheit weiter zu verfahren sei. Dir muss ich ja nicht erklären, dass bei diesem Ausfallrisiko keine Bank den Mann für eine Finanzierung von knapp drei Millionen anrührt. Sieht schlecht aus für den Verkauf. Und mehr als peinlich vor dem Kunden. Im Sinne der Schadensbegrenzung hielt ich es für angemessen, Falber in Kenntnis zu setzen, da ich der Meinung war, dass dein Urteil und deine weitere Vorgehensweise nicht ganz sachlich ausfallen könnten. Wie in letzter Zeit häufiger.

Der Triumph auf seinem Gesicht ist so allumfassend, dass Meyer Mühe hat, ihm in die Augen zu sehen. Plötzlich steht Falber im Flur, winkt Meyer wortlos zu sich in den Konferenzraum, schließt die Tür, deutet auf einen der Stühle; Meyer nimmt dankbar Platz, er fürchtet, ihm sacken gleich die Beine weg, – Reinhard, falls es um Scheffer geht –

Spar's dir. Falber hebt gereizt die Hand. Ich bin seit fünf Uhr früh unterwegs, komme direkt von der Baustelle, heute Nachmittag habe ich den Gerichtstermin wegen der scheiß Bäume, und meine Tochter ist krank, heult jede Nacht durch, faktisch schlafe ich seit Tagen nicht mehr. Hier, – Falber deutet auf den

Haaransatz seiner Schläfen, seiner Stirn, – weiß. In nur einem Jahr. Weiß. Nicht grau. Siehst du das? Mein Arzt sagt, ich soll mich mehr entspannen! Falber lacht so trocken, dass es fast wie ein Husten klingt, – Mein Arzt sagt, nicht Symptome bekämpfen, sondern Ursachen, radikales Ausmerzen von Stressfaktoren, – Falber atmet aus, dann schlägt er mit der flachen Hand so hart auf den Tisch, dass Meyer zusammenzuckt, – Es reicht mir, Thomas, dein neues Portfolio, dein Totalausfall beim *Maingold*-Kick-off und jetzt das! Lässt du neuerdings Hinz und Kunz in ein Drei-Millionen-Objekt? Besichtigungstourismus können wir uns nicht erlauben, schon gar nicht bei Kunden wie den Weilandts! Stattdessen tönst du bei denen rum, wir hätten einen Käufer, ohne die Prüfung abzuwarten? Das ist rufschädigend! – Falber ist so aufgebracht, dass ihm für einen Moment die Stimme bricht, er hält inne, schließt die Augen, als riefe er sich zur Ordnung, – Innerhalb eines Jahres den Karren so an die Wand zu fahren ist echt eine Leistung. Das ist nicht mehr tragbar. Du bist nicht mehr tragbar. Gläsker übernimmt die Leitung, mit sofortiger Wirkung. Du rührst mir keinen einzigen Account mehr an. Ich hoffe auf deine Kooperation, deine Professionalität, falls du die zumindest hierfür wiederfindest.

Ist das dein Ernst? Ist das eine Entlassung? Meyer entfährt ein ungläubiges Lachen. Falber fixiert ihn kühl, seine Stimme wie Eisen, als er sich über den Tisch beugt, – Meinst du, du wärst so unersetzlich?

Nein, – Meyer lacht wieder, – nein, meine ich nicht. Jeder ist ersetzbar. Auch du.

Falber lehnt sich fassungslos zurück.

Ich habe dich wirklich überschätzt.

Meyer sieht Falber nur an. Er hat das Gefühl, als er hätte kein Blut mehr im Körper, rutschte ab auf dem Leder der Sitzfläche, spürte den Boden nicht mehr, atmet ein, aber da ist nicht genug Luft, ein Schmerz wie von etwas, so überspannt, dass es reißt. Meyer umfasst das kalte Chrom der Armlehnen seines Stuhls, zwingt sich, einzuatmen, zwingt sich, den Boden zu spüren, fest, hart unter sich, atmet, lässt die Lehnen los. Diese scheiß Büroleitung. Die Werkstatt vom Vater hat er dichtgemacht. Für die scheiß Büroleitung. Für diesen verschissenen Apartmentblock, der mit Mengenrabatt über den Tisch ging an diesen Wachsmann von der *Axis*. Die Werkstatt vom Vater. Für das. Was für ein scheiß Deal. Dieser blutleere Verkauf hat Meyer sein Gespür gekostet. Sein fucking Gefühl. Das neue Portfolio. Mein Gott. Als ob eines dieser Häuser etwas gutmachen könnte. Ein Verkauf, so schwer, dass sich das Verdiente wirklich wie Verdientes anfühlt. Alles hatte sich wertlos angefühlt – nein, nicht wertlos, nach *gar nichts* –, seit ihm das *Metropolitan West* aus den Händen gerissen wurde. Meyer wollte, dass das aufhört. Er wollte sein scheiß Gefühl zurück. Das neue Portfolio fühlte sich wenigstens nach irgendwas an. Jedes scheiß Nein vom Kunden, *Verpiss dich, mach's noch mal, mach's besser*. Schmerzhaft. Verdient. Wie, als der Vater ihm früher ein Paar Schuhe nach dem Putzen nicht abnahm, weil sie nicht perfekt waren, ihn nacharbeiten ließ. Beschissen hat er sich gefühlt, aber doch gut, als er es noch besser machen wollte, noch besser. Besser sein, besser sein, kopflos, *gib mir ein gutes Gefühl*. Er war blind bei Scheffer. Dieser Blender. Der Wagen, die Uhr, die Anzüge, die Exposévorstellung im *Frankfurter Hof*, die Storys über Hongkong, Singapur, Meyer hat alles gefressen, Scheffers Begeisterung bei der

Besichtigung gefressen wie ein ausgehungertes Tier. Er war sich so sicher bei Scheffer, hat ihn in keiner Weise überprüft, sich nicht mal die Mühe gemacht, ihn zu googeln. Alles klang so gut aus Scheffers Mund. Aber seine Kreditkarte, die nicht ging, an dem Abend im *Plankmann's*, der Anruf während der Besichtigung, irgendwas stimmte mit Scheffer nicht, Meyer wollte es nicht sehen. Er hätte sein Maul halten sollen bei den Weilandts, die Bonitätsprüfung selbst machen sollen, statt sie an Rosch abzugeben, an *Rosch*. Meyer muss hier raus. Fuck *ppa. Thomas Meyer*, Repräsentanz Büro Frankfurt, Fresse zeigen, Handshake, fuck Reporting, Teamperformance, Zielvereinbarungen, dieser Schreibtischdreck, während Rosch draußen auf der Straße war, auf Besichtigung, beim Kunden. Zum Kotzen war das. Soll sich Gläsker einen runterholen auf die Leitung, hat er verdient. Scheiß auf die Leitung, scheiß auf den ganzen Scheiß hier.

Falber mustert ihn feindselig, als Meyer aufsteht.

Wo willst du hin? Ich bin noch nicht fertig.

Aber ich. Ich habe mich auch überschätzt, aber ich bin nicht der Einzige hier – du mit deinen Expansionsversuchen, Wiesbaden, weil Frankfurt nicht reicht. Auch wenn du nachts wach liegst, weil die Raten für die Wiesbadener Stadtvilla doch zu sportlich sind. Es musste ja ein klassizistischer Prachtbau sein, zwölf Zimmer, Treppenhalle mit acht Metern Deckenhöhe, damit im neuen Revier erst mal jeder checkt, wer jetzt der Macker ist, während du dich heimlich einscheißt vor den Franchisern, ihrem Marktvorteil, ihrem Netzwerk, *Geiger & Saller*, Exklusivvertriebspartner der Immobiliensparte vom Auktionshaus *Christie's*. Ich kann's nicht mehr hören. Wenn du mit den Großen pisst, piss dir nicht selber ständig ans Bein. Du bist doch genauso ein Vollidiot wie ich, bloß über dir ist keiner mehr, der dich stoppt, ungebremst in die Scheiße zu reiten. Meyer lacht, – Klenze hatte recht, *der Reinhard aus Unterliederbach spielt sich auf wie der Von und Zu*, glaubst du, weil du mit deinem Durchschnittsarsch in 'ner denkmalgeschützten Villa residierst, wirst du zum King of Wiesbaden? Glaubst du, du bist der Player mit einer zwanzig Jahre jüngeren Offenbach-Brasilianerin? Der *family man*, bloß weil du ungewollt zu gut eingelocht hast, dich sechzehn Stunden am Tag auf Außentermin oder im Homeoffice vor deiner Frau und deinem Kind versteckst?

Eine Sekunde bringt Falber keinen Ton heraus, starrt Meyer nur an, bis er die Worte mehr flüstert, als spricht –

Raus! Mach, dass du rauskommst!

Der Vogelmann steht am Rand des Brunnens, in seinem Blick flackert Erkennen auf, gepaart mit offener Abscheu, als Meyer direkt auf ihn zuläuft, zwischen ihnen die Tauben im Kampf um die Körner, Meyer bleibt stehen, inmitten der Vögel, aber die Tiere interessieren sich nicht für ihn, picken nur hektisch die Samen auf, manche Zentimeter entfernt von seinen Schuhen, – Warum machen Sie das? Seit fünf Jahren sehe ich Sie das machen, morgens, wenn ich zur Arbeit komme, in der Mittagspause, nach Feierabend, selbst von meinem Bürofenster aus. Sagen Sie mir, warum Sie das machen, – aber der Vogelmann presst nur stumm die Futtertüte vor die Brust, Meyer deutet auf die Häuserzeile neben der Oper, – Das helle Haus, dritter Stock, da war mein Büro. Bis vor fünf Minuten. Ich werde Sie jetzt nicht mehr so häufig sehen. Sagen Sie mir wenigstens Ihren Namen. Der Vogelmann schüttelt bloß den Kopf. Meyer will sich abwenden, aber dann hält der Mann ihm plötzlich seine Tüte hin, – Bitte, sagt er, als Meyer sich nicht rührt, eine Stimme, monoton, brüchig, eine Stimme, selten benutzt. Bitte. Ein Ekel packt Meyer, als er in die öligen Körner greift. Die Tauben stürzen sich gierig auf das Futter, ein Wust aus flatternden, gurrenden Leibern, ihre Flügel schlagen Meyer gegen die Beine, er weicht zurück, der Vogelmann streut noch eine Handvoll Körner, dann leert er die Tüte ganz aus, stopft sie in die Tasche seines Anoraks, beachtet Meyer nicht mehr.

28

Die Lottozahlen

Gut, dass Meyer anrufe, er habe selbst schon durchrufen wollen, – Scheffer fällt Meyer noch bei der Begrüßung ins Wort, – Folgendes, er müsse doch noch mal über das Haus nachdenken, er habe sich eventuell etwas zu schnell hinreißen lassen. Er hoffe, er habe nicht zu viele Umstände bereitet.

Umstände. Meyer lacht. Ich bin meinen Job los dank Ihnen.

Bitte?

Unser Büro hat die Bonitätsprüfung über Sie eingeholt. Dass die vernichtend war, wissen Sie wohl selbst. Leider hatten Sie mich so von sich überzeugt, dass ich die Eigentümer schon informiert hatte, allein mein Fehler, um fair zu bleiben, Sie waren der letzte in einer langen Reihe von Fehlern. Was von dem Scheiß, den Sie erzählt haben, stimmt überhaupt? Hongkong? Singapur? Der Wagen? Leasing oder was? Die Uhr aus besseren Zeiten? Sie hatten nie vor, zu kaufen, Sie wollten das Haus bloß sehen, habe ich recht?

Meyer schnaubt gallig, als Scheffer nichts sagt.

Ich hoffe, Sie hatten wenigstens einen schönen Tag.

Den hatte ich tatsächlich.

Dass Sie noch den Nerv haben, mir dumm zu kommen.

Meyer lässt sich auf der Bank eines Bushäuschens nieder, starrt hinüber zu den Wohnblocks in der Dunkelheit, in der Ferne das Glühen der Funkturmspitze, der Name der Bushaltestelle sagt Meyer nichts, er hat keine Ahnung, wo er ist. Seit Stunden läuft er ziellos durch die Stadt, hatte das Gefühl, auf keinen Fall dürfe er stehen bleiben, sonst sacken ihm die Beine weg.

Er gebe zu, er hatte nicht vor, zu kaufen, erwidert Scheffer schließlich. Aber als er das Haus gesehen habe – Scheffer seufzt, seine Stimme nimmt einen resignierten Tonfall an. Seit er zurück in Deutschland sei, habe er ein paar Probleme gehabt. Privat und finanziell. Dinge seien außer Kontrolle geraten. Auch dieser Termin. Er habe Sachen gesagt, die er wirklich nicht hätte sagen sollen. Falls er das irgendwie wiedergutmachen könne –

Lassen Sie's. Jeder muss zusehen, wie er seine Nerven heilt. Tatsächlich war es eine schöne Besichtigung. Ich hatte lang nicht mehr einen so begeisterten Interessenten. Machen Sie's gut, Herr Scheffer.

Meyer ist durchnässt von Schneeregen, als er Kolls Wohnhaus erreicht. Hinter ein paar Fenstern brennt Licht, in einem erkennt er Küchenschränke, die Scheiben beschlagen von Kochdunst, im Stockwerk darunter einen Stoffbären auf der Fensterbank. Früher, als Meyer sechzehn war, fühlten sich alle beleuchteten Fenster wie Schaufenster an, Auslagen von Leben. Manchmal lief er abends bis ins Westend, hinter den Fenstern der Gründerzeitfassaden Stuckdecken, Leuchter, wandhohe Bücherregale, bei jedem Blick kam er sich wie ein Einbrecher vor, der nach einem Coup Ausschau hält. Das fette, schöne Leben, bildete er sich ein, die Möglichkeit von Möglichkeiten, Träume von Straßen, gepflastert mit Gold, *das Geld liegt auf der Straße, Sie müssen sich nur bücken, das Glück liegt auf der Straße, heben Sie es auf!* Bei Koll brennt kein Licht; aber das tut es nie, wenn er allein zu Hause ist.

Als ein Mann in den Hauseingang tritt, zögert Meyer einen Moment, aber dann wirft er hastig seine Zigarette in den Rinnstein, folgt dem Mann ins Haus. Hinter Kolls Wohnungstür ist leise das Dröhnen des Fernsehers zu hören. Die Fußmatte liegt schief, Meyer rückt sie mit dem Schuh zurecht, bis sie gerade ist, bevor er endlich klingelt. Als Koll nicht öffnet, klopft er, ruft Kolls Namen, klingelt ein zweites und drittes Mal, bis energisch der Schlüssel im Schloss gedreht wird, Koll die Tür aufreißt.

Thomas, ich bin blind, nicht taub.

Warum machst du nicht auf?

Weil ich nicht will? Aber du gibst ja nicht auf.

Meyer mustert Koll einen Augenblick schweigend, sein Hemd ist verknöpft, sein Bartschatten wirkt im blassen Schein der Neonleuchte des Treppenhauses fast wie Schmutz auf der Haut. Ob er reinkommen könne, fragt Meyer, als Koll keine Anstalten macht, ihn hereinzubitten. Koll senkt den Kopf, als wäge er ab, dann tastet seine Hand in Meyers Richtung, bis sie seinen Ärmel berührt, fast grob den feuchten Mantelstoff befühlt. Meyer rieche nach Schnee, stellt er fest. Dann tritt er zur Seite. Gleich laufen die Lottozahlen, die wolle er hören. Wenn Meyer das ertrage, könne er reinkommen.

Im Wohnzimmer will Meyer Licht anstellen, aber nichts tut sich, als er den Schalter drückt. Koll setzt sich mit einem leisen Seufzer auf die Couch, als Meyer ihn darauf hinweist. Er habe eine Weile keine Gäste gehabt, entgegnet er, stellt den Ton des Fernsehers lauter. Nur die Mattscheibe erhellt diffus den Raum, Meyer nimmt Platz, auf dem Couchtisch benutzte Gläser, zwei ausgekratzte Plastikschalen Mikrowellengericht, ein übervoller Aschenbecher. Ein paar Kippen sind über den Rand gefallen, Meyer sammelt sie ein, wirft sie zurück in den Ascher. Auf dem Bildschirm beginnt die Plastiktrommel unter dem Rauschen der Bälle zu rotieren, Koll lehnt sich angespannt nach vorn, als einer nach dem anderen über die Schiene rollt, mit sanftem Zittern in die Ablage fällt, die Stimme der Lottofee einschmeichelnd beim Verkünden der Zahlen. *Du hast drei Wünsche frei. Wie lautet der erste? Tausend Trillionen Zentilliarden freie Wünsche.*

Und? Meyer sieht Koll an, als der nichts sagt.

Das sei die letzte Live-Ziehung am Mittwoch gewesen, erwidert Koll nur. Am Samstag sei die allerletzte, dann schaffen sie das ab. Er werde das vermissen, das Sitzen, das Warten, das Lauschen vor dem Fernseher. Und Sauter müsse er wohl auch noch eine Weile ertragen, zumindest bis zur nächsten Lottoziehung. Koll seufzt, dann beginnt er, auf dem Couchtisch nach etwas zu tasten, stößt beinahe eines der Gläser um, schiebt es leise fluchend zur Seite; bekommt schließlich das Päckchen Zigaretten zu fassen, zieht sich eine heraus.

Bevor Meyer frage: Nein, er habe noch nicht gekündigt. Jetzt könne Meyer ihn einen *Einknicker* nennen. Er werde nicht kündigen. Er sei fast fünfzig. Selbst wenn er sehen könnte, welche Optionen hätte er, irgendein Callcenter, Bestellannahme, Beschwerdemanagement, Vertrieb von Mobilfunk-Zusatzoptionen, Miet-Wasserspendern, Factoring-Lösungen. Koll schnaubt. Freiheit koste Kraft. Dann tastet er wieder über den Tisch. Ob Meyer das Feuerzeug sehe. Er finde das Scheißding nicht. Meyer legt Koll das Feuerzeug in die Hand, schiebt ihm den Aschenbecher hin; als Koll hineinschnippt, fallen ein paar Kippen wieder über den Rand.

Das Angebot, mein Geld anzulegen, steht noch. Oder was immer du damit anfangen willst. Du könntest –

Lass es, Thomas.

Was hättest du gemacht, wenn du heute gewonnen hättest?

Koll zuckt die Schultern. Dich ins *Gallo* eingeladen.

Ich meine generell.

Ich weiß nicht. Ich frage mich immer noch, wo ich wäre, ohne den Unfall. Zumindest müsste ich keinen Sauter ertragen. Oder vielleicht doch. Oder ich wäre selbst so einer, in irgendeinem der Glastürme. Der Mensch will aufschauen zu anderen, und er will runterschauen auf andere. Aber mit Sauter will ich nicht tauschen. Einer der Bereichsleiter sei da gewesen, der Jahresabschluss werde wohl unter den Erwartungen liegen. Außerdem klagt ein Exangestellter aus dem Private Banking gegen seine Entlassung, Sauter musste sich dafür schon vor Gasser und einem Personaler aus der Zentrale rechtfertigen. Vielleicht informiere ich den Betriebsrat. Corporate Social Responsibility. *Seht her, wir beschäftigen fünf Prozent Krüppel.* Jemand, der benutzt wird, wird gebraucht. So viel Unterschied ist da nicht. Kein kampfloser Abgang.

Dafür bin ich raus. Bei Falber.

Koll wendet erstaunt den Kopf. Was heißt *raus*?

Gefeuert. Er hat mir heute die Leitung entzogen.

Willst du mir sagen, warum?

Erst einen Drink.

Koll nickt. Meyer solle den Scotch aus der Küche holen. Als Meyer eingeschenkt hat, trinken sie eine Weile schweigend. Auf dem Tisch liegt eine Postkarte achtlos zwischen dem Müll, Meyer kennt das Bild, nimmt die Karte vom Tisch. Ob Koll doch in der Ausstellung gewesen sei, bei Modigliani. Nach kurzem Zögern nickt Koll wieder. Seine Schwester habe ihn begleitet, aber das habe schon früher nicht funktioniert. Sie erzähle immer nur, was sie wisse, nicht, was sie sehe.

Gut.

Gut?

Ich war allein in der Ausstellung. Das war auch scheiße.

Okay. Nächstes Mal nehme ich dich wieder mit. Sagst du mir jetzt, was passiert ist?

Meyer legt die Postkarte zurück auf den Tisch, erzählt von Scheffer. Der Besichtigung. Der Bonitätsprüfung. Alles perfekt, bis aufs Geld. Meyer lacht trocken. Aber ich glaube, er hätte das Haus gar nicht so sehr gewollt, hätte er es sich leisten können. Meyer nimmt einen großen Schluck. Mein Vater hatte mal große Pläne, als er jung war. Wollte weg aus Frankfurt, für eine Gesellenstelle bei einer Schuhmanufaktur in Wien. Er hat nicht bekommen, was er wollte, das hat ihn unglücklich gemacht. Ich frage mich, wie glücklich es ihn gemacht hätte. Ich wollte die Leitung, bei mir hat das nicht lang vorgehalten. Ich dachte, ein brillanter Verkäufer kann alles verkaufen. Bullshit. Er sollte an das glauben, was er verkauft. In letzter Zeit habe ich überwiegend an mein grenzenloses Talent geglaubt, mein neues Portfolio war noch eine Sache, die mich um die Leitung gebracht hat, aber ich war ohnehin kein guter Leiter, die Hälfte der Arbeit hat mich gelangweilt, Klappern fürs Büro beim Bauträger, Output von Leuten überwachen, als seien sie Milchkühe. Meyer atmet müde aus. An Nadja und mich habe ich auch nie geglaubt. Das ist auch vorbei. Besser so.

Koll lehnt sich zurück, die Glut seiner Zigarette leuchtet im Halbdunkel auf, frisst sich ein Stück den Stängel hinauf.

Was hast du jetzt vor?

Keine Ahnung.

Anders: Was willst du?

Ich kann nichts außer verkaufen, Volker.

Das habe ich nicht gefragt.

Meyer schenkt Koll und sich nach, – Jemandem ein Haus zu verkaufen ist nicht irgendwas; du verkaufst ihm den Ort, an dem er verletzbar sein wird, wo er schläft, scheißt, vielleicht liebt, heult, seine Kinder großzieht, ein Zuhause, wenn es gut läuft, einen Schutzraum, den Ort, wo er König sein will, einen Traum von sich selbst. Ich weiß, dem Kunden ist egal, wer ihm sein Haus verkauft. Meinen Job könnte ein anderer machen, aber ich kann keinen anderen Job machen. Ich brauche das. Klar hast du recht, was ist das schon, *verkaufen*, Leuten was andrehen, Welt verschlingen, ausspucken, zusehen, wie sie deinen Auswurf vom Boden lecken. Natürlich ist das Gefühl des Kunden nicht mein Grund, sondern bloß Mittel zum Zweck, es geht nur um mich, mein Gefühl, unterm Strich. Du findest das armselig, ich weiß, aber das bin ich.

Ich finde das nicht armselig. Gefühl ist selbstsüchtig. Hast du kein Gefühl für dich, hast du auch kein Gefühl für andere.

Tut mir leid, was ich letztes Mal zu dir gesagt habe.

Koll nickt nur. Meyer sammelt die Kippen neben dem Aschenbecher wieder ein, wirft sie in eine der Mikrowellenschalen, – Hast du schon zu Abend gegessen?

Koll schüttelt den Kopf. Meyer erhebt sich.

Ich hol uns was vom *Gallo*.

29

Vorstellung

Seit zwanzig Minuten schlägt Meyer die Zeit in der Kälte auf dem Rossmarkt tot, in der Morgendämmerung leuchtet noch bläulich Schnee auf den Dächern, aber die Tage werden schon länger. Schließlich kontrolliert Meyer ein letztes Mal sein Spiegelbild in einer Schaufensterscheibe, bevor er die schwere Eingangstür von *Geiger & Saller* aufdrückt. Die Assistentin sieht ihn aus noch müden Augen an, er hat das Gefühl, er ist aus der Übung, zwingt sich, an Honig zu denken, Treibsand, als er sagt, er komme zum Vorstellungsgespräch bei Herrn Weilrod. Die Assistentin nickt, deutet auf die Sitzgruppe vor der Fensterfront, Meyer nimmt Platz, spürt ein leichtes Zittern, als er sich eine Zeitschrift vom Tisch greift, blättert, ohne zu lesen, dann auf seine Schuhe hinabsieht, Salzränder auf den Kappen. Er ist aus der Übung.

Vor ein paar Tagen war er das erste Mal seit dem Richtfest beim *Metropolitan West*; lief durch die Stadt bis in die Tauberstraße, als er es in seiner Wohnung wieder nicht aushielt. Basma blickt jede Woche erschrockener auf die sich leerenden Räume, er hat bereits die Hälfte der Möbel verkauft. Das spart Ihnen Arbeit, Basma. Ja, sagte sie nur. Keine Sorge, sie könne ihre üblichen Stunden abrechnen. Falls ihr etwas von den Sachen gefalle, solle sie sich was aussuchen. Er müsse eine Weile raus an die Luft.

Am *Metropolitan* war schon die Klingelleiste angebracht, alle Schilder noch blank. Ein Handwerker drängte sich an Meyer vorbei ins Haus, blockierte die Tür mit einem Keil. Einen Moment lang überlegte Meyer, einen Blick ins Treppenhaus zu werfen, er hatte nie die Chance, das Haus auch nur zu betreten, aber dann ließ er es sein.

Meyer legt das Magazin zurück auf den Tisch, als Schritte über den Gang hallen, ein Mann Anfang vierzig kommt ihm entgegen, reicht ihm die Hand. Meyer kennt Weilrod vom Sehen, von irgendeiner Veranstaltung, einer Messe, einer Erstbesichtigung. Frankfurt ist ein Dorf. Meyer folgt ihm den langen Flur hinunter in sein Büro, nimmt gegenüber dem Schreibtisch Platz, Weilrod greift nach Meyers Unterlagen, befeuchtet den Daumen, blättert, – Also, lassen Sie mich sehen: Banklehre, Privatkundenberater, Immobilienfachwirt, Immobilienwirt, *Immobilienbüro Klenze*, drei Jahre, *Falber Immobilien*, fünf Jahre, Premiumsparte, Projektentwicklung, ein Jahr Büroleitung. Weilrod sieht auf. Warum Meyer die Position nach einem Jahr wieder verlassen habe?

In Ihrer Stellenausschreibung steht, Sie suchen einen Allrounder in Akquise und Verkauf, Kernkompetenz *Wohnimmobilien*, mit guten Kontakten und exzellenter Standortkenntnis: eine Position nah am Kunden. Meyer lächelt. Das ist, was ich will.

Weilrod mustert Meyer prüfend.

Und weshalb möchten Sie speziell zu uns?

Meyer hält einen Moment lang inne. Von Fresinger weiß er, *Falber Immobilien* hat die Weilandt-Villa an *Geiger & Saller* verloren, an deren Bad Homburger Büro. Auf der Homepage sah Meyer sich das Exposé an, er musste wissen, ob sie es gut machen; dass er keinen Fehler fand, hat ihm einen kurzen Stich versetzt. Auch Frau Kerkhof hat den Vertrag nicht verlängert, die Villa hat jetzt ein Provinzmakler in Bad Soden.

Als Meyer die Stellenanzeige auf der Seite von *Geiger & Saller* entdeckte, fand er daran auch keinen Fehler. *G & S* Hauptsitz Frankfurter Rossmarkt, 130 Franchise-Partner, global vernetzt, die makeln sogar Yachten. Nicht, dass Meyer das in Frankfurt betrifft, geschweige denn er das wollte. *Sind Sie erfahrener Vertriebsprofi im Verkauf von Wohnimmobilien, breit aufgestellt von Standard bis Premium?* Ja, scheiß auf *leitende Position*.

Herr Meyer? Weilrod räuspert sich, auf seinem Gesicht macht sich Verunsicherung breit, als Meyer sich nach vorn lehnt, die Hände auf dem Tisch faltet; er ist aus der Übung, seine Lippen fühlen sich taub an, als er spricht, – Die Sache ist einfach, Herr Weilrod: Es muss was dran sein am Neid der anderen.